中國哲理寓言大全

中國哲理寓言大全

◉嚴北溟
◉嚴 捷 著

商務印書館

本書繁體中文版由中國北京的新世界出版社授權出版。

中國哲理寓言大全

著　　者：嚴北溟　嚴捷
責任編輯：謝江艷
封面設計：馬仕睿
出　　版：商務印書館（香港）有限公司
香港筲箕灣耀興道 3 號東滙廣場 8 樓
http://www.commercialpress.com.hk
發　　行：香港聯合書刊物流有限公司
香港新界荃灣德士古道220-248號荃灣工業中心16樓
印　　刷：中華商務彩色印刷有限公司
香港新界大埔汀麗路 36 號中華商務印刷大廈
版　　次：2020 年 11 月第 10 次印刷

ISBN 978 962 07 5540 8

《莊子》

《列子》

《尹文子》

《公孫龍子》

《荀子》

《韓非子》

《戰國策》

《呂氏春秋》

《淮南子》

《韓詩外傳》

《史記》

《前漢書》

《後漢書》

《新序》

《說苑》

《論衡》

《申鑒》

《三國誌》

《晉書》

《雜譬喻經》

《西京雜記》

《世說新語》

羝羊觸藩

一頭公羊，長得體格健壯，頭上挺立着一對粗大的犄角。牠驕傲地踱着步，看見前面有一道竹木編成的籬笆。牠斜着眼睛看了看，便彎下脖子，呼一聲撞了上去，想把籬笆撞倒。結果籬笆紋絲不動，牠自己的犄角反而受傷了。如果牠的犄角夠堅硬，沒有碰傷，這頭公羊還會一個勁地撞下去，甚至朝車輪的輻條衝撞，直到頭破血流為止。如果這頭公羊沒有碰見馬車，牠會繼續頂撞籬笆，非要一決雌雄不可。結果呢？牠的犄角會被籬笆夾住，進退不得，只能"咩咩"地叫喚着。

今解 《周易》用卦象形式推測自然和社會的變化，在神秘主義的外衣下，包含着相當豐富的樸素辯證法思想因素，特別對卦爻吉凶往往通過某些具體而生動的簡單比喻來說明，實為我國古代哲學寓言故事的濫觴。

這裏的"羝羊觸藩"就是一例。它所要諷刺的，大概與西方中世紀那種硬要跟風車決鬥的唐·吉訶德差不多。

歷史和任何事物的發展都有其基本規則，誰要自以為是，以個人意志阻擋它、觸犯它，不是頭破血流地倒在車輪底下，就是陷入"不能退，不能遂"的窘困境地。

原文 羝羊觸藩，羸其角……。藩決，不羸，壯於大輿之輹……。羝羊觸藩，不能退，不能遂。

——《周易·大壯》

即鹿無虞

在茂密的山林裏，有成羣肥壯的馬鹿。這種動物性情機警多疑，行動敏捷，人們很難捕捉到。

有人來山裏圍獵。他們找到看管山林的人（虞，古官名，掌管山澤的人），請他做嚮導，又仔細地打聽馬鹿的生活習慣和牠們經常出沒的地方。經過一番準備，他們才帶着刀箭，牽着獵犬走進密林中。果然，那些馬鹿紛紛陷進他們的包圍圈，一頭頭地倒在齊飛的箭矢之下。

還有一些人呢？他們來圍獵，根本不去找看林人了解情況，就冒冒失失地闖進森林裏。結果連一頭馬鹿的蹤影也找不到，白忙了一天，只好空着雙手，垂頭喪氣地回去。

今解 《周易》爻辭中這個言簡意賅的寓言，也是用來具體地説明：做事如果條件不足，草率從事，必然徒勞無功。工作如果不注重方法，又不與內行人商量，也一定要出錯。“即鹿無虞”這句成語就源出於此。

原文 即鹿無虞，惟入於林中；君子幾，不如舍，往吝。

——《周易 · 屯》

駕車頂牛

有一個漢子，趕着一輛牛車，經過岔路口時，老牛只顧低着頭往前走。漢子連忙跳下車子，想要讓牛車往後退幾步。本來，他只要一手牽住牛鼻子的韁繩，一手搖動鞭子，老牛就會乖乖地向後退。可是他不，他很生老牛的氣，只管用雙手扳住車子向後拖，而牛呢，卻拼命朝前走。於是，漢子就在大路上頂起牛來。這個漢子這樣笨拙，如此蠻幹，結果不免要闖禍，説不定將來還要吃刺頭額、割鼻子的官司呢。

今解 人們常用“牽牛鼻子”來比喻抓住事物的重點。這個漢子笨，就笨在他不能抓住主要的關鍵，而徒憑個人意志，一味蠻幹，結果把一件輕而易舉的事情變成了難以克服的困難。像這樣一種人，就難免要鑄成大禍而受到懲罰了。

原文 見輿曳，其牛掣，其人天且劓。

——《周易 · 睽》

困石據蒺

有個人幹甚麼事情都是毛毛躁躁的。有一天，他又慌慌張張地走路，一不小心，被一塊大石頭絆了一跤，倒栽葱似的摔個正着。他急忙去抓身旁的東西，以免跌倒，卻一把抓住了長滿硬刺的蒺藜，不僅摔個滿嘴是塵泥，手掌也被劃得血淋淋的。這個糊裏糊塗的人兒哼哼唧唧地跛着腳回到家裏，抬頭一看，又傻了眼，只見大門洞開，屋裏亂七八糟，老婆也不知道跟誰私奔了。

今解 《周易》把"困．六三"作為不吉利的凶卦。撇開其卜筮的成分，我們卻發現，它已初步猜出事物變化中偶然性和必然性相關原理。困石、據蒺和失妻這三個差錯，初看起來，都是一種偶然和孤立的現象，它們之間並沒有任何實際關聯；但是這個人之所以一再鑄成這類差錯，的確有其原因，那就是粗心大意、糊裏糊塗成了他生活中的一貫作風。

唯物辯證法認為偶然性是必然性的表現，偶然發生的事情，也往往有它必然的原因。我們只有不忽視某些看來是偶然發生的小差錯，才能避免必然性的大差錯。

原文 困於石，據於蒺藜，入於其宮，不見其妻，凶。

——《周易．困》

窒井碎瓶

某個村子裏有一口井，井水又清又甜。全村男女老少來來往往到井上汲水。淘米、洗衣、飲用都靠這口井的水。可是大家只管汲水，卻不知愛護。漸漸地，井水乾枯了，被泥沙堵塞住了，村裏的人因為汲不到水，便圍在井邊吵吵嚷嚷，卻不設法去掏清這口井，反而氣急敗壞地把汲水用的瓶子砸個稀爛。

今解 井被泥沙堵塞，是由於村人平時不加愛護。問題既已發生，發動大家把井掏清就是了；可是這些人只會怨這怨那，甚至遷怒到汲水瓶子，結果只能更增加用水的困難。

不尊重事實就會造成許多困難。在困難面前，正確的態度應該是分析問題，總結教訓，努力克服；相反，怨天尤人，自暴自棄，怠忽職責，這種態度是非常要不得的。

原文 往來井，井汔至（窒），亦未繘井，羸其瓶，凶。

——《周易·井》

曹劌論戰

公元前六八四年春天，齊國重兵進犯魯國。當時，齊強魯弱，曹劌與魯莊公坐一輛戰車來到長勺迎戰，但見齊軍旌旗森嚴，刀戟如林，一派殺氣騰騰的景象。

齊將首先下令進軍。剎那間，鼓聲動地，殺聲四起。魯莊公正準備擂鼓迎戰，曹劌攔住說："不行，時機未到。"

齊軍見魯營沒有反應，便平靜下來。稍過一陣，齊軍又戰鼓大作，可是曹劌仍阻止魯軍出戰。

待齊軍三鼓擂過，曹劌才回頭對莊公說："時機已到，可以出擊！"

方才魯國兵將只見齊軍驕傲的氣焰，早就憋着滿腔怒火，此時一聽戰鼓擂響，便如同猛虎下山一般，吶喊着掩殺過去。齊軍猝不及防，頓時大亂，漫山遍野地潰逃。

魯莊公大喜，正待下令追擊，曹劌又攔住說："不行。"他跳下戰車，仔細地觀察泥地上齊軍的腳印和車轍，又站在車欄上遠眺一番，隨後說："可以追擊了！"戰役結束，魯國大獲全勝。

班師回朝的路上，魯莊公問曹劌得勝的原因。曹劌回答："打仗依靠士兵的勇氣，齊軍擂一鼓的時候，士氣正旺，第二鼓有所低落，第三鼓則筋疲力竭；而我軍嚴陣以待，士氣卻逐漸充盈，所以能夠戰勝齊軍。同時，齊國是大國，狡詐多端，我們要防備他們佯裝敗走，埋下伏兵；因此我要觀察一番，發現齊軍車轍狼藉，旌旗靡亂，這是真正敗逃的跡象，所以才能下令追擊。"

今解 在長勺之戰前，曹劌與魯莊公有過一段關於戰爭及政治、民心、法治關係的有名談論。他認識到，戰爭的勝負不僅取決於敵我雙方軍事力量的對比，還取決於政治、民心和士氣，在作戰中，他又深入分析了敵我雙方士氣的漲落，得到了“一鼓作氣，再而衰，三而竭”的結論，採用以逸待勞的策略，使“彼竭我盈”，而讓魯國在士氣上佔了上風，彌補了兵力和武器比不上齊軍的弱點。他掌握了事物在一定條件下可以相互轉化的方法，打敗齊軍，使長勺之戰成為歷史上以弱勝強的著名戰例。

原文 戰於長勺。公將鼓之。劌曰：“未可。”齊人三鼓。劌曰：“可矣。”齊師敗績。公將馳之。劌曰：“未可。”下視其轍，登軾而望之，曰：“可矣。”遂逐齊師。既克，公問其故。對曰：“夫戰，勇氣也。一鼓作氣，再而衰，三而竭。彼竭我盈，故克之。夫大國難測也，懼有伏焉。吾視其轍亂，望其旗靡，故逐之。”

——《左傳・莊公十年》

子路問津

長沮和桀溺是春秋時代的兩位隱士。有一天，兩人正在一塊耕地。孔子經過那裏，被一條大河擋住去路，便叫子路去打聽渡口。

長沮手也不停，問：“駕車的那個人是誰？”

子路答：“是孔丘。”

長沮抬起頭，用嘲笑的口吻問：“是魯國的孔丘嗎？”

“是的。”

“哦，他不是生而知之嗎？那應該知道渡口在哪裏。”

子路討個沒趣，又轉過身問桀溺。桀溺停下木耜，問：“你是誰？”

子路答：“我是仲由。”

“你是孔丘的門徒吧？”

“是的。”

“告訴你，當今社會紛亂，有如洪水滔滔，誰能改變這種趨勢呢？你與其跟隨那個躲避壞人的人，還不如跟隨避開人世的人，做個隱士呢。”一邊說，一邊又忙着用土覆蓋稻種。

子路只好回來告訴孔子。孔子悵然長嘆道：“我怎能隱居山林，與鳥獸同羣呢？我不與人們在一起生活，還跟誰在一起呢？即使天下合乎正道了，我也不會改變自己的主張。”

今解 春秋之際，是天下滔滔、社會動亂的變革時期。這個故事提出一個生當其時的處世態度問題：或者像長沮、桀溺這批隱士們（據《論語》記載，還有楚狂接輿、荷蓧丈人等（其他諸子所述更多）一樣，採取逃避現實的虛無主義，或者像孔子那樣堅持“知其不可為而為之”的積極用世主義。這是兩種截然相反的態度。如何評價孔子和儒家哲學思想，是一個問題：是用一分為二的觀點看問題，還是應該肯定這種積極用世的現實主義精神——儒家處世哲學的立足點。孔子批評隱者的話是對的：人總是人，又怎能不在現實社會中生活，而以隱遁山林與鳥獸同羣作為自己的出路呢？

原文 長沮、桀溺，耦而耕。孔子過之，使子路問津焉。長沮曰：“夫執輿者為誰？”子路曰：“為孔丘。”曰：“是魯孔丘與？”曰：“是也。”曰：“是知津矣！”一問於桀溺。桀溺曰：“子為誰？”曰：“為仲由。”曰：“是魯孔丘之徒與？”對曰：“然。”曰：“滔滔者，天下皆是也，而誰以易之？且而與其從辟人之士也，豈若從辟世之士哉？”耰而不輟。子路行以告。夫子憮然曰：“鳥獸不可與同羣！吾非斯人之徒與而誰與，天下有道，丘不與易也。”

——《論語 · 微子》

苛政猛於虎

孔子坐着馬車經過泰山山腳，看見路邊有一個婦女披麻戴孝，正伏在一座新墳上悲哀地哭泣着。孔子停下馬車，憑着車欄注意地傾聽，又叫子貢上前問問情由。

子貢走到墳墓邊，問：“大嫂，聽你的哭聲，好像有莫大的悲傷，是嗎？”

婦女抬起頭，抽泣着說：“這一帶有猛虎作惡，過去我的公公被老虎咬死了；後來我的丈夫也被老虎咬死了；現在，我的兒子又被老虎咬死了；我怎能不悲傷呢？”

孔子下車問：“既然老虎這樣兇惡，你們為甚麼還不趁早離開這兒呢？”

婦女回答：“這兒地方偏僻，沒有苛政。”

孔子沉默了一陣，對學生們說：“你們記住，苛政比惡虎還要兇猛。”

今解 老虎要吃人，貴族官吏的橫徵暴斂也要吃人，甚至比老虎更厲害。

儒家從其創始人孔子開始，一貫主張以仁政取代苛政，目的雖在於緩和社會矛盾，但也有間接反映人民利益和社會發展要求的一面，其中包含着對人性的深刻關注。對他們的政治哲學，似乎應該一分為二。

原文 夫子過泰山側，有婦人哭於墓者而哀。夫子式而聽之，使子貢問之，曰：“子之哭也，一似重有憂者。”而曰：“然，昔者吾舅死於虎，吾夫又死焉，今吾子又死焉。”夫子曰：“何為不去也？”曰：“無苛政。”夫子曰：“小子識之，苛政猛於虎也。”

——《禮記．檀弓下》

木鵲與車轄

春秋時代魯國有一個著名的能工巧匠名叫公輸般，人稱魯班。有一次，魯班用木塊和竹片精心設計製成了一隻鵲鳥。開動機關，這隻木頭鳥兒竟像活的一樣，拍拍翅膀就飛上天空。飛啊，飛啊，它在天上整整翺翔了三天都沒有掉下來。滿城的軍民百姓無不仰頭喝彩，魯班也自以為世上再沒有比這做得更巧的東西了。

墨子對魯班說："你做的這隻鵲鳥，根本不算巧。"

"甚麼？"魯班很生氣，"這還不算巧！"

"是啊！這隻鵲鳥還不如馬車軸上的木銷子。木匠一眨眼砍出的三寸木銷，便能承載五十石重的貨物；而你煞費苦心做的鳥兒有甚麼用處呢？"

"這個……"魯班答不上來了。

"因此，"墨子說，"任何一種工作，只要對人民有利的就叫做巧；對人民無利的，就叫做拙。"

今解 這隻木鵲如果真有其事，那就是一種飛行運載工具的最早萌芽；早在二千四百年前，我國人民就能製作這樣複雜的機械，確是巧得很。但是墨子卻認為它"拙"，因為他是把小生產者的實際利益作為衡量巧與拙的標準，這與他倡導的"非樂"、"節用"、"節葬"等功利主義的主張是一致的。功利主義是要談的，但墨子在這裏卻未免短視了。科學技術上有許多發明創造，它的實際利益並不是很快就能顯示出來，不能用急功近利的眼光去看待它。當然，發明創造也不應脱離實際和現實需要；基礎研究和應用研究之間是一個因果關係，應該掌握恰當的比例，不能偏廢一端。

原文 公輸子削竹木以為鵲，鵲成而飛之，三日不下，公輸子自以為至巧。子墨子謂公輸子曰："子之為鵲也，不如匠之為車轄。須臾斫三寸之木，而任五十石之重。故所為功，利於人謂之巧，不利於人謂之拙。"

——《墨子 · 魯問》

墨悲絲染

墨子經過一家染坊，看見有幾個染匠正在把一束束絲絹丟進一口口的染缸裏。墨子聚精會神地看了半天，然後長嘆一口氣，說道："這雪白的絲絹，丟進黑水就染成黑色，丟進黃水就染成黃色，陸續投進五種染料，絲絹也就變成五彩色。染料一變，絲的顏色也跟着變，所以，染色的時候不可不謹慎。這個道理，就是做人治國也是同樣的啊！"

今解 墨子的聯想是非常有道理的，這裏包含着他的教育思想和政治思想。培養、教育一個人，也要重視這種"染"的作用。

原文 子墨子言見染絲者而嘆曰："染於蒼則蒼，染於黃則黃，所入者變，其色亦變，五入必（同畢）而已，則為五色矣。故染不可不慎也。非獨染絲然也，國亦有染。"

——《墨子·所染》

巫馬子問道

巫馬子對墨子說："你主張兼愛天下，並沒有利於人；我主張不愛天下，也不曾害於人。我們兩人的功效都沒有看見，你為甚麼自以為是，而老是責難我呢？"

墨子回答："譬如街上的房子失火了，一個鄰居準備取水去撲滅火勢，另一個鄰居準備操起火把去助長火勢，但是都還沒有做到，你說這兩個人誰好呢？"

巫馬子回答："當然是準備救火的鄰居好，而那個想火上添油的人不好。"

墨子微笑着說："對啦，雖然他們兩個人的功效都沒見到，但誰是誰非已能判定。這就是我自認為是，而以你為非的道理了。"

今解 墨子用這個故事來強調動機的重要。動機和效果基本上是應該一致的。當然也有動機好而效果未知的情況。但是，如果一開始的動機就很不好，如墨子的比喻，人家失火，你卻去助長火勢，即使未遂，你總不能以效果未見來為自己的動機辯護。這裏，動機的好與壞還是有區別的。當然，真正檢驗動機的應該還是效果。要使好的願望變成好的效果，就必須按照事實規律辦事。

原文 巫馬子謂子墨子曰：“子兼愛天下，未云利也；我不愛天下，未云賊也。功皆未至，子何獨自是而非我哉？”子墨子曰：“今有燎行於此，一人奉水將灌之，一人摻火將益之，功皆未爭，子何貴於二人？”巫馬子曰：“我是彼奉水者之意，而非夫摻火者之意。”子墨子曰：“吾亦是吾意，而非子之意也。”

——《墨子·耕柱》

馬夫之妻

晏子是齊國的宰相，有一天他坐着馬車外出，經過鬧市。馬夫的妻子立在路旁家門口，看見自己的丈夫高坐在駟馬大車上，神氣活現地揮着馬鞭，揚揚得意地吆喝着。等馬夫回到家裏，妻子打起了包袱，要與他離婚。馬夫慌了，忙問原因。妻子說：“晏子雖然長不到六尺，乃是一國堂堂宰相，名聞諸侯，今天我看他坐在馬車上，低頭沉思，態度謙虛；而你呢，雖然身長八尺，不過一個馬夫，看你趕車時，卻一副神氣派頭。我不願跟一個驕傲自滿的人過日子。”馬夫聽了很慚愧，以後每次趕車，都十分檢點自己的言行。晏子發現了馬夫的變化，覺得很奇怪，馬夫以實相告。晏子稱讚這個馬夫能夠從善如流，後來就推薦他當了大夫。

今解 給宰相趕馬車固然是一件體面的差事，可也用不着那樣趾高氣揚，神氣活現。在現實生活中，人們往往形容這種人為“閻王好見，小鬼難纏”。因此，應該特別強調：“人貴有自知之明。”

原文　晏子為齊相，出。其御之妻從門間而窺，其夫為相御，擁大蓋、策駟馬，意氣揚揚，甚自得也。既而歸，其妻請去。夫問其故，妻曰："晏子長不滿六尺，身相齊國，名顯諸侯，今者妾觀其出，志念深矣，常有以自下者；今子長八尺，迺為人僕御；然子之意，自以為足，妾是以求去也。"其後，夫自抑損。晏子怪而問之，御以實對。晏子薦以為大夫。

——《晏子春秋 · 內篇雜上》

晏子論罪

齊景公酷愛打獵，非常喜歡餵養捉野兔的老鷹。燭鄒不當心，讓一隻老鷹逃走了。景公知道了便大發雷霆，命令將燭鄒推出去斬首。晏子走上堂，對景公說："燭鄒有三大罪狀，哪能這麼輕易就殺了？待我公佈他的罪狀再處死吧！"景公點頭同意了。晏子指着燭鄒的鼻子，數說道："燭鄒，你為君主養鳥，卻讓鳥逃走，這是第一條罪狀；你使得國君為了鳥的緣故而要殺人，這是第二條罪狀；把你殺了，讓天下諸侯都知道國君重鳥輕士，這是你的第三條罪狀！好啦，國君，請處死他吧！"景公臉紅了半天，才說："不用殺了，我聽懂你的話了。"

今解　晏子的進諫方式非常巧妙。表面上他在數落燭鄒的罪狀，實際上是在批評齊景公的重鳥輕士，並指出它的弊端。這樣，他既收到了批評的效果，又不會因直接勸諫而使君王難堪，可謂聲東擊西，一箭雙雕。可見，在進行批評的時候，既要觀點正確，又要注意方式和方法；有時，間接的批評比直接的批評要來得有效。

原文　景公好弋，使燭鄒主鳥而亡之。公怒，召吏欲殺之，晏子曰："燭鄒有罪三，請數之以其罪而殺之。"公曰："可。"於是召而數之公前，曰："燭鄒！汝為吾君主鳥而亡之，是罪一也；使吾君以鳥之故殺人，是罪二也；使諸侯聞之，以吾君重鳥以輕士，是罪三也。”數燭鄒罪已畢，請殺之。公曰：“勿殺，寡人聞命矣。”

——《晏子春秋·外篇重而異者》

社廟之鼠

景公問晏子：“治理國家最怕甚麼呢？”晏子回答：“最怕社廟裏的大老鼠。”景公不解地問：“這話怎麼說？”晏子答道：“社廟是祭神的地方，用木頭做柱子，外面塗上泥巴做成牆壁，老鼠一窩一窩住在壁洞裏。用煙熏吧，恐怕燒壞了裏面的木柱；用水灌吧，又怕沖壞了牆腳。老鼠在裏面安居樂業，生兒育女，人卻束手無策，這都是因為怕毀壞了社廟的緣故。國家也有這種情況，您君主左右不少親信就是這樣的大老鼠。”

今解 有句成語叫“投鼠忌器”，說的就是這種情況。老鼠是極端狡黠的小動物，為了保存自己，似乎很懂得廟、人、鼠三者之間的關係：社廟神聖不可侵犯的特權其實是人賦予的，人雖恨老鼠，卻又被迷信束縛而不敢毀壞社廟。老鼠就利用這個矛盾，使社廟無形中變成了牠們的防空洞。

不過，既然是害人的老鼠，就不能任其囂張，人們終歸能夠找到消滅牠們的方法。

原文 景公問於晏子曰：“治國何患？”晏子對曰：“患夫社鼠。”公曰：“何謂也？”對曰：“夫社，束木而塗之，鼠因往託焉。熏之則恐燒其木，灌之則恐敗其塗。此鼠所以不可得殺者，以社故也。夫國亦有社鼠，人主左右是也。”

——《晏子春秋·內篇問上》

狗國狗門

晏子身矮貌醜，可是為人機智。有一次，晏子作齊國的全權代表，前去楚國京城談判。楚王存心想侮辱晏子，令人在城門旁邊挖了一口小洞，讓管禮賓的小官帶晏子從此洞進城。晏子不進，看看周圍等着看笑話的人羣，十分驚訝地說：“啊呀，今天我恐怕來到狗國了吧？怎麼要從狗門進去呢？”楚人討了一臉沒趣，只好引他從大門進了城。

晏子走進楚宮，楚王腆着肚皮，高高地站在台階上，傲慢地瞟了晏子一眼，問道：“你們齊國難道就沒有人了嗎？”

“怎麼會沒有人呢？”晏子從容地回答，“臨淄有七八千戶人家。房屋一片連着一片；街上行人肩膀擦着肩膀，腳尖踩着腳跟，扇扇衣襟就像烏雲遮天，揮把汗水有如暴雨滂沱，這怎麼能說沒有人呢？”楚王拉長了臉吭了一聲，又問：“既然這樣，你們齊國就派不出比你更強的人來嗎？”晏子笑嘻嘻地答道：“怎麼派不出呢？可是我們齊國委派大使是有規矩的，有才幹的賢人派去見有才幹的國君，無能的傢伙派去見無能的國君，我晏子是齊國最無能的一個，所以就被派來見您了。”

今解 晏子所使用的策略，叫做“針鋒相對”，或者說是“以其人之道，還治其人之身”。既然讓我從狗洞進城，那進的也就是狗國了；既然把我當作最無能的來使，那麼你也就是最無能的君王了。

在辯論中抓住對方理論或邏輯上的謬誤，加以引申發揮，推到頂點，得到更荒謬的結論，然後加以否定，這往往是對錯誤理論的最有效的駁斥。

原文 晏子使楚，楚人以晏子短，為小門於大門之側而延晏子。晏子不入，曰：“使狗國者，從狗門入。今臣使楚，不當從此門入。”儐者更道，從大門入。見楚王。王曰：“齊無人耶？使子為使。”晏子對曰：“齊之臨淄三百閭，張袂成陰，揮汗成雨，比肩繼踵而在，何為無人？”王曰：“然則何為使子？”晏子對曰：“齊命使，各有所主，其賢者使使賢士，不肖者使使不肖士，嬰最不肖，故宜使楚矣。”

——《晏子春秋．內篇雜下》

踴貴屨賤

公元前五四八年，齊景公在位，刑法相當殘酷，動輒就把人的雙腳砍掉。當時，社會上出現了一種職業：專門做假腳出售。

有一天，景公想叫晏子換一換住所，對他說："先生的住宅靠近市場，既狹小，又嘈雜，請換一個清靜的地方吧。"晏子拜辭說："不用了，這裏是我先父住過的地方（晏子父晏弱原來也是齊國卿相），我的功德遠不及先父，這間住宅對我來說已經夠奢華的了。再說，家近市場，早晚買東西方便，對我是很有利的。"景公笑着說："先生住在市場旁邊，可知道最近物價的貴賤嗎？""當然知道。"晏子回答。"那麼甚麼東西賣得貴，甚麼東西賣得便宜呢？""貴賤嘛，"晏子答道，"假腳供不應求，天天漲價；鞋子賣不出去，天天跌價。"景公聽了，臉色變得很難看。後來，齊國就不再濫用砍腳的酷刑了。

今解 齊國刑法殘酷，荼毒人民的程度，竟在商品的價值標準上暴露出來。

事物的本質可以有很多表現形式，有時甚至紛繁零亂；而晏子則抓住了最能反映本質的突出現象，採用對比手法，用踴貴屨賤這一觸目驚心的事實，引起對方注意，雖然沒有直接點明主題，卻更深刻地揭示了本質，收到了勸諫的效果，這就是所謂的"辭欲巧"哩。

原文 景公欲更晏子之宅，曰："子之宅近市，湫隘囂塵，不可以居，請更諸爽塏者。"晏子辭曰："君之先君容焉，臣不足以嗣之，於臣侈矣。且小人近市，朝夕得所求，小人之利也，敢煩里旅。"公笑曰："子近市，識貴賤乎？"對曰："既竊利之，敢不識乎？"公曰："何貴何賤？"是時也，公繁於刑，有鬻踴者，故對曰："踴貴而屨賤。"公愀然改容。公為是省於刑。

——《晏子春秋·內篇雜下》

國有三不祥

從前，齊國人把老虎和蟒蛇看作不祥之物。

有一次，齊景公去野外打獵。剛爬上山頭，只聽一聲狂嘯，從草叢裏跳出一隻吊睛白額猛虎，嚇得齊景公一夥跌跌爬爬地逃到山溝裏。他們在山溝裏沒走幾步，又見一條水桶般粗的青皮蟒蛇盤在岩石上，朝着他們吐信。齊景公驚魂未定地跑回宮中，急忙把晏子叫來問道："今天寡人上山見虎，下溝見蟒，這怕是我們齊國的不祥之兆吧？"

晏子回答說："我也聽說一個國家確實會有不祥之兆，而且有三不祥：一是有了賢明的人才，而君主不去選拔、不想知道；二是知道了也不願錄用；三是雖然錄用了卻不肯信任。所謂不祥在於此。至於今天上山見虎，那是因為山是虎的巢居；下溝見蛇，那是因為溝是蛇的洞穴，這與國家有甚麼關係呢？怎能說是齊國的不祥之兆呢？"

今解 一個國家究竟有沒有不祥之兆？應該說是有的。但對此歷來就有兩種不同的看法，唯心主義往往把某些自然界的變化、靈異和動植物當作不祥之兆，並從中尋找國家興衰的原因，藉此麻痹人民，推卸罪責；而唯物主義者則從實際出發來考察和預斷國家的命運。晏嬰把國家興衰歸結到用人問題上，認為"賢而不知"、"知而不用"、"用而不任"是三大不祥，這真是至理名言。歷史的事實也告訴我們，不善於發現、使用和信任人才，甚至糟蹋人才，這對國家的傷害是無法估計的。

原文 景公小獵，上山見虎，下澤見蛇。歸，召晏子而問之曰："今日寡人小獵，上山則見虎，下澤則見蛇，殆所謂不祥也。"晏子對曰："國有三不祥，是不與焉。夫有賢而不知，一不祥；知而不用，二不祥；用而不任，三不祥也。所謂不祥，乃若此者。今上山見虎，虎之室也；下澤見蛇，蛇之穴也。如虎之室，如蛇之穴而見之，曷為不祥也？"

——《晏子春秋·內篇諫下》

掛牛頭賣馬肉

齊靈公喜歡看婦女穿男人的衣服，讓內宮裏所有的嬪妃侍女們都女扮男裝。不久，全國都趕起這種時髦來。靈公很生氣，認為這有傷風化，便命令各地官吏："凡有女扮男裝的，一律撕裂衣服，扯斷腰帶。"儘管如此，這股風氣仍然禁止不了。

一天，靈公看見晏子，問道："寡人已經採取了嚴厲的措施，為甚麼還禁止不了呢？"

晏子回答："不知道國君見過沒有，有的肉舖門口掛着牛頭，案上賣的卻是馬肉。您讓內宮穿男服，卻想禁止國人學樣，這等於是掛牛頭賣馬肉，怎麼禁得住呢？要讓下民不去仿效，首先要居上者不去做。"靈公照辦了。果然，一月後，女扮男裝的風氣就在全國扭轉了。

今解 "上樑不正下樑歪"、"上有好者，下必有甚焉者矣"，這原是一個很普通的道理。可是歷史上一些統治者為了滿足自己的驕奢淫逸，總是要人民勒緊褲帶，做禁慾主義的信徒，而自己則大搞縱慾主義和掛牛頭賣馬肉的勾當。

故事中的齊靈公一聽晏子的話，幡然悟改，就馬上起了上行下效的作用。孔夫子說過這樣的話："政者正也，子率以正，孰敢不正？"講的就是這個道理。

原文 靈公好婦人而丈夫飾者，國人盡服之。公使吏禁之曰："女子而男子飾者，裂其衣，斷其帶。"裂衣斷帶，相望而不止。晏子見，公問曰："寡人使吏禁女子而男子飾者，裂斷其衣帶，相望而不止者，何也？"晏子對曰："君使服之於內，而禁之於外，猶懸牛首於門，而賣馬肉於內也。公何以不使內勿服，則外莫敢為也。"公曰："善。"使內勿服，不逾月，而國人莫之服。

——《春秋．內篇雜下》

橘逾淮為枳

有一次，晏子代表齊國出使楚國，楚王設宴招待。酒過三巡，只見兩個小官綁着一名犯人走進大廳。楚王故作驚訝地站起來問道："你們綁的是何人？"小官稟報說："是齊國的盜竊犯。"楚王轉過頭看着晏子說："哦，是你們齊國人，齊國人都是慣於偷東西的吧！"晏子站起身回答說："我聽說，橘子生在江南，就結出橘子；移到淮北，就長成枳實，葉子雖很相似，果實的味道卻大不相同。這是甚麼原因呢？因為水土的差異。老百姓生長在齊國，從來不會偷東西，到了楚國卻會偷，請問，這是不是因為楚國水土使人善於偷盜呢？"

今解 這裏楚王和晏子互相譏諷的話，都是以偶然性代替必然性，以個別代替普遍，可說犯了邏輯上的錯誤。不過，晏子是為了駁斥楚王，才"以其人之道，還治其人之身"。同時，他所說的"橘逾淮為枳"，已成為一句膾炙人口的成語。它說明同樣的事物在不同的環境、條件下，可以發生不同的變化；環境對改變一個人的品德是十分重要的。

原文 晏子至，楚王賜晏子酒。酒酣，吏二縛一人詣王。王曰："縛者曷為者也？"對曰："齊人也，坐盜。"王視晏子曰："齊人固善盜乎？"晏子避席對曰："嬰聞之，橘生淮南則為橘，生於淮北則為枳，葉徒相似，其實味不同。所以然者何？水土異也。今民生長於齊不盜，入楚則盜，得無楚之水土使民善盜耶？"

——《晏子春秋 · 內篇雜下》

哪知人民飢寒

有一年數九寒冬，北風呼嘯，鵝毛大雪攪得天昏地暗，連下幾天都不停。齊國百姓啼飢號寒，到處可見凍屍餓殍。

齊景公裹着輕軟名貴的銀狐皮袍，坐在溫暖如春的畫閣裏欣賞歌舞。旁邊擺着燒得通紅的炭爐，前面陳列着山珍海味，玉液佳釀。喝了半天，景公額上不覺沁出薄薄一層汗水，只見晏子披着一身白雪從外面走進來。景公對他説：“今年真奇怪呵，大雪連下這麼多天，卻沒有一點寒意。”晏子説：“天氣真不冷嗎？”景公微笑。晏子緩過一口氣，説道：“我聽説古代賢明君主，肚子吃飽就會想到百姓的飢餓，身上穿暖就會想到百姓的寒冷。可是，要做到這點真難啊！”

今解 晏子答覆齊景公的話説得很對。在思想感情上，不同的階層是難得有共同語言的；由於生活條件和經濟地位的不同，對相同事實也會得到不同的結論。當然，我們不能説晏子是人民思想的代表，他只是站在當時新興地主的立場上，為整個社會的長遠利益着想，勸告國君重視民生疾苦，自己溫飽，不要忘記百姓飢寒。可是，要做到這點還真不容易。“今君不知也”，可説是對歷史上所有統治者的概括。

原文 景公之時，雨雪三日而不霽。公被狐白之裘，坐於堂側階，晏子入見，立有間，公曰：“怪哉，雨雪三日而天不寒。”晏子對曰：“天不寒乎？”公笑。晏子曰：“嬰聞古之賢君，飽而知人之飢，溫而知人之寒，逸而知人之勞，今君不知也。”

——《晏子春秋・內篇諫上》

再作馮婦

從前，晉國有位勇士，名叫馮婦。馮婦力大無比，他能赤手空拳地打死猛虎，為民除害，因此聞名全國。國君為了嘉獎他，將他提拔為士人。但是，士人要讀書從善，因此打虎的行當他也就洗手不幹了。

有一次，馮婦和許多士人駕着馬車經過一座山頭，只聽見人聲喧鬧，有許多老百姓舉着鋤頭、木棒，正在追逐一隻老虎。這隻斑斕猛虎背靠山崖，面對着人，張開血盆大口，怒跳狂吼，嚇得那夥人遠遠呆立着，沒有一個人敢上去碰一碰。

忽然有人發現馮婦坐在馬車上，大家便連忙迎上來，請馮婦打虎。

馮婦二話沒說，捲起衣袖，振起雙臂就跳下車來，勇猛地朝老虎撲去。老百姓看了，一起歡呼叫好；而車上那些士人，都在搖頭擺腦，嘲笑馮婦身為士人，卻不成體統。

今解 既然馮婦是因為打虎才被提拔做士人的，可是為甚麼他打虎卻又被士人們嘲笑？那是因為士人們站在自己的立場上，認為馮婦既然當了士人，就應該溫文儒雅、明哲保身，不該混雜於百姓之間幹這種有失身份的事。而且，萬一被老虎咬上一口，更不合算。當了官就應該像那些士人們所想像的那樣高人一等，站在羣眾的對立面嗎？馮婦用行動作了否定的回答，所以百姓對他大聲叫好，並不是偶然的。

原文 晉人有馮婦者，善搏虎，卒為善士。則之野，有眾逐虎，虎負隅，莫之敢攖。望見馮婦，趨而迎之。馮婦攘臂下車，眾皆悅之，其為士者笑之。

——《孟子．盡心下》

王顧左右而言他

孟子對齊宣王說道：“您有一個臣子把妻室兒女託付給朋友照顧，自己到楚國去遊玩；等他回來的時候，他的妻室、兒女卻在捱餓受凍。對待這樣的朋友，應該怎麼辦呢？”

齊王說：“和他絕交。”

孟子說：“假如管刑罰的長官不能管理他的部屬，那應該怎樣辦呢？”

齊王說：“撤掉他。”

孟子說：“假如一個國家裏政治搞得很不好，那又該怎樣辦呢？”

齊王回過頭來左右張望，把話題扯到別處去了。

今解 當時齊國四境不治，人民凍餒，孟子便步步深入，將了齊宣王一軍。但齊宣王對別人該負的責任，應該怎麼處置都看得很清楚，也說得很乾脆，而對自己的罪責卻諱莫如深，"顧左右而言他"。

俗語說"旁觀者清，當局者迷"，說的就是一個人限於主觀成見和私心雜念，有時對別人身上的缺點看得很清楚，卻往往對自己的缺點認識不清或文過飾非。

原文 孟子謂齊宣王曰："王之臣，有託其妻子於其友而之楚遊者，比其反也，則凍餒其妻子，則如之何？"王曰："棄之。"曰："士師不能治士，則如之何？"王曰："已之。"曰："四境之內不治，則如之何？"王顧左右而言他。

——《孟子・梁惠王下》

揠苗助長

宋國有一個農民，嫌秧苗長得太慢，有一天，他就下田去把秧苗一棵一棵地拔高。回到家裏，疲勞不堪，就向家人說："今天可把我累壞了，我叫禾苗長高了好幾寸。"他的兒子趕快跑到田邊一看，發現禾苗全都枯槁了。

今解 客觀法則不以人們意志為轉移，這人雖然存心把事辦好，但是，由於違反了客觀法則（莊稼生長的原理），結果只能把事情搞壞了。

原文 宋人有閔其苗之不長而揠之者，芒芒然歸，謂其人曰："今日病矣，予助苗長矣。"其子趨而往視之，苗則槁矣。

——《孟子・公孫醜上》

驕其妻妾

齊國有個人，家裏有一妻一妾。丈夫每次外出，一定吃得滿臉油光，醉醺醺地回家。妻子問他一道吃喝的是些甚麼人，他總是得意地說都是一些有錢有勢的人物。妻子悄悄對妾說："他總說跟一些有錢有勢的人吃喝，但是我從來沒見過有甚麼顯貴人物到我們家裏來。我準備看他究竟到了些甚麼地方。”

第二天清早，她偷偷地跟在丈夫後面盯梢。走遍城中，卻沒有看到任何人與他丈夫說話。不知不覺出了城，一直來到東郊外的墓地。只見丈夫走到掃墓的人那裏，涎着嘴臉乞討些祭墳用的殘羹剩飯。他把一堆碗碟舔乾淨，又東張西望地到別處去乞討了——原來這就是他吃飽喝醉的辦法。

妻子心如刀割，回到家裏對妾說：“丈夫是我們一心仰望而終身依靠的人，現在他竟然是這樣的人。”於是，她們兩人便在庭院中抱頭哭泣、咒罵着。丈夫並不知道，仍大搖大擺地從外面回來。吆吆喝喝，還向兩個女人擺威風。

今解　這個齊人偷偷幹着卑鄙骯髒的勾當，還要裝腔作勢，在妻妾面前擺出一副神氣活現的樣子，可是他的妻子並沒有被假象蒙騙住。

假象也是一種現象。表面上看，假象給人一種與事實完全相反的印象，這個齊人的假象，正暴露出他本質中虛偽和怯懦的一面。

有些人蓄意說謊做假，隱瞞事物的真相，以為這樣便可掩盡天下人耳目，但在事實前面，總是要原形畢露的。

原文　齊人有一妻一妾而處室者，其良人出，則必饜酒肉而後反。其妻問所與飲食者，則盡富貴也。其妻告其妾曰：“良人出，則必饜酒肉而後反；問其與飲食者，盡富貴也；而未嘗有顯者來。吾將瞷良人之所之也。”蚤起，施從良人之所之。遍國中無與立談者。卒之東郭墦間，之祭者，乞其餘；不足，又顧而之他。此其為饜足之道也。

其妻歸，告其妾曰：“良人者，所仰望而終身也。今若此！”與其妾訕其良人，而相泣於中庭，而良人未之知也，施施從外來，驕其妻妾。

——《孟子．離婁下》

下棋

秋先生是一位全國有名的棋手。他有兩個徒弟同時跟他學下棋。兩人當中，一個人在學棋時，精神完全貫注在棋上，靜心聽講；而另一個人，雖然也在聽講，但心裏卻一直想着有一羣大雁將要從這裏飛過，準備張起弓箭去射殺牠們。

兩個人同時學習，所學都是一樣，智力也差不多，可是結果卻大不相同。

今解 學習必須專心致志，開動機器，也就是說，要善於使用思考器官。同樣的條件而學習結果卻大不相同，根本的原因就是因為一個是一心一意將腦筋用在學習上；另一個卻是三心兩意，將腦筋用在別的事情上。

原文 奕秋，通國之善弈者也。使奕秋誨二人弈。其一人專心致志，惟奕秋之為聽；一人雖聽之，一心以為有鴻鵠將至，思援弓繳而射之，雖與之俱學，弗若之矣！為是其智弗若與？曰：非然也。

——《孟子．告子上》

苑囿嫌大

齊宣王沉湎於聲色犬馬，成天飛鷹走狗，到處圍獵。

有一天，齊宣王問孟子說："我聽說周文王的獵苑足足圍了七十里，有沒有這件事？"孟子回答："書上是這樣記載的。"

宣王吃驚地問："難道真有這麼大嗎？"

孟子答道："當時老百姓還嫌太小呢。"

宣王嘆口氣說："唉，寡人的獵苑只圍了四十里，老百姓都嫌太大了，真不通情達理。"

孟子說："文王的獵苑雖然方圓七十里，可是老百姓可以進去砍柴，捉野兔，文王和人民一塊使用這獵苑，因此，人民嫌它太小。而您呢？"孟子停頓一下說，"我初來齊國，問明白了禁令才敢入境，聽說大王的獵苑不准百姓砍柴拾草，不准隨意進出，殺死一頭麋鹿，就要判成死罪。這樣，不就等於在國內設下一個方圓四十里的陷阱火坑了嗎？人民嫌它太大，難道不合情合理嗎？”

今解　同一個苑囿，或以為小，或以為大，統治者和人民之間在看法上的不同，正因為從不同層面的利益出發，是完全可以理解的。孟子這段談話，意在勸說齊宣王改變自己的看法，稍與人民接近，這是他主張政治上爭取民心的仁政學說的理論基礎。

原文　齊宣王問曰："文王之囿方七十里，有諸？"

孟子對曰："於傳有之。"

曰："若是其大乎？"

曰："民猶以為小也。"

曰："寡人之囿，方四十里，民猶以為大，何也？"

曰："文王之囿，方七十里，芻蕘者往焉，雉兔者往焉，與民同之，民以為小，不亦宜乎？臣始至於境，問國之大禁，然後敢入。臣聞郊關之內，有囿方四十里，殺其麋鹿者，如殺人之罪，則是方四十里，為阱於國中。民以為大，不亦宜乎？"

——《孟子·梁惠王下》

煮魚

有一次，有人送給子產一條活魚。子產就叫管理池沼的手下把魚放到池子裏去。結果這個手下把魚拿出去偷偷地煮吃了，然後回去告訴子產說："魚我已經放了，剛放下時呆呆地不動；一會兒，牠就顯出很得意的樣子，甩甩尾巴便游進水裏去了。"子產高興地說："找到合適的地方了！找到合適的地方了！"

那手下走出來說："誰說子產聰明？我早已把魚煮了吃，他還說：'找到合適的地方了！找到合適的地方了！'"

今解　做事不重方法與事實，偏信訛言，即使是所謂"聰明人"，也免不了要受騙上當，犯下錯誤的。

原文 昔者有饋生魚於鄭子產，子產使校人畜之池。校人烹之。反命曰：“始捨之，圉圉焉；少則洋洋焉，攸然而逝。”子產曰：“得其所哉！得其所哉！”校人出，曰：“孰謂子產智，予既烹而食之，曰：‘得其所哉！得其所哉！’”

——《孟子．萬章上》

以羊換牛

齊宣王坐在堂上看書，有個僕人牽着一頭渾身發抖的黃牛從堂下經過。宣王見了，放下書問道：“把牛牽到哪裏去？”

僕役回答：“今天是祭祀日，殺牛祭鐘。”

宣王看看那頭牛哆哆嗦嗦的害怕樣子，說：“放了牠吧，我不忍心看牠這副可憐相。牠沒有罪過卻被送去死地，這有悖仁慈啊。”

僕役問道：“把牛放了，鐘還要不要祭呢？”

“鐘怎麼能不祭？這個……”宣王沉思了一番，然後說，“這樣吧，換一頭羊來祭鐘。”

今解 齊宣王大發慈悲，救了一頭牛的性命，卻換了一隻替罪羔羊。這是因為不管齊宣王有多大的“憐憫心”，釁鐘祭神的迷信舉動仍不改變，因而用一頭牲畜供做犧牲品的需要就不會改變，以羊換牛，以小易大，還不同樣是騙人的把戲。一切統治者的所謂慈悲，原來不過如此。

原文 王坐於堂上，有牽牛而過堂下者，王見之，曰：“牛何之？”對曰：“將以釁鐘。”王曰：“捨之！吾不忍其觳觫，若無罪而就死地。”對曰：“然則廢釁鐘與？”曰：“何可廢也？以羊易之。”

——《孟子．梁惠王上》

五十步笑百步

梁惠王為了掠奪別國的財富，常常把百姓驅上戰場。一天，他問孟子：“我對於國家，總算盡心了吧！河內荒年的時候，我就把河內的人民移到河東去，把河東的糧食調到河內來。河東荒年的時候也是這樣。我看鄰國的君王還沒有像我這樣盡心地愛護百姓。可是，鄰國的百姓並未減少，我的百姓也未加多，這是甚麼緣故呢？”

孟子回答說：“君王喜歡打仗，我就拿打仗來作比喻吧：打仗的雙方，在戰鼓一響，兵器一接觸以後，一方敗了，就丟掉兵器逃命。假如有的逃了一百步不跑了，有的則逃了五十步不跑了。這時候，這個逃了五十步的人就嘲笑那個逃了一百步的人，說他膽小怕死，你看對不對呢？”

梁惠王說：“當然不對，那人只不過沒有逃到一百步，但也同樣是逃跑呀！”孟子說：“大王既然知道這個道理，怎麼能希望你的百姓比鄰國多呢？”

今解 孟子的比喻，很有意思。逃五十步和逃一百步在數字上雖然不同，但在本質上卻是一樣的——都是逃跑。梁惠王表面上給了老百姓一點小恩小惠，但本質上卻不體恤人民，和鄰國的暴君沒有甚麼分別。

看事情不能光看表面，還必須深入事情的真相。

原文 梁惠王曰：“寡人之於國也，盡心焉耳矣！河內凶，則移其民於河東，移其粟於河內；河東凶，亦然。察鄰國之政，無如寡人之用心者。鄰國之民不加少，寡人之民不加多，何也？”孟子對曰：“王好戰，請以戰喻：填然鼓之，兵刃既接，棄甲曳兵而走，或百步而後止，或五十步而後止。以五十步笑百步，則何如？”曰：“不可，直不百步耳，是亦走也。”曰：“王如知此，則無望民之多於鄰國也。”

——《孟子·梁惠王上》

偷雞賊

有個人專門偷鄰里的雞，一天偷一隻，不偷就手心發癢。有人苦口婆心地勸告他說："不要再偷了，這種勾當違反做人的道德。"這個偷雞的人聽了，也想改邪歸正，便對勸告他的人說："好吧，我下定決心痛改前非，不過我的偷癮很大，一下子不偷也很困難。這樣吧，以前我一天偷一隻雞，從今天起改為一個月偷取一隻，到明年就可以不偷了。"

明明知道是不道德的事情，就應該及早改正，為甚麼還要等到明年呢？

今解 這個故事和"五十步笑百步"類似。它啟發我們，做了壞事，如果知道它是錯的，就要從根本上去改正它，而不能滿足於表面數字的減少。否則，錯誤依然是錯誤，想改也是騙人的。

原文 今有人，日攘其鄰之雞者，或告之曰："是非君子之道。"曰："請損之，月攘一雞；以待來年，然後已。"如知其非義，斯速已矣，何待來年？

——《孟子．滕文公下》

斥鴳笑鵬

相傳遠古時候，有一種叫大鵬的鳥，牠的體積碩大無比，脊背好似巍峨的泰山，牠展開雙翼，宛如遮天的烏雲。平時牠棲息在北山之上，須等到六月間羊角旋風颳來，鵬便藉着風勢，舒展雙翼乘風直上九萬里；然後背負青天，翼絕雲氣，直飛向南，最後在南海上降落。有一隻小鴳雀在刺窠草叢裏蹦蹦跳跳，抬頭看見鵬鳥掠天而來，便嘰嘰喳喳笑着說："哈！這個笨重的傢伙，沒有大風就飛不起來，多麼可笑！我雖然跳不到一尺，飛不過數丈，可是愛跳就跳，愛飛就飛，在麻蓬刺窠裏鑽進鑽出，多麼自在。可是牠呢，哈哈，看牠飛到哪裏去啊！"

今解 事物的存在和發展不能離開它的條件，世界上沒有甚麼絕對自由的東西。那些蹦蹦跳跳的蓬間鴳雀局限在狹小的天地裏，固然談不上自由；就是那高飛萬里，氣派非凡的大鵬，假如沒有羊角飇風，牠的翅膀也動彈不得，同樣談不上有多少自由。這就是莊子"皆有所待"的思想。世界有其不依人的意志為轉移的客觀法則，自由乃是對必然的認識和利用。超乎事實的絕對自由是不存在的。那些以為憑個人意志可以為所欲為地主宰世界的人，是非常可笑的。

原文　有鳥焉，其名為鵬，背若泰山，翼若垂天之雲，摶扶搖羊角而上者九萬里，絕雲氣，負青天，然後圖南，且適南冥也。斥鴳笑之曰："彼且奚適也？我騰躍而上，不過數仞，而下翱翔蓬蒿之間，此亦飛之至也！而彼且奚適也？"

——《莊子·逍遙遊》

一場蝶夢

炎熱的夏日中午，莊子躺在花園的大樹下乘涼，不知不覺地睡着了。他做了一個夢，夢見自己變成一隻五彩繽紛的大蝴蝶。蝴蝶在馥郁芬芳的花叢間翩翩起舞，多快活啊！忽然，一陣涼風沙沙吹來。莊子醒了，發現自己原來是莊周。他懵懵懂懂地看看四周，又摸摸自己的腦勺，自言自語地說："啊呀，這是怎麼搞的？到底是莊周做夢變成了蝴蝶，還是蝴蝶做夢變成了莊周？真奇怪，莊周與蝴蝶總該有所區別吧？"

這就叫做"萬物與我同化"的精神境界。

今解　一覺醒來，不知道自己是蝴蝶還是莊周，這是多麼奇異的感覺，它表現了莊子"夢即醒，醒即夢"的觀點。有人指出："把相對主義作為認識論的基礎，就必然使自己不是陷入絕對懷疑論、不可知論和詭辯，就是陷入主觀主義。"莊子正是這樣，通過"蝴蝶夢"的典型描寫，創造了一個自我陶醉的精神境界。這是莊子哲學中的精華，對後來思想界的影響很大。

原文　昔者莊周夢為蝴蝶，栩栩然蝴蝶也，自喻適志與？不知周也。

俄然覺，則蘧蘧然周也。不知周之夢為蝴蝶與？蝴蝶之夢為周與？周與蝴蝶則必有分矣。此之謂物化。

——《莊子·齊物論》

井蛙之樂

草叢中有一口淤塞廢棄的井，井裏住着一隻青蛙。有一天，牠跳到井欄上歇涼，看見迎面爬來一隻迷路的海鼈。青蛙高興地招呼道："快過來，你這個可憐的東西，快來看看我的美妙的天堂！"海鼈爬到井欄上，探出頭看到井裏有着淺淺的一攤綠色死水。青蛙得意地指點說："你恐怕從來沒有享受過這種快樂吧！傍晚我可以在井欄上乘涼；深夜，我鑽進那隻破罈子裏睡覺；我還可以浮在水面上做個美夢，也可以在那攤淤泥上舒舒服服打個滾。那些小蝌蚪、螃蟹哪裏比得上我快活！"青蛙唾沫四濺，越說越高興。"瞧，這都歸我一個人管轄，我愛怎麼樣就怎麼樣，你不想進去參觀參觀嗎？"海鼈爬向井口，可是右腿還沒進去，左腿就被井欄卡住了。海鼈只好退了回來，對青蛙說："你聽說過大海沒有？"青蛙搖搖頭。海鼈說："我就住在大海裏。大海水天茫茫，無邊無際。千里平原，不能和它相比；萬仞高峯，放進海裏也不見影子。大禹的時候，十年九澇，海水不增加一寸；商湯的年代，八年七旱，海水也不減少一分。我在大海裏無羈無絆，俯仰自由。你看，大海的快樂怎麼樣？"青蛙聽罷，鼓着眼睛，半天合不攏嘴。

今解 這隻井底之蛙已經成為一個孤陋寡聞、夜郎自大和安於現狀的藝術表徵了。因為自己的淺薄無知，以為天下美景盡在井底，閉眼不見周圍的廣大世界，這種人實在淺薄得可笑。這隻青蛙聽說大海的遼闊，還羞愧得"規規然自失"，而那些坐井觀天的人明明落後很遠了，還要大言不慚，他們的臉皮才厚呢！

原文 子獨不聞夫坎井之蛙乎？謂東海之鼈曰："吾樂與！出跳梁乎井幹之上，入休乎缺甃之崖；赴水則接腋持頤，蹶泥則沒足滅跗。還虷蟹與科斗，莫吾能若也。且夫擅一壑之水，而跨跱坎井之樂，此亦至矣，夫子奚不時來入觀乎？”東海之鱉，左足未入，而右膝已縶矣。於是逡巡而卻，告之海曰：“夫千里之遠，不足以舉其大；千仞之高，不足以極其深。禹之時，十年九潦，而水弗為加益；湯之時，八年七旱，而不崖不為加損。夫不為頃久推移，不以多少進退者，此亦東海之大樂也。”於是坎井之蛙聞之，適適然驚，規規然自失也。

——《莊子 · 秋水》

泥塗曳尾

莊子每天都在濮水之畔釣魚。楚王聽說了，便派遣兩個大臣去尋找他。大臣們在河邊一棵大樹下找到了莊子，對他說：“我們大王仰慕先生高名，特請先生去楚國協理政事。”莊子坐在草地上，手裏拿着釣竿一動不動。大臣沒辦法，只好又說一遍。莊子悶了半晌，才開口說：“我聽說楚國有一隻大神龜已死去三千年了，人們把牠的龜殼放在大廟之上，天天供奉着，是嗎？”兩位大臣忙點頭：“是的，是的。”

“那麼請問，”莊子抬起頭來，“這隻烏龜是情願死了，留幾塊骨殼受人尊重呢，還是樂意活着，拖起尾巴在泥裏爬呢？”兩位大臣面面相覷，然後異口同聲回答：“寧願活着在泥裏爬。”莊子哈哈笑着，大聲說：“請便吧，我也要拖起尾巴在泥裏爬哩。”

今解 “泥塗曳尾”，歷來被認為是一個避世求全、貪生怕死、活命哲學的典型。但是，莊子又從來就淡漠生死，極力宣揚曠達的自然主義生死觀，這豈非自相矛盾？原來，這裏所用的譬喻，不過是作為拒絕楚威王厚幣迎聘的理由，這與他那一生不慕榮祿、藐視權貴的精神完全一致。在歷史上，有不少的知識分子也曾把這句話作為不和當權者同流合污的精神支柱。

原文 莊子釣於濮水，楚王使大夫二人往先焉，曰："願以境內累矣。"莊子持竿不顧，曰："吾聞楚有神龜，死已三千歲矣，王巾笥而藏之廟堂之上。此龜者，寧其死為留骨而貴乎？寧其生而曳尾於塗中乎？"二大夫曰："寧生而曳尾塗中。"莊子曰："往矣，吾將曳尾於塗中。"

——《莊子・秋水》

鵷鶵與腐鼠

惠施做了梁國的丞相。他的老朋友莊子前去拜訪。有人對惠施進讒言說："莊子此番來梁國，就是想謀奪你的相位。"惠施聽了，十分恐慌，連忙派兵在城中搜查了三天三夜。

莊子心中暗暗好笑，闖進宮中見了惠施，對他說："南方有一種鳥，名叫鵷鶵，你聽說過嗎，鵷鶵常常從南海飛往遙遠的北海。這種鳥高雅清潔，非梧桐樹絕不歇腳，非乾淨的竹實絕不啄食，非甘美的泉水絕不飲用。有個貓頭鷹弄到一隻腐爛生蛆的老鼠，正在刺窠裏狼吞虎嚥。恰好這時天上飛過一羣鵷鶵，貓頭鷹驚惶失措，大喝一聲：'嚇！誰敢來搶我的死老鼠！'現在，你恐怕也想拿梁國來嚇我吧？"

今解 這就叫做"以小人之心，度君子之腹"。有些人把自己的地位看得高於一切，緊抱不放，就像貓頭鷹捧着死老鼠一樣，生怕有甚麼人來侵犯他，戰戰兢兢，患得患失，真是可笑亦復可憐！

原文 惠子相梁。莊子往見之。或謂惠子曰："莊子來，欲代子相。"於是惠子恐，搜於國中三日三夜。莊子往見之，曰："南方有鳥，其名為鵷鶵，子知之乎？夫鵷鶵發於南海，而飛於北海，非梧桐不止，非練實不食，非醴泉不飲。於是鴟（鷂鷹）得腐鼠，鵷鶵過之，仰而視之曰：'嚇！'今子欲以子之梁國而嚇我邪？"

——《莊子・秋水》

輪扁論讀書

齊桓公坐在堂上讀書。堂下有一位名叫輪扁的工匠正在砍着木頭做車輪。他看見國君在那裏專心看書，不覺好奇心動，就放下斧頭椎鑿，走上前去問桓公道："請問國君看的是甚麼書？"

"我看的是聖人的書。"桓公答道。

"聖人還活着嗎？"

"早死了。"

"那麼，"輪扁說道，"國君所讀的書，不過是古人的糟粕罷了。"

桓公突然變色道："我讀書，你這個做工的怎敢妄事議論！有道理講出來，可放過你；講不出道理，絕不饒你的性命！"

"好吧，"輪扁從容地答道，"就拿我製造車輪這行手藝來看，砍木為輪，要把輪子做得又牢固結實，又圓轉靈活，就得有一種極熟練的技巧。譬如輻條和車轂之間的榫接，寬了雖然容易插入，但鬆而不固；緊了雖然堅固，但無法插入。因此榫眼必須砍得分毫不差，這種功夫只能靠得之於心，應之於手。這種熟練技巧只能從長期工作實踐中養成，我不能用單純口授方法傳給我的兒子，我的兒子也不能不經過實習而把它繼承下去，因此，我今年七十歲了，還得在這裏做車輪。由此類推，聖人已死，留下幾本書，也已成為過去的東西，難道國君所讀的，不是古人的糟粕嗎？"

今解 一切好的書本與知識，都是前人在生產和社會生活中實際經驗的結晶，是科學知識成果的累積，對於後人是非常重要的。學習知識，如果只從書本上現成得來，而沒有一定的實踐基礎，仍然算不上真正有用的知識。

這個故事，說明早在兩千多年前的我國古代人民中，就有一位製輪工人以親身經驗，對單純書本知識和教條迷信提出了大膽懷疑，並敢於在國君面前侃侃而談，令人佩服。它提醒我們，書本知識究竟是"糟粕"，還是精華，取決於讀者本人的態度：是教條主義的學習？還是進行創造性的學習？

原文 桓公讀書於堂上。輪扁斫輪於堂下，釋椎鑿而上，問桓公曰：

"敢問公之所讀者何言邪？"公曰："聖人之言也。"曰："聖人在乎？"公曰："已死矣。"曰："然則君之所讀者，古人之糟粕已夫！"桓公曰："寡人讀書，輪人安得議乎？有說則可，無說則死。"輪扁曰："臣也，以臣之事觀之。斫輪：徐則甘而不固，疾則苦而不入；不徐不疾，得之於手而應於心；口不能言，有數存焉於其間。臣不能以喻臣之子，臣之子亦不能受之於臣，是以行年七十而老斫輪。古之人與其不可傳也，死矣。然則君之所讀者，古人之糟粕已夫！"

——《莊子·天道》

運斤成風

莊子為人送葬，恰好經過他老朋友惠施的墳墓。他默立一陣，然後淒然地對身旁的人說："過去有一位郢都人在自己的鼻尖上抹了一層薄薄的白粉，薄得像蒼蠅翅膀。他對面站着一個名叫匠石的人，揮動一柄鋒利的大斧，大吼一聲，對準郢人的鼻子一陣風似的劈砍過去。白光閃過，薄薄的白粉全被劈盡，而鼻子絲毫未傷。那郢人站着紋風不動，面不改色，宋元君聽說有這般絕技，就把匠石召去，要他表演一番。匠石回答：'斧頭我倒是會使用，可是我那位鼻子上抹石灰的搭檔早就死了啊。'唉，自從惠施先生死去之後，我也失去了自己的搭檔，我還有甚麼話可說啊！"

今解 匠石"運斤成風"的絕技，奇則奇矣；但那個鼻尖抹粉的郢人能夠紋風不動，面不變色，則更加奇絕。倘沒有他的密切配合，這齣好戲絕對是表演不成的。牡丹雖好，須靠綠葉扶持。我們分析任何一件事情，除了研究其本身外，還要看到與之有關聯的其他方面；評價一個人獲得的成就，也不能忽略有關的人的努力。

原文 莊子送葬，過惠子之墓，顧謂從者曰："郢人堊漫其鼻端若蠅翼，使匠石斫之。匠石運斤成風，聽而斫之，盡堊而鼻不傷，郢人立不失容。宋元君聞之，召匠石曰：'嘗試為寡人為之。'匠石曰：'臣則嘗能斫之，雖然，臣之質死久矣。'自夫子之死也，吾無以為質矣，吾無與言之矣。"

——《莊子．徐無鬼》

大樹與雁鵝

莊子行經一座深山，看見路旁有一棵枝繁葉茂、要幾個人才能合抱的大樹，樹下站着一羣伐木的人，他們抬着拉鋸子、斧頭，卻不動手砍樹。莊子奇怪地問他們，他們回答說："這棵樹中質不好，不能用。""呵！"莊子恍然大悟，回頭對學生們說，"怪不得它長得這麼粗壯，年歲這樣老，原來是它不材哇。做人處世也要像這棵樹一樣才好。"

走出深山，已是傍晚。莊子便去尋村莊，在一個朋友家裏過夜。朋友看見莊子遠道而來十分高興，連忙吩咐兒子殺鵝備酒。兒子提刀問道："爸爸，是殺那隻會叫的鵝，還是殺那隻不會叫的？"主人回答："不會叫的鵝有甚麼用？當然先殺不會叫的。"

第二天，莊子的學生問道："先前，山裏的大樹因為不材而活得那樣長久；現在，主人的白鵝卻因為不材而先要被宰掉，先生該如何解釋呢？"

莊子笑着說："處世要在材與不材之間。材與不材之間，即似是而非，誰也抓不住把柄。"

今解 俗話說："不騎馬，不騎牛，騎個毛驢最自由。"這也就是"材與不材之間"的處世哲學。這句話歷來成為一些甘居中游、苟且偷安者的生活信條，這當然是錯誤的。但是，按莊子的邏輯，"材"必然發展到"不材"；"不材"又不免發展到"材"，無論"材"或"不材"，都不免遭到危險。他希望事情發展不要過頭，以免物極必反。不可否認，在這裏他看到了辯證法。但是，事物不可能永遠處於"材與不材之間"，從這點來說，莊子的願望又是違反辯證法的了。

原文 莊子行於山中，見大木，枝葉盛茂，伐木者止其旁而不取也。問其故，曰："無所可用。"莊子曰："此木以不材得終其天年。”夫子出於山，舍於故人之家。故人喜，命豎子殺雁而烹之。豎子請曰：“其一能鳴，其一不能鳴，請奚殺？”主人曰：“殺不能鳴者。”明日，弟子問於莊子曰：“昨日山中之木以不材得終其天年；今主人之雁以不材死。先生將何處？”莊子笑曰：“周將處乎材與不材之間。材與不材之間，似之而非也。”

——《莊子‧山木》

望洋興嘆

一到秋天，大河小河裏的水都漲了起來，一一流入黃河，使黃河的河面顯得分外廣闊，寬得竟望不見對岸的牛馬。黃河的神河伯，因此得意揚揚，自以為普天之下，最偉大的要算他自己了。

河伯由西向東，來到了北海。朝東一望，白茫茫一片，簡直沒有盡頭。相形之下，河伯才覺得自己的渺小。他嘆了一口氣，對北海之神海若說：“俗語說得好，有了一點學問，就自以為老子天下第一，我就是這種淺薄的人。過去，我聽別人說，孔子的學問不很博，伯夷的義氣不見得怎樣了不起。起初，我都不大相信，總以為他們是天下第一，現在我看到你的偉大，才體會到自己是多麼孤陋寡聞。如果不遇到你，那就危險了——我將永遠被有見識的人所譏笑。”

北海之神海若說：“不能和井底的蛙談海，是因為牠受到居地的限制；不能和夏天的小蟲談冰，是因為牠受到季節的限制。同樣的道理，不能和淺薄的人談論高深的學問，因為他們所知有限。”

“現在，你通過親身的經歷，從狹窄的小河，看到波瀾壯闊的汪洋大海，頓時領悟到自己的渺小，有了這種虛心的態度，就可以和你談高深的大道理了。”

今解 大小深淺，如果不比較是看不出來的。有些人往往不知道自己的淺陋，就自滿、自足、自我陶醉，正是不知道天地之大的緣故。

有北海之大、之深，才顯出黃河之小，之淺。但是河伯能在相形之下，認識了自己過去自以為天下第一的錯誤，實際上這是擴大認識視野的開端。

原文 秋水時至，百川灌河，涇流之大，兩涘渚崖之間，不辨牛馬。於是焉河伯欣然自喜，以天下之美為盡在己。順流而東行，至於北海，東面而視，不見水端。於是焉河伯始旋其面目，望洋向若而嘆曰："野語有之曰：'聞道百，以為莫己若者'我之謂也。且夫我嘗聞少仲尼之聞而輕伯夷之義者。始吾弗信，今我睹子之難窮也，吾非至於子之門則殆矣，吾長見笑於大方之家。"北海若曰："井鼃不可以語於海者，拘於虛也；夏蟲不可以語於冰者，篤於時也；曲士不可以語於道者，束於教也。今爾出於崖涘，觀於大海，乃知爾醜，爾將可與語大理矣。"

——《莊子・秋水》

技無可施

森林之中長滿了楠樹、梓樹、豫木和章木這些挺拔的樹木。一隻猴子生活在林中，忽而順着筆直的樹幹往上爬，忽而拉着藤蘿從一棵樹蕩到另一棵樹。牠自由自在，得意揚揚，自以為是林中之王，誰也不敢加害於牠，即使是神箭手后羿和逢蒙也不敢斜眼瞧牠。有一次，這隻猴子掉進一片到處纏繞着利刺硬藤的荊棘中。牠膽戰心驚地爬動，一動就被利刺戳個血淋淋的。牠東張西望，渾身戰慄，畏畏縮縮，一副可憐相，牠想找到那些筆直的樹木，可是一棵都看不見。環境一變，這隻猴子就再也無法施展牠的技能。

今解 這隻猴子身處"柘棘枳枸"之間便技無可施，能怪牠自己嗎？顯然不能。因為不能要求這隻猴子一身兼有老鼠鑽刺窠的本領。由此可見，一種技能能否得到發揮，與客觀的環境、條件關聯極大。比如一個植物學家如果不到野外，便會技無可施。我們應該注意根據各種技能的特殊性，創造相應的工作環境和條件，發揮其所長。而對那種在人才使用上不顧事物特殊性，一概而論的錯誤做法則應堅決糾正。

原文 王獨不見夫騰猿乎？其得柟梓豫章也，攬蔓其枝而王長其間，雖羿、逢蒙不能睥睨也；及其得柘棘枳枸之間也，危行側視，振動悼栗；此筋骨非有加急而不柔也，處勢不便，未足以逞其能也。

——《莊子·山木》

庖丁解牛

梁惠王看到庖丁正在分割一頭牛，但見他手起刀落，既快又好，連聲誇獎他的好技術。

庖丁答道："我所以能幹得這樣，主要是因為我已經熟悉了牛的全部生理結構。開始，我眼中所看見的，都是一頭一頭全牛；現在，我看到的卻沒有一頭全牛了。哪裏是關節？哪裏有經絡？從哪裏下刀？需要用多大的力？全都心中有數。因此，我這把刀雖然已經用了十九年，解剖了幾千頭牛，還是同新刀一樣鋒利。不過如果碰到錯綜複雜的結構，我還是兢兢業業，不敢怠慢，動作很慢，下刀很輕，聚精會神，小心翼翼的。"

梁惠王説："好呀！我從庖丁這番話裏，學到了養生的大道理。"

今解 這個故事告訴我們：做任何一種工作，都應該摸清楚那種工作的特性，只有掌握了工作中的客觀法則，才能把工作做好。庖丁因為熟悉了牛的生理結構，摸清了解牛的特性，所以殺起牛來得心應手，非常出色。

要認識事物的規則，就必須有實際經驗，如果不動手解牛，就永遠不能了解牛的生理結構。

原文 庖丁為文惠君解牛，手之所觸，肩之所倚，足之所履，膝之所踦，砉然向然，奏刀騞然，莫不中音。合於桑林之舞，乃中經首之會。文惠君曰："嘻，善哉！技蓋至此乎？"庖丁釋刀對曰："臣之所好者，道也，進乎技矣。始臣之解牛之時，所見無非牛者；三年之後，未嘗見全牛也，方今之時，臣以神遇而不以目視，官知止而神欲行。依乎天理，批闊大卻，導大窾，因其固然。技經肯綮之未嘗，而況大軱乎？良庖歲更刀，割也；族庖月更刀，折也。今臣之刀十九年矣，所解數千牛矣，而刀刃若新發於硎。彼節者有間，而刀刃者無厚；以無厚入有間，恢恢乎其於游刃必有餘地矣。是以十九年而刀刃若新發於硎。雖然，每至於族，吾見其難為，怵然為戒，視為止，行為遲；動刀甚微，謋然已解，如土委地。提刀而立，為之四顧，為之躊躇滿志，善刀而藏之。"文惠君曰："善哉！吾聞庖丁之言，得養生焉。"

——《莊子・養生主》

惡貴，美賤

陽子是戰國初期有名的哲學家。有一次，他長途跋涉去宋國。天黑時分，他來到路旁一家旅店求宿。旅店裏有兩個年輕女人，其中一個長得俊俏風流，另一個卻粗黑醜陋。但是，別人對待那個醜女卻十分尊重，視同高貴；而對那個美人卻表示輕蔑，視為下賤。陽子在一旁觀察了半天，感到有些奇怪，便悄悄地問店小二。店小二附着他的耳朵說："那個美的自己覺得挺美，我倒沒發現她到底美在哪裏；那個醜的呢？自己覺得自己十分難看，可是我倒不覺得她有甚麼地方難看。"陽子低頭沉思了半天，自言自語地說："噢，我明白了，做了好事而並不認為自己做了好事，這樣的人無論到甚麼地方，都會受人歡迎。"

今解 這個故事表面上看很滑稽，但卻很嚴肅。一個人才能再高，但因他傲慢自大，聽不進批評意見，就會脫離羣眾，反而被人輕視；一個人能力雖小，但因他謙虛自下，睦羣和眾，反而受人尊重。那些稍有一技之長唯恐人家不知道，或做了一點好事而怕對方不感激的人，實際上就是不懂得生活中的處世之道。

原文 陽子之宋，宿於逆旅。逆旅人有妾二人，其一人美，其一人惡，惡者貴而美者賤。陽子問其故，逆旅小子對曰："其美者自美，吾不知其美也；其惡者自惡，吾不知其惡也。”陽子曰：“弟子記之：行賢而去自賢之行，安往而不愛哉！”

——《莊子．山木》

佝僂承蜩

盛夏時節，孔子帶着他的學生們來到楚國，走進一片茂密蔭鬱的樹林歇涼。林中蟬聲一片。有一位彎腰駝背的老漢站在樹下，用頂端塗上樹脂的竹竿捉蟬，只見他一黏一隻，就像隨手拾取一樣容易。大家在一旁都看得入迷了。孔子問老漢：“您捉蟬這般巧妙，其中可有甚麼方法嗎？”老漢回答：“當然有。蟬這種小蟲很精靈，一有風吹草動，牠就逃了，因此首先要練得手拿竹竿不見動，等到放兩顆彈丸在竹竿頂端不會掉，捉蟬就有了一定把握；放三顆不會掉，捉十隻才會逃走一隻；放五顆不掉，捉蟬就像隨手拾取一樣。可是光這樣還不夠，還要善於隱蔽自己，我站在樹下，就像半截樹樁，伸出手臂，就像枯木朽枝。最後，”老漢緩口氣繼續說，“還要用心專一。我捉蟬時，不管天地之大，萬物之多，我只看見蟬的翅膀；不管周圍發生甚麼情況，都不能分散我的注意力。能夠做到這一步，還怕捉不到蟬嗎？”孔子聽罷，回頭告誡學生們說：“聽見沒有，只有鍥而不捨，專心一致，才能出神入化，這就是駝背老翁說的意思！”

今解 捉個小小的蟬兒，竟還有如此高深的學問。駝背老漢談了三點經驗，即勤學苦練，講究方法，用心專一。這實際上已經包括了學習、工作和辦事時應該注意的要項。

原文 仲尼適楚，出於林中，見佝僂者承蜩，猶掇之也。仲尼曰：“子巧乎！有道邪？”曰：“我有道也。五六月，累丸二而不墜，則失者錙銖；累三而不墜，則失者十一；累五而不墜，猶掇之也。吾處身也，若厥株拘；吾執臂也，若槁木之枝；雖天地之大，萬物之多，而唯蜩翼之知。吾不反不側，不以萬物易蜩之翼，何為而不得？”孔子顧謂弟子曰：“用志不分，乃凝於神，其佝僂丈人之謂乎！”

——《莊子．達生》

胠篋探囊

從前，有一個吝嗇的富翁，成天擔心自己的財產被人偷盜，便請人做了許多藤箱木櫃和竹籠，把所有的金銀細軟和瓶瓶罐罐都分裝在裏面。這樣他還不放心，又把每一隻箱籠櫃盒都用堅固的鐵鎖鎖得緊緊的，用結實的麻繩捆得死死的，一隻隻堆放在房間裏，每天都要來回看幾遍，摸幾遍。鄉里人都說這個老富翁聰明心細，真難得。

一個星光黯淡的黑夜，一羣小偷鑽牆溜進富翁房內，把箱籠櫃盒一隻隻背的背，挑的挑，統統囊括而去。他們逃的時候，生怕箱櫃裏的東西掉落出來，暴露蹤跡，但見每一隻箱櫃都鎖得很好，綁得很牢，絕無漏物之虞。

第二天，富翁起牀看見房間裏空空如洗，氣得當場暈倒。鄉里人聽見了，都笑着說，老富翁的聰明舉動，反而方便了強盜偷竊。

今解　事與願違，事實總喜歡與個人願望開玩笑。何以故？一切事情，利弊本來就不是絕對的，在矛盾之中，它們是相互消長的兩個因素。當人們在做一件有利的事情時，其中就包含着不利的潛在因素；在一定的條件下，有利向有害轉化，從而走向自己的反面。在這裏，條件是重要的催化劑。那麼，是否鎖箱捆籠就一定會給盜竊者製造條件呢？這樣看，還是不全面的。小偷，強盜之所以能“胠篋探囊”，揚長而去，還有其他條件為主人所疏忽，比如牆垣門戶防範不嚴等。所以興利除害並不是簡單的事，必須全面注意到各種條件，以防止事物向不利的方向轉化。

原文　將為胠篋、探囊、發匱之盜，而為守備，則必攝緘縢，固扃鐍，此世俗之所謂知也。然而巨盜至，則負匱、揭篋，擔囊而趨，唯恐緘縢扃鐍之不固也。然則鄉之所謂知者，今乃為大盜積者也。

——《莊子・胠篋》

魯王養鳥

有一天，魯國的城郊飛來了一隻海鳥。魯王從來沒見過這種鳥，以為是神怪，就派人把牠捉來，親自迎接供養在廟堂裏。

魯王為了表示對海鳥的愛護和尊重，馬上吩咐把宮廷最美妙的音樂奏給鳥聽，用最豐盛的筵席款待海鳥。可是鳥呢，牠體會不到國君這番盛情招待，只嚇得神魂顛倒，舉止失常，連一片肉也不敢嚐，一滴水也不敢沾。這樣，沒有三天就活活地餓死了。

今解 魯王用他供養自己的那一套辦法去供養海鳥，而不是用餵養海鳥的辦法（例如給牠安排一個大水池和魚蝦之類的食物等）去餵養海鳥，結果就把一隻鳥活活的養死了。

當然，魯王並沒有存心要把鳥養死，而是唯恐海鳥不長壽，同他一樣不舒服。可是鳥偏不受抬舉，偏不欣賞那些宮廷音樂和筵宴，這樣，國君的優待倒變成了虐待。可見一個人的動機再好，如果不符實際，也是沒有用的。簡單到餵好一隻鳥，也先要懂得並順應鳥的物性，生活習慣等等，而不是把自己認為滿意的一套強加在鳥的身上。不然，像魯王養鳥那樣的笑話，總會發生的。

原文 昔者海鳥止於魯郊，魯侯御而觴之於廟，奏九韶以為樂，具太牢以為膳。鳥乃眩視憂悲，不敢食一臠，不敢飲一杯，三日而死。此以己養養鳥也，非以鳥養養鳥也。

——《莊子．至樂》

渾沌開竅

南海之帝名叫“鯈”，北海之帝名叫“忽”，中央之帝名叫“渾沌”。鯈與忽的關係很好，經常來往。每次經過渾沌的土地，渾沌總是熱情款待。有一天，鯈與忽在一塊兒閒聊，談起渾沌，兩個人都感激不盡，讚不絕口，準備好好地報答渾沌一番。鯈説："送最名貴的禮物，也不足以報答他的恩德啊！""是呀，"忽想了一下，高興地叫道："有了！有了！你不見人人身上都有七竅嗎？這七竅是看戲聽唱吃飯睡覺少不了的，獨獨渾沌身上沒有七竅，他一定很不舒服，我們給他鑿出來吧！"鯈聽罷，也拍手叫好。第二天，他們帶着鐵錘、鋼鑿，來到中央之地，道謝一番，就按着渾沌的頭開始認真地敲打起來。兩人做得气喘吁吁，汗流浹背，每天鑿出一個孔。做了七天，總算完成了任務，誰知低頭一看，渾沌早就沒氣了。

今解 這個寓言作者強調出天道自然無為，反對把個人的主觀願望強加於客觀事物的哲學觀點，無疑是正確的。但是，作者又企圖運用這個觀點來證明另一個奇怪的設想，即一切感覺思維、文化知識都是多餘的，社會應當回到無知無識的原始渾沌狀態。顯然，這是一種虛無主義的謬論。

原文 南海之帝為鯈，北海之帝為忽，中央之帝為渾沌。鯈與忽時相與遇於渾沌之地，渾沌待之甚善。鯈與忽謀報渾沌之德，曰："人皆有七竅，以視聽食息，此獨無有，嘗試鑿之。"日鑿一竅，七日而渾沌死。

——《莊子・應帝王》

東施效顰

西施是越國有名的美女。她經常患心痛的毛病，病時總是用手按住胸口，緊緊地皺着眉頭。人家看到她這副病態的表情，覺得比平日另有一種嫵媚的風姿，非常可愛。

鄰居有一位東施，雖然其醜無比，卻不甘示弱。她常常模仿西施的病態表情：用手按住胸口，緊緊地皺着眉頭，就自以為同西施一樣的美麗。

可是看見東施這副怪模樣的人，幾乎沒有一個人不想作嘔的。

今解 東施雖不漂亮，如果能安分守己，不去模仿西施，也不見得那麼令人看不過去；但她卻不管自己和西施容貌不同，硬要學西施的病態表情。結果是愈學愈醜，令人作嘔。這種不顧條件而如法炮製的學習方法，是值得我們引以為戒的。

原文 西施病心而顰其里。其里之醜人見之而美之，歸亦捧心而顰其里。其里之富人見之，堅閉門而不出；貧人見之，挈妻子而去走。彼知顰美，而不知顰之所以美。

——《莊子·天運》

"勇敢"的猴子

初秋時節，山川秀麗，景色宜人。吳王乘坐大船，順江而下，只聽得兩岸猿聲不住，此起彼伏。吳王想去捉猴，便捨舟登山。羣猴一看見人來了，咿咿哇哇一陣亂叫，紛紛逃走了。空地上只留下一隻雄健的猴子故意不跑。吳王命人活捉。這隻猴子卻上躥下跳，忽而雙腳在地上飛快地跑動，忽而扭着腰肢在地上作蛇爬，奇形怪狀，十分靈活，誰也捉不住牠。吳王便張弓搭箭射去。這隻雄猴左躲右閃，把一支支飛箭凌空抓在手裏，動作敏捷極了，一臉得意狡黠的神情。吳王連忙命令衛士們用亂箭追射，一時箭矢如雨，這隻猴子再勇敢靈敏也無濟於事，立時死在亂箭之下。

今解 這隻愛出風頭的猴子不老老實實地逃走，偏要裝模作樣，表演一套矯健伶俐的舞蹈技巧，想博得吳王歡心；結果適得其反，慘死於亂箭之下。有些人也專愛玩弄小聰明，"無實事求是之意，有嘩眾取寵之心"。比起這隻天真可憐的猴子，只會令人更加厭惡。

原文 吳王浮於江，登乎狙之山。眾狙見之，恂然棄而走，逃於深蓁。有一狙焉，委蛇攫搔，見巧乎王。王射之，敏給搏捷矢。王命相者趨射之，狙執死。

——《莊子·徐無鬼》

莊子鼓盆

莊子的妻子死了，他的很多學生、朋友都來弔喪。惠子也趕來了，走進靈堂，只見莊子蓬頭赤腳坐在棺材上，拼命敲着一隻底朝天的瓦盆，一邊敲打一邊唱歌。弔喪的人羣都莫名其妙地呆呆站在一旁看着。惠子見了很氣憤，上去奪過瓦盆責備說："你這個老糊塗，你不悲不哭倒也罷了，還要敲敲唱唱，不太過分了嗎？"

莊子跳下棺材說："你說錯了，妻子剛死的時候，你們都悲傷，我會不悲傷嗎？"

"那你現在為甚麼敲敲唱唱的？"

"現在我想通了。其實啊，一個人本來就無所謂有生命，非但沒有生命，連形狀也沒有；非但沒有形狀，連氣也沒有。"

惠子生氣地斥罵道："你胡說些甚麼名堂？"

"是這麼個道理，"莊子笑嘻嘻地說，"人原來不過混雜在渾沌迷茫之中，慢慢產生了氣，氣又聚成了人形，人形又變成了生命。現在人死了，只不過是恢復原來的樣子罷了，這就同春夏秋冬四季循環一樣的。現在我老妻不過是安寢於天地之間，我要是還在旁邊嚎啕大哭，那就是太不通達於天命了，所以我不哭啊！"

今解 莊子的舉動倒也十分奇特，酷似寡情悖理之至。然而，在他回答惠子的責備中，我們卻發現了樸素的唯物主義的閃光。他肯定了人的生命是氣變成的，死了又回歸於氣，根本否認上帝創造人類和靈魂不滅等宗教觀點。

"莊子鼓盆"這個流傳很廣的故事，究其實也不過是《莊子》書裏許多寓言中的一個，是莊子用現身說法形式，來闡明他對生死問題的自然主義和達觀主義思想的。後人附會渲染，竟摘出些甚麼"大劈棺""莊子試妻"的論調，藉莊子來侮辱女性，這與莊子思想又有何關係？

原文 莊子妻死，惠子弔之。莊子則方箕踞鼓盆而歌。惠子曰："與人居，長子，老身，死不哭，亦足矣，又鼓盆而歌，不亦甚乎？"莊子曰："不然，是其始死也，我獨何能無慨然？察其始而本無生，非徒無生也，而本無形；非徒無形也，而本無氣。雜乎芒芴之間，變而有氣，氣變而有形，形變而有生，今又變而之死，是相與為春夏秋冬四時行也。人且偃然寢於巨室，而我噭噭然隨而哭之，自以為不通乎命，故止也。”

——《莊子．至樂》

儒士儒服

莊子是道家。有一次他去謁見魯哀公。魯哀公嘲諷他說：“魯國多的是儒士，很難找到先生的門徒。”“不對！”莊子說，“魯國的儒士很少。”魯哀公哈哈笑着說：“你沒看見舉國上下都是穿儒服的？怎說少呢？”“我聽說，”莊子回答，“儒士帶環冠，像天圓，故知天時；穿句屨，像地方，故知地形；衣帶上掛個玉玦，諧聲為決，故遇事善於決斷。”“是啊，是啊！”魯哀公接連點頭。“可是，”莊子接着說，“君子明白這些道理，並不就一定要穿這樣的衣服；反過來，穿這種衣服的人，未必就懂得這些道理。”魯哀公不以為然地直搖頭。莊子說：“大王不相信？那就試試看吧！請你通令全國，說不懂得天時、地形和決斷而妄穿儒服的人，一律處以死刑。”

魯哀公通令下了五天，全國就再也看不見一個敢穿儒服的人了。

今解 “假的就是假的，偽裝應當剝去。”這個故事說明，當一種思想或學派比較流行的時候，有不少人要出來趕時髦，喬裝打扮，追求形式，冒充激進，藉以欺世盜名，嘩眾取寵，並且在社會上蔚成風尚。但他們是經不起事實考驗的，所以魯王一紙禁令，就嚇壞了那些怕死的假儒士們，再也不敢着儒服了。當然，這種單靠命令來取締服裝，辨別真偽，實在也未免太簡單了些。

原文 莊子見魯哀公。哀公曰：“魯多儒士，少為先生方者。”莊子曰：“魯少儒。”哀公曰：“舉魯國而儒服，何謂少乎？”莊子曰：“周聞之，儒者冠圜冠者，知天時；履句屨者，知地形；緩佩玦者，事至而斷。君子有其道者，未必為其服也；為其服者，未必知其道也。公固以為不然，何不號於國中曰：‘無此道而為此服者，其罪死！’”於是哀公號之五日，而魯國無敢儒服者。

——《莊子‧田子方》

涸轍之魚

莊周家裏很窮。一天，他到監河侯那裏去借粟米。監河侯說：“好的，等我收到老百姓的租稅，就借給你三百兩銀子，行嗎？”

莊周聽了很氣憤，便說：“我昨天到這兒來，在路上聽到叫喊的聲音，四處張望，發現在乾涸的車轍裏躺着一條鯽魚。我就問牠：‘鯽魚，你為甚麼到這兒來呢？’鯽魚答道：‘我從東海來，快乾死了，請你給我一升或一斗的水救救命吧！’我說：‘好的，我就去游說吳、越兩國國君，引西江的水來迎接你，行嗎？’鯽魚很氣憤地說：‘我因為離開了水裏正常的生活，孤零零地躺在這裏，只要你給我一升半斗的水也就活命了。你說引西江的水來迎接我，謝謝你的好意，還不如早些到賣乾魚的攤子上去找我吧！’”

今解 監河侯大概是一個吝嗇鬼，又死愛面子。他不肯出借粟米也就罷了，還要故意說漂亮話，這就難怪莊周要用涸轍裏鯽魚的比喻去諷刺他了。

一切都要從實際出發。所謂實際，就是有一定的時間、地點和條件。從實際出發，升斗之水可以救活鯽魚一條命，這是時間、地點和條件都許可，也為鯽魚所迫切要求的事。不從實際出發，就等於“西江引水”，因為限於時間、地點和條件，絕對救不了鯽魚。

原文 莊周家貧，故往貸粟於監河侯。監河侯曰：“諾。我將得邑金，將貸子三百金，可乎？”莊周忿然作色曰：“周昨來，有中道而呼者，周顧視車轍中有鮒魚焉。周問之曰：‘鮒魚來，子何為者邪？’對曰：‘我東海之波臣也，君豈有斗升之水而活我哉？’周曰：‘諾，我且南游吳、越之王，激西江之水而迎子，可乎？’鮒魚忿然作色曰：‘吾失我常與，我無所處，吾得斗升之水然活耳。君乃言此，曾不如早索我於沽魚之肆！’”

——《莊子．外物》

舐痔得車

宋國有一個叫曹商的人，宋王派他出使秦國。他去的時候，只得到宋王給他的幾輛車子。到了秦國，秦王很高興，賞給他百輛馬車。

回到宋國，他碰到莊子，得意忘形地說：“要說住在破巷子裏，窮得織草鞋，餓得頸子細長，面孔黃瘦，我可比不上你；至於一旦見到大國君王，就得到百輛馬車，這就是我的長處。”

莊子對他說：“我聽說秦王得了痔瘡，請人給他治，誰能把痔瘡弄破，就得到一輛車子；誰能舐他的痔瘡，就得到五輛車子。治病治得越下流，得到的車子就越多。請問你是怎樣給秦王治痔瘡的？怎麼得到這麼多車子呢？去你的吧！”

今解 “舐痔得車”成了千百年來揭露社會黑暗的人情世態的快人快語。秦王有痔瘡要別人來舐，並用賞車來獎勵這種下流的勾當；而社會上呢？也自有一些人如逐臭之蠅，樂於吮痔舐癰。這種醜惡的現象，是由官僚政治所決定的。人民痛恨這種現象，因為它是一顆腐蝕社會的腫瘤。

原文 宋人有曹商者，為宋王使秦。其往也，得車數乘。王說之，益車百乘。反於宋，見莊子曰：“夫處窮閭阨巷，困窘織屨，槁項黃馘者，商之所短也；一晤萬乘之主，而從車百乘者，商之所長也。”莊子曰：“秦王有病召醫，破癰潰痤者得車一乘；舐痔者得車五乘；所治癒下，得車愈多。子豈治其痔邪，何得車之多也，子行矣！”

——《莊子．列禦寇》

詩禮發塚

有兩個儒士專幹掘墓盜財的營生，並且力求盜墓時的每一個動作都合乎《詩》、《書》、《禮》、《樂》的繩墨。

一天黑夜，兩個人在荒郊野墳又忙了個通宵。大儒在墓頂上把風，他四面張望一下，然後字正腔圓地唸道："東方太陽出來了，墓兒掘得怎樣啦？"

小儒鑽在墓穴中，一邊剝死人衣服，一邊從從容容地答道："裙襦還未解開，發現口中有珠。"

"哦，取出來！古詩早有記載——"大儒唱道，"'青青之麥，生於陵陂，生不佈施，死何含殊為？'不怕給人拿去嗎？"

"嘴閉甚緊，如何取法？"

"撮着他的頭髮，揪着他的鬍鬚，鐵鈎慢慢撬開嘴，刀子輕輕削開頰，不要碰壞口中珠。"

今解 這批儒士，就是唯物主義者荀子所斥責的"賤儒"，也是後世稱為"口裏仁義道德，肚裏男盜女娼"的那一類人。你看這兩個儒士，明明幹的是在死屍身上摸索金珠的下流勾當，卻能夠溫文爾雅，一問一答，很有韻律，還唱了一首很優美的詩歌用以論證他們發塚的正大理由。有些人常常用斷章取義、為我所用的態度來對待書本，做了壞事還要振振有詞，引經據典，與這一類儒士相比，又有甚麼不同？

原文 儒以詩禮發塚，大儒臚傳曰："東方作矣，事之何若？"小儒曰："未解裙襦，口中有珠。""詩固有之曰：'青青之麥，生於陵陂，生不佈施，死何含珠為？'接其鬢，壓其顪，儒以金椎控其頤，徐別其頰，無傷口中珠。"

——《莊子．外物》

安知魚樂

有一天莊子和惠施二人外出散步，走到濠水的一座橋上。莊子看見一條條魚在水裏自由自在地游來游去，就說："你看，魚多麼快樂！"惠施回答說："你不是魚，怎麼知道魚很快樂呢？"莊子反問道："你又不是我，你怎麼知道我不知道魚的快樂呢？"惠施說："我不是你，固然不知道你的感覺如何，可是你也不是魚呀，你怎麼知道魚快樂不快樂呢？"莊子解釋說："讓我們把道理詳細地談一談吧。剛才你問我怎麼知道魚的快樂，可見你已經知道我是曉得魚的快樂的。至於我為甚麼會知道？那是因為我到了濠水橋上，看見魚在水中游來游去，自由自在，所以覺得魚很快樂。"

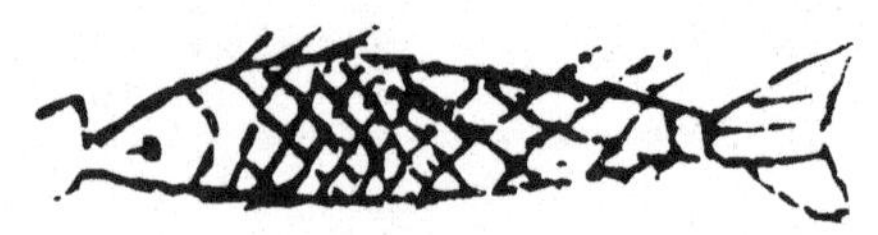

今解 如果按照惠施的說法，不是魚，便不能知道魚的快樂：那麼，不是馬，也就不能知道馬的快樂了；不是物，也就不能知道物的性能了。這樣推論下去，世界上也就沒有一樣東西可以知道了，惠施的看法，叫做"不可知論"。

人的認識可以正確地反映事實，世界上有些事物暫時還沒有被認識，但是卻絕沒有不能被認識的事物。

原文 莊子與惠子遊於濠梁之上，莊子曰："鯈魚出游從容，是魚之樂也。"惠子曰："子非魚，安知魚之樂？"莊子曰："子非我，安知我不知魚之樂？"惠子曰："我非子，固不知子矣。子固非魚也，子之不知魚之樂全矣。"莊子曰："請循其本。子曰：'汝安知魚樂'云者，既已知吾知之而問我，我知之濠上也。"

——《莊子・秋水》

俱亡其羊

臧和谷兩個小夥子都放羊營生，一個趕着綿羊上東山放牧，一個趕着綿羊上西山放牧。傍晚，兩個人空着雙手回來了，都說羊羣走失了。鄰里追問臧道："你的羊羣怎麼會走失的？"臧回答："我在樹下看書，羊就跑了。"又責問谷，谷回答："我和別人賭博玩，羊就跑了。"兩個小夥子當時雖然做不同的事情，可是他們同樣地讓羊羣走失了。

今解 一個人在用功讀書，一個人在聚眾賭博，二者好壞不同，但同樣疏忽了牧羊的根本職責，所以造成的後果也就相同。許多事情，儘管原因各異，但帶來的後果往往是一樣的。

原文 臧與谷二人相與牧羊，而俱亡其羊。問臧奚事，則挾筴讀書；問谷奚事，則博塞以遊。二人者事業不同，其於亡羊均也。

——《莊子．駢拇》

邯鄲學步

燕國壽陵地方的人，走路的樣子八字朝外，搖擺蹣跚，十分難看。當地有個土生土長的小夥子聽說趙國邯鄲人走路的姿態相當優美，就跋山涉水前去學習。

小夥子風塵僕僕來到趙國首都邯鄲。果然，只見繁華大街上，人人走路的姿勢都十分優雅，一抬手一舉足，都顯示着高貴的風度。小夥子自慚形穢，連忙跟着行人模仿起來。

學了幾天，越走越彆扭。小夥子想，一定是因為自己的惡習太深了，不徹底拋棄自己的老步法，肯定學不好新姿勢。於是，這位小夥子從頭學起，每邁出一步都要仔細推敲下一步的動作，一擺手、一扭腰都要認真計算尺寸。他雖然廢寢忘食地學，還是沒有學會邯鄲人走路的姿勢，倒反而把自己原來的走路樣子也忘了個精光。當他要回燕國的時候，手足無措，只好在地上爬着回去。

今解 這位壽陵少年的學習熱情是可嘉的，但他不是根據自己的條件，取人之長，因時制宜，而是生搬硬套，亦步亦趨，所以結果是失敗。學習別人的長處固然十分重要，但是更值得注意的，是學習的方法一定要正確，要實事求是。

原文 且子獨不聞夫壽陵余子之學行於邯鄲與（歟）未得國能，又失其故行矣，直匍匐而歸耳。

——《莊子．秋水》

不龜手之藥

宋國有個人善於煉製一種預防皮膚凍裂的藥膏。因為手塗上這種藥膏能防凍裂，所以他家祖祖輩輩就靠在水上幫人漂洗綿絮為生。有個外地人聽說了，便尋上門來，情願出一百個大錢買下他的藥方，他召集全家商議說："我家漂洗了幾輩子綿絮，也掙不到幾個錢；現在只要賣掉藥方，一下子就可以拿到一百大錢，怎麼樣，賣了吧。"

那個外地人弄到了藥方，便去勸說吳王製造這種藥膏。不久，越國大舉侵犯吳國。吳王命令他統率軍隊迎戰。當時正值朔冬臘月，兩軍在水上大戰。吳國軍士塗上藥膏，手腳皮膚沒有凍裂，一個個生龍活虎，殺得越國人望風而逃。吳王大喜，劃出一塊土地封賞給他。同樣是這種預防皮膚凍裂的藥膏，有的以此封地得賞，有的則只能靠漂洗綿絮為生，這原來是用法不同的結果啊！

今解 這則寓言取自《逍遙遊》中一段很有意思的對話。惠施是名家代表人物，對自己的主張不能用而不滿，發牢騷說他有一隻可容五石的大葫蘆，實在太大，"為其無用"只好砸爛了。莊子笑他"拙於用大"，就講了這個故事。

一件東西有沒有用處，不單在於它本身價值的大小，還在於將它使用在甚麼地方。俗語說："尺有所短，寸有所長"，不用在恰當的地方，則尺也有所短；用在合適的地方，則寸也有所長。所以要做到"物盡其用，人盡其才"，就要善於發現和熱情培植人才，把每一個人才都放在最適當的崗位上，充分地發揮他們的作用。

原文 宋人有善為不龜手之藥者，世世以洴澼絖為事。客聞之，請買其方百金。聚族而謀曰："我世世為洴澼絖，不過數金，今一朝而鬻技百金，請與之。"

客得之，以說吳王。越有難，吳王使之將。冬與越人水戰，大敗越人，裂地而封之。

能不龜手，一也，或以封，或不免於洴澼絖，則所用之異也。

——《莊子．逍遙遊》

"道"之所在

東郭子問莊子道："你經常說的甚麼'道'究竟在哪裏呢？"

莊子回答說："道是無所不在的。"

"到底在甚麼地方呢？請你明白告訴我。"東郭子又問。

"在螻蛄和螞蟻的身上。"莊子說。

"怎麼這樣低下呢？"

"在小米和稗子裏面。"

"怎麼更加低下了呢？"

"在瓦甓裏面。"

"豈不越來越低下了嗎？"

"在大小便裏面。"

東郭子聽說"在大小便裏面"，覺得莊子越答越不對頭，便不再問下去了。

莊子對東郭子說："你要我明白告訴你道在甚麼地方，我只有把它說得低下些，才能顯出道的無所不在。你為甚麼不高興呢？"

今解 "道"就是道理，也含有規律的意思。世界上一切事物，大如宇宙、人類，小如螻蟻、瓦甓，都包含一個道理，都受一定的規律的支配，所以"道"是無所不在的。莊子故意把"道"形容得那麼低下，旨在打破當時一般人對"道"的神秘觀念，強調了"道"是不以人們意志為轉移的事實。

原文 東郭子問於莊子曰："所謂道，惡乎在？"莊子曰："無所不在。"東郭子曰："期而後可。"莊子曰："在螻蟻。"曰："何其下邪？"曰："在稊稗。"曰："何其愈下邪？"曰："在瓦甓。"曰："何其愈甚邪？"曰："在屎溺。"東郭子不應。莊子曰："夫子之問也，固不及質。正獲之問於監市履豨也，每下愈況。汝唯莫必，無乎逃物。"

——《莊子・知北遊》

皮為之災

豐狐長着一身火紅色、豐滿而高貴的軟毛；文豹呢，也有一張黑黃相間、十分美麗的花皮。牠們棲息在幽靜的山林，蜷伏在深邃的石洞裏，時時刻刻警覺而多疑。白天，牠們總是一聲不響地躲在洞中，夜深人靜時分才外出覓食，只是悄悄跑到人跡罕至的深山裏，尋些小鼠，捉個野兔充飢。但是，儘管牠們如此時時防範，處處小心，卻還是常常被獵人追捕，不是落進專門為牠們設下的陷阱裏，就是被卡在鐵夾上。豐狐和文豹總是想不通，自己到底有甚麼罪過，使得人類要這樣仇恨牠們呢，當然，牠們不會想到，那完全是由於牠們一身美麗的皮毛所帶來的災難。

今解　“皮”與“災”之間並不存在必然的因果聯繫，美麗的皮毛之所以會帶來災禍，是因為獵人需要皮毛造成的。這裏，莊子用“皮”為之“災”的比喻來說明凡是好事都不可避免要變成壞事，根本否認轉化所必需的條件，這是錯誤的。離開特定的條件來講事物對立面的轉化，只能給唯心主義以可乘之機。

原文　豐狐文豹棲於山林，伏於岩穴，靜也；夜行晝居，戒也；雖飢渴隱約，猶旦胥疏於江湖之上而求食焉，定也；然且不免於網羅機辟之患，是何罪之有哉？其皮為之災也。

——《莊子．山木》

殺龍妙技

朱泙漫是個不管甚麼都想學的人，為了學會一項特殊的本領，他變賣了家產，帶了一千兩黃金到很遠的地方去拜支離益做老師，跟他學習殺龍的技術。

轉瞬三年，他學成回來了。人家問他究竟學了甚麼，他一面興奮地回答，一面就把殺龍的技術 —— 怎樣按住龍的頭，踩住龍的尾巴，怎樣從龍頸上開刀等比手畫腳地表演給大家看。人家都笑了，問他：“甚麼地方有龍可殺呢？”

朱泙漫這才恍然大悟，原來世界上根本沒有龍這樣的東西，他的本領是白學了。

今解 朱泙漫傾家蕩產，學會了一身殺龍的本領，但世界上並沒有龍，只落得一個“英雄無用武之地”。

“學”是為了“用”。每個人都要學習一門或幾門本領，目的是為了更好地進行工作。如果學的東西對實際工作毫無用處，那麼這種東西是一文不值的。所以學習要有明確的目的。一切脱離實際的學問，本質上和朱泙漫的“殺龍妙技”沒有甚麼兩樣。

原文 朱泙漫學屠龍於支離益，單千金之家，三年技成，而無所用其巧。

——《莊子．列禦寇》

蹈水有道

有一天，孔子來到呂梁之畔，但見洪水咆哮洶湧，從懸崖絕壁中飛瀉而出，直下千丈。水聲震耳欲聾，雪白的水沫飛騰着，沖出四十里。這樣兇險的洪水，即使是魚鱉和黿龜也不能游渡。正在這時候，孔子看見激流中有一個漢子在飄浮，以為是想自殺的人，連忙叫學生們追去搭救。誰知還沒有追上，那漢子已經從波濤之中鑽出來，披頭散髮唱着歌，在一灣靜水塘裏游起來。

孔子十分驚詫，跑到塘邊，問道：“啊呀！好險！剛才我還以為你是一個水鬼呢。請問，游水要掌握甚麼規律嗎？”

漢子鳧在水面上大聲回答：“我哪有甚麼規律？我不過是始乎故，長乎性，成乎命罷了。每天我同漩渦一同捲進去，又同波濤一起掀出來，我只是順從水性而絕對不憑個人好惡，這就是我的游水之道。”

“那麼，請問，”孔子恭恭敬敬地説，“甚麼叫做始乎故，長乎性，成乎命呢？”

漢子抹了一把臉上的水，回答説：“我生在河邊，安於河邊，這叫始乎故；我長在水中，而深解水性，這叫長乎性；我跳進水裏自然而然就會游起來，這叫做成乎命！”説罷，他又一個猛子鑽進水裏，不見了。

今解 有趣的是：孔子也經常談故、性、命，指的是故舊、人性、天命等道理；而這位泗水漢子則從另一立場來提出這些概念。他所講的故，指的是他適應游泳的環境條件；性是對水性的熟悉；命是掌握游泳的方法；技術達到了極其嫺熟自然的境界。人類從實際經驗中得到的知識，一般都是帶有自發性的唯物主義的傾向的。

原文 孔子觀於呂梁，縣（懸）水三千仞，流沫四十里，黿鼉魚鱉之所不能游也。見一丈夫游之，以為有苦而欲死也。使弟子並流而拯之。數百步而出，被髮行歌，而遊於塘下。孔子從而問焉，曰："吾以子為鬼，察子則人也。請問蹈水有道乎？"曰："亡，吾無道，吾始乎故，長乎性，成乎命，與齊俱入，與汩偕出，從水之道而不為私焉。此吾所以蹈之也。"孔子曰："何謂始乎故，長乎性，成乎命？"曰："吾生於陵，而安於陵，故也；長於水，而安於水，性也；不知吾所以然而然，命也。"

——《莊子・達生》

楊布打狗

楊朱的弟弟名叫楊布。有一天早晨，楊布穿着一件白布褂子上街買東西。天忽然下起陣雨，楊布就脫下外衣，穿着裏面的黑襯衣回來了。走到家門口，他養的一隻大狗彷彿看見陌生人似的，對他齜牙咧嘴，汪汪狂吠。楊布見了，無名火起，拾起一根柴木，追上去要揍牠。楊朱從屋裏跑出來一看，説道："不要打牠，你怎麼能怪狗呢？如果你的狗出去時一身白毛，回來時變成了一身黑毛，你能夠不奇怪嗎？"

今解 以外形、氣味等特徵識別事物，是狗的本能。楊布的衣服換了，狗也就不易識別，這是很自然的。前者是原因，後者是結果。楊布不從自己身上找原因，卻怪狗不認識他，把原因和結果顛倒了，當然是沒有道理的。

明明是自己的立場、觀點、行為改變了，有的人卻埋怨別人對自己的看法改變了。他所犯的是與楊布同樣的錯誤。所以，我們看問題首先要從自己身上尋找原因，而不要一出問題就先責怪別人。

原文 楊朱之弟曰布。衣素衣而出，天雨，解素衣，衣緇衣而反。其狗不知，迎而吠之。楊布怒，將撲之。楊朱曰："子無撲矣！子亦猶是也，向者使汝狗白而往，黑而來，豈能無怪哉？"

——《列子·説符》

小兒辯日

孔子去東方講學，看見路旁有兩個小孩在激烈地爭論，便下了馬車，上去看個究竟。小孩子看見孔子來了，都搶着告訴他。一個小孩説："早晨的時候太陽離人近；中午的時候離人遠。"

"不對！"另一個小孩急着説："應該是早上離人遠，中午離人近。"

前一個小孩連忙又嚷道："你錯了，你沒看見早上太陽出來的時候，足足有車傘那麼大；到了中午，卻只有菜盤那樣小。這不是近大遠小的緣故嗎？"

"你才錯了！"另一個小孩搶着打斷他的話説："早上的時候，天氣還涼颼颼的；中午卻熱得像在湯鍋裏。告訴你，這就是近熱遠涼的道理！"

兩個小孩誰都説服不了誰，就請孔子作裁判。孔子抓了半天後腦勺也答不出來。兩個小孩拍着手笑着説："誰説你是一個生而知之的聖人啊！"

今解 小兒辯日，提出太陽在早上近還是在中午近的問題，這在當時科學發展尚處於較低階段，人們對日地運動以及地球形狀還認識不清的情況下，確實是一大難題。早在一千九百多年前，東漢哲學家王充慧心獨運，舉出三點理由，證明了中午的太陽近，這在當時是一種創見。現代天文學對這個難題已可以提供更深刻的回答，認為在一般情況下，中午的太陽離觀察者更近些；但由於地球公轉是一個橢圓軌道面並非垂直等原因，所以地球的不同地方在繞日運轉的某些角度上，會出現相反的情況。

故事中的兩個小孩各執一詞，似乎都有道理；然而一個是從視覺來判斷，一個是從觸覺來判斷，兩者同屬於感性認知。徒憑片面的感性認知，並不能解決情況複雜的問題，而應該“不徒耳目，必開心意”，充分重視理性思維的作用，將感性認知升華到理性認知階段，才能深刻地揭示事物的本質。可是這一點，就連“大聖人”孔夫子也沒法解決，難怪兩小孩要嘲笑他了。

原文 孔子東遊，見兩小兒辯鬥。問其故。一兒曰：“我以日始出時去人近，而日中時遠也。”一兒以日初出遠，而日中時近也。一兒曰：“日初出大如車蓋，及日中則如盤盂。此不為遠者小而近者大乎？”一兒曰：“日初出滄滄涼涼，及其日中如探湯，此不為近者熱而遠者涼乎？”孔子不能決也。兩小兒笑曰：“孰為汝多知乎？”

——《列子．湯問》

人和魚雁

齊國有一位姓田的大貴族，家裏食客千人，生活異常闊綽。

有一天，田家在廣庭上大擺筵宴，客人中有獻上魚和雁作為禮物的。主人看了很高興，並感慨地說：“上天對我們真優厚呀！你看，這些魚兒、雁兒，不都是為着我們的口腹享受而生的嗎？”客人們聽了，點頭附和着。座中有一位鮑家的孩子，還只十二歲，站起來說：“我不同意你這種說法。人也是天地萬物中的一個種類。由於大小智力的不同，生物界有弱肉強食的情況，但並沒有甚麼由上天注定誰為誰生的道理。人類選擇可吃的東西做食物，這些東西難道是上天特為人類創造的？正如蚊子吃人的血，虎狼吃人的肉，也難道是上天特意要生出人來給牠們做食物的嗎？”

今解 鮑家小孩說的話是對的。別看他年紀小，倒說出了一番哲學上的大道理。有些人總把世界上一切都看成是神或上帝為了某種目的而創造、而安排好的。好像貓被創造出來是為吃老鼠，老鼠被創造出來是為了讓貓吃，而整個自然界被創造出來是為了證明造物者的智慧。這樣，他們就好宣傳一種"生死有命，富貴在天"的宿命論。這則故事，是我國古籍中難得的一段批判兩漢"天人感應"神學目的論的絕妙文字。

原文 齊田氏祖於庭，食客千人。中坐有獻魚雁者，田氏視之，乃嘆曰："天之於民厚矣！殖五穀，生魚鳥以為之用。"眾客和之如響。鮑氏之子年十二，預於次，進曰："不如君言。天地萬物與我並生，類也。類無貴賤，徒以小大智力而相制，迭相食；非相為而生之。人取可食者而食之，豈天本為人生之？且蚊蚋噆膚，虎狼食肉，非天本為蚊蚋生人，虎狼生肉者哉？"

——《列子．說符》

紀昌學射

甘蠅是古代一名神箭手，利箭所向，飛鳥落地，走獸伏倒。他的學生飛衛，勤學苦練，技巧超過了老師。

有個人名叫紀昌，又來拜飛衛為師。飛衛對他說："你先要學會在任何情況下都不眨眼睛的本領；然後才談得上學射箭。"紀昌回到家，就照着飛衛的話，仰面朝天躺在他妻子的織布機下，雙眼死死盯住穿來穿去的梭子。這樣苦練兩年後，就是有人用鋒利的錐尖朝他眼睛刺去，他都不眨一眨眼。於是，他高興地跑去告訴飛衛。

飛衛搖搖頭說："還不行，你的眼力還需要鍛煉，才談得上射箭。當你能把極小的物體看得很大，將模糊的目標看得很顯著，那時候，

你再來找我。”紀昌回到家，捉了一隻蝨子，用牛尾巴毛拴住，吊在窗口上，天天面朝南方目不轉睛地盯着。十多天過去，蝨子在眼中漸漸顯得大起來；三年以後，竟顯得有車輪一般大。回頭看看其他東西，都像山丘一樣巨大。他便用燕國牛角做的弓，搭上楚國蓬桿製的箭，朝蝨子射去，弦聲響處，利箭穿透蝨心，而牛尾毛還好端端地懸在空中。於是，紀昌又跑去告訴飛衛。飛衛聽了，高興地說：“好，你學成功啦！”

今解 飛衛不僅是一名神箭手，也算得上是一位精通教學方法的老師。他十分重視基本功夫的訓練，要求紀昌用五年時間來苦練“不瞬”和“學視”。看上去，不眨眼和練眼力，並不是射箭，但這些卻是射好箭不可缺少的基本技能，如果讓紀昌一開始就射箭，未必能有這樣好的效果。在學習中，只有老老實實地打好扎實的基礎，才能真正得到提高，取得“貫蝨之心”的成績。

原文 甘蠅，古之善射者，彀弓而獸伏鳥下。弟子名飛衛，學射於甘蠅，而巧過其師。

紀昌者，又學射於飛衛。飛衛曰：“爾先學不瞬，而後可言射矣。”紀昌歸，偃臥其妻之機下，以目承牽挺。二年之後，雖錐末倒眥而不瞬也。以告飛衛。

飛衛曰：“未也；亞學視而後可。視小如大，視微如著，而後告我。”昌以氂懸蝨於牖，南面而望之。旬日之間，浸大也；三年之後，如車輪焉。以視餘物，皆丘山也。乃以燕角之弧，朔蓬之桿射之，貫蝨之心，而懸不絕。以告飛衛。飛衛高蹈拊膺曰：“汝得之矣！”

——《列子 · 湯問》

愚公移山

北山有位愚公，年已九十，立志要把阻擋門前交通的太行、王屋兩座大山搬掉。智叟認為這是辦不到的，勸他不要白費勁。愚公說：“我的決心下定了，我死了還有兒子；兒子生孫子；

孫子又生兒子，可以一代一代地搬下去。而山呢？搬掉一擔土，就少一擔土，這樣下去還怕它不平嗎？”愚公這種幹勁感動了上帝。上帝就命令神把兩座山搬走了。

今解 這則故事的原意在於打破世人急功近利的眼光，應像愚公那樣忘懷以造事，無心而為功，求道忘生以契真。但它在民族中長期流傳下來的，卻是那種無視困難、不屈不撓的移山精神，這種精神無疑是我們從事一切工作所需要的。但是，人的積極性如果不與客觀結合，辦事不從實際出發，不顧自然條件，而徒逞幹勁，盲目冒進，只管蠻幹，不思巧幹，隨心所慾，好大喜功，也必然招致勞民傷財、得不償失的嚴重後果。到那時，上帝雖“感其誠”，也是幫不了忙的。

原文 太行、王屋二山，方七百里，高萬仞；本在冀州之南，河陽之北。北山愚公者，年且九十，面山而居。懲山北之塞，出入之迂也，聚室而謀曰：“吾與汝畢力平險，指通豫南，達於漢陰，可乎？”雜然相許。其妻獻疑曰：“以君之力，曾不能損魁父之丘。如太行、王屋何？且焉置土石？”雜曰：“投諸渤海之尾，隱土之北。”遂率子孫荷擔者三夫，叩石墾壤，箕畚運於渤海之尾。鄰人京城氏之孀妻有遺男，始齔，跳往助之。寒暑易節，始一反焉。河曲智叟笑而止之曰：“甚矣！汝之不惠！以殘年餘力，曾不能毀山之一毛，其如土石何？”北山愚公長息曰：“汝心之固，固不可徹，曾不若孀妻弱子。雖我之死，有子存焉。子又生孫，孫又生子；子又有子，子又有孫，子子孫孫，無窮匱也。而山不加增，何苦而不平？”河曲智叟亡以應。操蛇之神聞之，懼其不已也，告之於帝。帝感其誠，命夸蛾氏二子負二山，一厝朔東，一厝雍南。自此，冀之南、漢之陰無隴斷焉。

——《列子・湯問》

歧路亡羊

楊朱家的鄰居走失了一隻山羊，連忙召集全家老小去追尋，又請楊朱派他的家僮門人去幫忙。楊朱奇怪地問道：“咦，只走失了一隻羊，何須動員這樣多的人去追呢？”

鄰居答道：“岔路太多了。”過了半天，去追羊的人都垂頭喪氣地回來了。楊朱問：“羊找到嗎？”鄰居答：“找不到啊！”楊朱又問：“去這麼多人，怎麼還會找不到呢？”鄰居回答：“這條大路有岔路，岔路上又有岔路，我們不知道羊跑上了哪條岔路，人再多也無濟於事。”楊朱聽完這番話，頓時戚然變容，半晌不說話，整日看不到笑容。

今解 大道因為岔路太多而走失山羊；工作和學習也會因為行業、學科太多而易使人們分心旁騖，不得要領；一個問題也常因眾說紛紜，各執一端而難以明確。要之，一切事物都是很複雜的，如果我們沒有一個努力的方向和正確的思想，不深入實際具體分析，就會分不清現象和本質，辨不出主流和支流，因而在紛繁複雜的社會生活中迷失方向，誤入歧途。

原文 楊子之鄰人亡羊，既率其黨，又請楊子之豎追之。楊子曰：“嘻！亡一羊，何追者之眾？”鄰人曰：“多歧路。”既反，問：“獲羊乎？”曰：“亡之矣。”曰：“奚亡之？”曰：“歧路之中又歧焉，吾不知所之，所以亡也。”楊子戚然變容，不言者移時，不笑者竟日。

——《列子‧說符》

疑人偷斧

有個鄉下老頭兒，丟掉了一把斧頭。他懷疑是鄰家的兒子偷的，就很注意那個兒子，總覺得他走路的姿勢、面部的表情、說話的聲音、動作、態度，無處不像是一個偷他斧頭的人。

不久，老頭兒把斧頭找到了，原來是他自己上山砍柴時丟在山谷上忘記帶回的。

第二天，老頭兒又碰到鄰家的兒子，再留心那個兒子的動作、態度，就沒有一處像是偷斧頭的人了。

今解 鄰家兒子的舉止態度並沒有改變，而在老頭兒的看法中，前後卻好像兩個人，這是甚麼道理呢？

判斷一件事情，不能毫無事實根據的瞎猜。但有些人往往容易在主觀上臆造一個想像，並把這想像變成成見，戴着有色眼鏡看人。俗話說："疑心生暗鬼"，這是相當要不得的。

原文 人有亡廣鈇者，意其鄰之子，視其行步，竊鈇也；顏色，竊鈇也；言語，竊鈇也；動作態度無為而不竊鈇也。俄而掘其谷而得其鈇，他日復見其鄰人之子，動作態度無似竊鈇者。

——《列子 · 說符》

負暄獻曝

宋國有一個農夫，披着破絮麻布熬過了冬天；來年開春，太陽暖洋洋地普照大地。農夫在田裏耕作，曬着太陽，感到渾身愜意，不知道天底下原來還有廣廈溫室和絲襖狐裘。他越曬越得意，回頭告訴妻子說："這種享受的方式，別人一定還不知道；待我們去告訴國君，一定會有重賞哩。"

今解 "負暄獻曝"這句成語被後人用作獻計、獻禮的謙詞。它的原意在於說明如果一個人囿於主觀感覺，看問題就有很大的局限性，往往容易沾沾自喜，驕傲自滿，淺嘗輒止。我們在工作和學習中應該力戒這種主觀、片面的局限性。

原文 宋國有田夫，常衣緼黂，僅以過冬。曁春東作，自曝於日，不知天下之有廣廈隩室，綿纊狐貉。顧謂其妻曰："負日之暄，人莫知者，以獻吾君，將有重賞。"

——《列子 · 楊朱》

偷金

從前齊國有一個人，整天想着金子。一天清早起來，他穿得整整齊齊趕到集市上，走進一家金店裏，伸手拿了一塊金子回頭就跑。

人們把他捉住了，並責問他說："當着這麼許多人，你竟敢偷人家的金子？"

那個人回答說："我拿金子的時候，只看見金子，沒有看見人！"

今解 這是一個"利令智昏"的典型例子。財迷心竅，使這個偷金的人見金不見人。

頭腦裏充滿了極端的個人主義，看問題總是片面的，因為一個人的思想方法和他的立場、觀點是分不開的。這個故事在這一點上是很有啟發性的。

原文 昔齊人有欲金者，清旦衣冠而之市，適鬻金者之所，因攫其金而去。吏捕得之，問曰："人皆在焉，子攫人之金何？"對曰："取金之時，不見人，徒見金。"

——《列子·說符》

獻鳩放生

每逢正月初一，邯鄲一帶的老百姓都要成羣結隊去山野裏，捕捉許多斑鳩，送到趙簡子的府第上。趙簡子看着一籠籠活蹦亂跳的斑鳩，非常高興，命人取出金銀，厚厚賞賜給每一個獻斑鳩的人。

有個人在簡子家做客，見了很奇怪，問簡子要這些斑鳩幹甚麼。簡子回答說："你難道不知道嗎，每一個小生命都是寶貴的啊！正月初一這天，我要放生，表示我對生靈的愛護。"客人聽罷，噗哧一聲笑了，說："這就是愛護生靈的辦法嗎？老百姓知道您要放生，獻鳩能得到厚賞。大家都爭先恐後去捕捉斑鳩，下鐵夾的下鐵夾，用箭射的用箭射，活捉的固然不少，打死的也一定很多。您如果真的可憐這些小生命，還不如下個通令，禁止捕捉斑鳩。不然的話，抓了又放，您的恩德還抵不上您的罪過哩！"簡子聽了，紅着臉點頭稱是。

今解　趙簡子愛虛名，不惜高價買鳩放生，以取得慈善家的美譽。然而經客人一拆穿，原來名為放生，實為殺生；貌似慈善，實乃殘忍。這個故事旨在諷刺那些想問題、辦事情只圖虛名、不顧後果的人。

原文　邯鄲之民，以正月元旦獻鳩於簡子，簡子大悅，厚賞之。客問其故，簡子曰："正旦放生，示有恩也。"

客曰："民知君之欲放之，故竟而捕之，死者眾矣。君如欲生之，不若禁民勿捕。捕而放之，恩過不相補矣。"簡子曰："然。"

——《列子·說符》

關尹子教射

列子跟關尹子學射箭。有一次，列子射中了靶，就跑去問關尹子："我學得差不多了吧？"關尹子卻反問道："你知道你為甚麼射中了靶嗎？"列子回答說："不知道。"關尹子說："不知道，這怎麼能說學會射箭了呢？"列子又一連學習了三年，再去向關尹子請教。關尹子又問他："你知道你為甚麼射中了嗎？"列子回答說："知道了。"關尹子這才告訴他說："現在可以了。知道了為甚麼射中，這才算學好了，你要記着所以射中的道理，不要違背它。"

今解　列子學射箭，已經射中了靶，為甚麼關尹子還不讓他"畢業"呢，這是因為他不知道射中的道理。不知道射中的道理，這次射中可能是偶然的，以後再射還是沒有一定的規律可循，那當然不能保證一定會射中，關尹子不讓他"畢業"是正確的。

做好一種事情，應該知道為甚麼會做好。這樣就能夠逐漸地掌握做這種事情的規律，以後做起來，也就比較有把握了。

原文　列子學射，中矣，請於關尹子。尹子曰："子知子之所以中者乎？"對曰："弗知也。"關尹子曰："未可。"退而習之。

三年，又以報關尹子。尹子曰："子知子之所以中乎？"列子曰："知之矣。"關尹子曰："可矣，守而勿失也。"

——《列子・說符》

杞人憂天

有個小國家叫杞，那裏有個人整天胡思亂想，忽然想到天隨時可能崩塌下來，地也隨時可能陷落下去，這樣一來，他連安身的地方都沒有了。於是，他越想越害怕，每天憂心忡忡的，茶飯不進，睡眠不安。

有個熱心人聽說此事，暗暗好笑，跑來開導這個杞國人說："天不過是一團積聚的氣體，到處都是氣，人運動呼吸也是在這氣當中，怎麼可能崩塌下來呢？"

杞國人將信將疑地說："就算天是積氣，可是難道太陽、月亮和星星不會掉下來嗎？""不會，不會！"那人回答，"日月星宿也不過是一團團會發光的氣體，就是掉下來打着也不會傷人。"

杞國人還是不放心，又問："那麼地陷下去怎麼辦呢？"

熱心人連忙又回道："地不過是堆積起來的土塊罷了，到處都是這樣的土地，它怎麼會陷落下去呢？"

杞人聽罷，豁然開朗，心頭像放下千斤重擔；那個熱心人也很高興。

今解 "杞人憂天"這句人們常用的成語就來源於這個故事。它告訴我們，一切毫無實際根據的憂慮都是不必要的，它只能使人們自尋煩惱，陷入頹廢和混亂的狀態。同時，故事也通過熱心人的勸告說明，遇事只要勤於動腦，善於分析各種事物間的關係，便能夠防止主觀片面和盲目性。這一點，在今天仍不失其現實意義。當然，熱心人對天地構造的解釋現在看來是極幼稚的，但亦基本上屬於元氣二元論的樸素唯物主義觀點。

原文 杞國有人憂天地崩墜，身亡所寄，廢寢食者。又有憂彼之所憂者，因往曉之曰："天積氣耳，亡處亡氣，若屈伸呼吸，終日在天中行止，奈何崩墜乎？”其人曰：“天果積氣，日月星宿，不當墜耶？”曉之者曰：“日月星宿，亦積氣中之有光耀者；只使墜，亦不能有所中傷。”其人曰：“奈地壞何？”曉者曰：“地積塊耳，充塞四虛，亡處亡塊。若躇步跐蹈，終日在地上行止，奈何憂其壞乎？”其人捨然大喜，曉之者亦捨然大喜。

——《列子 · 天瑞》

海鷗不上當

東海岸邊有個村莊，村莊裏住着一個喜歡海鷗的小夥子。他每天划着小船去海上，找海鷗玩耍。時間一長，海鷗都跟這個小夥子混熟了，成十成百的海鷗時而在船上盤旋翱翔，時而一羣羣棲息在船板上，有的還飛到小夥子懷抱裏，同他親熱一番。

有一天，小夥子回家。他爸爸說：“聽說海鷗同你很要好，明天給我捉一隻回家。”小夥子答應了。

第二天，他划着小船到了海上，神色緊張地窺伺着海鷗。海鷗們卻都在船的上空高高飛舞，沒有一隻再願意下來。

今解 本質通過現象來表現，內容通過形式來表現；人的內心活動也往往通過某種表情而暴露出來。所謂“胸中不正，則眸子眊焉”，就是這個道理。

這則寓言也正說明着，凡是陰謀詭計，企圖長久隱瞞是不可能的，它遲早要通過一些跡象被人們察覺。同時，故事也告訴我們：在人們的交往中，應該以誠相見，真正的友誼必須用真誠的心來換取。

原文 海上之人有好漚鳥者，每旦之海上，從漚鳥遊。漚鳥之至者百住而不止。其父曰：“吾聞漚鳥皆從汝遊，汝取來，吾玩之。”明日之海上，漚鳥舞而不下也。

——《列子 · 黃帝》

朝三暮四

宋國有一個老頭兒，很喜歡猴子，在家裏養了一大羣。日子一長，他了解猴子的性情，猴子也居然懂得了主人的心意。老頭兒愈發喜歡了，寧可讓家裏人餓着肚子，也要讓那些貪心的猴子頓頓吃飽。

不久，家裏的糧食快要吃光了，他想減少猴子的定量，又怕猴子們不肯答應，怎麼辦呢？於是，老頭兒對猴子們說："從今天起，我給你們吃橡子，早上三升，晚上四升，夠了嗎？"猴子們一聽，都亂蹦亂跳，齜牙咧嘴地表示不滿。

"好吧，好吧，"老頭兒連忙又說，"增加一點，給你們早上四升，晚上三升，總該滿意了吧？"猴子們聽了，都搖頭擺尾地趴在地上，十分滿意。

今解 這個老頭兒倒是掌握了猴子們的心理，因為橡子的總量並未改變，只是朝三暮四、朝四暮三地變換了一下，猴子的態度便前後大不相同。

事物的量變，要達到一定程度，才會引起質變。然而量變引起質變往往通過兩種形式：一是量的增減，一是排列組合的變化。人們有時不注意這後一種形式，而這個故事裏的老頭兒正是利用這種形式，引起事物的某些改變。

原文 宋有狙公者，愛狙，養之成羣，能解狙之意；狙亦得公之心。損其家口，充狙之欲。俄而匱焉。將限其食，恐眾狙之不馴於己也，先誑之曰："與若芧，朝三而暮四，足乎？"眾狙皆起而怒。俄而曰："與若芧，朝四而暮三，足乎？"眾狙皆伏而喜。

——《列子．黃帝》

宋人學盜

從前，宋國有個姓向的人，家裏一貧如洗，聽說齊國有個姓國的人生財有道，就跑去請教為富之術。

姓國的告訴他說："想發財容易，我就是善於偷。自從我學會偷以後，一兩年就豐衣足食，三年就車馬盈門，金銀滿屋，還可以不斷接濟鄉親們。”

姓向的一聽滿心高興，也不再問個明白，就跑回宋國，開始行盜。不管白天黑夜，他翻牆挖壁，一路上凡是眼看見、手摸着的東西，統統都搬回家。沒幾天，他就被別人捉住告官，不但偷的東西沒收，就連原來的家產也全被查封歸公了。

姓向的一臉晦氣，認為姓國的欺騙自己，十分埋怨他。姓國的問：“你是怎麼偷的啊？”姓向的據實告訴了他。姓國的哈哈大笑，說：“你錯啦！有這樣偷東西的嗎？我告訴你吧，天有四季節令，地有資源肥力，我偷的是天時和地利，藉以春播秋割，冬藏夏曬。在地上偷禽獸，到水裏偷魚鼈，我吃的用的，沒有一樣不是偷來的，因為這些東西都是自然界生長出來的，並非原來就屬於我。可是，我偷天地的物產是不犯法的；而你呢，你要知道，金銀財寶都是別人積聚的東西，並不是自然界給予你的，你偷別人的東西，怎能不判罪？這除了怪你自己，還能怨誰呢？”

今解 這則故事的本義，也是闡發道家的語義觀。同樣一個“偷”字，作不同的運用，便有不同的意義，結果大相徑庭。但從另一方面，“盜亦有道”強調人們憑其智力，從自然界獲取生產生活資料的合理性。唐代哲學家李荃提出人定勝天的“盜機”思想即源於此。利用天時地利，向大自然“偷”東西，達到發財致富的目的，這個提法，在今天還有其新的深刻意義。

原文 齊之國氏大富，宋之向氏大貧，自宋之齊，請其術。國氏告之曰：“吾善為盜，始吾為盜也，一年而給，二年而足，三年大穰，自此以往，施及州閭。”向氏大喜，喻其為盜之言，而不喻其為盜之道，遂踰垣鑿室，手目所及，亡不探也。未及時，以贓獲罪，沒其先居之財。向氏以國氏之謬己也，往而怨之。國氏曰：“若為盜若何？”向氏言其狀。國氏曰：“嘻，若失為盜之道至此乎？今將告若矣。吾聞天有時，地有利，吾盜天地之時利，雲雨之滂潤，山澤之產育，以生吾禾，殖吾稼，築吾垣，建吾舍；陸盜禽獸，水盜魚鼈，亡非盜也。

夫禾稼、土木、禽獸、魚鼈皆天之所生，豈吾之所有？然吾盜天而亡殃。夫金玉珍寶，穀帛財貨，人之所聚，豈天之所與？若盜之而獲罪，孰怨哉？”

——《列子 · 天瑞》

孔子論弟子

一天，孔子的學生子夏問孔子說：“顏回的為人怎樣？”孔子回答說：“顏回的仁義比我強。”子夏又問：“子貢的為人怎樣？”孔子說：“子貢的口才是我所不及的。”子夏接着又問：“子路的為人怎樣？”孔子說：“子路的勇敢是我所不如的。”子夏再問：“子張的為人怎樣？”孔子說：“子張的莊重勝過我。”子夏聽了有些糊塗，站起來問道：“既然他們都比你強，他們為甚麼都願意拜你做老師又向你學習呢？”孔子說：“你坐下來，讓我告訴你。顏回講仁義但不懂得變通；子貢口才好但不夠謙虛；子路很勇敢但不懂得退讓；子張雖然莊重但與人合不來。他們四人各有所長，也各有所短，所以都願意拜我為師，跟我學習。”

今解 孔子對弟子的觀察是仔細的。他看出了弟子們不同的優點，同時也看出了他們不同的缺點，因此，他對弟子們的評論就相當中肯。

優點和缺點是相對的。一個人不可能只有優點而沒有缺點，反之亦然。聰明的人應該善於廣泛地吸取別人的長處，彌補自己的不足。這個故事對我們待人處世都很有啟發意義。

原文 子夏問孔子曰：“顏回之為人奚若？”子曰：“回之仁賢於丘也。”曰：“子貢之為人奚若？”子曰：“賜之辯賢於丘也。”曰：“子路之為人奚若？”子曰：“由之勇賢於丘也。”曰：“子張之為人奚若？”子曰：“師之莊賢於丘也。”子夏避席而問曰：“然則四子者何為事夫子？”曰：“居！吾語汝。夫回能仁而不能反，賜能辯而不能訥，由能勇而不能怯，師能莊而不能同。兼四子之有以易吾，吾弗許也。此其所以事吾而不貳也。”

——《列子 · 仲尼》

路邊契據

宋國有個人在路邊發現了一張別人廢棄的契據。他拾了起來，急急忙忙地跑回家去，把門窗都緊緊關上，然後偷偷地攤開一看，原來契據上寫的是大批財物的明細賬目。他高興極了，一項項地數着、點着。

他仔細地看了又看，算了又算以後，就把這張契據小心翼翼地鎖在箱子裏。

然後，他就向他的鄰居們誇口說：“等着瞧吧，我很快就要變成財主了，我發大財啦！”

今解 拾到別人丟棄的契據，如獲至寶，以為真契在手，富貴可期了，便得意揚揚地向人誇口，這種神態，活畫出一個人自己不願花費勞力，而以拾人唾餘，僥倖得志為滿足的卑劣心理。憑着廢契休想發財；沒有一點一滴的艱苦努力，也休想僥倖成功。

原文 宋人有遊於道，得人遺契者，歸而藏之，密數其齒，告鄰人曰：“吾富可待矣。”

——《列子．說符》

蕉鹿之訟

春秋時，鄭國有個樵夫在山上砍柴。忽然從密林深處跑出一頭驚惶失措的馬鹿，他連忙舉起斧頭迎面劈去，把這頭肥壯的馬鹿砍死了。他想回家的時候再來拿，又恐怕被別人瞧見，就把馬鹿拖進一條乾涸的濠溝裏，用柴草嚴嚴實實地遮蓋起來。

誰知樵夫只顧高興，回來的時候竟忘記了藏鹿的地點，找了半天沒找到，他便覺得恍恍惚惚的，以為剛才不過是做了一場夢。回家途中，他逢人就說那個奇怪的夢。有個閒漢聽在耳裏，記在心中，便依照樵夫所說，上山尋找，果然在濠溝裏找到那頭死鹿。閒漢心花怒放，偷偷把馬鹿背到家裏，得意地告訴老婆說："有個樵夫說夢裏砍死一頭鹿，忘記了收藏的地方，現在被我尋到了。哈！哈！他真是做了個好夢呀！"

"別高興，"他老婆撇撇嘴說，"恐怕是你在做夢，夢見甚麼樵夫得到一頭鹿吧？難道真的有那個樵夫嗎？你真的得到鹿，就是你真的在做夢。"

閒漢說："反正我真的拿到了鹿，管他是誰在做夢。"

且說那個樵夫回到家裏，還念念不忘他的"夢"。半夜的時候，他真的做了一個夢，夢見了藏鹿的確切地方，還夢見鹿已經被那個閒漢取走了。第二天一清早，樵夫就按照夢見的路徑，找到閒漢家，果然看見那條馬鹿掛在堂屋裏。兩個人便爭鬧起來，撕扭着上衙門去評理。

法官問明情況後，就對樵夫說："你真的得鹿，又妄說是夢；做夢看見鹿被人拿走，又認為是事實。而你呢？"法官又轉身對閒漢說："你真的找到了鹿，你老婆又說你是在做夢。好吧，由此可見，你們都在做夢，根本沒有人真的得到過鹿。現在既有這頭馬鹿，那就一家分一半吧。"

鄭國的國君聽說這件案子，嘻嘻笑着說："這個法官判案，也是在做夢呀。"

今解 "蕉鹿"這個故事，人們常用來比喻把事實攪成夢幻的消極想法。《紅樓夢》中有副對聯："假作真時真亦假，無為有處有還無。"這裏的情節倒真是這樣。從得鹿的樵夫、閒漢和閒漢的老婆，一直到法官，乃至國君，個個都把實事當成夢境，把夢境又認作事實。夢境是假，事實是真，真假應有質的區別，但在這裏卻泯滅了這種區分。

《列子》一書可能是玄學盛行時期的晉人作品。這個故事，正如後人詩句說的："世事同蕉鹿，人心類棘猴。"這是一種唯心主義的觀點，因而故事本身也恰恰反映出唯心主義世界觀的荒唐及其邏輯的混亂。

原文 鄭人有薪於野者，遇駭鹿，御而擊之，斃之。恐人見之也，遽而藏諸隍中，覆之以蕉，不勝其喜。俄而遺其所藏之處，遂以為夢焉。順塗而詠其事。傍人有聞者，用其言而取之。既歸，告其室人曰："向薪者夢得鹿而不知其處，吾今得之，彼直真夢矣。"室人曰："若將是夢見薪者之得鹿邪？豈有薪者邪？今真得鹿，是若之夢真邪？"夫曰："吾據得鹿，何用知彼夢我夢邪？"薪者之歸，不厭失鹿。其夜真夢藏之之處，又夢得之之主。爽旦，案所夢而尋得之，遂訟而爭之。歸之士師，士師曰："若初真得鹿，妄謂之夢；真夢得鹿，妄謂之實。彼真取若鹿，而與若爭鹿，室人又謂夢認人鹿，無人得鹿。今據有此鹿，請二分之。"以聞鄭君，鄭君曰："嘻！士師將複夢分人鹿乎？"

——《列子 · 周穆王》

赤刃火布

周穆王西征犬戎。犬戎人進貢了大批奇珍異寶，其中有一柄錕鋙之劍，長一尺八寸，乃是取昆吾山所產的純鋼煉就，寒光四射，鋒利無比，用它切堅硬的玉石，如同削泥。還有一種火浣之布，用它縫製衣袍，沾上污垢油膩，不用水洗，只消投進熊熊的火焰中，布立刻燒成火紅色，而污垢則呈現布色。從火中取出，稍一振抖，衣袍皎然生光，竟像白雪一般潔淨。

西周國中從來沒有見過這樣奇異的東西，宮廷中人個個驚嘆不止，皇太子聽說了，認為他們胡說八道，因為布匹是最怕火的，怎能用火來洗污垢？而鋼刀砍在硬木上都會捲刃，怎能削玉如泥呢？所以天下是絕不可能有這樣的東西的。

有位名叫蕭叔的大臣搖搖頭說："皇太子也太自信了，以為自己沒有見過的東西，天底下也不會有。"

在遠古時代，我國勞動人民就創造了相當先進的冶煉技術。例如最近出土的古劍，其冶煉和表面處理的特殊工藝，對現代科學都有深刻的啟發。而火浣布，應該是一種石棉混紡織品，也是現代重要耐火材料之一。這些東西明明是客觀存在，因為自己耳目所不及，便加以否認，這不是科學的態度。

俗話說："眼見為實，耳聽為虛。"這是要我們對任何事情都要注重調查研究，而並不是要我們對自己沒有見過的東西採取不承認主義。

在科學技術日益發達的今天，新事物更是層出不窮，比之錕鋙劍、火浣布更難於想像，不知道超過多少倍。如果還堅持這種管窺蠡測、少見為怪的態度，那將是淺薄可笑的。

原文 周穆王大征西戎，西戎獻錕鋙之劍，火浣之布。其劍長尺有咫，煉鋼赤刃，用之切玉，如切泥焉。火浣之布，浣之，必投於火：布則火色，垢則布色；出火而振之，皓然疑乎雪。皇子以為無此物，傳之者妄。蕭叔曰："皇子果於自信，果於誣理哉！"

——《列子．湯問》

假鳳凰

住在山裏的人挑着幾隻山雞去趕集。有個路人看見羽毛艷麗的山雞，感到很新奇，就問這是甚麼鳥。山裏人騙他說："你真是少見多怪，這就是鳳凰呀！"

路人一聽，馬上掏出一大把錢要買。山裏人假意不肯，路人也不還價，立即又加倍付給一大筆錢買了下來。路人想把這隻鳳凰獻給楚王，以邀厚賞，誰知第二天鳥就死了。路人抱頭痛哭，十分悲傷。

這件事情很快傳遍了楚國，再經街頭巷尾的添油加醋，人人都以為是一隻真鳳凰，見了面都嘖嘖惋惜。楚王知道後，也非常遺憾。為了表揚那個路人獻鳳凰的忠誠，楚王還特予召見，並給他十倍於鳥款的賞賜。

今解 明明是一隻山雞，只因為山裏人隨口欺騙，再加以獻鳳凰者可笑的虔誠，播揚開來，竟使舉國人都以為是一隻真鳳凰。由此可見，欺騙再加上無知，盲目和輕信，會產生多麼荒唐的後果！

原文　楚人擔山雉者，路人問何鳥也。擔雉者欺之曰："鳳凰也。"路人曰："我聞有鳳凰，今直見之，汝販之乎？"曰："然。"則十金，弗與。請加倍，乃與之。將欲獻楚王，經宿而鳥死。路人不遑惜金，唯恨不得以獻楚王。國人傳之，咸以為真鳳凰，貴欲以獻之，遂聞楚王。王感其欲獻於己，召而厚賜之，過於買鳥之金十倍。

——《尹文子．大道上》

黃公嫁女

從前齊國有一位姓黃的老先生，很講究為人謙讓，也喜歡人家稱道他謙卑的美名。

黃公有兩個妙齡女兒，養在深閨，雙雙長得容貌艷麗，體態嫻雅，堪稱天姿國色。有人聽說了，就向黃公拱手道喜說："先生好福氣，養的女兒才貌超羣。"

"哪裏，哪裏！"黃公總是連連搖頭，"小女質陋貌醜，粗俗蠢笨，不足掛齒，不足掛齒！"長此以往，眾人都信以為真。於是，黃公二女的醜惡名聲便遠播鄉里，早就過了婚嫁年齡，沒有一個人來上門求聘。

衛國有個無賴漢子，早年死了老婆，一直無錢再娶，便跑到黃公門上求婚。等婚禮完畢，揭開頭巾一看，竟是一個絕代佳人，無賴漢像拾到金元寶一樣高興。

消息很快傳開了，人們都知道原來是黃公過於謙虛，存心把自己女兒說醜的，於是，許多名門望族都競相爭聘他的第二個女兒，一時間，黃公家門庭若市。

今解　謙虛本來是一種美德。但過分謙虛也會變成虛偽，因為它歪曲了客觀事物的本來面目，以致美醜不分，真偽混淆。這位黃公就因為謙卑過分，結果斷送了女兒的青春。這告訴我們：要正確地認識客觀事物，一定要實事求是，恰如其分，既不誇大，也不縮小。形式和內容求統一，名不副實是要受到懲罰的。

原文　齊有黃公者，好謙卑。有二女，皆國色。以其美也，常謙辭毀之，以為醜惡。醜惡之名遠佈，年過而一國無聘者。衛有鰥夫，時冒娶之，果國色。然後曰："黃公好謙，故毀其子不姝美。"於是爭禮之，亦國色也。

——《尹文子 · 大道上》

宣王好射

齊宣王喜愛射箭，在他王宮的牆壁上掛滿了各式各樣的雕弓。雖然他使出吃奶的氣力，也只能拉動三石的軟弓；可是他最愛聽別人讚美他臂力過人，能用硬弓。

每逢酒宴之後，宣王就取出那隻雕花角弓，大喝一聲，拉成滿月，頓時，文武百官都高聲喝彩，高呼："大王神力！"宣王得意地把角弓傳給左右大臣，讓他們分別試一試。大臣們握着弓，齜牙咧嘴地拉開一半，就裝得無論如何也拉不動的樣子。有的嚷"腰酸"，有的喊"臂麻"，然後一齊嘖嘖驚嘆道："這隻弓不下九石，除了大王，誰還能拉得動啊！"宣王於是撫着髯鬚，哈哈大笑。

雖然宣王只能拉得動三石的弓，可是他卻永遠認為自己能夠拉動九石的弓。

今解 齊宣王愛聽恭維話，他的臣下也就投其所好，使他受了騙還信以為真。明明只能拉三石的弓，卻自信能拉九石，誇大三倍，恭維話竟有這麼大的魔力，使得聽者神智不清，忘乎所以，因而就喪失了最起碼的自知之明。

一個人困於從主觀感覺看問題，最容易得到與事實極不相符的結論。而感覺是改變不了事實的，違反事實，用假象欺騙自己，往往就是錯誤和失敗的開端，這是值得人們警惕的。

原文 宣王好射，説（悦）人之謂己能用強也，其實所用不過三石。以示左右，左右皆引試之，中關而止，皆曰："不下九石，非大王孰能用是！"宣王悦之。然則宣王用不過三石，而終身自以為九石。

——《尹文子 · 大道上》

田父棄玉

魏國有一個農民在田野裏犁地。忽然，犁頭噹啷一聲，碰着了一塊磨盤大小的怪石頭。農民左右打量着這塊雪白晶瑩的石頭，半天也看不出名堂來，就招呼鄰居過來瞧。鄰居跑來一看，心中登時怦怦亂跳。這分明是一大塊寶玉呀！他四下裏張望一下，對農民說：“這是一塊怪石，放在家裏，滿門遭殃，趕快把它重新埋到土裏吧。”這個農民將信將疑，但還是把石頭抱回家。放在廊屋的過道上。夜黑時分，這塊怪石忽然光彩四射，把一屋照得通亮。農民一家嚇得戰戰兢兢，忙跑去告訴鄰居。鄰居故作驚慌地叫道：“不得了，鬼神就要降臨了。快把怪石丢掉！”農民慌忙抱起石頭，飛跑出村，把它遠遠丢在野外。鄰居暗中尾隨，第二天就偷去獻給魏王。魏王看見這塊斗大的寶玉，十分驚異，連忙叫上玉工來鑒別。玉工進門遠遠一望，倒頭就拜賀說：“大王洪福，得此無價之寶！”魏王問他值多少錢，玉工答道：“賣掉五座城池，也只夠看它一眼。”魏王大喜，立刻重重賞賜那個獻玉的人。

今解　田父自己不識貨，又輕信鄰人的話，以致把一塊價值連城的寶玉白白地送給了當面撒謊的騙子。這說明一個人對客觀事物沒有真知灼見，陷於真偽不分、是非莫辨的情形下，也正是他最容易受騙上當的時候，騙子們是不會放過這個好機會的。要避免這種情況，首先要破除迷信，加強對事物的具體調查和研究。這個田父不正是因為他有鬼怪災殃等迷信，又不肯據實調查，或多問幾個人，才使得鄰人的騙術有隙可乘嗎？

原文　魏田父有耕於野者，得寶玉徑尺，弗知其玉也。以告鄰人，鄰人陰欲圖之，謂之曰：“怪石也，畜之弗利其家，弗如一復之。”田父雖疑，猶祿以歸，置於廡下。其夜玉明，光照一室，田父稱家大怖，復以告鄰人。曰：“此怪之徵，遄棄，殃可銷。”於是遽而棄於遠野。鄰人無何，盜之以獻魏王。魏王召玉工相之。玉工望之，再拜而立，敢賀曰：“此玉無價以當之，五城之都，僅可一觀。”魏王立賜獻玉者千金，長食上大夫祿。

——《尹文子 · 大道上》

嚇人的名字

大街旁住着一位好客忠厚的老漢。他買了一個家僮，取名叫做“善搏”，又弄來一條看門狗，取名叫做“善噬”。誰知道這以後，所有的客人都不上他的門來了。整整三年，門庭冷落，雜草沒徑。這位老漢感到十分奇怪，挨家挨戶詢訪那些客人門庭所以冷落的原因。客人告訴他說：“你把家僮取名叫善搏，把看門狗取名叫善噬，豈不是要我們一上門就要捱家僮打，被惡狗咬，誰還敢來？”

老漢一聽恍然大悟，回去就把這兩個嚇人的名字改了。於是，賓客往來如故。

今解 名詞概念是重要的，它是對事物特性的概括和反映，應該做到名實相符，使不致以名亂實，以假亂真；否則就會像這位老漢一樣，雖然有心好客，可是由於給家僮和門犬取了那樣兩個嚇人的名字，使人產生誤會，就誰也不敢再上門了。

當然，老漢的朋友們也未免太看重名字了，以貌取人已屬荒謬，以名取人更加可笑。其實名字和實質並不等同，他們只要調查一下，就會得到結論，為甚麼不經了解就斷然與老漢絕交呢？

原文 康衢長者，字僮曰：“善搏”，字犬曰：“善噬”，賓客不過其門者三年。長者怪而問之，及實對。於是改之，賓客復往。

——《尹文子·大道下》

白馬非馬

公孫龍是戰國時名家的代表人物，他最有名的詭辯命題是“白馬非馬”論。

他說：“馬是指馬的形狀，白是指馬的顏色，顏色既然不等於形狀，所以白馬也就不等於馬。”他怕別人還不明白，又舉例說：“買馬當然買甚麼馬都可以，不拘黃馬、黑馬。買白馬，那就不同了，非買白馬不可，可見白馬非馬。”

今解　“白馬非馬”的命題揭示了“一般”和“個別”這兩個概念的差異，在古代邏輯思想發展史上有一定的貢獻。

但是，“一般”存在於“個別”之中，離開了白馬、黃馬、黑馬等（個別）有色的馬，那也就沒有所謂“馬”（一般）的存在了。過分誇大這兩個概念的差異，看不到“一般”、“個別”的關係，也要導致違反事實的錯誤結論。

原文　“馬者所以命形也；白者所以命色也。命色者非命形也，故曰白馬非馬。”

“求馬，黃、黑馬皆可致；求白馬，黃、黑馬不可致。……是白馬之非馬，審矣。”

——《公孫龍子・白馬論》

梧鼠學技

田野裏有一種小動物，名叫“梧鼠”，毛色青黃，頭像兔子，尾上有毛。也有人把牠叫做“鼫鼠”或“五技鼠”，因為牠有五種本領：會飛，會走，能游泳，能爬樹，又會掘土打洞。但是，牠雖然學會了這幾種本領，卻一種也沒有精通。説牠會飛吧，牠還飛不到屋頂上；會游泳吧，連一條小河也渡不過去；會爬樹，又爬不到樹頂；走呢，還不如人走得快；掘土打洞，還不能把自己的身體掩蓋起來。

名義上是學會了五種本領，用起來，卻一樣也不中用。這怎能説牠有本領呢。

今解　學習的過程，是一個由量變到質變的過程，只有通過知識的不斷累積，才能達到認識上的飛躍，即從不會到會，從不精通到精通。隨着現代科學的飛躍發展，專業分工越來越細。因此，學習貴在鍥而不捨，專一行，愛一行，精一行。想樣樣都會，結果是樣樣都不會，我們絕不應做這種“五技而窮”的梧鼠。

原文 梧鼠五技而窮。

——《荀子．勸學》

鼯鼠五能，不成一技。五技者，能飛不能上屋，能緣不能窮木，能泅不能渡，能走不能絕人，能藏不能覆身是也。

——《蔡邕．勸學》

鵁鶄、射干之喻

南方有一種名叫鵁鶄的鳥，用羽毛做巢，還用髮絲編織起來，但卻把它掛在蘆葦穗上面。大風一來，蘆葦被吹斷了，鳥巢隨之而掉了下來，鳥蛋打破了，小鳥也跌死了。這並不是鳥巢不牢固，而是所掛的蘆葦太脆弱啊！

西方有一種名叫射干的植物，莖只有四寸長，但由於生長在高山上，又面臨七十丈的深淵，遠望過去高不可攀。植物本身並不長，這是因為生長在高山上的緣故啊！

今解 這則寓言，含義是深刻的，可以說明許多問題。

有些人不依靠大家的力量，要個人英雄主義。這種人就算一時風頭十足，遲早是要摔跤的。因為依靠個人，根基脆弱，好像蘆葦一樣，時時會被大風吹斷。

有些人看起來似乎能力不大，但卻依靠大家力量，這種人做起事來總是很出色，這是因為他們的根基雄厚，好像生長在高山上的射干。

原文 南方有鳥焉，名曰蒙鳩。以羽為巢，而編之以髮，繫之葦苕。風至苕折，卵破子死。巢非不完也，所繫者然也。西方有木焉，名曰射干。莖長四寸，生於高山之上，而臨百仞之淵。木莖非能長也，所立者然也。

——《荀子．勸學》

魯廟的怪酒壺

孔子帶着他的弟子瞻仰魯桓公宗廟，在案桌上發現一隻形狀古怪的酒壺。孔子問守廟人：“這是甚麼酒器？”守廟人回答：“是君王放在座右作為銘志用的酒壺。”

“啊，我知道它的用處了！”孔子回頭對弟子們說，“快取清水來，灌進這口酒壺裏。”弟子舀來一大瓢清水，徐徐注入酒壺，大家都屏息靜氣地看着，只見水注入不多時，壺身開始傾斜了；當水達到壺腰時，酒壺卻又重新立得端端正正的；再繼續灌，水剛滿到壺口，酒壺就砰的一聲翻倒在地。大家都莫名其妙，一齊抬頭看着孔子。孔子拍手嘆道：“對啊，世上哪有滿而不覆的事物啊！”子路問：“老師，這個酒壺虛則傾，中則正，滿則覆，請問這其中可有道理？”

“當然有！”孔子對大家說，“做人的道理也同這隻酒壺一樣，聰明博學，要看到自己愚笨無知的一面；功高蓋世，要懂得謙虛禮讓；勇敢孔武，要當作還很怯弱；富庶強盛，要注意勤儉節約。人們常說的謙退抑損，也就是這個道理。”

今解 在這裏，孔夫子藉魯廟裏的酒壺，用來論證作為“至德”的“中庸之道”，它自發地接觸到一個深刻的哲學道理：一切事物無不存在着一個確定的“度”——事物的界限、分寸、火候。它反映了物質和量的統一關係。量變在一定限度內不改變事物的性質；但超過一定限度，就會引起質變，走向反面。

原文 孔子觀於魯桓公之廟，有欹器焉。孔子問於守廟者曰：“此為何器？”守廟者曰：“此蓋為宥坐之器。”孔子曰：“吾聞宥坐之器者，虛則欹，中則正，滿則覆。”孔子顧謂弟子曰：“注水焉。”弟子挹水而注之，中而正，滿而覆，虛而欹。孔子喟然而嘆曰：“吁！惡有滿而不覆者哉？”子路曰：“敢問持滿有道乎？”孔子曰：“聰明聖智，守之以愚；功被天下，守之以讓：勇力撫世，守之以怯；富有四海，守之以謙。此所謂挹而損之之道也。"

——《荀子 · 宥坐》

自相矛盾

矛和盾是古時候兩種武器，矛是用來刺人的，盾是用來擋矛的，功用恰恰相反。楚國有一個兼賣矛和盾的商人。一天，他帶着這兩樣貨色到街上叫賣，先舉起盾牌向人吹噓說："我這盾牌呀，再堅固沒有了，無論怎樣鋒利的矛槍也刺不穿它。"停一會兒，又舉起他的矛槍向人誇耀說："我這矛槍呀，再鋒利沒有了，無論怎樣堅固的盾牌，它都刺得穿。"

旁邊的人聽了，不禁發笑，就問他說："照這樣說，就用你的矛槍來刺你的盾牌。結果會怎樣呢？"

這個商人窘得答不出話來了。

今解 我們經常用的"矛盾"兩字，就是從這個故事來的。

一個人說話也好，寫文章也好，如果在同一時間和同一關係中，竟有兩個相反的說法，前後互相抵觸，就會像這個賣矛和盾的商人一樣，經人一駁，啞口無言。但客觀世界是普遍地存在着矛盾的，那是另一回事，不能和這裏所講的說法不一致的自相矛盾混為一談。

原文 人有鬻矛與盾者，譽其盾之堅："物莫能陷也。"俄而又譽其矛曰："吾矛之利，物無不陷也。"人應之曰："以子之矛，陷子之盾，何如？"其人弗能應也。

——《韓非子 · 難勢》

嫁女與賣珠

秦國的公主出嫁去晉國。婚禮儀仗隊浩浩蕩蕩，其中有陪嫁的妾媵七十人，個個長得花容玉貌，打扮得鮮艷光彩。隊伍開進京城的時候，晉國百姓擁塞路旁，爭先恐後地觀賞那些妾媵，反而把公主冷落在一旁。

秦國的國君本來只想用陪嫁的妾媵來抬高公主的身價，沒料到反而使公主黯然失色。

楚國有個珠寶商人，在鄭國兜售珍珠。他用名貴的木蘭雕成一隻盒子，拿高級香料燻染得馨香撲鼻，又用美玉和翡翠裝飾得珠光寶氣的。有個鄭國人看到這隻精美無比的盒子愛不釋手，出高價買了下來，然後把裏面裝的寶珠全部還給商人，只帶走了盒子。

今解 秦伯隆重嫁女，而徒然炫耀了陪嫁的妾媵們；鄭人重價購珠，卻白買了一隻空盒子。實質上都是因顛倒事物的主次關係、內容和形式關係而出現的事與願違的意外結果。

我們在工作中也經常會因為把矛盾的主要和次要方面的地位擺得不正，特別是過分突出次要的一面，而使它代替、取消了主要一面，捨本逐末，取捨不當，造成處理問題的極大錯誤。

原文 秦伯嫁其女於晉公子，令晉為之飾裝，從文衣之媵七十人。至晉，晉人愛其妾而賤公女。此可謂善嫁妾而未可謂善嫁女也。

楚人有賣其珠於鄭者，為木蘭之櫃，燻以桂椒，綴以珠玉，飾以玫瑰，輯以翡翠。鄭人買其櫝而還其珠。此可謂善賣櫝矣，未可謂善鬻珠也。

——《韓非子 · 外儲說左上》

餘桃啖君

從前，衛國有一道法律：誰偷坐了國君的馬車，就要被砍去雙腳。

那時候，彌子瑕很受國君的寵愛。有一天深夜，有人從鄉下跑來報告彌子瑕，說他母親得了重病。彌子瑕急得滿頭大汗，偷偷跑到宮裏，騙來了國君的馬車，連夜趕回鄉下。第二天，羣臣聽說了，都想這下子彌子瑕的雙腳保不住了，沒料到國君卻坐在堂上，嘖嘖稱讚說："真是一個難得的孝子，為了母親，忘記了自己會受到砍腳的刑罰。"

又有一次，彌子瑕陪着國君在後宮的果園裏遊玩。彌子瑕爬到樹上，採了一隻白裏透紅的大蜜桃，咬了幾口，連連説甜，忙拿着吃剩的半隻桃子送到國君面前，請他品嚐。左右侍臣都嚇得半死，國君卻笑着説："彌子瑕是真正的愛我啊！只想到讓寡人嚐嚐甘甜，忘記了剩桃上還沾着他的口水。"

過了幾年，彌子瑕漸漸失去了國君的寵愛。國君想把他趕出宮去治罪，就拍着桌子斥罵道："當初你偷駕寡人的馬車，狂妄至極；又讓寡人吃你的剩桃，藉此侮慢寡人，你該當死罪！"

彌子瑕的行為並沒有變，而以前被認為是賢惠，後來卻因而獲罪，只在於國君的愛憎改變了。

今解 用國君的愛憎喜怒作為法律標準，這就使得彌子瑕不能不成了個人意志的刀下鬼。

如果任個人意志、好惡來判別是非，一切醜惡美好，一切香花毒草都由權威兩片嘴唇皮來決定，那麼，真理還有甚麼標準？法律怎能成為準繩呢？

原文 昔者彌子瑕有寵於衛君。衛國之法，竊駕君車者罪刖。彌子瑕母病，人聞有夜告彌子，彌子矯駕君車以出。君聞而賢之曰："孝哉！為母之故，忘其犯刖罪。"異日與君遊於果園，食桃而甘，不盡，以其半啖君。君曰："愛我哉！忘其口味，以啖寡人。"及彌子色衰愛弛，得罪於君，君曰："是固嘗駕吾車，又嘗啖我以餘桃。"故彌子之行，未變於初也，而以前之所以見賢，而後獲罪者，愛憎之變也。

——《韓非子 · 説難》

只疑鄰人

宋國有一位富人。一天下起暴雨，把他家院子的牆壁沖壞一截。雨停了，他兒子出來看見了，對富人説："快請人來修牆，不然屋裏的東西會被別人偷走。"他隔壁鄰居的老頭兒看見了，也對富人説："快請人修牆吧，不然東西會被偷的。"當天夜晚，果然有小偷從破牆鑽進來，偷走了不少東西。事後，這位富人想起兒子的勸告，感到自己的兒子未卜先知，真是太聰明了；而同時，他又記起鄰居老頭兒的勸告，因此十分懷疑東西就是他偷的。

今解 同樣是忠誠的勸告，一讚之，一疑之，何以有這樣大的差別呢？原因在於富人對自己兒子，因為親近，就有先入為主的好感，忠告當然就顯示聰明；而對於鄰人，則非親非故，也不了解，於是反而"信而被疑，忠而見謗"。

在對一個事物不熟悉，不了解，沒有掌握充足的資料前，我們的認識往往是片面的、盲目的。因此，辨事情絕不能憑臆測和個人的感情、印象，而要尊重客觀的事實；不然的話，疑神疑鬼，誣陷栽贓的事就常常要發生。

原文 宋有富人，天雨牆壞。其子曰："不築，必將有盜。"其鄰人之父亦云。暮而果大亡其財，其家甚智其子，而疑鄰人之父。

——《韓非子．說難》

宋襄公打敗仗

公元前六三八年，宋襄公伐鄭，在泓河之濱與精銳強大的楚軍遭遇，準備血戰一場。宋軍先到一步，已經排成戰列，劍拔弩張；此時，楚軍兵馬還在亂糟糟地渡河，右司馬子魚一見，連忙跑到宋襄公面前說："兩軍相比，敵強我弱。現在趁楚軍立足未穩，我軍乘虛猛攻，定能以少勝多，打垮楚軍。"宋襄公拈着鬍鬚慢吞吞地說："你急甚麼？寡人聽說有道德的君子不殺害受傷的人，不抓白頭老者，不乘人之危，推人於險，楚軍還未站穩就打，這違背仁義！"

只見楚軍兵馬一船一船地登陸，搖旗列陣，喧呼可聞。右司馬急得流着汗，苦苦勸諫大王要為人民着想，不要怕甚麼背義以誤國。宋襄公不耐煩地把眼一瞪，斥責道："滾回隊伍，再說一遍就按軍法從事！"

說話之時，楚軍戰列已畢，宋襄公方才下令鳴鼓出擊。只聽殺聲陡起，楚國人軍像山呼海嘯一般掩殺過來。宋軍魂飛魄散，大敗而逃。宋襄公在亂軍之中屁股也捱了一箭，不到三天就一命嗚呼了。

今解 戰爭是對付敵人的，對敵人仁慈，就是對自己人殘忍，兵敗身亡，算是活該。有人說：儒家是鼓吹“仁義之師”的，宋襄公是信奉了儒家教條。其實，儒家並沒有提倡在臨陣對壘時和敵軍講仁義。“仁義之師”是指政治上爭取民心才能戰必勝攻必克的意思，和宋襄公的“蠢豬式的戰略戰術”不能混為一談。

原文 宋襄公與楚人戰於涿谷上。宋人既成列矣，楚人未及濟。右司馬購強趨而諫曰：“楚人眾而宋人寡，請使楚人半涉未成列而擊之，必敗。”襄公曰：“寡人聞君子曰：‘不重傷，不擒二毛，不推人於險，不迫人於阨，不鼓不成列。’今楚未濟而擊之，害義。請使楚人畢涉成陣，而後鼓士進之。”右司馬曰：“君不愛宋民，腹心不完，特為義耳。”公曰：“不反列，且行法。”右司馬反列，楚人已成列撰陣矣。公乃鼓之，宋人大敗，公傷股，三日而死。

——《韓非子．外儲說左上》

三蝨爭肥

三隻蝨子在豬身上吵得不可開交。有一隻老蝨子路過此地，問道：“你們爭吵些甚麼啊？”三隻蝨子回答說：“我們都想去佔據這頭豬身上最肥的地方。”老蝨子笑着說：“小傻瓜，你們難道就不怕臘祭一到，人殺肥豬，用茅草點火來燙豬毛嗎？”三隻蝨子幡然醒悟，立即停止爭吵，一頭扎進豬身裏，大嘬其血。這隻豬愈來愈瘦，就沒有人再願意殺牠了。

今解 “人怕出名豬怕肥”。豬愈肥，身上的蝨子的末日也就愈近。那三隻蝨子只知爭肥，似乎佔了一些便宜，殊不知更大的危機正潛伏在裏面呢。

任何利益都有眼前和長遠兩者之分。眼前利益必須服從長遠利益，才能立於不敗之地。如果目光短淺，只顧及眼前的、局部的、表面的利益，斤斤計較，爭執不休，那就會失去長遠的根本的利益，乃至於有“臘之至而茅之燥”之禍。

原文　三蝨食彘相與訟，一蝨過之，曰："訟者奚說？"三蝨曰："爭肥饒之地。"一蝨曰："若亦不患臘之至而茅之燥耳（耶）？若又奚患？"於是，乃相與聚嘬其身而食之。彘臞，人乃弗殺。

——《韓非子・説林下》

酒酸與惡狗

宋國有位小生意人開了一間酒家，專門出售陳年佳釀。這間酒家窗明几淨，買賣公道，門前還高高豎起一面青旗，行人在幾里地外都能看見酒旗招展。顧客一進門檻，店小二就笑臉相迎，殷勤接待。

按理說，這間酒家應該是生意興隆的；可是偏偏相反，常常整天不見一個顧客，十分冷落。一醇醇老酒開了封，賣不出去，都發酸變質了。

店主苦思冥想找不出原因，只好去請教附近一個老頭兒。老頭兒沉吟了一番，問他："你的看門狗兇不兇？"店老闆挺納悶地說："兇啊，可是這跟賣酒有甚麼關係呢？"老頭兒拈着鬍鬚笑道："大家怕你的惡狗。惡狗守在門口，見人就咬；酒再好，還有誰敢來買呢？"

今解　惡狗和酒酸是毫不相干的兩碼事，似乎不構成任何因果關係。但在這家酒店裏，雖然殷勤好客，各項設備招待都好，可就沒有一個顧客上門，只因惡狗在門口擋了駕，狗惡便成了酒酸的直接原因。

有許多事物看上去是孤立存在，毫無關係的，但在某些特定條件下，它們往往可以共居於一個矛盾體內，形成一個矛盾的許多側面，直接地相互影響着，制約着。這就要求我們在解決矛盾時，善於全面地掌握情況，深入調查各個因素，在一些看來無關的事情上，發現它們的因果的關係。

原文　宋人有酤酒者，升概甚平，遇客甚謹，為酒甚美，縣幟甚高，然而不售，酒酸。怪其故，問其所知閭長者楊倩。倩曰："汝狗猛耶？"曰："狗猛，則酒何故而不售？"曰："人畏焉。

或令孺子懷錢挈壺甕而往酤，而狗迓而洌齕之，此酒所以酸而不售也。”

——《韓非子 · 外儲説右上》

郢書燕説

有個住在楚國郢都的人，寫信給他在燕國做宰相的朋友。寫着、寫着，夜色漸黑，因蠟燭放低了，光線昏暗，他便吩咐僕人：“舉燭！”嘴裏這麼説着，無意中在信中也寫上了“舉燭”兩字。

燕相閱信後，對這突兀的“舉燭”兩字百思不解。他苦心揣摩了半天，忽然高興地説：“啊呀，老朋友寫信也過於含蓄了，所謂舉燭，就是為了看得明亮；要看得明亮，就一定要重用賢明的人才。”

燕相把這個意思告訴了國君，國君也點頭稱是。以後燕國就十分注重選拔重用人才，國家因此大治。

治則治矣，但郢人信中“舉燭”兩字絕非這個意思。現在學者們穿鑿附會，也很像“郢書燕説”一般。

今解 人們把那些穿鑿附會、曲解原意的做法，叫做“郢書燕説”。有很多人在解釋經典著作、文藝作品和歷史事實的時候，往往從政治利益和個人需要出發，或者斷章取義，歪曲事實；或者抓住一點，不及其餘；或者把今人的帽子戴到古人頭上，為某種政治目的服務。燕相曲解郢書，居然獲得了國家大治的好結果，這只是很特別的例外，在現實中，“郢書燕説”的危害性倒是很大的。

原文 郢人有遺燕相國書者。夜書，火不明，因謂持燭者曰：“舉燭！”而誤書“舉燭”。舉燭，非書意也。燕相國受書而説之，曰：“舉燭者尚明也；尚明也者，舉賢而任之。”燕相白王，王大悦，國以治。治則治矣，非書意也。今世學者，多似此類。

——《韓非子 · 外儲説左上》

冒牌神君

天下大旱，湖水乾涸，湖裏的蛇商量着搬家。有條小蛇對大蛇説："你在前面爬，我在後面跟，人家一看就認得是蛇在爬，非得把我們打死不可。不如我銜着你，你背着我爬，人家都會奇怪，以為我們是神君呢，就會怕我們，敬我們。"

於是，一羣大蛇背小蛇，小蛇銜着大蛇尾巴的怪物在大路上出現。人們都驚惶失措，四下逃跑，叫喊説："神君來了啊！"

今解 這羣蛇倒也有點變色龍的本領，你看，牠們只改變一下爬行方式就成了"神君"，把人們嚇唬住了。同一種事物，從表現形式上來看，固然可以千差萬別，然而萬變不離其宗——其本質都是一樣。我們要善於摒棄事物非本質的一面，不管現象怎樣錯綜複雜，千變萬化，都能認清事物的本質，從而保持清醒的頭腦，否則，難免要被"冒牌神君"所騙。

原文 澤涸，蛇將徙，有小蛇謂大蛇曰："子行而我隨之，人以為蛇之行者耳，必有殺子者，子不如相銜負我以行，人必以我為神君也。"乃相銜負以越公道而行，人皆避之曰："神君也。"

——《韓非子・説林上》

鄭公伐胡

從前，在鄭國西北面有一個小國家，叫胡國；鄭武公時時覬覦着水草豐美的胡國，總想一口吞併它。可是，胡國人個個擅長騎馬射箭，勇猛驃悍，而且始終嚴密警惕着鄭國。因此，鄭武公不敢輕舉妄動。

怎麼做呢？狡猾的鄭武公策劃了一個陰謀。他派遣大臣，攜帶厚禮，前去胡國求親。胡君不知是計，欣然答應了。鄭國公主出嫁的那天，兩國舉行了隆重的婚禮。她又帶去一大羣陪嫁的美女嬌妾，成天在內宮裏歡歌醉舞，使胡君沉湎於聲色犬馬之中。

過了一陣，鄭武公召集文武百官，問道："寡人準備用兵奪地，你們看看，哪個國家可以討伐？"大家都面面相覷，不敢做聲。有個叫關其思的大夫知道大王平常總垂涎着胡國，便上堂答道：“可以先討伐胡國。”鄭武公一聽拍案大怒，厲聲罵道：“混蛋！胡國乃我們兄弟鄰邦，你竟敢慫恿我去討伐，快推出去斬首示眾！”

消息傳到胡國，胡君越發信賴鄭國，於是邊防日弛，兵馬不操。在一個黑夜裏，鄭國出奇偷襲，不費吹灰之力就佔領了胡國。

今解 “將欲奪之，必固與之”，“將欲廢之，必固興之”，這是很符合辯證法的，不幸的是，這條辯證法也成了鄭公侵略的工具。胡君看不出鄭公“欲取之”、“欲亡之”的侵略意圖，卻被小恩小惠、假仁假義迷惑，以至國破家亡，因小而失大。這對人們是有教育意義的。

原文 昔者鄭武公欲伐胡，故先以其女妻胡君，以娛其意。因問於羣臣曰：“吾欲用兵，誰可伐者？”大夫關其思對曰：“胡可伐。”武公怒而戮之，曰：“胡，兄弟之國也，子言伐之，何也？”胡君聞之，以鄭為親己，遂不備鄭，鄭人襲胡，取之。

——《韓非子．說難》

白馬過關

兒說是宋國的雄辯家，以堅持“白馬非馬”的論點聞名。他在參加齊國稷下學宮的學術大辯論中，用滔滔不絕的宏論，戰勝了所有的論敵。但當他騎着白馬通過邊境關卡時，卻被幾個手持矛戟的兵士迎頭拉住，要他繳納馬稅。士兵們根本不管甚麼“白馬非馬”那一套——不交稅就是不給過關。兒說真是有理說不清，只好老老實實地掏出錢來，照章納稅過關。

所以，依靠虛偽的言辭和思想，固然能夠使一國人都屈服，但在客觀考驗和具體事物面前，卻不能欺騙任何一個人。

今解 戰國時名家公孫龍以堅持“白馬非馬”的議論名噪一時，相傳此論的創始人就是兒說。“白馬非馬”說明個別（白馬）與一般（馬）是兩個不同概念，在邏輯學上有重要價值。但這個命題只反映人們認識的一個階段，把它看作結論用在現實生活中，便是很大的錯誤。所以兒說雖能高談闊論，說服齊稷下學宮一大批文人學士，但在事實面前，卻無法說服一個普通的守關士兵。一切自以為理論上有一套，不實事求是地聯繫實際的人，要解決問題還是得像兒說一樣，老老實實地納稅過關吧。

原文 兒說，宋人善辯者也，持"白馬非馬"也，服齊稷下之辯者。乘白馬而過關，則顧白馬之賦。故借之虛辭，則能勝一國；考實按形，不能謾於一人。

——《韓非子・外儲說左上》

象牙楮葉

從前，宋國國君請來的一位匠人，用最名貴的象牙為國君雕刻楮樹葉子。花了整整三年時間，總算雕成了一片葉子。葉子雕得十分精巧，莖脈色彩無不逼真，即使混在一堆楮葉中，也難辨真假。國君非常高興，立即酬功，賞賜給這個匠人以世襲祿位。

這件事傳開後，老百姓意見很多。列子長嘆道："假使自然界也要三年才能長出一片樹葉，那麼世界上有葉子的樹就沒有幾株了。"

所以不利用自然條件，只依靠一個人的造作；不按照規律，而強調一個人的小聰明，這都是像三年雕一片樹葉一樣愚蠢的行為啊！

今解 在這則故事裏，作者的話說得很明白：主張利用自然方法，反對人為雕琢；這是韓非作為法家而吸收和發展道家自然天道觀的思想體現。道家在這一點上，有着樸素唯物主義的積極一面，但由於過分強調自然無為的結果，卻又降低了人的積極性，特別把當時手工業生產上的創造發明看做奇技淫巧而予以反對，這是不對的。三年雕一葉，把雕塑本身作為一種工藝美術來看，又何嘗不可以提倡呢？

原文 宋人有為其君以象為楮葉者，三年而成，豐殺莖柯，毫芒繁澤，亂之楮葉之中而不可別也。此人遂以巧食祿於宋邦。列子聞之曰："使天地三年而成一葉，則物之有葉者寡矣。"故不乘天地之資，而載一人之身；不隨道理之數，而學一人之智，此皆一葉之行也。"

——《韓非子 · 喻老》

守株待兔

宋國有一個農民。有一天，他在田裏耕作，看見一隻兔子飛奔過去，正好撞上了田邊一株大樹，把頸兒折斷了，死在樹下。那個農民沒有費絲毫氣力，把兔子拾了，高興地回到家裏。

從此以後，這個農民就不想再幹活了，他只一心一意想得到現成的兔子，於是放下了鋤頭，每天坐在那棵大樹下，苦苦等待着。他的田荒蕪了，可是再也看不見第二隻兔子來碰樹了。

今解 世界上的現象，有經常重複出現的，也有出現過一次，絕難重複的；前者受某種因果關係的支配，後者則完全是一種偶然、碰巧；它和事物發展沒有直接關係。

放棄個人的努力，把希望寄託在偶然、碰巧的事物上，這種機會主義、等待主義的想法是非常沒有出息的。

原文 宋人有耕者，田中有株，兔走觸株，折頸而死。因釋其耒而守株，冀復得兔；兔不可復得，而身為宋國笑。

——《韓非子 · 五蠹》

子夏勝肥

子夏和曾子都是孔夫子的學生。有一天，兩個人在街上碰見。曾子上下打量着子夏，問："老兄一向瘦骨伶仃，怎麼近來肥胖多了？"

子夏得意地說："我戰勝了，所以發胖了。"

"這是甚麼意思？"曾子不解地問。

"我在書房裏讀到堯舜禹湯的道德仁義，十分崇慕；走到街上看見世俗的富貴榮祿，心中也十分崇慕。兩種心思在我的胸中鬥個不停，未知勝負，所以我不思茶飯，人也瘦了。"

"那現在誰戰勝了呢？"

"先王的仁義戰勝了。所以你看，"子夏摸着自己的雙下巴，"我就發福多啦。"

今解　老子說："自勝之謂強"，強調在一個人的意志中，最難的是克制自己、戰勝自己的各種私心雜念。韓非的這個故事就是為了具體地闡發這個道理，宣揚人貴有自我的修養。對一個人來說，修養是很必要的。而在這種修養中，要做到戰勝自己的各種患得患失等私心雜念，確是不容易的事情。一個人能做到這點，才算是真正的強者。

原文　子夏見曾子。曾子曰："何肥也？"對曰："戰勝，故肥也。"曾子曰："何謂也？"子夏曰："吾人見先王之義則榮之，出見富貴之樂又榮之，兩者戰於胸中，未知勝負，故臞。今先王之義勝，故肥。"

——《韓非子．喻老》

不死之藥

楚國的國君到處求仙訪道，想得到長生不死的藥。

有一天，有個客人來到楚宮，奉獻不死之藥。傳達官拿着藥走進內宮，迎面碰見一個衛隊的射手。射手問他："你手上拿的甚麼藥？可不可以吃？"傳達官回答："這是不死之藥啊，怎麼不可以吃呢？"

射手聽了，一把奪過藥，塞進嘴裏一口吞掉。

楚君知道了，大發雷霆，命人將那位射手推出去砍頭。射手託人到國君面前辯白說："射手是問了傳達官'可不可以吃'，傳達官說'可以吃'，他才吃的，這不是他的錯，而是傳達官的罪過。而且，這客人送來時說是不死之藥，可是射手剛吃下肚，就要被大王殺死，這就明明是催死之藥嘛。這說明是客人在欺騙國君。您要是殺了射手這個無罪的人，就是要讓天下人都知道，大王寧願聽憑別人在欺騙自己。"

楚王聽了這番話，就把射手放了。

今解 楚王篤信"不死之藥"貨真價實，誰吃了都能長生不死；如果他殺了那個射手，就等於當眾宣佈"不死之藥"是假的，不僅威信掃地，也無法為自己尋仙求道的一套騙術解嘲。那個射手正是鑽了這個空子，使自己免於一死。

這類統治者難免要鬧笑話，因為他不但要欺騙天下人，也需要欺騙自己，否則他的市場就一天也維持不下去。

原文 有獻不死之藥於荊王者，謁者操之以入。中射之士問曰："可食乎？"曰："可。"因奪而食之。王大怒，使人殺中射之士。中射之士使人說王曰："臣問謁者，曰：'可食'，臣故食之，是臣無罪，而罪在謁者也。且客獻不死之藥，臣食之，而王殺臣，是死藥也，是客欺王也。夫殺無罪之臣，而明人之欺王也，不如釋臣。"王乃不殺。

——《韓非子・說林上》

愚人買鞋

有個鄭國人，想到市上去買一雙鞋子，便先用一根稻草量了量自己的腳，作為尺碼。但臨走時，卻把尺碼丟在家裏，忘記帶去。

他到了市上，走進一家鞋店，看見一雙鞋子，覺得很中意，可是一摸口袋，尺碼沒有帶來，忙對店員說：

"我忘了帶尺碼來，讓我趕回去把尺碼拿來再買。"說罷，拔腳就跑。

這樣一來一往，等他從家裏拿了尺碼再到市場上時，鞋店已關門打烊了，他終於沒有買到鞋子。

有人知道了這事，就提醒他："你為自己買鞋子，可以直接穿上試試大小，還要甚麼尺碼呢？"

買鞋的人回答說："我是寧肯相信尺碼，而不相信自己的腳！"

今解 寧肯相信尺碼，而不相信自己的腳，這樣的想法，確也古怪得很。但是另外有一些人，寧肯相信書本上某些道理，把它看成僵固不變的教條，而不相信現實生活中的具體的、活生生的東西，他們不也和這個買鞋的人同樣古怪而可笑嗎？

原文 鄭人有欲買履者，先自度其足，而置之其坐。至之市，而忘操之；已得履，乃曰："吾忘持度。"反歸取之。及反，市罷，遂不得履。人曰："何不試之以足？"曰："寧信度，無自信也。"

——《韓非子‧外儲說左上》

申子請罪

申不害是戰國時代有名的法家，在韓國當了十五年的宰相。

有一天，國君韓昭侯憂心忡忡地對他說："實行法制真是不容易呀！"

"這有甚麼不容易的？"申不害振振有詞地說，"執行法制，首先要賞罰分明，不徇私情，有功的人才給賞，有才能的人才封官。而您呢？雖然制訂了法律，卻經常私下接受那幫親戚寵臣的請求，徇情枉法，卻要讓別人去執行法律，那當然就不容易了。"昭侯紅着臉點頭說："承蒙先生指教，從今以後，我知道應該怎樣執行法律了。"

過了一些日子，申不害的堂兄來到京城，想謀個一官半職。申不害就到國君面前說情，想討個官銜。韓昭侯低頭不語，好一陣才說："這好像不是先生一向所教給我的吧！我是違背先生的教訓，開個後門破壞法制呢？還是聽先生的教訓，不開這個後門呢！"申不害聽了滿面羞慚，伏地請罪。

今解 要實行法制，就不能徇私舞弊。申不害是有名的法家代表人物，他不僅很懂得這點，而且還用此來規勸國君。但是，知法的人未必守法，制訂法律的人不一定就不會犯法。申不害剛剛把國君講通，自己就想開後門，這實在是個很好的諷刺；因此，韓昭侯的答覆是擊中要害的。

原文 韓昭侯謂申子曰："法度甚不易行也。"申子曰："法者見功而與賞，因能而受官。今君設法度，而聽左右之請，此所以難行也。"昭侯曰："吾自今以來，知行法矣。寡人奚聽矣。"一日，申子請仕其從兄官，昭侯曰："非所學於子也。聽子之謁，敗子之道乎？亡其用子之謁？"申子辟舍請罪。

——《韓非子．外儲說左上》

和氏之璧

楚國有一個人叫和氏，得到了一塊未經雕琢的玉石，就拿去獻給楚厲王。厲王叫玉匠來鑒別，玉匠說："這是一塊普通的石頭。"

楚厲王大怒，砍去了和氏的左腳。

厲王死後，武王即位。和氏又把那塊玉石拿去獻給武王。武王叫玉匠來鑒別，玉匠仍說那是一塊石頭，不是玉石。於是武王又砍去了和氏的右腳。

不久，武王也死了，文王即位。和氏捧着那塊玉石，坐在荊山腳下哭泣，一連哭了三天，把眼淚也哭乾了，連血都哭了出來。文王聽說，就叫人去問和氏："天下被砍掉腳的人很多，你為甚麼哭得這麼傷心呢？"和氏回答說："我不是為了失去雙腳而哭的，而是覺得把寶玉當作石頭，把忠誠說成欺詐，因此痛心哭泣的！"文王就叫玉匠把和氏獻的那塊玉石鑿開來觀察，發現果然是一塊真玉。這塊玉石，後來就叫作"和氏璧"。

今解 假的是假的，真的是真的。石頭不能算作寶玉，寶玉也不能算作石頭。儘管人們一時認識錯誤，但也絕不能因此改變客觀事物的原有性質，最後還是不得不根據客觀事實，來改正人們原來的錯誤認識。

這個故事後來也用來比喻在選拔人才上必須持慎重和細緻的態度。正如這塊寶玉是混雜於石頭中，沒有玉人“理其璞”便無法識別一樣。一個人才也往往不是十全十美，毫無疵瑕的，我們不可以因為這些疵瑕而抹煞他的才能，而是要領導者具有“理璞”的本領，善於剝開包裹在外層的“石頭”，才能發現其中真正的“寶玉”。

原文　楚人和氏得玉璞楚山中，奉而獻之厲王。厲王使玉人相之，玉人曰：“石也。”王以和為誑，而刖其左足。及厲王薨，武王即位，和又奉其璞而獻之武王。武王使玉人相之，又曰：“石也。”王又以和為誑，而刖其右足。武王薨，文王即位，和乃抱其璞而哭於楚山之下，三日三夜，泣盡而繼之以血。王聞之，使人問其故，曰：“天下之刖者多矣，子奚哭之悲也？”和曰：“吾非悲刖也，悲夫寶玉而題之以石，貞士而名之以誑，此吾所以悲也。”王乃使玉人理其璞而得寶焉，遂命曰：“和氏之璧”。

——《韓非子．和氏》

燕王學道

有位客人願意教燕王一套長生不死之術。燕王聞信大喜，連忙派人前往學習。誰知道派去學習的人還沒來得及趕到，那位客人就已經得病死了。派去的人只好垂頭喪氣地回來。燕王見了大發雷霆，責怪他走路太慢，立即問斬。燕王不悟那位客人對自己的欺騙，反而責怪被派去的人去得太晚，予以處罪。

今解　這位客人不能使自己多活幾天，卻要教燕王以不死之道，這分明是一個騙局。燕王不悟自己被騙，反而妄殺無辜。如此嫁禍罪人，實在奇特，可見他昏庸殘暴之一斑。由於自己愚蠢做了錯事或受了騙，反而在別人身上找原因，拿別人開刀的人，不正可以照照燕王這面鏡子嗎？

原文 客有教燕王為不死之道者，王使人學之，所使學者未及學，而客死。王大怒，誅之；王不知客之欺己，而誅學者之晚也。

——《韓非子・外儲說左上》

都是車軛

河南鄭縣有位漢子從來沒有見過套馬車用的車軛。他上街時，在大路上撿到一個車軛，拿在手裏看了半天，感到十分新奇，就拉住過路人問："這是甚麼東西？"別人告訴他："這叫車軛。"走了一會兒，他又在路上撿到一個另一種木料做的車軛，他捉摸了好一陣，又攔住行人問："這是甚麼東西？"別人告訴說："這叫車軛。"這位漢子忽然勃然大怒，忿忿嚷道："剛才是車軛，現在又是車軛，哪裏來的這麼多車軛？你們都以為我好欺騙嗎？"說了還不解氣，又拔出拳頭撲上去與別人廝打起來。

今解 這個漢子真是魯莽粗暴得可以。車軛就是車軛，你問任何人，都只能這樣答覆，何必那樣自以為是，不懂裝懂呢？當然，承不承認車軛，是一件小事。可是有些人在客觀真理面前，在最根本的常識常理面前，也往往採取一個不承認的態度，那和這個漢子不是只有五十步與百步之差嗎！

原文 鄭縣人有得車軛者，而不知其名，問人曰："此何種也？"對曰："此車軛也。"俄又復得一，問人曰："此是何種也？"對曰："此車軛也。"問者大怒曰："曩者曰車軛，今又曰車軛，是何眾也？此女欺我也！"遂與之鬥。

——《韓非子・外儲說左上》

一鳴驚人

楚莊王視政已經三年，從來不發佈甚麼命令，在政治上也沒有任何改革，朝廷文武百官都摸不透他葫蘆裏賣的是甚麼藥。右司馬有一天在馬車裏悄悄問楚王："大王啊，我聽說有一隻大鳥棲息在南山之上，三年不飛，不叫，不理羽毛，默默無聞，這是甚麼道理呢？”莊王答道：“三年不動翅膀，是為了讓羽翼更加豐滿；三年不飛不叫，是為了窺看民間的情形。雖然不飛，一飛就衝天；雖然不鳴，一鳴就驚人。你所比喻的意思，我知道了。”

又過了半年，楚莊王臨朝聽政，勵精圖治，一下子就廢除了七項弊政，興辦九項新政，殺掉五個民憤極大的大臣，還提拔了六個有才能的士人擔任要職。於是，楚國大治。

今解 楚莊王要算是善於為政的，不愧為“春秋五霸”之一。他不尚空談，不發空頭支票，視政三年，還“默然無聲”。但他並非無所作為，而是注重調查研究，體察民情，確定方針，蓄積力量。看他一朝聽政，就興利除弊，大刀闊斧地幹起來，做到楚國大治，也收到了“飛必衝天”、“鳴必驚人”的預期效果。

現在我們用“一鳴驚人”這個詞，常含有貶意，那是指一些不肯腳踏實地、刻苦鑽研，而愛出風頭、企圖一舉成名的行為。

原文 楚莊王蒞政三年，無令發，無政為也。右司馬御座而與王隱曰：“有鳥止南方之阜，三年不翅、不飛、不鳴，嘿然無聲，此為何名？”王曰：“三年不翅，將以長羽翼；不飛不鳴，將以觀民則。雖無飛，飛必衝天；雖無鳴，鳴必驚人。子釋之，不穀知之矣。”處半年乃自聽政，所廢者十，所起者九，誅大臣五，舉處士六，而邦大治。

——《韓非子 · 喻老》

諱疾忌醫

名醫扁鵲，有一次去見蔡桓侯。他在旁邊立了一會兒，對桓侯説：“你有病了，現在病還在皮膚裏，若不趕快醫治，病情將會加重！”桓侯聽了笑着説：“我沒有病。”待扁鵲走了以後，桓侯對人説：“這些醫生就喜歡醫治沒有病的人來誇耀自己的本領。”十天以後，扁鵲又去見桓侯，説他的病已經發展到肌肉裏，如果不治，還會加重。桓侯不理睬他。扁鵲走了以後，桓侯很不高興。

再過了十天，扁鵲又去見桓侯，説他的病已經轉到腸胃裏去了，再不從速醫治，就會更加嚴重了。桓侯仍舊不理睬他。

又過了十天，扁鵲去見桓侯時，對他望了一望，回身就走。桓侯覺得很奇怪，於是派使者去問扁鵲。

扁鵲對使者説：“病在皮膚裏，肌肉裏，腸胃裏，不論針灸或是服藥，都還可以醫治；病若是到了骨髓裏，那還有甚麼辦法呢？現在桓侯的病已經深入骨髓，我也無法替他醫治了。”

五天以後，桓侯渾身疼痛，趕忙派人去請扁鵲，扁鵲已經逃到秦國去了。桓侯不久就死掉了。

今解 有了毛病，就應該趕快醫治。蔡桓侯諱疾忌醫，一誤再誤，以致病入骨髓，變成了不治之症，悔之晚矣！

病情也和其他任何事物一樣，都不是靜止的，都是處在不斷變化發展之中，在不加醫治的條件下，一般是愈變愈壞，這個常識，大家都很明白。

一個人的錯誤和缺點，也應該及時改正，如果任其發展，由小變大、由輕變重，後果就不堪設想了。

原文 扁鵲見蔡桓侯，立有間。扁鵲曰：“君有疾在腠理，不治將恐深！”桓侯曰：“寡人無疾。”扁鵲出，桓侯曰：“醫之好治不病以為功。”居十日，扁鵲復見，曰：“君之病在肌膚，不治將益深！”桓侯不應，扁鵲出，桓侯又不悦。居十日，扁鵲復見，曰：“君之病在腸胃，不治將益深！”桓侯又不應，扁鵲出，桓侯又不悦。居十日，扁鵲望桓侯而還走，桓侯故使人問之。扁鵲曰：“疾在腠理，湯熨之所及也；在肌膚，針石之所及也；在腸胃，火齊之所及也；在骨髓，司命之所屬，無奈何也。今在骨髓，臣是以無請也。”居五日，桓侯體痛，使人索扁鵲，已逃秦矣。桓侯遂死。

——《韓非子·喻老》

越人蓬頭赤腳

魯國京城裏住着一對夫妻，男的會編一手好草鞋，女的織得一手好麻布，兩口子兢兢業業，日子過得還不錯。

他們經常聽人說越國那個地方是魚米之鄉。有一天兩口子就收拾了家什行李，準備搬到越國去生活。鄰居看見了，對他們說：“搬到越國去，就怕你們會窮得揭不開鍋蓋。”兩口子不高興地說：“瞧你說的，我們夫妻倆會編草鞋，會織麻布，又省吃儉用，不發財才怪呢！”

鄰居說：“草鞋是幹嗎用的？穿的。可是越國都是水鄉，越人從小就光腳板走路，不用穿鞋。麻布是幹嗎用的？做帽子戴的。可是越國時有暴雨，越人個個蓬頭披髮，從來不戴帽子。”

兩口子愣愣地問：“是真的？”鄰居笑着說：“還會有假？你們手藝固然不錯，可是去到一個用不着這種手藝的國家，不窮得肚皮打鼓才怪呢！”

今解 做生意要了解顧客的需要。做任何事情都不能閉着眼睛不顧對象。一切知識、才能、技藝都要符合社會實踐的需要，做到學以致用，學用結合。否則，知識再多，技藝再高，也是徒勞的。

原文 魯人身善織屨，妻善織縞，而欲徙於越。或謂之曰：“子必窮矣。”魯人曰：“何也？”曰：“屨為履之也，而越人跣行。縞為冠之也，而越人被髮。以子之所長，遊於不用之國，欲使無窮，其可得乎？”

——《韓非子·說林上》

殺豬教子

曾子的妻子上街。小兒子扯着娘的衣襟，又哭又鬧，要跟着去玩。曾子妻被鬧得沒有法子，就彎下腰哄他說：“小乖乖回去吧，媽媽回家來就殺豬給你吃。”小兒子嚥着口水，方才罷休。

妻子從街上回來，只見曾子正拿着繩索在捆肥豬，旁邊還插着一把雪亮的尖刀。妻子慌了，連忙跑上去拉住他說：“你瘋啦！我是故意騙騙小孩子的。”曾子嚴肅地說：“你怎麼能欺騙孩子呢？小孩子甚麼也不懂，只會學着父母的樣子，現在你欺騙孩子，就是在教孩子去欺騙別人。做母親的欺騙自己兒子，做兒子的不相信自己母親，這樣還有家教嗎？”曾子說完，就一刀戳進豬的喉嚨裏。

今解 做父母的要以身作則，為子女做出榜樣，要像曾子那樣，說一句，算一句，絕不欺騙孩子，以培養誠實的品德。社會上特別是青少年中由欺騙成習而發展到犯罪活動，往往與家庭教育有關。這則故事是很值得我們深思的。

推而廣之，一切從事教育工作的人、一切領導幹部、師傅、長者，都要從這裏悟出身教重於言教的道理。

原文 曾子之妻之市，其子隨之而泣，其母曰：“女還，顧反，為女殺彘。”妻適市來，曾子欲捕彘殺之，妻止之曰：“特與嬰兒戲耳。”曾子曰：“嬰兒非與戲也，嬰兒非有知也，待父母而學者也，聽父母之教。今子欺之，是教子欺也，母欺子，子而不信其母，非所以成教也。”遂烹彘也。

——《韓非子．外儲說左上》

濫竽充數

齊宣王喜歡聽吹竽的人合奏，每次聽吹竽，都要組成一支三百人的大樂隊。有個叫南郭先生的本來不會吹竽，也混在吹竽的人羣中湊數，居然也得到齊宣王賞給的豐厚薪俸。後來，宣王死了，齊王繼承王位，他喜歡聽一個一個的輪流獨奏。南郭先生生怕被洞穿，挾着鋪蓋連夜逃走了。

今解　這位南郭先生的做人訣竅就是混，到混不下去時，才一走了之。這樣的人應該認識到，無論工作上的外行冒充內行，思想上的歪理冒充真理，都是經不起實踐和檢驗的，做南郭先生畢竟是可恥的。

原文　齊宣王使人吹竽，必三百人。南郭處士請為王吹竽，宣王説之，廩食以數百人。宣王死，湣王立，好一一聽之，處士逃。

——《韓非子・內儲説上》

從象箸推去

紂王請人為自己精製了一雙名貴的象牙筷子，箕子見了，十分擔心。他認為，一旦有了象牙筷子，就再也不會用陶罐土碗盛飯菜了，一定要有明犀碧玉做的杯碟來相配；用了玉杯和象牙筷子，就絕不會用來盛小米蔬菜，務必裝象尾和豹胎一類的山珍海味；吃了象尾、豹胎，就再也不會穿粗布，住茅房，一定要穿錦衣，居大廈。這樣下去，享樂的慾望就會不斷擴大，必然要用普天下的民脂民膏來填飽一個人的慾壑，那樣國家就危在旦夕了。

果然，紂王最後就因為荒淫無度而亡了國。因此，所謂聖人就應該見微知著，從端倪推測後果。

今解　螻蟻之穴，可潰千里之堤；一雙牙筷，預示亡國之危。箕子這個推斷，不失為對社會政治現象的一種樸素的科學預見。所謂科學預見並不是憑空而來的主觀臆測，而是從實際出發，掌握事物發展的一定規律，才能見微知著，因小知大。

原文　紂為象箸而箕子怖，以為象箸必不盛羹於土鉶，則必犀玉之杯；玉杯象箸必不盛菽藿，則必旄象豹胎；旄象豹胎必不衣短褐而舍茅茨之下，則必錦衣九重，高台廣室也。稱此以求，則天下不足矣。聖人見微以知明，見端以知末。

——《韓非子・説林上》

子罕不受玉

宋國有個鄉人很愛夤緣攀附。

有一次，這個鄉人弄到一塊未經雕琢的渾玉，心想拍馬屁的機會又來了，連忙捧着這塊寶玉跑進官府，獻給新上任的京城長官子罕。子罕執意不收。馬屁鬼聳肩諂笑說："這塊寶玉啊，只配給你這樣德高望重的君子做器具，那些貪財愛賄的小人可不配用。您大人收下吧。"

"請你不要再嚕蘇了，"子罕正色答道，"你把這塊玉看作是寶貝，我呢，把不收你這塊玉看作是寶貝。"

今解 子罕對這件事處理得相當好。不同的人對於同一件事情，可以產生多種不同的，甚至根本相反的看法，這是由於人們的修養、知識、立場和世界觀等主觀條件不同所造成的。這個拍馬屁的宋人把玉作為寶，而子罕則把嚴於律己、不貪污受賄的正派作風視為珍寶，這是很有教育意義的。

原文 宋之鄙人，得璞玉而獻子罕，子罕不受，鄙人曰："此寶也，宜為君子器，不且為細人用。"子罕曰："爾以玉為寶，我以不受子玉為寶。"

——《韓非子．喻老》

畫鬼最易

有一個客人為齊王繪畫。

齊王問他："比較起來，甚麼東西最難畫呢？"

"畫狗、畫馬，都是最難的。"客人答道。齊王又問："畫甚麼容易呢？"

客人道："畫鬼是最容易的。因為狗和馬人人看得見，天天擺在面前，要畫得維妙維肖，就很不容易。至於鬼呢，無影無形，誰也沒見過，不擺在人們面前，那就隨我怎樣想，怎樣畫，誰也不能證明它不像鬼，所以畫起來就最容易了。"

今解　既然鬼可以由人隨意畫出來，不管三頭六臂也好，牛頭馬面也好，誰都不能證明它不像鬼，這就說明鬼神之類的東西，原不過是人們的主觀幻想，並非客觀實在。這種觀點發展下去，也就是一種無神論的思想，雖然客人在齊王面前並沒有直接否定鬼神的存在。

原文　客有為齊王畫者，齊王問曰："畫孰最難者？"曰："犬馬最難。"

"孰最易者？"曰："鬼魅最易。夫犬馬，人所知也，旦暮罄於前，不可類之，故難。鬼魅，無形者，不罄於前，故易之也。"

——《韓非子．外儲說左上》

真假寶鼎

齊國重兵討伐魯國，逼迫魯國交出國寶讒鼎，方才退兵。魯君沒有辦法，只好按照讒鼎的模樣，另外複製了一個假鼎，派遣使者，用隆重的儀式送往齊國。

齊君把寶鼎摸了一遍又一遍，搖頭說："這是假的！"使者嚇慌了，連忙說："國君明察，這明明是真的嘛。"

齊君說："好吧，你們魯國的音樂家樂正子春奏寶鼎不是天下聞名的嗎？叫他來，我要聽他演奏。"

魯君接信，就請樂正子春去齊國。樂正子春問："國君，為甚麼不把真鼎送到齊國去呢？"魯君回答："我喜愛寶鼎。"樂正子春說："我也愛護我音樂家的聲譽啊！"

今解　做假總歸是要被識破的。魯君為維護一個寶鼎，寧願驅使一個國內著名音樂家去奏假鼎，而蒙受信譽皆毀的損失，這都是不智的行為，也難怪樂正子春予以乾脆的拒絕。

原文　齊伐魯，索讒鼎，魯以其贋往。齊人曰："贋也。"魯人曰："真也。"齊曰："使樂正子春來，吾將聽子。"魯君請樂正子春。樂正子春問：“胡不以其真往也？”君曰：“我愛之。”答曰：“臣亦愛臣之言。”

——《韓非子．説林下》

老馬識途

有一年春天，管仲和隰朋跟隨齊桓公遠征討伐孤竹國。戰爭相持了很久，一直到冬季才結束。當他們返回時，大軍在茫茫無邊的沙漠裏迷了路。管仲說：“老馬是智慧的動物，現在應該讓牠來帶路。”於是，他們挑了幾匹老馬走在前面，大軍在後尾隨，終於踏上了歸路。

人馬來到了一片荒山野嶺中，幾天都找不到一點水喝，兵士們渴得嗓子冒煙，走不動路。隰朋說：“螞蟻冬天居住在向陽坡，夏天居住在背陰坡，螞蟻窩總是築在水源上面的。”於是，兵士們奮力挖掘，果然在螞蟻窩下面的土層裏挖出水來。

像管仲和隰朋這樣有智慧而學問淵博的人，在碰到困難時，還不恥於拜老馬和螞蟻為師啊！

今解 拜老馬和螞蟻為師，這樣說似乎有點污辱人類尊嚴。不，人類尊嚴正在於虛心向萬事萬物學習。調查研究，才能找出各種自然規律，在實踐中征服自然，才能有科學發明創造，為人類造福。二千四百年前，古希臘的歷史學家希羅多德曾經提出利用白螞蟻幫助人們找金礦的假說，這已成為地質勘探史上一件引人注目的事情。令人自豪的是，比他還要早二百多年，我國的歷史就已經記載了通過螞蟻窩尋找水源的資料，顯示了古代先民的高度智慧。這可以說是地質學者按照某些昆蟲植物的蹤跡去勘探礦藏的最早萌芽。

原文 管仲、隰朋從桓公伐孤竹。春往冬返，迷惑失道。管仲曰：“老馬之智可用也。”乃放老馬而隨之，遂得道。行山中，無水。隰朋曰：“蟻冬居山之陽，夏居山之陰，蟻壤寸而有水。”乃掘地，遂得水，以管仲之聖而隰朋之智，至其所不知，不難師於老馬與蟻。

——《韓非子．說林上》

三人成虎

魏國被趙國打敗了，因此魏國的太子和大臣龐恭將要被送到趙國的首都邯鄲，充當人質。

臨走時，龐恭對魏王說："要是有人跑來向您報告，說大街上跑出來一隻老虎，大王相信嗎？"

魏王搖頭說："我不相信。大街上哪裏來的老虎？"

"要是接着有第二個人跑來報告，說大街上發現了老虎，您相信不相信？"

魏王遲疑了一下，仍然搖頭說不信。

龐恭再問："如果馬上又有第三個人跑來報告說大街上有隻老虎，您信不信呢？"魏王點頭說："我相信了。三個人都這麼說，一定不會有假。"

龐恭起身說道："誰都知道，大街上是不可能有老虎的，可是當三個人都說有，大王就相信了。現在邯鄲離魏國比從這兒到大街遠得多，在大王面前說我壞話的又何止三人，請大王明斷是非。"

果然如龐恭所料，他一走，就有很多人到魏王面前大造謠言，以致當他從邯鄲回來後，魏王再也不願召見他了。

今解 "謠言說一千遍，也就成了事實。"這是歷史上那些野心家、陰謀家的一個重要信條。他們吹捧自己，誣陷好人，蒙蔽上司，欺騙羣眾，主要採用的就是這種造謠詭計。揭露、識破這個詭計的可靠方法，就是不要像這個故事裏的魏王那樣，明明街上無虎，卻因為三個人這樣說，就輕易置信；而是要深入調查研究，根據事實來進行冷靜的分析、判斷。所謂"謠言止於智者"，就是這個道理。

原文 龐恭與太子質於邯鄲，謂魏王曰："今一人言市有虎，王信之乎？"曰："不信。""二人言市有虎，王信之乎？"曰："不信。""三人言市有虎，王信之乎？"王曰："寡人信之。"龐恭曰："夫市之無虎也明矣，然而三人言而成虎。今邯鄲之去魏也遠於市，議臣者過於三人，願王察之。"龐恭從邯鄲返，竟不得見。

——《韓非子·內儲說上》

唇亡齒寒

晉國有一次舉兵攻打虢國。晉國的人軍必須經過虞國國境。於是，晉獻公送給虞君一塊名貴的白璧，要求他同意經過。

虞國的一個大夫宮之奇勸虞君說："不要答應他們！虞國和虢國好像嘴唇和牙齒一樣。唇亡而齒寒，嘴唇沒有了，牙齒豈能自保，今天讓晉國滅掉虢國，明天虞國必然也會跟着被滅掉。"

虞君不聽，接受了晉獻公的白璧，同意晉軍經過。晉軍攻取了虢國以後，回過來就把虞國滅掉了。

今解 宮之奇看出了虢國和虞國之間存在着不可分割的關係："唇亡齒寒"。他比虞君的眼光要遠大得多。

客觀事物之間是相互關係、相互制約的，有時由於某一事物的消失，使另一事物失去存在的條件。虞君看不出這一點，孤立地看待事物，結果吃了大虧。

原文 晉獻公以垂棘之璧，假道於虞而伐虢。大夫宮之奇諫曰："不可。唇亡而齒寒，虞、虢相救，非相德也。今日晉滅虢，明日虞必隨之亡。"虞君不聽，受其璧而假之道。晉已取虢，還反滅虞。

——《韓非子・喻老》

棘刺雕猴

有個衛國人來到燕國的王宮，自稱能用荊棘的刺尖雕刻母猴子。燕王聽說竟有這般奇妙的技術，十分高興，馬上賜他五乘大夫的俸祿。燕王急切地想欣賞一下這個客人怎樣用棘刺刻母猴，客人回答說："大王想看的話，必須半年不能入宮享樂，不吃酒肉葷腥，待到雨晴日出的那一天，在半明半暗的光線下，才能看見棘刺尖上的母猴。"燕王只好把客人錦衣玉食，養在內宮，等着看母猴。

宮裏有個鐵匠聽了暗暗好笑，對燕王說："我是專門冶煉各種雕刻刀的，所雕刻的物體必須比刻刀的刀鋒大，才能雕刻，這是誰都知道的。可是棘刺的尖端，連最鋒利的刀刃也容不下，這隻母猴怎麼雕出來呀，國君只要看看那位客人的雕刻刀，就可以知道究竟能不能了。”燕王立刻命令衛國人把刻刀拿來看。這個騙子看看苗頭不妙，藉口要回家去取刀，慌忙溜走了。

今解 後人將那些言過其實的謊言稱為“棘刺之說”。在現實生活中，形形色色的“棘刺之說”常常給人們帶來極大的危害。它可以無視客觀存在，不要任何事實根據，隨心所慾地吹出一串串五光十色的肥皂泡，用來欺騙善良的人們，以售其奸。當然，吹牛皮、說大話是要受到懲罰的，這個衛國人逃之夭夭，還算是便宜他了。

原文 衛人請以棘刺之端為母猴，燕王說之，養之以五乘之奉。王曰：“吾試觀客為棘刺之母猴。”客曰：“大王欲觀之，必半歲不入宮，不飲酒食肉，雨霽日出，視之晏陰之間，而棘刺之母猴乃可見也。”燕王因養衛人，不能觀其母猴。鄭有台下冶者，謂燕王曰：“臣為削者也，諸微物必以削削之，而所削必大於削。今棘刺之端，不容削鋒，難以治棘刺之端。王試觀客人之削，能與不能可知也。”王曰：“善。”謂衛人曰：“客為棘削之？”曰：“以削。”王曰：“吾欲觀見之。”客曰：“臣請之舍取之。”因逃。

——《韓非子 · 外儲說左上》

趙襄子學御

趙襄子跟王于（子）期學駕馬車。學了不久，趙襄子自以為學得不錯了，便要同王于（子）期比比高低。他剛把車趕到平原上，就“霹霹啪啪”地揮動鞭子，策馬快奔。同王于（子）期雙雙追逐起來。但是，他換了三次馬，都遠遠落在王于（子）期的後面，無論如何也趕不上。這可把趙襄子氣壞了，他把王于（子）期叫到跟前，怒氣沖沖地責備說：“你為甚麼不把駕車的技術全部教給我？”王于（子）期回答：“我倒是毫無保留地教給了您，只是您用得太過分了。大凡駕車都有個規矩，首先要照顧馬的實際情況，套上車轅，寬緊要合適，讓馬感到舒服。同時，駕車的人要沉得住氣，時時注意觀察馬在奔跑中出現的情況，這樣才能跑得快，奔得遠。而您呢？跑在前面又怕我趕上您，落在後面又拼命想追上我，心急火燎，使勁鞭打，又怎能駕好馬車呢？兩人比賽，總有先後，你卻一心爭先，全然不顧馬的死活，所以只能落在後面了。"

今解 "欲速則不達"，趙襄子只顧加鞭爭先，卻不顧馬的死活，使馬體不安於車，人心不調於馬，因而只能落在後面了。

人的活動，為甚麼有的人能夠達到自己的預期目的，有的人就不能呢？根本原因，在於預定的目的和行動的方式是否符合客觀事物的發展規則，王于（子）期的話就說出了這個道理。

原文 趙襄主（子）學御於王于（子）期。俄而與于（子）期逐，三易馬而三後。襄主曰："子之教我御術未盡也。"對曰："術已盡，用之則過也。凡御之所貴，馬體安於車，人心調於馬，而後可以進速致遠。今君後則欲逮臣，先則恐逮於臣。夫誘道爭遠，非先則後也，而先後心在於臣，上何以調於馬，此君之所以後也。"

——《韓非子·喻老》

卜妻為褲

從前，在鄭縣這個地方，住着一個名叫卜子的人。他的褲子穿得又髒又破，便買來一塊布頭，叫妻子為他做一條新褲子。卜妻量量尺寸，問他："這條褲子做成甚麼式樣啊？"卜子隨口回答："照老樣子罷！"

新褲子縫好了，卜妻就認認真真地仿照老褲子的模樣，這裏戳幾個破洞，那裏抹一攤油跡，弄得皺皺巴巴、破破爛爛的。花費了不少功夫，總算完成了。她把褲子捧到卜子面前，得意地說："滿意吧？同老褲子一模一樣。"

今解 韓非藉卜妻這個可笑的形象，諷刺了當時那種"明據先王，必定堯舜"的復古僵化思想。舊褲子已經不適用了，就需要換上一條新褲子，這是很明白的道理。歷史在前進，那種不顧客觀情況的變化，不願適應新的時代，硬要把新褲子弄成老褲子模樣的人，只能連同破褲子一齊被拋進歷史的垃圾堆。

原文　鄭縣人卜子使其妻為褲，其妻問曰："今褲何如？"夫曰："像吾故褲。"妻子因毀新，令如故褲。

——《韓非子·外儲說左上》

遠水不救近火

齊國是魯國的鄰邦，魯穆公不去同齊國結盟，反而把自己的公子和公主紛紛送到遠離魯國的晉國和楚國去結親和做官，想在魯國遭難時，得到晉、楚兩國的援助。

有個叫犁鉏的大臣對魯穆公說："假如這兒有人掉進大河裏馬上就要淹死了，岸上的人都說：'越國人最善於游泳，快派人去越國求救吧。'國君，您說這人救得活嗎？"魯穆公笑着說："真傻啊，越國那麼遠，越人再善游水，這個人也別想活命。"

"那麼，"犁鉏又問，"如果魯國京城發生大火災，有人對您說，'海裏的水最多，快派人到海邊運水來救火'，國君認為能行嗎？"

"不行，不行，"魯穆公說，"等海水運到，京城早就燒成灰燼了。"

"是呀，"犁鉏說，"這就叫做'遠水不救近火'，現在晉、楚兩國雖很強盛，但遠離魯國，倘若魯國一旦有難，就會像遠水救不了近火一樣。而齊、魯相鄰，不同齊國結交，實在危險啊！"

今解　魯穆公只看到晉、楚兩國的強盛，卻忽略了要得到他們及時援助還受到客觀條件的限制。海水固然取之不盡，用之不竭，但卻撲滅不了京城的一場火災，其原因就是兩地距離太遠。因此，各種事物和現象之間的關係，為客觀條件所制約，一切都依條件、地點和時間而轉移，在某種具體條件下是正確的認識和做法，放在另一種具體條件下則可能是錯誤的。離開一定的條件、地點和時間，我們就弄不清楚一件事情究竟是好還是壞，是正確還是錯誤！

原文　魯穆公使眾公子，或宦於晉，或宦於荊。犁鉏曰："假人於越而救溺子，越人雖善游，子必不生矣。失火而取水於海，海水雖多，火必不滅矣，遠水不救近火也。今晉與荊雖強，而齊近，魯患其不救乎？"

——《韓非子·說林上》

鄒忌比美

鄒忌是一個長得還算魁偉漂亮的男子。一天早上，他穿好衣服，對着鏡子，問他的妻子說："你看我比那住在城北的徐公哪個漂亮些？"妻子答道："你很漂亮，徐公哪能比得上呢！"

徐公是名聞齊國的美男子。鄒忌不相信自己會比徐公更漂亮，所以又去問他的妾："你看，我和徐公比，哪個漂亮些？"妾也這樣回答："徐公嘛，他哪能比得上你呢！"過了一天，有個客人來訪談，鄒忌又順便問了問客人，客人的回答也同樣是：徐公沒有他漂亮。

又過一天，徐公來了，鄒忌就把徐公的面貌、身材、姿態等各方面都仔細打量了一番，又暗中和自己相比，始終看不出他比徐公漂亮。徐公去後，他又去照了一回鏡子，更覺得自己比徐公大為遜色。

鄒忌為這事夜晚睡不着覺。他想了又想，終於得出一個結論："妻子對我有偏愛，當然要說我漂亮；妾呢，她是怕我的，所以也說我漂亮；至於客人的當面捧我，那還不是因為他有求於我嗎？"

今解　鄒忌總算還有自知之明，他沒有因為妻、妾和客人的當面阿諛而自我陶醉起來。

徐公比鄒忌漂亮，這是客觀存在的事實，鄒忌的妻、妾和客人都心中有數，可是他們故意不說真話。如果鄒不用客觀的、實事求是的態度分析問題，那他就必然被某種表面現象所蒙蔽，而不能了解事情的真相，哪怕這事情（比美）本身原是極小的。

原文　鄒忌修八尺有餘，身材昳麗。朝，服衣冠，窺鏡，謂其妻曰："我孰與城北徐公美？"其妻曰："君美甚，徐公何能及公也！"城北徐公，齊國之美麗者也。忌不自信，而復問其妾曰："吾孰與徐公美？"妾曰："徐公何能及君也。"旦日，客從外來，與坐談，問之客曰："吾與徐公孰美？"客曰："徐公不若君之美也。"明日，徐公來，熟視之，自以為不如；窺鏡而自視，又弗如遠甚。暮，寢而思之，曰："吾妻之美我者，私我也；妾之美我者，畏我也；客之美我者，欲有求於我也。"

——《戰國策．齊一》

曾參殺人

曾參住在魯國費城。當地有個人與曾參同名同姓，殺了人。曾參的同鄉聽說了，慌忙跑去告訴他的母親："不得了啦，曾參在外面殺人了。"曾母在窗下織布，頭也不抬地回答："我兒子是不會殺人的。"不大一會兒，又有一位鄰人跑來說："曾參殺了人！"曾母仍然不信，從容自若。過了一陣，又跑來一個人嚷道："快跑吧，曾參殺了人！"曾母懼怕了，她丟下織梭，慌慌張張翻牆逃走了。

今解 曾參是孔夫子的第二大弟子，以孝行著稱，按理說他的母親最了解他，對曾參不會殺人應該有最堅定的信念。故事中的確有個曾參殺了人，只是同名不同人，這和"三人成虎"純屬造謠的情況有所不同，鄰居傳話實屬於一種誤會；可是，曾母卻不能堅持初衷，聽人家重複了三次，就真的以為自己兒子殺了人，因而爬牆逃走。可見對人來說，有一個堅定正確的信念十分重要。要在任何情況下，在任何紛繁擾攘面前都不動搖自己的信念，不作無事實根據的懷疑，這是難能可貴的。

原文 昔者曾子處費，費人有與曾子同名族者，而殺人。人告曾子母曰："曾參殺人！"曾子之母曰："吾子不殺人。"織自若。有頃焉，人又曰："曾參殺人。"其母尚織自若也。頃之，一人又告之曰："曾參殺人。"其母懼，投杼逾牆而走。

——《戰國策．秦二》

南轅北轍

有一個北方人，要到南方的楚國去。他從太行山腳下動身，騎着馬兒朝北出發，一路上對大家說：“我要到楚國去！”

有人對他說：“到楚國去，要朝南走，你為甚麼反而向北跑呢？”

這個北方人回答說：“不要緊，我有一匹好馬，牠跑得多快啊！”

“不管你的馬跑得怎樣快，朝北走，總是到不了楚國的。”

“不要緊，我還帶有充足的旅費哩！”

“旅費多也不濟事，朝北走，無論如何是到不了楚國的。”

“不要緊，我還有一個頂可靠的馬夫，他趕馬的本領真大啊！”

這種人的條件愈好，趕馬技術愈高，只能離楚國愈遠。

今解 這個往楚國而朝北走的人，以為只要他的馬好、旅費多、馬夫本領大，就可以到達楚國。毫無疑問，這是想錯了的。

一個人做事，如果方向不對頭，那麼，條件越好，主觀努力越大，就越使他距離目的越遠。因此，我們在工作中，不僅要有十足幹勁，還要有科學態度，首先得使方向對頭。

原文 魏王欲攻邯鄲，季梁聞之，……往見王曰：“今者臣來，見人於大行，方北面而持其駕，告臣曰：‘我欲之楚。’臣曰：‘君之楚，將奚為北面？’曰：‘吾馬良。’臣曰：‘馬雖良，此非楚之路也。’曰：‘吾用多。’臣曰：‘用雖多，此非楚之路也。’曰：‘吾御者善。’此數者愈善，而離楚愈遠耳！”

——《戰國策 · 魏四》

驚弓之鳥

更羸是一位有名的神箭手。有一天，他陪魏王在後花園裏喝酒，抬頭看見天空上有鳥飛過。更羸說："我不用箭，只須拉響弓弦，就可以讓天上飛鳥跌落下來。"魏王不信地搖搖頭說："開玩笑，射箭技術可以高超到這種地步嗎？"更羸一本正經地說可以。不大一會兒，從東方徐徐飛來一隻大雁。更羸擺好姿勢，拉滿弓弦。雁剛飛至頭頂上空，更羸猛扣弓弦，只聽："錚"一聲淩厲的音響，大雁在空中無力地撲打幾下，便一頭栽落下來。

魏王驚奇得不相信自己的眼睛，叫道："啊呀，箭術難道真可以高超到這種地步嗎？"更羸放下弓說："不是箭術高超，而是這隻大雁有隱傷，聽見弦聲驚落下來的。"

魏王更奇怪了："雁在天上飛，你怎麼會知道牠有隱傷？"

更羸回答："這隻大雁飛得很慢，叫聲悲哀，據我多年的經驗知道，飛得慢，是因為牠體內有傷；鳴聲悲，是因為牠長久失羣。這隻大雁創傷未癒而驚魂未定，一聽見淩厲的弦聲便驚逃高飛，誰知猛一震動便舊創迸裂，所以就跌落下來了。"

今解 人們常把吃過某種苦頭而心有餘悸的人形容為"驚弓之鳥"，即出於這個故事。鳥之"驚弓"，屬於一種動物本能的條件反射，更羸是巧妙地掌握了它的規律的；他善於總結自己豐富的狩獵經驗，從大雁飛翔速度和鳴聲高低中去判斷牠的內在素質。任何現象，都是事物本質的外在表現形式，都在一定程度上揭示出本質的特性。我們解決任何矛盾，只有善於進行由表及裏的分析，才能抓住癥結所在，收到事半功倍的效果。

原文 更羸與魏王處京台之下，仰見飛鳥。更羸謂魏王曰："臣為王引弓虛發而下鳥。"魏王曰："然則射可至此乎？"更羸曰："可。"有間，雁從東方來，更羸以虛發而下之。魏王曰："然則射可至此乎？"更羸曰："此孽也。"王曰："先生何以知之？"對曰："其飛徐而鳴悲，飛徐者故瘡痛也；

鳴悲者，久失羣也。故瘡未息而驚心未至也，聞弦音，引而高飛，故瘡隕也。”

——《戰國策·楚四》

畫蛇添足

楚國有一個人家，把祭祀用過的一壺酒賞給幫忙辦事的人喝。人多酒少，很難分配，就有人提議說：“要喝就喝個痛快，讓我們來個畫蛇比賽，蛇畫在地上，看誰先畫好，誰就一個人喝這壺酒！”大家都同意這樣辦。

有一個人畫得最快，一轉眼，蛇畫好了，這壺酒便歸了他。但他看見其他的人都沒有畫好，便想進一步顯顯自己的本領，於是，一手提壺，一手揮筆畫起蛇足來：“看吧，我還要添幾隻腳哩！”

正當他大畫蛇腳的時候，另一個人把蛇畫好了，忙奪過他手中的酒壺，說道：“蛇是沒有腳的，你畫的根本不是蛇，輸了。我先畫好，酒應歸我喝！”說罷，張口便喝，畫蛇腳的人只好呆望着。

今解 畫蛇，要像一條蛇；添上腳，便成了“四不像”，完全是多餘的。這道理誰也懂得。

人們對一切事物的認識也是這樣。正確的認識是真實反映客觀現實的。客觀世界中沒有的東西，人們不應該憑自己的主觀好惡強加上去，不然，那又與“畫蛇添足”有甚麼區別？

原文 楚有祠者，賜其舍人卮酒。舍人相謂曰：“數人飲之不足，一人飲之有餘。請畫地為蛇，先成者飲酒。”一人蛇先成，引酒且飲之，乃左手持卮，右手畫蛇曰：“吾能為之足！”未成，一人之蛇成，奪其卮曰：“蛇固無足，子安能為之足？”遂飲其酒。為蛇足者，終亡其酒。

——《戰國策·齊二》

快狗追狡兔

韓子盧，是天下跑得最快的獵狗；東郭逡，是天下跑得最快的狡兔。有一次，獵人放狗追兔，狡兔像脱弦之箭一樣在前頭飛逃，獵狗似旋風一般在後頭緊追。牠們繞着大山跑了三圈，又翻過巨嶺五座，跑了幾天幾夜，最後雙方都筋疲力竭，狡兔死在前頭，獵狗死在後頭。這時走來一個農民，高高興興地撿起死兔死狗，拿回去剝皮下鍋了。

今解 有勇無謀，不能稱好。設想一下，健狗和狡兔這兩個"勇士"不是一樣愣着腦袋猛追死逃，而是其中有一個稍稍使用些計謀，後果將會是怎樣呢？解決矛盾，特別在矛盾雙方勢均力敵的情況下，只會一味蠻幹，不講策略，非但不能促使矛盾轉化，而且會使情況更加惡化，以至同歸於盡。

原文 韓子盧者，天下之疾犬也；東郭逡者，海內之狡兔也。韓子盧逐東郭逡，環山者三，騰山者五，兔極於前，犬廢於後，犬兔俱罷，各死其處。田父見之，無勞倦之苦，而擅其功。

——《戰國策．齊三》

狐假虎威

在戰國七雄中，楚國是一個相當強盛的國家。有一次，楚宣王問左右大臣："我聽説北方的國家都很怕我們的昭奚恤將軍，果真如此嗎？"大臣們面面相覷，不敢出聲，生怕答得不好，冒犯了大王或得罪於昭奚恤。這時，有個名叫江乙的大臣趨前答道："我有一個故事，不知大王愛不愛聽？"楚王點點頭。

江乙説，從前有一隻老虎在森林裏到處覓食，捉到一隻狐狸。狐狸在虎爪下叫道："你敢吃我！我是上帝派下來管理百獸的。你吃我就是違忤天意，大逆不道！"老虎聽了將信將疑，狐狸見了忙説："你不相信？好，我帶你到百獸面前走一趟，看看牠們怕不怕我！"於是，狐狸神氣活現地走在前面，老虎東張西望跟在後面。林中百獸遠遠看見老虎來了，嚇得一片驚叫，紛紛逃竄。老虎不知道百獸其實是畏懼自己，還以為是怕狐狸，果然對狐狸佩服得五體投地。

說到這兒，江乙話鋒一轉，"如今大王把千里國土，百萬精兵都交給昭奚恤統轄，北方國家怕昭奚恤，實在只是怕大王您的雄厚實力，正如百獸只是怕老虎一樣。"

今解 狐狸並沒有甚麼了不起的力量，藉助老虎的威風卻能懾服百獸，連老虎也受了欺騙。倘若把狐狸與老虎分開，真相立刻大白。

一件複雜的事物，往往被許多表面現象蔭蔽着，有的虛假，有的真實。我們要善於去偽存真，由表及裏，步步深入，才能揭露事物的本質。否則，很容易被"狐假虎威"式的人物所蒙蔽。

原文 荊宣王問羣臣曰："吾聞北方之畏昭奚恤也，果誠何如？"羣臣莫對。江乙對曰："虎求百獸而食之，得狐，狐曰：'子無敢食我也，天帝使我長百獸，今子食我，是逆天帝命也。子以我為不信，吾為子先行，子隨我後，觀百獸之見我而敢不走乎？'虎以為然，故遂與之行。獸見之皆走，虎不知獸畏己而走也，以為畏狐也。今王之地方五千里，帶甲百萬，而專屬之昭奚恤，故北方之畏奚恤也，其實畏王之甲兵也，猶百獸之畏虎也。"

——《戰國策·楚一》

鷸蚌相爭

一隻大蚌慢慢爬上河灘，展開兩扇甲殼，十分愜意地曬着太陽。這時候，有一隻鷸鳥沿河飛來，看見河蚌裸露出肥白的身體，又饞又喜，用長而尖的嘴猛地啄去。大蚌吃了一驚，啪的合攏甲殼，便像鐵鉗一樣，緊緊地箝住了鷸的尖嘴巴。

鷸死死地拉着蚌肉，蚌緊緊地箝着鷸嘴，誰也不肯讓誰。鷸發怒地威脅說："今天不下雨，你就會曬死在河灘上！"蚌也不甘示弱地說："你的嘴今天拔不出，明天拔不出，你就會餓死在這裏！"鷸蚌相持不下，爭得筋疲力竭。這時，有個漁翁提着魚網沿河走來，看見鷸蚌相持不下，便毫不費力地把牠們塞進魚簍裏。

今解 這是個膾炙人口的成語故事，經常用來説明：大敵當前，內部之爭應該讓位於敵我之爭，只有相互容讓，一致對外，才能保存自己，克敵制勝。也就是說，局部的利益要服從全局的利益，小道理要服從大道理。如像"鷸蚌相爭"，只會使"漁翁得利"。

原文 過易水，蚌方出，曝，而鷸啄其肉，蚌合而拑其喙。鷸曰："今日不雨，明日不雨，即有死蚌！"蚌亦謂鷸曰："今日不出，明日不出，即有死鷸！"兩者不肯相捨，漁者得而並擒之。

——《戰國策・燕二》

扁鵲投石

秦武王顴骨上生了個毒瘤，痛苦不堪，便命人把神醫扁鵲請來為他治療。扁鵲仔細檢查了一陣，然後說："需要把瘤割除，明天我帶手術刀來。"

扁鵲走後，武王手下的大臣圍上來，你一言我一語地說："大王的病，在耳朵前面，眼睛下邊，割掉了不一定能斷根，說不定還會把眼睛搞瞎，耳朵搞聾。"

第二天，扁鵲來到堂上，武王說不用割了，並把理由告訴他。扁鵲聽罷，生氣地把石針丟在地上，說道："你與內行人一起商量好的事情，卻又被你與外行人一起敗壞了！"

今解 這些大臣們對醫學一竅不通。卻偏要妄加議論，難怪扁鵲要生氣了。一門專業也好，一件事情也好，你不懂就沒有發言權，這本來是很起碼的常識。可是有些人就偏偏喜歡違反這個常識，明明是外行，不虛心學習請教，卻偏要濫施號令，橫加掣肘，顯示自己的權力大或學問多。其結果，一是暴露了自己的無知可笑，二是給工作帶來損失。

原文 醫扁鵲見秦武王，武王示之病，扁鵲請除。左右曰："君之病，在耳之前，目之下，除之未必已也，將使耳不聰，目不明。"君以告扁鵲，扁鵲怒而投其石，曰："君與知之者謀之，而與不知者敗之。"

——《戰國策·秦二》

管莊刺虎

管莊和他哥哥管與在深山老林裏趕路，忽然聽見山腳下傳來一陣狂怒的虎吼聲。他們連忙躲在岩石後面看去，只見有兩隻斑斕猛虎在爭吃一具死屍，吃着吃着就互相廝鬥起來。管莊見了興起，拔出寶劍就要上去殺虎，管與一把攔住他說："不要急，老虎性情最貪婪暴戾，為了爭吃死屍肉一定會越鬥越兇。爭鬥的結果，小的死，大的傷。那時候，你再去刺死傷虎，豈不是一舉兩得嗎？"

就這樣，管莊輕而易舉地得到了刺死兩隻老虎的美名。

今解 同樣的道理，在各種競爭中，如果善於利用衝突，抓住時機，以逸待勞，大多能既保存自己，又消滅敵人。一舉兩得，事半功倍，這就是戰略戰術的靈活運用。

原文 有兩虎爭人而鬥者，管莊將刺之，管與止之曰："虎者戾蟲，人者甘餌也。今兩虎爭人而鬥，小者必死，大者必傷，子待傷虎而刺之，則是一舉而兼兩虎也。"無刺一虎之勞，而有刺兩虎之名。

——《戰國策·秦二》

溺井之狗

有一個人弄來一條狗給自己看門，因為這條狗十分兇猛，主人很喜歡牠。這條狗經常跑到井邊拉屎撒尿，搞得井水騷臭熏天。左鄰右舍見了十分厭惡，準備去告訴牠的主人。這隻狗看見鄰居們走來了，怕他們向主人告狀，就堵在門口，見一個咬一個，嚇得鄰居四散而逃，沒有一個再敢登門告狀。

今解 這條狗知道，只要鄰居的意見反映到主人的耳朵裏，自己那些缺德的勾當就會被揭露，便可能失寵，因此牠就要窮兇極惡地堵在門口擋駕。同樣，一切違背人民意願的統治者總是妄圖長期爬在人民頭上拉屎撒尿，卻又怕人民揭發、反對，於是就拼命地堵塞言路，控制輿論，壓制民主。當然，他們的手段要比這隻笨拙的狗高明得多。

原文 人有以其狗為有執而愛之。其狗嘗溺井，其鄰人見狗之溺井也，欲入言之。狗惡之，當門而噬之，鄰人憚之，遂不得入言。

——《戰國策．楚一》

不嫁人不做官

某天，田駢領着一大羣門客在花園裏弈棋、清談，忽然有一位齊國來的人求見。田駢問他有何貴幹，齊人作揖答道："我久仰先生不肯做官的清高議論，情願來為先生效犬馬之勞，做個奴僕。""哪裏，哪裏，你過獎了！"田駢得意地用眼角掃掃眾位門客，故作謙虛地問，"你是從哪裏聽說我的主張的？""聽我隔壁的女人說的。""隔壁的女人？"田駢感到有些奇怪。"是啊，"齊人答道，"我隔壁的那個女人發誓永遠不嫁人，可是今年三十歲，卻生過七個兒子，這女人雖然沒出嫁，可比出嫁的人還要會生兒子；如今先生您也常說最討厭做官，可是府上食祿千鍾，徒役數百，您先生雖然沒做官，可是那氣派、勢力比做官的還要大呢，不是嗎？"田駢聽得滿臉羞紅，轉身就走了。

今解 不嫁人生子七個，不做官俸祿千鍾。這個齊人只用一個巧妙的比喻，就撕下了田駢那張標榜清高的假面具。判斷一個人不但要看他的言論，更主要的是看他的行動。同樣，識別一個集團，一個國家，不單看它打甚麼旗號，更關鍵的是看它具體作了些甚麼事。

原文　齊人見田駢曰："聞先生高議，設為不宦，而願為役。"田駢曰："子何聞之？"對曰："臣聞之鄰人之女。"田駢曰："何謂也？"對曰："臣鄰人之女，設為不嫁，行年三十而有七子，不嫁則不嫁，然嫁過畢矣；今先生設為不宦，訾養千鍾，徒百人，不宦則然矣，而富過畢也。"田子辭。

——《戰國策・齊四》

馬價十倍

有人牽着一匹駿馬在集市上賣，整整站了三個早晨，都沒有人來光顧一下，就連上來問個價的人都不見。這個人便去求見伯樂，說："我有一匹駿馬，賣了三天都沒人要。麻煩您老幫個忙，只消在我的馬旁邊站一站，看一看，就行了。小人定有酬謝。"於是，伯樂就踱到集市上經過馬身邊瞟了兩眼，又回頭看了一下。人們聽說了，蜂擁而來，搶着要買這匹馬，馬價立刻提高了十倍。

今解　這匹駿馬起初為甚麼賣不出去？只是因為賣馬人身份微賤，沒有名氣的緣故；倘如沒有伯樂的品題，恐怕再站幾天也不會有人光顧，因而白白埋沒了一匹良馬。由此可知伯樂的重要性，這就是人們常說的"好馬還需識馬人"。在科學發展史上，許多青年科學家是否能遇上這種"識馬人"，對他們今後的成就關係極大。

伯樂的作用固然十分重要，但是類似這個故事中的市民們的那種盲目崇拜權威的風氣卻是有害的。他們閉眼不看事物本身是好是壞，樣樣都等著名人權威的肯定，正是"一經品題，身價十倍"，否則便無人過問，這種迷信的風氣，古往今來也不知糟蹋了多少人才。

原文　人有賣駿馬者，比三旦立市，人莫之知。往見伯樂，曰："臣有駿馬，欲賣之，比三旦立於市，人莫與言。願子還而視之，去而顧之，臣請獻一朝之賈。"伯樂乃還而視之，去而顧之，一旦而馬價十倍。

——《戰國策・燕二》

千里馬拉鹽車

有一匹千里馬老了，牙齒也脫落了，就被人趕去服役打雜，讓牠拖着沉重的鹽車去攀登那巍峨的太行山。

老馬低頭負重，一步一步在坎坷的山路上挪動着。烈日烤得牠渾身汗水淋淋。牠四條腿戰戰兢兢，踩在石塊上，一個打滑，就倒在路上，被壓在車轅底下。牠掙扎着站起來，又一個閃失趴在地上，摔得蹄潰膝爛，尾巴的毛只剩下稀疏幾根，鮮血混着汗水一攤一攤灑在石路上。來到一座陡峭的山坡前，老馬爬着滾着拉不上去。趕車人的皮鞭像雨點一樣落在牠身上。

這時，伯樂乘車迎面而來，他仔細地看了老馬，連忙跳下車，撫摸着傷斑纍纍的馬背大哭起來，又解下自己的麻袍蓋在牠哆哆嗦嗦的身上。老馬淚水汪汪地看着伯樂，忽然打了個噴嚏，然後仰起頭長嘯起來，叫聲石破天驚，直衝九霄，牠總算碰見了深知自己的人。

今解　千里馬的特長，是奔馳絕塵，日行千里，卻不見得會拉車子。這個寓言告訴我們，識別人才重要，使用人才更重要；任何時候都要根據事物的特性發揮其特長，具體事物具體分析，具體對待，故事中那個粗暴的趕車夫是我們必須引為深鑒的。

原文　君亦聞驥乎？夫驥之齒至矣，服鹽車而上太行，蹄申膝折，尾湛胕潰，漉汁灑地，白汗交流，外阪遷延，負轅不能上。伯樂遭之，下車攀而哭之，解紵衣以冪之。驥於是俯而噴，仰而鳴，聲達於天，若出金石聲者，何也？彼見伯樂之知己也。

——《戰國策．楚四》

土偶與桃梗

一隻泥人和一具木偶在河岸上相遇，說着說着，就不客氣地爭吵起來。木偶指着泥人的鼻子說："你有甚麼了不起？你原不過是西河岸上的一團泥巴，雨季一到，山洪暴發，你就會被水化得不成模樣！"

泥人說："是啊，我本是西岸之土，大水一沖，化成泥土，不過就復歸西岸罷了。而你呢，"泥人拍拍木偶的肩膀，"你是用東國的桃樹木頭削成的，山洪暴發，把你沖走，你順水而去，漂漂蕩蕩，歸宿在哪裏呢？”

今解 泥人雖然質陋，被水一沖還能復歸原土；而木偶雖然名貴，被水一沖則東漂西蕩，漫無歸宿。這個故事諷刺那些徒擁虛名但華而不實、浮而不深的人，在實際生活的考驗面前，是經受不住的。我們寧可做腳踏實地的泥人，而不要做浮蕩不定的木偶。

原文 臣來，過於淄上，有土偶人與桃梗相與語。桃梗謂土偶人曰：“子西岸之土也，挻子以為人，至歲八月，降雨下，淄水至，則汝殘矣。”土偶曰：“不然，吾西岸之土也，土則復西岸耳。今子東國之桃梗也，刻削子以為人，降雨下，淄水至，流子而去，則子漂漂者將何如耳？”

——《戰國策．齊三》

陪葬何益

秦宣太后守寡在宮中，十分寵愛大臣魏醜夫，兩人明來暗往也不避耳目之嫌。後來太后染上重病，一病不起，臨死前越想越捨不得魏醜夫，便下了一道命令，要魏醜夫為她陪葬。

魏醜夫聽得面無人色。大臣庸芮便對太后說：“死人還有知覺嗎？”太后支支吾吾回答：“沒有知覺。”庸芮說：“既然沒有知覺，為甚麼還要把生前所愛的人，活活弄到墳墓裏同死人埋葬在一塊呢？再說，”庸芮看看太后的臉色，“要是死人還有知覺的話，那麼先王積怒也應該很久了，太后到了陰間連請罪還來不及，哪有甚麼空兒去同魏醜夫相好呢？”太后沉吟了半晌，才咬咬牙說：“那就罷了。”

今解 秦宣太后也太荒淫，明知死人無知，卻想到了陰間還要同其尋歡作樂，就沒有想到那個積怒已久的秦惠王早在陰間等着她算賬了。這當然是個故事，但反映了古代統治者為了滿足自己無窮無盡的慾望，何等拙劣可笑，何等利令智昏！推而論之，他們明明知道人死沒有知覺，這本來是一種最起碼的

“人死神滅”的常識，但是為了自己的私利，總是要在鬼神那裏打主意，欺騙自己，麻痹百姓，恃為統治的工具，這不就是“神道設教”思想的一大特徵嗎？

原文 秦宣太后愛魏醜夫。太后病，將死，出令曰：“為我葬，必以魏子為殉。”魏子患之。庸芮為魏子說太后曰：“以死者為有知乎？”太后曰：“無知也。”曰：“若太后之神靈，明知死者之無知矣，何為空以生所愛，葬於無知之死人哉？若死者有知，先王積怒之日久矣，太后救過不贍，何暇乃私魏醜夫乎？”太后曰：“善。”乃止。

——《戰國策 · 秦二》

刻舟求劍

楚國有一個人坐船渡江，一不小心，把掛在腰上的劍落到江裏去了。

那人急忙在船邊落下劍的地方，刻畫出一個記號。

同船的人覺得詫異，就問他：“你刻這記號，有甚麼用處呀？”

他回答說：“啊，用處大得很哩。我的劍就是從船邊這個地方滑下水去的。”

等會兒，船靠岸了，他便從那個刻有記號的地方跳下水，到處撈將起來。

殊不知，船是在行走的，而劍是不會跟着移動的，在船邊刻個記號去求劍，不是很愚蠢的事嗎？

今解 當然，像“刻舟求劍”這樣愚笨的人，世間是少有的。然而仔細想來，刻在船邊的有形的記號，容易看出他的愚笨，而人們有意無意中刻在自己頭腦裏的某些“記號”，就不容易發覺了。客觀事物在不斷的變化，而人們刻在頭腦裏的各式各樣的“記號”，比如某些迷信、成見、公式和舊經驗之類，往往束縛着人的思想，使主觀想法和變化了的客觀實際對不起號來。嚴格說來，這和“刻舟求劍”有甚麼本質差別呢？

原文 楚人有涉江者，其劍自舟中墜於水，遽契其舟，曰："是吾劍之所從墜。"舟止，從其所契者入水求之。舟已行矣，而劍不行，求劍若此，不亦惑乎！

——《呂氏春秋·察今》

以金贖屍

洧河洪水泛濫，有個富人渡河時淹死了。有人撈到屍體，拖回家裏藏着。富家派人來贖，那人開口就要很多黃金。富人家告訴鄧析，鄧析說："不要慌，他不會把屍體賣給其他人的。"過了幾天，屍體開始腐爛發臭，藏屍體的那個人也發慌了，便來找鄧析。鄧析對他說："放心吧，除了他家，沒有人會來買這具屍體的。"

今解 鄧析是春秋時早期法家兼名家代表人物之一。他主張法治，曾著《竹刑》，為鄭國採用，但又以破壞法治而遭到鄭相子產的誅戮。

這不是很矛盾嗎？不。法律是要確定是非標準的，而鄧析"以非為是，以是為非"，"操兩可之說，設無窮之詞"，是一種否定是非客觀標準的相對主義的詭辯論，這對法治是不利的。這個故事，是他的"兩可"說的典型例子。大概無論站在原告或被告立場，他都能說出一番理由來保證打贏官司。因此，做為一位古代有名的訟師則有餘，作為真正法治的維護者則不足。

原文 洧水甚大，鄭之富人有溺者。人得其死者，富人請贖之，其人求金甚多。以告鄧析，鄧析曰："安之，人必莫之賣矣。"得死者患之，以告鄧析。鄧析又答之曰："安之，此必無所更買矣。"

——《呂氏春秋·離謂》

掩耳盜鈴

范家的大門上掛着一隻門鈴。有人想把這隻門鈴偷回家去。

只要用手一觸門鈴，它就會“叮叮噹噹”地響起來，所以要偷它是很不方便的。這個想偷門鈴的人也很懂得這點，站在門外猶疑不決。忽然，他想出一個辦法來了：鈴響所以會惹出禍來，是因為耳朵聽得見，假如把耳朵掩起來，事情不就好辦了嗎？

想到就做，他先把自己的耳朵掩起來，然後放大膽子去偷那門鈴。可是他剛一動手，門內就有人跑出來人喊捉賊，因為門內的人並沒有掩耳朵，還是聽得見鈴聲的。

今解 把自己的耳朵掩起來，聽不見鈴（原文“鐘”後為“鈴”）聲，就以為別人也一樣聽不見，這自然是極愚蠢的想法。

他竟連這樣一個簡單的道理都不知道：門鈴的響聲，是客觀存在。不管你愛不愛聽，它總是要響的。凡是客觀實在的東西，無論你怎樣掩起耳朵、閉起眼睛，它們都不會因此就不存在。有些人以為只要自己的感覺不存在，那麼，世界上的一切也都不存在，這和“掩耳盜鈴”一樣，都是主觀的。

原文 范氏之亡也，百姓有得鐘者，欲負而走，則鐘大不可負；以椎毀之，鐘況然有音，恐人聞之而奪己也，遽掩其耳。惡人聞之，可也；惡己自聞之，悖矣！

——《呂氏春秋 · 自知》

腹䵍斬子

墨家是春秋戰國時代一個重要學派，墨者團體的內部有着嚴格的紀律。

當時墨家的領袖腹䵍在秦國居住。他的兒子殺了人，被官兵拘捕。秦惠王審閱了案情，便將腹䵍召到堂上，對他說：“先生的年紀這樣老了，只有這麼一個愛子，寡人實在不忍心殺他，已經命令刑吏將他放了。先生這一次就依從寡人了吧。”腹䵍回答：“墨家法律訂有‘殺人者死，傷人者刑’的條文，是為了禁止隨意傷害人命，這可說是治國安民的重要原則。大王雖然憐憫我年邁體衰，沒有子嗣；可是我腹䵍身為墨家之首，不可不正墨家之法。”

於是，腹䵍堅不允從秦惠王，處斬了自己的親生兒子。

今解 “墨子之法”，也就是當時新興地主的法。腹䵍認為為了個人利益而妄開法律的後門，即是對“天下大義”的破壞，雖然斷嗣絕後被人們看做一件最不幸的事情，而且又有國君開恩和自己作為學派領袖的特權，但他仍然以處斬親子來維護法紀的嚴肅性。這種不徇私情、大義滅親的精神對現代法治社會不無啟發。

原文 墨者有鉅子腹䵍居秦。其子殺人。秦惠王曰：“先生之年長矣，非有他子也，寡人已令吏弗誅矣，先生之以此聽寡人也。”腹䵍對曰：“墨者之法曰‘殺人者死，傷人者刑’，此所以禁殺傷人也。夫禁殺傷人者，天下之大義也。王雖為之賜，而令吏弗誅，腹䵍不可不行墨者之法。”不許惠王而遂殺之。

——《呂氏春秋．去私》

伯牙破琴

伯牙善彈七弦琴，是春秋時代有名的琴師。伯牙彈琴時，鍾子期常在一旁凝聽。起初彈的時候，伯牙神馳泰山，手下弦音便昂揚激勵，磅礴崢嶸。鍾子期嘆道：“好極了，琴聲就像巍峨聳立的泰山！”曲至中闋，伯牙心遊大江，琴聲便如波浪洶湧，一瀉千里。鍾子期手舞足蹈地喝彩道：“絕妙啊，我好像看見了浩浩蕩蕩的長江大河！”

後來，鍾子期死了，伯牙聽説後，就把弦割斷，琴摔破，發誓一輩子再也不彈琴了，因為他認為世界上再也沒有一個人能聽懂他的琴聲。

今解 鍾期知音，伯牙破琴，可見沒有知音者，連琴都成為多餘。歷史上知識分子“知音難覓”、“懷才不遇”的感觸，在我們這個時代是不應再發生了。我們目前需要大量的人才，所以在上的領導者都應該成為知音者，多去發現人才，使用人才。至於彈琴者，如果在遇不到知音的情況下，也用不着把琴摔破，只要有真才實學，就一定會有真正的知音者來發現。

原文 伯牙鼓琴，鍾子期聽之。方鼓琴而志在太山，鍾子期曰：“善哉乎鼓琴！巍巍乎若太山！”少選之間，而志在流水，鍾子期又曰：“善哉乎鼓琴，湯湯乎若流水。”鍾子期死，伯牙破琴絕弦，終身不復鼓琴，以為世無足復為鼓琴者。

——《呂氏春秋．本味》

起死回生

魯國有個叫公孫綽的人，他對人們說：“我能夠起死回生。”

好奇的人們問他：“你用甚麼方法呢？”

他回答說：“我平時能治療半身不遂的病。現在我只要加倍用藥，不就可以起死回生了嗎？”

今解 半身不遂和死人完全是兩回事，兩個半身不遂的加起來也絕對不等於一個死人。因為半身不遂和死人不只有數量的差別，而且有本質的差別。

世界上的事物都有千差萬別。這是由事物不同的質決定的，公孫綽看不出這種質的差別，以致鬧了一個大笑話。

原文 魯人有公孫綽者，告人曰：“我能起死人。”人問其故。對曰：“我固能治偏枯，今吾倍所以為偏枯之藥，則可以起死人矣。”

——《呂氏春秋．別類》

舉人不避親仇

晉平公問祁黃羊：“南陽縣缺個縣令，你看，誰可以去擔任這個職務？”

祁黃羊毫不遲疑地回答：“派解狐去，他可以勝任。”

平公驚奇地問：“解狐不是你的仇人嗎？”

祁黃羊回答：“國君問我誰可以勝任縣令職務，並沒有問誰是我的仇人。”

於是，晉平公就委任解狐做南陽縣令。果然，解狐勵精圖治，一掃弊政，百姓讚不絕口。

不久，晉平公又問祁黃羊：“現在朝廷缺少法官，你看，誰可以去擔任？”

祁黃羊回答：“祁午可以勝任。”

平公又奇怪地問：“祁午不是你的兒子嗎？你推舉他，不怕別人說閒話？”

祁黃羊答道：“國君問我誰可以勝任法官，並沒有問祁午是不是我的兒子。”

祁午當了法官，執法如山，除害興利，舉國一片讚揚。

孔子聽說，高興地讚道：“好，祁黃羊推舉人才，外舉不避私人仇隙，內舉不避親子之嫌，真是大公無私啊！”

今解 在用人的方法上，是任人唯賢，還是任人唯親，歷來存在着激烈爭議。對後者，人民是深惡痛絕的，因此，“外舉不避仇，內舉不避子”的祁黃羊就成了歷史美談中的理想人物。正因為他不存私見一秉大公，把任人唯賢作為唯一標準，所以他推舉仇人不計個人恩怨，提拔兒子也不避“開後門”之嫌。

用人問題至關重要，人民將它作為衡量社會政治好壞的一個因素，這樣也就需要有更多的祁黃羊了。

原文 晉平公問於祁黃羊曰：“南陽無令，其誰可而為之？”祁黃羊對曰：“解狐可。”平公曰：“解狐非子之仇邪？”對曰：“君問可，非問臣之仇也。”平公曰：“善。”遂用之，國人稱善焉。居有間，平公又問祁黃羊曰：“國無尉，其誰可而為之？”對曰：“午可。”平公曰：“午非子之子邪？”對曰：“君問可，非問臣之子也。”平公曰：“善。”又遂用之，國人稱善焉。孔子聞之曰：“善哉，祁黃羊之論也，外舉不避仇，內舉不避子，祁黃羊可謂公矣。”

——《呂氏春秋 · 去私》

趕馬

宋國有一個趕路的人，騎着一匹馬，因有急事，恨不得一步趕到。可是由於他沒有學會駕馭馬的本事，不管他怎樣用鞭子抽，馬總是走不快。當走到一條河邊時，那匹馬索性不走了。趕路的人氣極了，下了馬，把馬栽倒在河水裏淹了牠一頓。

當他騎上馬背再走的時候，走不了多少路，馬又停下不走。趕路的人，又下來把馬栽倒在水裏淹了一頓。這樣，一連淹了三次，馬還是走走停停，停停走走。

這個人治馬的威風，就連古代馴馬大師造父也要自嘆不如。他不掌握造父的御馬規律，卻學來一套粗暴的作風，這樣對駕馬有甚麼好處呢。

今解 這個趕路人，不懂馬的特性，沒有學會駕馭馬的本領，光是蠻幹一頓，馬不聽他的指揮，還是走走停停。

任何事物，包括馬在內，都有它自己的特性，並不因為人們的意志而轉移，但是人們完全可以認識和掌握事物的特性。有幹勁的人，摸清了馬的特性，學會了駕馭馬的本領，馬就會聽從他們的指揮了。

原文 宋人有取道者，其馬不進，倒而投之溪水。又復取道，其馬不進，又倒而投之溪水。如此三者，雖造父之所以威馬，不過此矣。不得造父之道而徒得其威，無益於御。

——《呂氏春秋 · 用民》

割肉相啖

齊國有兩位有名的勇士，一個住在城東，一個住在城西。有一天，兩位勇士在街上偶然相遇，非常高興，都說："我倆難得會面，走，去喝上幾杯！"

幾碗酒下肚，一位勇士說："去買幾斤豬頭肉下酒好不好，"另一位勇士說："真是多此一舉，你我身上有的是肉，何消花錢去買？"於是，兩位勇士相視大笑，各自拔出刀，把自己身上的肉一塊一塊割下來，沾着醬油辣子，大嚼特嚼，直到血盡而死。

今解 這兩位勇士以割肉相啖來表示勇敢，實則愚蠢和懦怯到極點。一般地說，勇敢是一種美德，但絕不是無條件的。勇，要看用在甚麼地方。那些違反真理逆歷史潮流而動的小丑和愍不畏法、犯罪作惡的人，表面上看似乎很勇敢，實際上也同割肉相啖一樣，是最愚蠢和懦怯的自殺行為。世界上只有堅持真理，順應歷史的人才是最勇敢的人，這種勇敢才是人民所稱道的。

原文 齊之好勇者，其一人居東郭，其一人居西郭，卒然相遇於途，曰："姑相飲乎？"觴數行，曰："姑求肉乎？"一人曰："子肉也，我肉也，尚胡革（更）求肉而為？"於是具染（豉醬）而已，因抽刀而相啖，至死而止。

——《呂氏春秋 · 當務》

楚人過河

楚國人想襲擊宋國，就派人先去測量澭水的深淺做好標誌。但澭水突然大漲，楚國人不曉得，依舊按原來測量的標誌在深夜裏偷渡。結果被淹死一千多人，楚軍萬分驚恐。

原來測量時是可以渡過去的，現在河水已經上漲了，而楚國人還是按照舊的標誌渡河，因此遭到了失敗。

今解 河水時漲時落，不斷變化。世界上的一切事物都在運動變化之中，人們的思想也應該相應地變化發展。如果老是停留在一點上，頭腦僵化，那就一定會碰釘子。楚人過河，大觸霉頭，是一個很好的教訓。

原文 荊人欲襲宋，使人先表澭水。澭水暴益，荊人弗知，循表而夜涉，溺死者千有餘人，軍驚而壞都舍。向其先表之時可導也，今水已變而益多矣，荊人尚猶循表而導之，此其所以敗也。

——《呂氏春秋．察今》

次非殺蛟

楚國有位男子漢名叫次非，在干遂地方買到一把鋒利的寶劍。在回家鄉途中，他乘上木船渡江。

船到中流，突然天昏地暗，波濤洶湧，江心飛出兩條張牙舞爪的蛟龍，把木船團團繞住。乘客個個嚇得魂飛魄散。次非問船家："過去木船被蛟龍纏繞，坐船的人還能不能幸存？"船家顫抖着回答："蛟龍作惡啊，誰都休想活命。"次非唰的抽出雪亮的寶劍，鎮定地說："想丟下武器保全自己，那只能做大江裏的腐肉朽骨。今天，我還能愛惜自己的生命嗎？"說罷，便縱身躍入波濤，和蛟龍拼死搏鬥，終於斬殺雙蛟。俄而，風平浪靜，一船人都得救了。

今解 大敵當前，災難臨頭，是對人們最大的考驗之一。死神不會放過任何一個怕死鬼，巨浪會把在它面前屈服的人吞沒掉。只有像次非那樣不畏強暴、敢於抗爭，才是救人全己、克服困難的唯一出路。這個故事對人們有很深的教育意義。

原文 荊有次非者，得寶劍於干遂。還反，涉江，至於中流，有兩蛟夾繞其船。次非謂舟人曰："子嘗見兩蛟繞船能兩活者乎？"船人曰："未之見也。"次非攘臂袪衣，拔寶劍曰："此江中之腐肉朽骨也，棄劍以全己，余奚愛焉！"於是赴江刺蛟，殺而復上船。舟中之人皆得活。

——《呂氏春秋．知分》

孔子絕糧

孔子周遊列國，潦倒在去陳國和蔡國的半路上，連野菜湯也喝不上，七天未吃到一頓飯，餓得沒有辦法，只好白天睡大覺。

顏回出去討了一點米回來煮給他吃，等到剛要煮熟的時候，孔子望見顏回從鍋裏抓起一把吃了，孔子假裝沒有看見。過了一會兒，飯煮熟了，顏回端着飯送給孔子吃，孔子站起來說："今天我夢見我死去的父親，飯要是乾淨的話，我來祭奠他。"

顏回說："不行，剛才有煤灰掉進鍋裏，我覺得扔掉可惜，就把它抓起來吃了，這飯不乾淨。"

孔子聽了感嘆地說："我所信任的是眼睛呀，可是眼睛也不是完全可以信賴的；我所依靠的是心呀，可是心也還不足以完全依靠。弟子們要記住：認識了解一個人真是不容易啊！"

今解 孔子的感嘆很有道理。眼、耳、口、鼻等獲得的感覺，固然是認識事物的起點，但確是不能全信的。

全憑感覺，認識還是表面的、片面的，孔子冤枉顏回，毛病就出在這裏。只有把感覺經過去粗取精、去偽存真、由此及彼、由表及裏的改造，使它上升到理性認識，認識才會正確。

原文 孔子窮乎陳蔡之間，藜羹不斟，七日不嚐粒，晝寢。顏回索米，得而爨之，幾熟，孔子望見顏回攫其甑中而食之。選間，食熟，謁孔子而進食，孔子佯為不見之。孔子起曰："今者夢見先君，食潔而後饋。"顏回對曰："不可！向者煤室入甑中，棄食不祥，回攫而飯之。"孔子嘆曰："所信者目也，而目猶不可信；所恃者心也，而心猶不足恃。弟子記之：知人固不易矣！"

——《呂氏春秋 · 任數》

澄子尋衣

宋國有個人名叫澄子，丟失了一件黑棉袍，便滿街尋找。忽然，他看見前面有個婦人穿着一件黑棉袍，急忙跑上去，一把扯住，叫道："我掉了一件黑棉袍，你這件一定是我的！"那婦人愣了半晌奇怪地說："您這位先生雖然丟了一件黑棉袍，可是這一件確確實實是我自己的呀。"澄子把衣襟翻過來一看，若有發現地嚷道："好啊，你還不趁早還給我。我丟的那件是綢襯裏；你這件不過是布襯裏，綢襯裏換成布襯裏，這已經是便宜你啦！"

今解 澄子的邏輯也奇怪，霸佔別人東西，還說別人佔了便宜；只知有自己，不知有別人，把自己的滿足建築在別人的痛苦上。此類強盜邏輯，在生活中也常有所見：有些人幹了壞事，把責任推給別人；損害了別人的利益，還要人家歌功頌德。這不就是"澄子邏輯"的一大發揮嗎？

原文 宋有澄子者，亡緇衣，求之途，見婦人衣緇衣，援而弗捨，欲取其衣，曰："今者我亡緇衣。"婦人曰："公雖亡緇衣，此實吾所自為也。"澄子曰："子不如速與我衣：昔吾所亡者紡緇也，今子之衣，禪緇也，以禪緇當紡緇，子豈不得哉？"

——《呂氏春秋．淫辭》

庭燎求賢

齊桓公任用管仲進行改革，使國力富強，成為春秋的第一位霸主。他為了表現自己廣集賢士的決心，在宮廷前燃起明亮的火炬，準備日夜接待各地前來晉見的人才。但是，不知甚麼原因，火炬燒了整整一年，都沒有人上門求見。

有一天京城東郊來了一個鄉下人要求接見，聲稱自己有唸九九算術口訣的才能。齊桓公覺得很可笑，派傳令官告訴他："九九算術乃是末流小技，也配拿來見寡人嗎？"鄉下人回答："我聽說宮前火炬燃了一年也沒有人上門，這是因為國君是個雄才大略的君主，各地人才都自以為比不上他，所以就不敢登門了。我的小九九的確是微不足道的小技術，但國君能以禮待我，還怕那些有真才實學的能人不來嗎？泰山所以大是因為它不排斥每一塊小石頭，江海所以深是因為它積聚起每一條小溪流。《詩經》中說過，古代的英明君王有事都去請教砍柴打草的農夫，只有這樣才能集思廣益。"

桓公聽罷連連點頭，立即以隆重的禮節接待了這個鄉下人。果然不出一月，四方賢人都紛紛前來了。

今解 齊桓公之所以會成為春秋第一霸主，同他用人很有關係。他的用人有兩個特點：一是不記私仇。管仲曾幫助公子糾奪權，用箭射過桓公，而桓公任用他以後，始終信任不疑；二是不拘一格。在這個故事中可見一斑。"泰山不讓礫石故能成其大，江海不辭小流故能成其深"，在用人問題上，一個管理者應該具有這種廣闊的胸懷。

原文 齊桓公設庭燎，為便人欲造見者，期年而士不至。於是東野有以九九見者。桓公使對之曰："九九足以見乎？"鄙人曰："臣聞君設庭燎以待士，期年而士不至。夫士之所以不至者，君，天下之賢君也，四方之士皆自以不及君，故不至也。夫九九，薄能耳，而君猶禮之，況賢於九九者乎？夫泰山不讓礫石，江海不辭小流，所以成其大也。《詩》曰：'先民有言，詢於芻蕘。'博謀也。"桓公曰："善。"乃固禮之。期月，四方之士相導而至矣。

——《韓詩外傳．卷三》

魯嬰泣衛

嬰是魯國守門人的女兒。一個晴朗的夏夜，姑娘們在場院上燃起明亮的篝火，一邊搖着紡車，一邊快活地唱着歌兒。忽然，嬰傷心地哭起來。

女伴們很奇怪，問她："你有甚麼委屈？説給我們聽吧。"

嬰抽泣着説："我聽説衛國公子的品行很不好，所以就哭了。"

女伴們笑着勸她説："衛國同咱們魯國有甚麼相干？再説衛國公子不賢，那是諸侯貴族的事情，你是一個貧家小女，何必操這份心呢？"

嬰回答説："我的想法可跟你們不一樣。前幾年，宋國的大司馬桓魋得罪了宋君，逃亡到咱們魯國，就在這兒宿夜。他的馬跑進我家菜園，又是打滾，又是踐踏，把綠油油的菜吃得七零八落。那一年，咱們賣菜人家的收入就損失了一半。”

“去年，越王勾踐攻打吳國，氣勢洶洶的，各國諸侯都怕他，去拍他的馬屁，魯國貢獻美女，正好把我姐姐選去了。後來，我的大哥去越國探望苦命的姐姐，又在半路上被強盜殺死，連屍首也沒找到。

嬰揩揩眼淚，繼續説：“越兵攻打的是吳國，可是遭殃的是我姐姐，慘死的是我哥哥。由此看來，雖然不是一個國家的人，諸侯和咱百姓也貴賤不同，但是災禍和幸福都有聯繫。如今衛國公子的品行很壞，又喜歡打仗，我還剩下一個小哥哥，不知何時災禍又要落到他的頭上，教我怎不憂慮呢？”

今解 兩千多年前的嬰這位女青年很有遠見，能以自家苦難的經歷中體會到與整個社會動盪局勢的聯繫，總結出“禍與福相反也”這個帶有規律性的道理，多少了解到客觀事物的辯證法。漢朝學者班固説過：“相反而皆相成也”，即是説，相反的東西具有同一性，在事物發展過程中，矛盾着的各方面，在一定條件下，互相依存，組成一個統一體。看起來，衛、魯兩國毫不相干，貴族與貧女的地位也正相反，似乎中間不可能有甚麼關係；但事實上，任何這類的事物和現象在一定條件下，都可能發生密切的聯繫，我們在生活中看不到這種辯證的聯繫，就必然要變成政治上的近視，變成鼠目寸光的庸人。

原文 魯監門之女嬰相從績，中夜而泣涕。其偶曰：“何謂而泣也？”嬰曰：“吾聞衛世子不肖，所以泣也。”其偶曰：“衛世子不肖，諸侯之憂也，子曷為泣也？”嬰曰：“吾聞之異乎子之言也。昔者，宋之桓司馬得罪於宋君，出於魯，其馬佚而輾吾園，而食吾園之葵，是歲，吾聞園人亡利之半。越王勾踐起兵而攻吳，諸侯畏其威，魯往獻女，吾姊與焉，兄往視之，道畏而死。越兵威者吳也，兄死者我也。由是觀之，禍與福相反也。今衛世子甚不肖，好兵，吾男弟三人，能無憂乎？”

——《韓詩外傳 · 卷二》

塞翁失馬

離塞上不遠的地方，住着一個愛好騎馬而技術不甚高明的人。有一天，他的馬忽然逃到塞外去了。鄰人們都替他惋惜。他父親卻說："怎知道這不會成為一件好事呢？"過了幾個月，那匹馬又跑回來了，並且還帶來了一匹匈奴的駿馬。鄰人們又都來慶賀。他父親說："怎知道這不會變成一件壞事呢？"

家裏有良馬，他又喜歡騎，可就闖出禍來了：墜馬摔傷了腿。鄰居們都來慰問。他父親又說："怎知道這不會成為一件好事呢？"

過了一年，匈奴兵大舉入侵，附近的青壯年大多在抗戰中犧牲了，他因跛腳未能出征，遂和父親一起保全了性命。

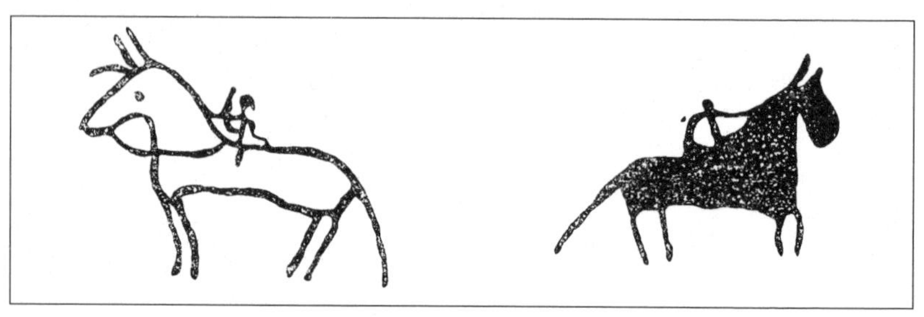

今解 這個故事裏所說的好事和壞事，都是從家庭狹隘利益的角度出發來衡量的。但無論如何，這個故事是有意義的，它具體反映我國古代人民和傑出思想家怎樣從實際生活經驗中，初步臆測到了好事與壞事相互轉化的辯證原理。

原文 近塞上之人，有善術者，馬無故亡而入胡，人皆吊之。其父曰："此何遽不為福乎？"居數月，其馬將胡駿馬而歸，人皆賀之。其父曰："此何遽不能為禍乎？"家富良馬，其子好騎，墮而折其髀，人皆吊之。其父曰："此何遽不為福乎？"居一年，胡人大入塞，丁壯者引弦而戰，近塞之人，死者十九，此獨以跛之故，父子相保。

——《淮南子．人間訓》

西巴釋麑

魯國大夫孟孫進山打獵，活捉了頭肥胖的小麑子，他十分歡喜，立即命令臣下秦西巴先帶回宮去，下鍋烹調，備好酒菜。一路上，母麑緊緊跟着，不住地哀號，秦西巴聽着心中實在不忍，便把小麑子放了。孟孫回來，一聽麑子被放了，勃然大怒，將秦西巴趕出宮去。

過了一年，孟孫的兩個兒子到了唸書的年齡，他物色了許多老師都不稱心，後來忽然想到了秦西巴，馬上派人把他請回宮來，拜為子傅。左右的人悄悄問孟孫："秦西巴曾經得罪過您，現在您卻拜他為子傅，這是甚麼道理？"孟孫笑着回答："秦西巴對一頭小麑子都這樣不忍心，何況對我的兩個兒子呢？"

今解 孟孫這樣重視對子女的教育，並注意了解他人的特長，並使這種特長在適當的地方得到發揮，這是值得肯定的。秦西巴的特點是富於同情心，乃至推及動物；但同樣是這個特點，卻可以產生不同的結果。用在放了麑子上，未必有多大的意義；如果用在教育學生上，則是難得的。因此，一個人的特長、技術、能力究竟有沒有真正的價值，不能從抽象意義上去評價，而要看它的實踐意義，也就是看它究竟為誰服務，在社會和生產實踐中產生了怎樣的具體效果。

原文 孟孫獵而得麑，使秦西巴持歸烹之。麑母隨之而啼，秦西巴弗忍，縱而予之。孟孫歸，求麑安在。秦西巴對曰："其母隨而啼，臣誠弗忍，竊縱而予之。"孟孫怒，逐秦西巴。居一年，取以為子傅。左右曰："秦西巴有罪於君，今以為子傅，何也？"孟孫曰："夫一麑而弗忍，又何況於人乎？"

——《淮南子·人間訓》

牛缺遇盜

從前有個讀書人名叫牛缺。有一天，他趕着馬車經過深山野林，突然聽見一聲呼嘯，路旁閃出一羣強盜，個個舉着明晃晃的尖刀，把他的車馬、銀錢統統搶走，連衣服也剝得乾乾淨淨。強盜們走出幾步回頭看看牛缺，只見他端坐路邊，非但臉上毫無憂懼之色，反而顯出一副輕鬆得意的樣子。強盜們覺得很奇怪，問他：“喂，老子搶走你的錢財，刀兒也擱在你面前，你好像一點也不害怕，這是甚麼道理？”牛缺斯斯文文地回答：“車馬不過是給人坐的，衣服不過是遮蔽身體的，你們拿去與我何妨？聖人是不會用這些身外之物來損害自己身心道德的。”強盜們你看我，我看你，然後一齊哈哈大笑說：“咱們雖然不曾唸書，也聽說過這種不謀財利的人乃是世上聖人。像你這般聖人見了官府，定要告發咱們這等不聖之人，不如先把你宰了吧！”說完一刀砍去，牛缺連哼一聲也來不及就喪命了。

今解 牛缺是一個很迂闊的書呆子。雖然他說的道理十分堂皇，舉動也確實溫文爾雅，但是他卻不看當時的環境如何，不管對象是誰，跟強盜去講甚麼仁義和平，這不單是對牛彈琴，而且惹來殺身之禍。

在兇惡的敵人面前，既不敢於抗爭，也不善於抗爭，卻高談仁義，以清高自詡，實在愚蠢可笑。

原文 秦牛缺徑於山中而遇盜，奪之車馬，解其橐笥，施其衣被。盜還反顧之，無懼色憂志，驩然有以自得也。盜遂問之曰：“吾奪子財貨，劫子以刀，而志不動，何也？”秦牛缺曰：“車馬所以載身也，衣服所以掩形也，聖人不以所養害其養。”盜相視而笑曰：“夫不以欲傷生，不以利累形者，世之聖人也，以此而見王者，必且以我為事也。”還反殺之。

——《淮南子．人間訓》

公儀休嗜魚

公儀休新任魯國的丞相。官吏百姓聽說公儀休很喜歡吃魚，便爭相把一筐筐活魚河鮮送到相府上，誰知公儀休都一一婉言謝絕了。公儀休的學生上前諫道：“先生既然愛吃魚，為何不收下呢？”公儀休矜持地笑笑，回答說：“正因為我愛吃魚，所以我不能收。”學生挺納悶地問：“這話怎麼講？”公儀休答道：“如果我經常收下別人送的魚，就背上了貪賄愛財的惡名，結果弄得丞相的紗帽也戴不成，那時候即使我再愛吃魚，又哪裏能吃到魚呢？現在我拒不收魚，落下一個廉潔奉公的美名，就可以牢牢坐住丞相的交椅，還怕沒有魚吃嗎？”

這真是懂得他人利益和個人利益關係的人啊！

今解 “此明於為人為己者也”，是說公儀休善於處理公眾利益和個人利益之間的關係。公眾利益應該放在第一位，但個人利益也不能排斥。如何處理這兩者之間的關係，從來就有兩種不同的做法：一種將兩者對立，以損害公眾利益來滿足個人私慾，像歷來的貪官污吏所做的那樣；另一種則兩者並重，以維護公眾利益為前提，來保障個人的利益。公儀休屬於後者。雖然他反對貪贓受賄歸根結底是為了保住自己的烏紗帽，怕不能長此吃到魚，但這種做法的實際效果是對人民有一定好處的。我們還不能要求封建時代的官僚也具有做人民公僕的思想。

原文 公儀休相魯而嗜魚，一國獻魚，公儀子弗受。其弟子諫曰：“夫子嗜魚，弗受何也？”答曰：“夫唯嗜魚，故弗受。夫受魚而免於相，雖嗜魚，不能自給魚；毋受魚而不免於相，則能長自給魚。”此明於為人為己者也。

——《淮南子・道應訓》

喉嚨的用處

公孫龍是戰國時期有名的學者，他在趙國時，常對學生們說：“一個沒有本領的人，我是不收他做學生的。”

有一天來了一個身穿破爛的年輕人，進門拜師。公孫龍問他有甚麼本事。年輕人想了一下，回答：“我的喉嚨很響，能大聲喊叫。”旁邊的學生們聽了都竊笑起來，認為他在和老師開玩笑。公孫龍環顧大家問道：“同學中有能喊叫的沒有？”大家又哄的笑了，說沒有。公孫龍便一揮手對年輕人說：“好，我收你做學生。”大家都面面相覷，莫名其妙。

過了一些日子，趙王派公孫龍去燕國做說客。當他們一行匆匆到了一條大河邊，只見河水茫茫，船卻停在河對岸。大家急着無法渡過，那個年輕人卻不慌不忙地用手攏成個話筒，對着河那邊大聲呼喊。洪亮的聲音傳過去，船家聽見了，很快把船划了過來。

今解 任何一種知識技能，在特定的場合下都能發揮其獨特的作用，有時甚至是關鍵性的作用。所以應該像公孫龍那樣，善於識別和發掘人才，尤其是那些一般場合下不易識別的一技之長，做到人盡其才，物盡其用。

原文 公孫龍在趙之時，謂弟子曰："人而無能者，龍不能與遊。"有客衣褐帶索而見曰："臣能呼。"公孫龍顧謂弟子曰："門下故有能呼者乎？"對曰："無有。"公孫龍曰："與之弟子之籍。"後數日，往說燕王。至於河上，而航在一汜。使善呼者呼之，一呼而航來。

——《淮南子·道應訓》

螳臂當車

傳說齊莊公有一次乘馬車進山打獵，看見車道當中立着一隻綠色的小昆蟲，正怒氣沖沖地舉起兩隻前足，擺出準備同車輪搏鬥的架勢。

齊莊公十分好奇地問車夫："這是甚麼蟲子？"

車夫瞥了一眼回答："這就是螳螂，這種小蟲啊，只知進，不知退，不量力，又輕敵。"

齊莊公長嘆道："牠要是人的話，一定會成為天下無敵的勇士啊！"然後他命令車夫繞道行馳，不要碾傷螳螂。

齊國的勇士們聽說了這件事情，從此更加效忠齊莊公，打起仗來更加奮不顧身。

今解 "螳臂當車"這句成語初見於《莊子·人間世》："汝不知夫螳螂乎？怒其臂以當車轍，不知其不勝任也"。一般用來比喻不自量力的輕舉妄動，與"蚍蜉撼大樹，堪笑不自量"，正復相同。這裏齊莊公卻用來比喻勇武，加以稱讚，起着激勵士氣的積極作用。

由小喻大，見微知著。一個微小的昆蟲與民心士氣何關，然而在上者的一言一行，動機如何，就往往會風行草偃，產生各種不同的巨大效果。一個人也是這樣，“千里之行，始於足下”，要不忽略小事情，然後才可以做大事情。

原文 齊莊公出獵，有一蟲舉足將搏其輪。問其御曰：“此何蟲也？”對曰：“此謂螳螂者也。其為蟲也，知進而不知卻，不量力而輕敵。”莊公曰：“此為人而必為天下勇武矣。”回車而避之。勇武聞之，知所盡死矣。

——《淮南子．人間訓》

鵲巢扶枝

白嘴鵲很聰明，當春天還沒有到來的時候，牠就預料到今年夏秋季節一定多風。為了防患於未然，牠就把自己築在大樹頂上的窩搬到底下的枝椏上。這一來，雖然風吹不落牠的窩了，可是窩離地面是那樣的近，大人經過的時候，總要伸手摸走幾個小鵲兒；小孩更調皮，常常用竹竿把鵲蛋兒從窠裏挑出來，搶着吃了。

知道防備遠難，而忘記防備近患。

今解 遠難和近患有着辯證關係，不能片面看問題。預防遠難是好的，但忘記近患也不對。推開說去，有些人精通於高深的理論，好談遙遠的未來，頭頭是道，議論風生，而對於眼前的淺顯的道理和具體的問題，卻漫不經心，甚至一竅不通，束手無策，這不也和白嘴鵲一樣嗎？

夫鵲先識歲之多風也，去高木而巢扶枝。人人過之則探鷇，嬰兒過之則挑其卵。知備遠難而忘近患。

——《淮南子．人間訓》

九方堙相馬

秦穆公要託人找千里馬。伯樂把他的朋友九方堙（此人是和伯樂齊名的“相馬”專家）介紹給穆公。九方堙拜見穆公之後，就奉命四出找馬。過了三個月，他回來復命：“馬已經找到了，在沙丘地方。”穆公問道：“你找到的是一匹怎樣的馬呢？”九方堙答道：“是一匹黃色的公馬。”

穆公派人到沙丘去取馬，去的人回報說，是一匹黑色的母馬。穆公聽了，很不高興，馬上把伯樂召來，責備他說："糟了！你介紹的那位求馬的人，連馬的黃、黑、公、母都分辨不清，怎麼能鑒別馬的好壞呢？"

伯樂嘆了一口氣，答道："難道是這樣的嗎？這正證明九方堙的相馬技術比我還要高明。因為他對馬的觀察，已經深入地看到了馬的一種'天機'，他取其精而忘其粗，重其內而忘其外，他重視的是馬的風骨品格等主要東西，而把馬的毛色、公母等次要東西丟開了。我這朋友的相馬技能真是難能可貴的啊！"

後來馬取來了，果然是一匹天下無雙的千里馬。

今解 九方堙"相馬"，當然首先要接觸到馬的具體形象，包括馬的性別、大小、毛色、姿態等等。但僅從這些表面形態，還不能真正發現千里馬和其他普通馬不同的特點。因此，他就必須深入到馬的某種內在的、本質的、為眼睛所一下看不見的東西，也就是伯樂的所謂"天機"去考察，結果就真正找到了天下無雙的千里馬。

秦穆公不懂得這一套，他只注重外表形式，一聽到馬的毛色性別不對頭，就大罵"糟了"，卻不知道這是因為九方堙相馬時"取其精而忘其粗，重其內而忘其外"的緣故。當然，並不是說"相馬"技術高明就一定要把馬的毛色性別也忘掉。這個故事只是着重說明看事情不要徒重表面形式，要抓住主要內容，意義是深刻的。

原文 秦穆公謂伯樂曰："子之年長矣，子姓有可使求馬者乎？"對曰："臣有所與供儋纆採薪者九方堙，此其於馬，非臣之下也。請見之。"穆公見之，使之求馬。三月而反報曰："已得馬矣，在於沙丘。"穆公曰："何馬也？"對曰："牡而黃。"使人往取之，牝而驪。穆公不說，召伯樂而問之曰："敗矣！子之所使求者，毛物、牝牡弗能知，又何馬之能知？"伯樂喟然太息曰："一至此乎？是乃其所以千萬臣而無數者也。若堙之所觀者天機也，得其精而忘其粗，在其內而忘其外，見其所見而不見其所不見，視其所視而遺其所不視。若彼之所相者，乃有貴乎馬者。”馬至而果千里之馬。

——《淮南子．道應訓》

愛人與害人

楚恭王率軍在鄢陵同晉兵血戰。鏖戰正酣，恭王的眼睛被箭射中，只得鳴金收兵。大將軍司馬子反回到營帳，直嚷口渴要水喝。他的僕人陽谷隨軍多年，十分愛戴自己的主人，知道主人酷愛喝酒，馬上取出一罈酒來讓他解渴。子反素來碰上酒就很難停杯，這一次自然又喝得爛醉。

楚恭王包紮完畢，準備復戰，派人去叫子反。子反醉臥在牀，動彈不得，便推說心痛，不能出戰。恭王聽說了，親自去探望，一揭開帳帷，就聞到濃烈的酒臭，頓時大怒：“今日激戰，寡人親受重傷，指揮全軍便依靠你了，誰知道你會這樣胡來，你是準備亡國嗎？你還能率領兵士嗎？算了，這個仗也打不成了。”

於是，楚恭王撤回軍隊，並將司馬子反按軍法斬了。

今解 司馬子反貽誤戰機，違犯軍法，他的僕人陽谷要負很大的責任。陽谷明知戰況緊急，卻只是想到讓自己的主人喝酒高興，不去考慮這樣做可能會產生的後果，主觀願望是愛主人，客觀效果呢？恰恰是害了他。由此可見，利與害的效果並不是個人願望可以決定的，不懂得掌握確切的時間、環境和條件，利人是可以變成害人的。

原文 楚恭王與晉人戰於鄢陵。戰酣，恭王傷而休。司馬子反渴而求飲，豎陽谷奉酒而進之。子反之為人也，嗜酒而甘之，不能絕於口，遂醉而臥。恭王欲復戰，使人召司馬子反，辭以心痛。王駕而往視之，入幄中而聞酒臭。恭王大怒曰：“今日之戰，不谷親傷，所恃者司馬也；而司馬又若此，是亡楚國之社稷，而不率吾眾也。不谷無與復戰矣。”於是罷師而去之，斬司馬子反為戮。

——《淮南子．人間訓》

為社稷忍羞

趙簡子是春秋末年晉國的六卿之一。他臨終前留下遺囑，要將兒子趙無恤立為繼承人。有位臣僚名叫董閼於的問他：“歷來都以長子繼位，無恤是庶出又非長子，怎可以立後呢？”趙簡子回答說：“我把自己的一羣兒子都考慮過了，只有無恤為人能顧全大局，能為國家忍受羞辱。”

趙無恤繼位以後，有一天，他在家裏請晉國的另一個大貴族知伯喝酒。知伯倨傲無禮，酒席間百般侮辱趙無恤，又劈面摑了無恤兩個響亮的耳光。

左右侍臣都按捺不住怒火，要無恤把知伯殺了。無恤勸住他們，說：“先君立我為後，說過我能為社稷忍辱，我怎能因小失大而去殺人呢？”

過了十個月，知伯倚仗自己強大，向無恤勒索領地，無恤沒有答應。知伯惱羞成怒，重兵將無恤圍困在晉陽，又決汾水灌城，大有一口吞吃之勢。趙無恤堅強禦敵。第二年，他聯合晉國的韓、魏二卿，分兵出擊，將知伯軍隊徹底擊潰，形成了三家分晉的局勢。在慶賀勝利的宴席上，趙無恤將知伯的頭顱骨做成酒器，勞軍痛飲。

今解 內心雖然剛強，外表卻要柔弱而不與人爭，這是古代道家“和光同塵”的處世態度。“為社稷忍羞”，可以是為了團結別人，相忍為國，不計較小事，如“負荊請罪”故事中藺相如的爭取廉頗便是；也可以是對付敵人的一種策略。這裏趙無恤之於知伯，就運用了這個策略。“知其雄，守其雌，為天下溪”，在一定條件下，雄與雌，剛與柔，榮譽和羞恥，都是可以相互轉化的。

原文 趙簡子以襄子為後。董閼於曰：“無恤賤，今以為後，何也？”簡子曰：“是為人也，能為社稷忍羞。”異日，知伯與襄子飲，而批襄子之首。大夫請殺之。襄子曰：“先君之立我也，曰：‘能為社稷忍羞’，豈曰能刺人哉？”處十月，知伯圍襄子於晉陽。襄子疏隊而擊之，大敗知伯，破其首以為飲器。

——《淮南子 · 道應訓》

初試美女陣

春秋時代，有個齊國人是著名的軍事家，名叫孫武。他來到吳國，吳王闔廬準備任用他，說：“先生寫的兵法十三篇，我都看過，真是妙不可言。可以小試一下兵陣部署，讓寡人開開眼界嗎？”

“可以。”孫武回答。

闔廬撫着鬍鬚想了想，又笑着問：“可以讓婦女來試試嗎？”

“可以。”孫武點點頭。

吳王喜得滿面春風，連忙派人去後宮挑選了一百八十名美貌的嬪妃。這些美女聽說吳王要看她們練兵，覺得又新鮮又快活，個個淡施脂粉，挽起羅裙，裊裊娜娜地來到校場上。孫武命令她們排成兩列，又從中選出兩名吳王的寵姬擔任隊長，讓她們手執長戟，傳達軍令。

列隊完畢，孫武大聲問道：“你們知道心、背和左右手的方位嗎？”

“知道！”妃子們覺得挺有趣。

“我命令你們向前看，就注視心的方位；向右看，注視右手；向左看，注視左手。鼓聲為號，懂了嗎？”

“懂啦！”妃子們抿着嘴忍住笑。

孫武便在一旁設下軍隊行刑的斧鉞。這時，一聲號令，右邊的戰鼓隆隆擂響了。

妃子們俏皮地相互望望，終於憋不住地哈哈大笑起來，笑得直不起腰肢。

“靜一靜！”孫武皺着眉頭喊道：“軍令傳達不明，是將軍的過錯。好，我再把規定講一講。”於是，他又三令五申，然後命令擂響了左邊的戰鼓。鼓聲一響，妃子們又忍俊不禁，笑得前仰後合。

“肅靜！”孫武聲色俱厲地喝道：“軍令已明，知法不行，乃是士官的罪責！”說罷，他就命令衛兵將那兩個隊長推出去斬首。

吳王正坐在閱兵台上看得哈哈大笑，忽然看見孫武要殺他最寵愛的妃子，大驚失色，慌忙派人下令說：“寡人已知道將軍會用兵了。寡人沒有這兩位愛姬，連飯也吃不香，請不要斬首。”

孫武出陣回令道：“臣下既已受大王之命擔任將軍，有道是：將在軍，君命有所不受。請大王不要干涉軍中執法。”吳王啞口無言，只好眼睜睜看着孫武將兩位愛姬斬首示眾了。

這一來，女兵們再不敢嘻嘻哈哈當兒戲了，個個規規矩矩，隨着隆隆戰鼓進退臥倒，每個操練動作都符合了孫武規定的標準。

這時候，孫武派人報告吳王說："兵列已經整齊，請大王下台巡視，這樣的軍隊可以為大王赴湯蹈火。"

吳王很不高興地說："將軍回去休息吧，寡人心情不佳，不願看了。"

孫武聽了，嘆息說："吳王自稱喜愛兵法，其實他只愛名，而不愛實啊。"

今解 以《孫子》為代表的古代兵法，現在看來，可有兩層意義。一是兵法即軍事辯證法，這是《孫子兵法》中所蘊含的最豐富的既是軍事又是哲學的寶貴遺產；二是用兵與用法的密切結合，治軍首先要講究嚴格的紀律，這就是本故事所顯示出來的古代兵家的優秀傳統。

原文 孫子武者，齊人也。以兵法見於吳王闔廬。闔廬曰："子之十三篇，吾盡觀之矣，可以小試勒兵乎？"對曰："可。"闔廬曰："可試以婦人乎？"曰："可。"於是許之，出宮中美女，得百八十人。孫子分為二隊，以王之寵姬二人各為隊長，皆令持戟。令之曰："汝知而心與左右手背乎？"婦人曰："知之。"孫子曰："前，則視心；左，視左手；右，視右手；後，即視背。"婦人曰："諾。"約束既佈，乃設鈇鉞，即三令五申之。於是鼓之右，婦人大笑。孫子曰："約束不明，申令不熟，將之罪也。"復三令五申而鼓之左，婦人復大笑。孫子曰："約束不明，申令不熟，將之罪也；既已明而不如法者，吏士之罪也。"乃欲斬左右隊長。吳王從台上觀，見且斬愛姬，大駭。趣使使下令曰："寡人已知將軍能用兵矣。寡人非此二姬，食不甘味，願勿斬也！"孫子曰："臣既已受命為將，將在軍，君命有所不受。"遂斬隊長二人以徇，用其次為隊長。於是復鼓之。婦人左右、前後、跪起，皆中規矩繩墨，無敢出聲。

——《史記 · 孫子吳起列傳》

圍魏救趙

公元前三五三年，魏國重兵包圍了趙國首都邯鄲，趙國慌忙向齊國求救。齊國大將田忌準備率軍趕去趙國，他的謀士孫臏勸阻說："要解開雜亂糾紛，不能握拳不放；要解救相鬥之人，不可舞刀弄槍。避實就虛，給敵人造成威脅，邯鄲之圍便可自解。如今魏軍全力攻趙，精兵鋭卒勢必傾巢出動，國內一定只剩下老弱兵丁。將軍不如輕裝疾奔魏都大梁，佔據險要，擊其虛處。敵人必然放開趙國，回兵自救，這樣，我們便能一舉解開邯鄲之圍，又可乘魏軍疲憊之際，一鼓殲之。"

田忌立刻按照孫臏的佈置進行。果然，魏軍得悉大梁被圍，慌忙回師。人馬行到桂陵地面，齊軍蜂擁殺出，將魏軍打得丟盔棄甲，橫屍遍野。

今解 圍魏救趙的桂陵之戰，是中國歷史有名的戰役之一。後人將用兵之計歸為三十六計，就把"圍魏救趙"列為第二計。

"銅山東崩，洛鐘西應"。事物之間存在着普遍的相互聯繫、相互制約和相互影響。如能抓住這種聯繫的主要結節點，便可牽一髮而動全身，比如戰爭中的避實就虛、聲東擊西，就在於利用虛實、東西之間的相互聯繫，迫使敵我力量對比發生根本變化，轉劣勢為優勢，轉被動為主動，以達到克敵制勝。這是軍事辯證法的靈活運用。在《孫子兵法》、《孫臏兵法》這兩部古代軍事寶典中是充滿這種思想的。

原文 其後魏伐趙，趙急，請救於齊，……田忌欲引兵之趙，孫子曰："夫解雜亂紛糾者不控捲，救鬥者不搏撠，批亢搗虛，形格勢禁，則自為解耳。今梁、趙相攻，輕兵鋭卒必竭於外，老弱罷於內。君不若引兵疾走大梁，據其街路，衝其方虛，彼必釋趙而自救。是我一舉解趙之圍而收弊於魏也。"田忌從之，魏果去邯鄲，與齊戰於桂陵，大破梁軍。

——《史記・孫子吳起列傳》

田忌賽馬

孫臏是戰國時期的軍事家，他同齊國的將軍田忌很要好。田忌經常同齊威王賽馬，馬分三等，比賽時，以上馬對上馬，中馬對中馬，下馬對下馬。因為齊威王每一個等級的馬都要比田忌的為強，所以田忌屢戰屢敗。

孫臏知道了，看到齊威王的馬比田忌的馬跑得快不了多少，於是對田忌說：“再同他比一次吧，我有辦法使你得勝。”

臨場賽馬那天，雙方都下千金賭注。一聲鑼鼓，比賽開始了。孫臏先以下馬對齊威王的上馬；再以上馬對他的中馬，最後以中馬對他的下馬。比賽結果，一敗二勝，田忌贏了。

今解 “田忌賽馬”可以說是運籌學中“對策論”的一個最早實例。同樣的馬匹，由於調換一下比賽順序，就得到了轉敗為勝的結果。這個故事生動地告訴我們：事物的質變，不但可以通過量的增減而引起，而且可以在量不變的情況下，通過調整內部的排列組合而引起。做好這種科學性的內部調整工作，就能在全局劣勢的情況下，集中優勢兵力，解決各個局部，最終贏得全局；或在力量不足、戰線太長的情況下，收縮戰線，集中力量打殲滅戰，退一步，進兩步。在現實生活中，這種通過事物內部關係的調整，使從總體上的不利轉化為有利的例子是很多的。

原文 忌數與齊諸公子馳逐重射。孫子見其馬足不甚相遠，馬有上、中、下輩。於是孫子謂田忌曰：“君弟重射，臣能令君勝。”田忌信然之，與王及諸公子逐射千金。及臨質，孫子曰：“今以君之下駟與彼上駟，取君上駟與彼中駟，取君中駟與彼下駟。”既馳三輩畢，而田忌一不勝而再勝，卒得王千金。

——《史記．孫子吳起列傳》

紙上談兵

趙奢是趙國的名將，他有一個兒子名叫趙括。趙括從小熟讀兵法，談起用兵之策滔滔不絕，連他父親也對答不上，因此趙括認為天下沒有人可以與他匹敵。儘管如此，趙奢卻從來沒有讚揚過兒子一句，並且常常擔心地說：“將來趙國不叫趙括帶兵也罷了，如果叫他帶兵打仗，那麼葬送趙國的一定是他。”

公元前二六二年，秦軍大舉進攻趙國，兩軍在長平對壘，戰雲密佈。當時趙奢已死，藺相如病，趙國只好派上了年紀的廉頗坐陣。初戰幾次，趙軍連連失利；隨後廉頗改變戰略，堅壁不出。戰爭拖了三年，秦軍的給養困難，漸漸有些恐慌了，便派遣間諜潛入趙國散佈流言說：“秦軍誰都不怕，就怕趙括擔任大將。”

謠言傳入宮廷，趙孝成王正為戰事毫無進展而愁眉不展，便準備起用趙括。藺相如在病中聽說，連忙勸諫趙王切勿委趙括以重任，甚至趙括母親也上書趙王，告訴他趙括只會空談，難勝重任。但趙王固執不聽，果然撤回廉頗，任命趙括做了大將。

趙括一到前線，立刻擺出一副整軍經武的架式，改變了戰略，撤換了不少將官，一時弄得軍心惶惶。秦將白起探明這些情況，深夜派出一支奇兵偷襲趙營，隨後佯裝敗走，趁機切斷了趙軍的糧道。趙括不知秦兵敗退有詐，揮師追趕，只聽一聲鑼鼓，斜刺裏殺出一彪秦軍，把趙軍攔腰切成兩半。就這樣，趙軍被圍困四十多天，樹皮草根都吃光了，軍心大亂。趙括眼看熬下去也是活活餓死，便率軍突圍。但見旌旗蔽野，秦軍四面掩殺過來，趙括被亂箭射死，四十萬兵將全軍覆沒。接着，秦軍包圍了趙國首都邯鄲。後因魏國信陵君率軍相救，趙國才沒有亡國。

今解 趙括紙上談兵，慘敗長平，在歷史上是一個很深刻的教訓，說明教條主義的危害和理論聯繫實際的重要。趙括華而不實之名是眾所周知的，像這樣一個人，只讓他在客廳裏吹吹牛皮還不致有多大危害；但趙孝成王卻認為他會打仗，在眾人提出不同意見的情況下，仍然主觀武斷，固執己見，以致鑄成大錯。趙括空談誤國，趙孝成王要負主要責任。這告訴我們，知人善任對領導者來說是何等重要！

原文 七年，秦與趙兵相距長平。時趙奢已死，而藺相如病篤，趙使廉頗將攻秦，秦數敗趙軍，趙軍固壁不戰。秦數挑戰，廉頗不肯。趙王信秦之間。秦之間言曰：“秦之所惡，獨畏馬服君趙奢之子趙括為將耳。”趙王因以括為將，代廉頗。……趙括自少時學兵法，言兵事，以天下莫能當。嘗與其父奢言兵事，奢不能難，然不謂善。……趙括既代廉頗，悉更約束，易置軍吏。秦將白起聞之，縱奇兵，佯敗走，而絕其糧道，分斷其軍為二，士卒離心。四十餘日，軍餓，趙括出銳卒自搏戰，秦軍射殺趙括。

——《史記 · 廉頗藺相如列傳》

負荊請罪

藺相如原是趙國的一介寒士。趙惠文王時，秦國向趙強索“和氏之璧”，藺相如奉命懷璧入秦，當廷力爭，使原璧歸趙。後來在澠池會上，藺相如迫使秦王擊缶，使趙王免遭屈辱。他的大智大勇，舉國欽佩，因此趙王十分器重他，一下子將他提升為上卿，位在老將廉頗之上。

廉頗惱羞成怒，說：“我為趙國攻城掠地，出生入死，屢建大功，才做了上卿。而這個藺相如，出身低賤，光憑三寸不爛之舌，竟位居我上，叫我這張老臉擱到哪裏去？”他還到處揚言，如果碰到藺相如，一定得當面羞辱他。

藺相如聽說了，就處處避開廉頗。他怕上朝碰面，就推病不出。有一次，在大街上看見廉頗的馬車迎面馳來，他連忙命人掉轉車頭讓進小巷裏。

藺相如的部下看見主人對廉頗一再退讓，也覺得面上無光，便相約要告辭而去。藺相如勸他們不要走，問他們：“廉將軍同秦昭王相比，哪一個厲害？”

“當然是八面威風的秦昭王厲害！”大家異口同聲回答。

藺相如微笑着說：“對啊，就是這個威懾天下的秦昭王，我敢當廷斥罵，羞辱他的滿朝王臣；我藺相如雖不中用，難道獨獨害怕廉將軍嗎？”

他目光炯炯環顧眾人，又說：“我只是想到，強秦所以不敢侵犯趙國，因為有我和廉將軍在，如果我們兩虎相鬥，趙國就危險了。我的一再退讓，是把國家安危放在前頭，把個人恩怨放在後面。”

這番話傳到廉頗耳中，他又羞又愧，深受感動，於是脫光上身，背着一條帶刺的荊條，到藺相如門上請罪。他撲通一聲跪在地上，請藺相如狠狠鞭打他這個狂妄無知的人。藺相如急忙上前扶起廉頗。從此，廉頗和藺相如建立了生死不渝的友情。

今解 “將相和”是歷史上一個很有教育意義的故事。藺相如顧全大局，相忍為國，終於感動廉頗，使兩虎相鬥的趨勢轉變為安定團結的局面。藺相如可算是善於做思想工作的典範。

要做好人的思想工作，就要善於做矛盾的轉化工作。矛盾雙方在一定條件下，可以向相反方面轉化。研究對立面的互相轉化，最重要的是認識互相轉化的條件。在這裏，藺相如謙遜退讓，以身作則，為矛盾轉化創造了必要的條件；而廉頗勇於認錯，知過必改的精神也是十分可貴的。

原文 既罷歸國，以相如功大，拜為上卿，位在廉頗之右。廉頗曰：“我為趙將，有攻城野戰之大功，而藺相如徒以口舌為勞，而位居我上。且相如素賤人，吾羞，不忍為之下。”宣言曰：“我見相如，必辱之。”相如聞，不肯與會。相如每朝時，常稱病，不欲與廉頗爭列。已而相如出，望見廉頗，相如引車避匿。於是舍人相與諫曰：……藺相如固止之，曰：“公之視廉將軍孰與秦王？”曰：“不若也。”相如曰：“夫以秦王之威，而相如廷叱之，辱其羣臣，相如雖駑，獨畏廉將軍哉，顧吾念之，強秦之所以不敢加兵於趙者，徒以吾兩人在也。今兩虎共鬥，其勢不俱生。吾所以為此者，以先國家之急而後私仇也。”廉頗聞之，肉袒負荊，因賓客至藺相如門謝罪……卒相與歡，為刎頸之交。

——《史記 · 廉頗藺相如列傳》

楚王葬馬

楚莊王酷愛養馬，把那些最心愛的馬，都披上華麗的綢緞，養在金碧輝煌的廳堂裏，睡清涼的蓆牀，吃美味的棗肉。有一匹馬因為長得太肥而死了。楚王命令全體人臣致哀，準備用棺槨裝殮，一切排場按大夫的葬禮隆重舉行。左右大臣紛紛勸諫他不要這樣做，楚王非但不聽，還下了一道通令："誰敢為葬馬的事對我說話的，一律殺頭。"

優孟聽說了，闖進王宮就嚎啕大哭。楚王吃驚地問他為甚麼哭，優孟回答："那匹死了的馬啊，是國君最心愛的。像楚國這樣一個堂堂大國，卻只用一個大夫的葬禮來辦馬的喪事，未免太不像話。應使用國君的葬禮才對啊！"

楚王說："照你看來，應該怎樣呢？"

優孟回答："我看應該用白玉做棺材，用紅木做外槨，調遣大批士兵來挖個大墳坑，發動全城男女老弱來挑土。出喪那天，要齊國、趙國的使節在前面敲鑼開道，讓韓國、魏國的使節在後面搖幡招魂。建造一座祠堂，長年供奉牠的牌位，還要追封牠一個萬戶侯的謚號。這樣，就可以讓天下人都知道，原來國君把人看得很輕賤，而把馬看得最貴重。"

楚王說："我的過錯就這樣大嗎？好吧，現在應該怎麼辦呢？"

"事情好辦，用竈頭為槨，銅鍋為棺，放些花椒桂皮，生薑大蒜，把馬肉燉得香噴噴的，讓大家飽餐一頓。"

今解 對人主"批逆鱗"是不好弄的。在楚王面前，大概已有過不少進諫者因正面諫阻而觸過霉頭了，優孟改用一種先順後逆的進諫方式，先引起楚王的好感，然後用從表面上極力誇大葬馬從優的主張來進一步迎合楚王愛馬心理，實質上是更加徹底地暴露了這個主張的無比荒謬及其莫大弊害，達到了使楚王幡然悔悟的目的。可見對人做思想工作，包括進諫在內，要特別注意方式與方法，哪種方式最易使對方接受就採用哪種方式。而"將欲廢之，必固興之"，這一觀點，是首先值得考慮的。

原文 優孟者，故楚之樂人也，長八尺，多辯，常以談笑諷諫。楚莊王之時，有所愛馬，衣以文繡，置之華屋之下，席以露牀，啖以棗脯。馬病肥死，使羣臣喪之，欲以棺槨大夫禮葬之。左右爭之，以為不可。王下令曰："有敢以馬諫者，罪至死。"優孟聞之，入殿門，仰天大哭。王驚而問其故。優孟曰："馬者，王之所愛也，以楚國堂堂之大，何求不得？而以大夫禮葬之，薄，請以人君禮葬之。"王曰："何如？"對曰："臣請以雕玉為棺，文梓為槨，楩楓豫章為題湊，發甲卒為穿壙，老弱負土，齊趙陪位於前，韓魏翼衛其後，廟食太牢，奉以萬户之邑，諸侯聞之，皆知大王賤人而貴馬也。"王曰："寡人之過一至此乎？為之奈何？"優孟曰："請為大王六畜葬之，以壟竈為槨，銅曆為棺，齎以薑棗，薦以木蘭，祭以粳稻，衣以火光，葬之於人腹腸。"

——《史記 · 滑稽列傳》

後來居上

汲黯、公孫弘、張湯三人都是漢武帝的臣子。當汲黯居高位的時候，公孫弘和張湯還是小官。後來，公孫弘、張湯都被提拔了，公孫弘封侯拜相，張湯也作了御史大夫；以前汲黯的屬吏們也都與汲黯並列了，甚至有的還超過了他。

汲黯心胸狹小，很不滿意。一次，他見到漢武帝，就搶步上前說："皇上用人好像堆積木柴，把後來的放在上面了！"漢武帝聽了沒有理他。

今解 封建時代用人重論資排輩，漢武帝要算是能打破常規的；而汲黯之所以抱怨，正由於自己"褊心"，不知"後來者居上"乃是事物新陳代謝和發展的必然規律。

用人和提拔人才固然不宜論資排輩，就是落後和先進也並不是固定不變的。在一定的條件下，落後可以轉化為先進，後來者可以居上。不少進步單位和進步人物，並不是一開始就是先進的，常常是充分發揮了積極性，改變了原來的落後面貌，才爭得先進。

原文 始（汲）黯列為九卿，而公孫弘、張湯為小吏。及弘、湯稍益貴，與黯同位，黯又非毀弘、湯等。已而弘至丞相，封為侯；湯至御史大夫；故黯時丞史皆與黯同列，或尊用過之。黯褊心，不能無少望，見上，前言曰："陛下用羣臣如積薪耳，後來者居上。"上默然。

——《史記．汲鄭列傳》

毛遂自薦

公元前二六○年，秦、趙長平一戰，趙國四十萬人馬全軍覆沒。強悍的秦軍長驅直入，重重包圍邯鄲（公元前二五七年）。趙國危在旦夕。趙孝成王焦愁萬分，急忙委派他弟弟平原君到楚國去商討救兵。趙國存亡，在此一舉。

事關重大，平原君準備帶二十個最精幹的文武隨員同往。他在自己的數千名門客中橫挑豎揀，只選中十九名，還差一人，卻再也挑不出來了。這時候，有個名叫毛遂的門客站出來，對平原君說："請讓我跟您同去吧。"

平原君對這張面孔很陌生，問："先生來我門下幾年了？"

"三年了。"毛遂回答。

"三年？"平原君搖搖頭說，"不行。一個有才能的人處在世上，就好比把錐子裝進口袋，立刻可以看到錐尖從袋裏鑽出來。你來此已經三年，可是我從來沒有聽見有人稱讚過你，可見你沒有甚麼本事。你不能去。"

"不對！"毛遂爭辯道，"我從來就沒有能夠像錐子那樣放進您的口袋裏。要是早就放進口袋的話，我敢說，不光是錐尖露出口袋，就連整個錐子都會像禾穗一般挺出來。"

平原君想想，覺得毛遂的話也有道理，就決定帶他去了。同行的十九個門客，一開始都很輕視毛遂，但在一路的交談中，他們發覺毛遂是一個不平凡的人。

果然，當趙、楚談判陷入僵局的時候，毛遂冒着生命危險，手按寶劍，挺身而出，在盛氣淩人的楚王面前慷慨陳詞，申明大義。他凜然的正氣使楚王驚懾，精闢深刻的分析使滿朝王臣莫不嘆服。毛遂打開了新的局面，促使楚王和平原君當場締結盟約。不久，楚國和魏國的援軍兩路進擊，終於解開了邯鄲之圍。

事後，平原君感慨地說："毛遂以三寸之舌，勝百萬軍隊，他一到楚國，我們趙國的威望就大大提高。我觀察的人才不算少了，但竟然錯看了毛先生。"

今解 毛遂自薦，傳為千古佳話。故事給我們這樣兩個啟發：

所謂人才，即是指在某一專業領域有着超越一般的研究和創造能力的人。這種能力，只有放在與之相適應的環境條件下，才能脱穎而出，充分發揮作用。因此，盡可能創造優越的條件，對培養和使用人才關係極大。

古今中外，許多大賢大才的成就，往往同別人的大力推薦和栽培分不開。人才是客觀存在，但它需要有被發現的機會。依靠伯樂識千里馬是一個方法，而毛遂自薦也是一個重要的方法。只要我們從國家利益出發，消除一切私心雜念和顧慮，就能不怕議論和譏笑，敢於冒尖，敢於自我推薦。

原文 秦之圍邯鄲，趙使平原君求救，合縱於楚。……門下有毛遂者，前，自讚於平原君曰："遂聞君將合縱於楚，約與食客門下二十人偕，不外索。今少一人，願君即以遂備員而行矣。"平原君曰："先生處勝之門下幾年於此矣？"毛遂曰："三年於此矣。"平原君曰："夫賢士之處世也，譬若錐之處囊中，其末立見。今先生處勝之門下三年於此矣，左右未有所稱誦，勝未有所聞，是先生無所有也。先生不能，先生留。"毛遂曰："臣乃今日請處囊中耳。使遂蚤得處囊中，乃穎脱而出，非特其末見而已。"平原君竟與毛遂偕。……

——《史記·平原君虞卿列傳》

張儀的舌頭

張儀是戰國時代的縱橫家，憑三寸不爛之舌，從一介寒士，致身秦相的顯要地位。

當他寒微時，有一次他去楚國游説，曾陪宰相宴飲。宰相家的一塊白璧忽然不見了。家丁們懷疑是張儀偷的，便把他吊捆起來，打得皮開肉綻，趕出大門。張儀掙扎着爬回家裏，他的老婆見了又氣又惱，責罵他説："哼，你不去到處游説，惹事生非，也不至於受這般恥辱。"張儀張開嘴巴問妻子："看看我的舌頭還在不？"他老婆笑着説："在呀。"張儀放心地吁口氣説："這就心滿意足啦。"

今解 憑三寸不爛之舌，為縱橫捭闔之謀，朝秦暮楚，游説諸侯，一言合意，立取卿相，一語不智，垂橐而歸，這是戰國時期那些説客遊士們的活動特點。對他們來説，有了舌頭，就有了一切，因此張儀為舌頭尚在而大感欣慰，這是可以理解的。但在我們的時代，則應批判這種舌頭萬能的風氣。離開了真理的軌道和實踐的標準，任何天花亂墜的詞藻，最動聽的論調，往往掩蓋着害人不淺的騙術花招，這是應該警惕的。

原文 張儀已學而游説諸侯。嘗從楚相飲，已而楚相亡璧，門下意張儀，曰："儀貧無行，必此盜相君之璧。"共執張儀，掠笞數百，不服，釋之。其妻曰："嘻，子毋讀書游説，安得此辱乎？"張儀謂其妻曰："視吾舌尚在不？"其妻笑曰："舌在也。"儀曰："足矣。"

——《史記．張儀列傳》

指鹿為馬

趙高做了秦王朝的丞相，又企圖謀奪王位。他恐怕羣臣不服，就設下一個陰謀，藉以剷除異己。

這一天，趙高叫人把一頭早已準備好的鹿牽上大殿，然後對秦二世胡亥説："這是一匹世上少有的良馬，臣奉獻給陛下騎坐。"

二世一楞，笑着説："丞相弄錯了吧？怎麼把鹿説成是馬呢？"

趙高逼上一步，大聲說："不錯，這就是一匹馬！陛下不信，可以問問左右大臣。"

滿朝的文武百官都面面相覷。膽小怕事的，嚇得不敢出聲；一向對趙高阿諛獻媚的，連忙隨聲附和說這確實是一匹千里馬；也有一些耿直的大臣看透了趙高的用心，堅持說是鹿，不是馬。

過了不久，那些說實話的大臣陸續被趙高強加種種罪名，有的罷官免職，有的打進牢獄，有的被殺了頭。

今解 後人以"指鹿為馬"來比喻有意的顛倒是非、混淆黑白。其實，趙高玩弄的這套政治陰謀，是最容易識破的，秦二世和眾多朝臣只因懾於他的權勢、淫威，誰也不敢吭一聲，而這正是趙高所要達到的目的：用公開的撒謊，強詞奪理，顛倒黑白，造成一種"順我者昌，逆我者亡"的獨裁恐怖氣氛，以遂其篡位攬權的奸計。信口開河，指鹿為馬。趙高這套權術為歷代權奸所承襲，只是後者的手法更加隱蔽、巧妙，狡詐的花招更多一些。形式雖不同，本質卻一樣，都是通過歪曲事實的真相，以售其奸。

原文 趙高欲為亂，恐羣臣不聽，乃先設驗，持鹿獻於二世，曰："馬也。"二世笑曰："丞相誤邪，謂鹿為馬。"問左右，左右或默，或言馬以阿順趙高，或言鹿者。高因陰中諸言鹿者以法。

——《史記．秦始皇本紀》

李離伏劍

李離是春秋時期晉國的典獄長官，一向秉公不阿，執法如山。有一次，他在審閱過的案件中發現一起錯判死刑的冤案，感到惶愧不已，立刻脫下官袍綬印，讓衛兵把自己捆綁起來，送到晉文公的大殿前，請判處死罪。

晉文公見了，慌忙下座為他鬆綁，說："官職既然有貴有賤，處罰也當有輕有重，再說這件案子是下面官吏弄錯的，並不是你的罪責。"

李離長跪不起，說：“臣下佔據的官職最大，從來也不讓給下屬一點權；享受的俸祿最多，也從沒有分給下屬一點利。今天我有了過錯，難道就可以推卸給下屬了嗎？請判處死刑吧！”

晉文公聽了，不高興地說：“照你這麼講，下屬犯罪，上司有責，難道連寡人也有罪了嗎？”

李離回答：“典獄訂有反坐之法，判錯刑者便當服刑，殺錯人者就要被殺。國君因為我能夠體察民情，聽微決疑，而任命我為典獄長官，如今卻經臣下之手造成了冤殺案，我罪該處死！”說罷，他猛地站起，朝衛兵手執的寶劍撲去，頓時鮮血迸濺，死於堂前。

今解 中國歷史上有包拯、海瑞等等不附權貴、執法如山的清官，一向傳為美談。但是，像李離這樣以身殉法，拿自己開刀的事例，還不多見。

“法律之前人人平等”。事實上在專制統治的社會裏，這是無法辦得到的。晉文公在春秋五霸中尚屬一位開明的君主，但他也認為刑罰的輕重應按官職的高低來定，也就是說，官職越高的人就可以越不受法律約束。李離否認了這一點。他的可貴之處就在於：第一，他以自己生命來體現“王子犯法，與庶民同罪”的法律嚴肅性；第二，他敢於負責，認為自己既然掌握的權力最大，享受的待遇最高，而且從不分給屬下一點，因而有了錯誤和罪責也沒有絲毫理由推給屬下。

原文 李離者，晉文公之理也。過聽殺人，自拘當死。文公曰：“官有貴賤，罰有輕重，下吏有過，非子之罪也。”李離曰：“臣居官為長，不與吏讓位；受祿為多，不與下分利。今過聽殺人，傅其罪下吏，非所聞也。”辭不受令。文公曰：“子則自以為有罪，寡人亦有罪邪？”李離曰：“理有法，失刑則刑，失死則死。公以臣能聽微決疑，故使為理，今過聽殺人，罪當死。”遂不受令，伏劍而死。

——《史記・循吏列傳》

圯下拾履

張良在博浪沙椎殺秦始皇沒有成功，便隱名埋姓逃到邳下。有一天，他散步走到一座橋上，迎面過來一個渾身補丁的老頭子，經過張良身旁時忽然脫掉鞋子，丟到橋下，然後回頭對張良說："小夥子，給我把鞋找來！"張良吃了一驚，捏攏拳頭想揍上去，又看看老頭兒花白的鬍鬚，只好強忍怒火，下橋把鞋拾了回來。誰知老頭兒又把腳一翹，說："給我穿上！"張良又嚥下一口氣，心想既然拾來了，這個忙就幫下去吧。於是就跪着給他穿上了鞋。老頭兒跺跺腳，哈哈笑着揚長而去。張良覺得很奇怪，目送他的背影。走出一大截路，老頭兒又踅回來，說："小夥子還有造化。好吧，過五天一早，在這兒同我見面。"張良還待問明，老頭兒已經走遠了。

第五天一大清早，張良匆匆走到橋頭，老頭兒已經站在那兒了，怒氣沖沖地責備張良說："同老年人約會，遲到，這像甚麼話？"他走出幾步，回頭說："過五天早上再會。"

到了第五天黎明，雞剛叫頭遍，張良就急忙跑到橋頭，誰知老頭兒又先來了，聲色俱厲地責罵道："又遲到，太不像話了！"他轉身走了幾步，又回頭說："再過五天早些兒來。"

好容易熬到第五天，半夜時分，張良就摸黑來到橋頭。等了一陣，老頭兒來了，高興地說："這樣才對啊。"然後從懷裏取出一部書，說："讀了這部書，可以為國君統帥三軍。過十年，你將大大發跡。十三年後，你在濟北谷城山下可以看見一塊石頭，這石頭就是我。"說完，老頭兒就飄然遠去。清晨，張良取出書來一看，乃是《太公兵法》這部天下早已失傳的珍本。張良更加驚異，於是就日夜攻讀，後來果然成了一名精通戰略的軍事家。

今解 在秦末農民戰爭中，張良是劉邦的一個重要謀臣，他的許多決策，對建立漢王朝，重新統一中國起了重要作用，而圯下拾履則是他一生事業的一個起點。黃石老人在考驗張良中，看出了張良幾方面的優點，即恭敬、守信、忍辱和勤勉等，這是成就大業的性格素質。生活中的挫折、屈辱和逆境並不單純是一件壞事，它往往可以培養一個人的意志，塑造堅強的性格。“圯下拾履”成了歷史上薰陶人們性格和修養的範例，正如大詩人李白稱讚張良的詩云：“我來圯橋上，懷古欽英風。”

原文 良嘗閒從容步遊下邳圯上，有一老父，衣褐，至良所，直墮其履圯下，顧謂良曰：“孺子，下取履！”良愕然，欲毆之。為其老，強忍，下取履。父曰：“履我！”良業為取履，因長跪履之。父以足受，笑而去。良殊大驚，隨目之。父去里所，復還，曰：“孺子可教矣。後五日平明，與我會此。”良因怪之，跪曰：“諾。”五日平明，良往，父已先在，怒曰：“與老人期，後，何也？”去，曰：“後五日早會。”五日雞鳴，良往。父又先在，復怒曰：“後，何也？”去，曰：“後五日復早來。”五日，良夜未半往。有頃，父亦來，喜曰：“當如是。”出一編書，曰：“讀此則為王者師矣。後十年興。十三年孺子見我，濟北谷城山下黃石即我矣。”遂去，無他言，不復見。旦日視其書，乃《太公兵法》也。良因異之，常習誦讀之。

——《史記・留侯世家》

所求何奢

威王八年，楚國大舉進犯齊國。齊王派淳于髡去趙國請救兵，攜帶黃金一百斤，車馬十輛作為出兵的交換條件。淳于髡仰天大笑，齊王問道：“你嫌東西少了嗎？”淳于髡忍住笑回答：“哪敢嫌少！”齊王追問：“那你笑是甚麼意思？”淳于髡回答道：“今天我來上朝的時候，經過田野，看見有一個農夫跪在路旁祭田，他舉着一隻小豬腳爪，端着一盅水酒，祝願說：‘土地爺啊，求你保佑，讓我五穀滿倉，豬牛滿圈，金銀滿箱，兒孫滿堂！’我見他手裏拿的這麼微薄，嘴裏要求卻那麼奢厚，所以越想越好笑。”齊威王聽了很慚愧，便增加了黃金一千鎰，白玉十對，車馬百輛。淳于髡帶着這些東西來到趙國。趙國立即撥給精兵十萬，戰車千輛。楚國得到消息，連忙星夜撤兵回國。

今解　一個人的願望必須同自己的努力相適應，計劃必須與現有的條件相配合。企圖不花氣力或少花氣力，就會看到某種崇高理想或宏偉藍圖在某一天早上突然實現，這只能是“所持者狹”而“所欲者奢”的一種空想。

原文　威王八年，楚大發兵加齊。齊王使淳于髡之趙，請救兵，齎金百斤，車馬十駟。淳于髡仰天大笑，冠纓索絕。王曰：“先生少之乎？”髡曰：“何敢？”王曰：“笑豈有説乎？”髡曰：“今者臣從東方來，見道傍有攘田者操一豚蹄，酒一盂，祝曰：‘甌窶滿篝，污邪滿車，五穀蕃熟，穰穰滿家。’臣見其所持者狹而所欲者奢，故笑之。”於是，齊威王乃益齎黃金千鎰，白璧十雙，車馬百駟。髡辭而行，至趙。趙王與之精兵十萬，革車千乘。楚聞之，夜引兵而去。

——《史記．滑稽列傳》

束絮討火

有個人家的小媳婦頗賢惠，與村莊裏那些老媽媽關係很好，有一天夜晚，這個人家放在竈頭上的一大塊豬肉不見了，婆婆懷疑是小媳婦偷走的，勃然大怒，硬要把她趕回娘家去。

第二天清晨，小媳婦挾着包袱，去村裏向那些老媽媽家告別。大家聽説此事，個個忿忿不平。其中一個老媽媽説：“你慢慢走，我要讓你家阿婆親自跑來請你回去。”

這位老媽媽找來些破布絮束成一隻火把，走到那人家，對婆婆説：“昨天夜裏，有兩隻狗不知從哪裏叼來一塊肉，在我家門口爭啊咬啊，竟咬死了一頭。我來討個火種，回去煮狗肉吃。”

婆婆一聽，怒氣頓消，連忙追出去，把小媳婦請回家來。

今解　事實勝於雄辯。對人做思想工作的最有效方法是拿出事實來，而不貴在多言。故事中老媽媽正是運用這個方法，所以不費唇舌地解除了那婆婆對小媳婦偷肉的毫無根據的懷疑。這是何等機智！看起來兩犬爭肉並非事實，而是虛構，但這個虛構是以真實為基礎，那就是：小媳婦確實沒有偷肉；她和鄰居關係好，大家堅信她老實絕不會偷肉；而婆婆則太兇，動輒冤枉小媳婦，要趕她回娘家去。

原文 臣之里婦，與里之諸母相善也。里婦夜亡肉，姑以為盜，怒而逐之。婦晨去，過所善諸母，語以事而謝之。里母曰："女安行，我今令而家追女矣。"即束緼請火於亡肉家，曰："昨暮夜，犬得肉，爭鬥相殺，請火治之。"亡肉家遽追呼其婦。

——《前漢書・蒯通傳》

失火人家

在一個人家的廚房裏，筆直的煙囱一燒飯就火焰直冒，而旁邊偏又堆放着大堆柴草。有個客人看見這種情形，就對主人說："這是很危險的，最好把煙囱改成彎曲的，柴草也搬到遠一些的地方，不然會失火的。"主人對客人的這個意見沒有理睬。

沒有多久，這個人家果然失火了。幸虧左右鄰居幫忙，才把火撲滅。

事後，主人殺豬宰羊，大擺酒席，慰勞救火出力的鄰里，其中有被火灼得焦頭爛額的，就請他們坐上席，其餘依次陪坐；至於那位勸主人提防火災的客人，卻早被主人忘記了。

今解 這家廚房的失火，也許正由於某一天、某一粒火星子從煙囱裏冒出來把柴草燃着的緣故吧，看起來總是很偶然的。但既然主人那麼粗心大意，對客人提的合理意見只當做耳邊風，那麼失火就不是偶然，而變成必然的了。

其實，世界上一切必然的事情總要通過無數偶然的事情才能表現出來，偶然的事情是為必然的事情開路的。因此，我們要從偶然性中發現必然性，預見到事情發展的未來，這樣就能採取積極措施，"防患於未然，弭禍於無形"。不然，事情弄到"焦頭爛額"，豈不就"悔之晚矣"了嗎？

原文　臣聞客有過主人者，見其竈直突，傍有積薪。客謂主人，更為曲突，遠徙其薪，不者且有火患。主人嘿然不應。俄而家果失火，鄰里共救之，幸而得息。於是殺牛置酒，謝其鄰人，灼爛者在於上行，餘各以功次坐，而不錄言曲突者。

——《前漢書．霍光傳》

樑上君子

東漢某年，河南一帶饑荒嚴重。一天深夜，有個小偷潛入陳寔家，爬在堂屋的樑上。陳寔暗中窺見了，不慌不忙地起了牀，把兒女子孫們統統喚到堂屋裏，正顏厲色地教訓他們說：“一個人，在任何時候，都要克制自己，勉勵自己。所謂壞人，不是他們天生就壞，而是因為養成了習慣，不能自制，以至於此，那個樑上君子就是這樣的。”

樑上的小偷聽了又驚又愧，慌忙翻身下地，磕頭請罪。陳寔開導他說：“看來你並不像壞人，應該好好反省從善。不過，這也是由於貧困所造成的。”馬上令家人取來白絹兩匹贈給小偷。小偷再三叩謝告別。自此，地方上偷盜就很少發生了。

今解　陳寔這個檢舉“樑上君子”的辦法很妙，既感化了小偷，又教誡了兒孫。他認為壞人並非生性就壞，主要由於環境、習慣所養成，是可以教育、改變的。這點更有着重要的意義。

原文　時歲荒民儉，有盜夜入其室，止於樑上。寔陰見，乃起自整拂，呼命子孫，正色訓之曰：“夫人不可不自勉，不善之人未必本惡，習以性成，遂至於此。樑上君子者是矣！”盜大驚，自投於地，稽顙歸罪。寔徐譬之曰：“視君狀貌，不似惡人，宜深克己反善。然此當由貧困。”令遺絹二匹。自是一縣無復盜竊。

——《後漢書．陳寔傳》

大未必奇

孔融十歲的時候，就聰慧敏捷，有“異才”之稱。有一次，他隨父親到了京師，客人們都聚在一堂誇獎孔融。太中大夫陳煒後到，聽了不以為然地說：“小時候聰明的，長大了不一定出眾。”孔融在一邊應聲道：“看來，陳先生您小時候一定很聰明吧！”

今解 一個人小時候聰明，經過必要的教育、培養和鍛煉，長大了是一定可以成材出眾的；但如果自恃聰明，滋長驕傲，那也很難擔保，王安石寫過《傷仲永》，就說明這點。故事中的陳煒，當客人們羣聚誇獎孔融這個十歲小孩的時候，擠上去潑了點冷水，看來有煞風景，其實他的話富有提醒、警覺的作用，比一味誇獎更對小孩有益；而孔融的挖苦，雖顯得機智，其實反而是小聰明而已。

原文 融幼有異才，年十歲，隨父詣京師……眾坐莫不嘆息。太中大夫陳煒後至，坐中以告煒，煒曰：“夫人小而聰了，大未必奇。”融應聲曰：“觀君所言，將不早慧乎？”

——《後漢書・孔融傳》

破罐不顧

東漢末年，有一個叫孟敏的人，一天他到市上買了一個煮飯用的陶罐，在路上一不小心，罐子跌得粉碎。孟敏連看也不看一眼，逕自走了。

路人見了覺得奇怪，走過去問他：“你的罐子打破了，怎麼連看也不看一下呢？”孟敏回答說：“罐子已經破了，看它又有甚麼用呢？”

今解 摔破了罐子，看看當然不能復原，但卻可以從中吸取教訓，研究一下怎麼會摔破的原因，變壞事為好事，避免以後發生類似的錯誤，所以看看還是有用的。

當然，如果老是糾纏在已發生的錯誤上，以致失去了繼續前進的勇氣，那就不對了。孟敏破甑而不洩氣，仍能昂首前進，在這一點上，他是對的。

原文　孟敏字叔達，鉅鹿楊氏人也，客居太原。荷甑墮地，不顧而去。林宗（郭太）見而問其意，對曰："甑已破矣，視之何益？"

——《後漢書·郭太傳》

想當然耳

有一年，曹操以天子之名討伐袁紹。經過幾番血戰，魏軍終於攻下鄴城。兵將們衝進城裏，殺戮袁軍，袁府中的婦女小孩也多被劫掠。袁熙的妻子甄氏是一個絕色的美人兒，曹操兒子曹丕早就垂涎了，這次就趁亂搶到手，偷偷地納為自己的妾房。

孔融聽說了這件事，就上書給曹操，講了一個故事，説當年周武王討伐商紂，曾經把商紂王的愛妃妲己送給周公旦做妾。他想以此來挖苦曹操。

曹操聽了不解其意。過了一陣，曹操問孔融剛才那個典故出於甚麼經典，孔融回答說："用現在的事情來推測，想當然是有的吧。"

今解　"想當然耳"這句成語就源於此處，它意味着毫無事實根據，僅憑個人想像、臆測，輕率下判斷。這顯然是一種主觀的想法。用這種方法來捧人，一定是瞎吹；用來整人，就叫做"莫須有"；用來治事，必然是瞎指揮。總之，"想當然耳"與注重方法、實事求是的科學精神，是絕不相容的。至於故事中的孔融，他虛構武王以妲己贈周公的典故，是用來挖苦曹操容許兒子私納甄氏一事，這倒不屬於主觀，而是一種幽默諷刺，跟後人對這句話意義的引申，應當區別開來。

原文　初，曹操攻屠鄴城，袁氏婦子多見侵略，而操子丕私納袁熙妻甄氏。融乃與操書，稱"武王伐紂，以妲己賜周公"。操不悟。後問出何經典，對曰："以今度之，想當然耳。"

——《後漢書·孔融傳》

遼東白豬

從前，遼東一帶養的豬都是黑色的。有戶人家飼養的母豬忽然生下一隻白頭豬，這件稀罕事立刻轟動全鄉，眾人都説道一定是個吉祥物，應該獻給國君。於是，大家就抬着小豬，敲鑼打鼓上京城。來到河東地面，只見那裏養的豬幾乎個個都是白頭。大家面面相覷，只好偃旗息鼓，滿面羞慚地回去了。

今解 遼東人因孤陋寡聞而幹蠢事，但還懂得“懷慚而還”。現實中有些人明明自己遠遠落在別人後面，卻仍然關起門來吹牛皮，閉着眼睛説瞎話，這不比“遼東白豬”這個故事還要可笑嗎！

原文 往時遼東有豕，生子白頭，異而獻之。行至河東，見羣豕皆白，懷慚而還。

——《後漢書．朱浮傳》

私恩與公法

漢順帝某年，蘇章被任命為冀州刺史。他在審理積案的時候，發現有一個大貪污行賄犯清河太守，正是他以前最要好的朋友。一天晚上，蘇章備下酒菜，請來那位老朋友。兩人一邊喝酒，一邊暢敍舊情，十分歡樂。這位清河太守的心裏，原來是十五個吊桶打水，七上八下，摸不透蘇章對自己犯罪採取甚麼態度，這下好像石頭落了地，他長嘘一口氣，得意地説：“人家頭上只有一頂青天，獨獨我頭上有兩頂青天啊！”蘇章正色説：“今晚我蘇孺文請你喝酒，是聊盡私人舊誼；明天冀州刺史開堂審案，卻是執行公理手法。”

第二天，蘇章正式開堂，對這個清河太守審判正法。

今解 從這則故事裏，人們可看到清官和貪官兩種不同的臉譜。作為老朋友，當然不妨杯酒言歡，可一個得意忘形，自幸身免，暴露出逢迎拍馬的官場醜態；另一個則鐵面無私，執法如山，表示了一秉大公的嚴正立場，在官官相護、營私舞弊成風的社會，後者精神還是很可貴的。誰說“貪官比清官好”，像蘇章這樣的清官，就是值得讚揚。

原文 順帝時，遷冀州刺史。故人為清河太守，章行部案其奸臧。乃請太守，為設酒肴，陳平生之好甚歡。太守喜曰：“人皆有一天，我獨有二天。”章曰：“今夕蘇孺文與故人飲者，私恩也；明日冀州刺史案事者，公法也。”遂舉正其罪。

——《後漢書．蘇章傳》

斷機誡夫

樂羊子年輕的時候家裏很貧窮，常常揭不開鍋。有一次，羊子在路上拾到一塊金子，高高興興地拿回家交給妻子。妻子卻正顏厲色地說：“我聽說有志氣的人不飲盜泉之水，廉潔的人不食嗟來之食，何況用拾來的財物玷污自己的操行呢？”羊子聽罷滿面羞慚，就把金子遠遠地丟到野外去了。

這件事給羊子很大的感觸，他便離家去遠方求學。一年以後，羊子捲着鋪蓋又回家來了。妻子很驚訝地問他出了甚麼事情。羊子笑嘻嘻地說：“離別日久，我太思戀你了。”妻子一聽，臉色變了，拿起刀子把剛織成一半的布匹嘩的割斷，說：“我一絲一縷，不停地織，才織就這匹布。今天我從中割斷，便前功盡棄。讀書也靠滴水成河，隨時要覺得自己還學得不夠，才能成功。你中途而歸，不就同割斷這匹布一樣嗎？”

羊子被這番話深深感動了，馬上又離家遠去。他發憤讀書，整整七年沒有回家。

今解 這個故事同“昔孟母，擇鄰處，子不學，斷機杼”的典故很相似。古人用織布的連續性來比喻學習的方法，是很具體很正確的。我們在實踐中積累感性的經驗，再將其提升為理論思維，“實踐，認識，再實踐，再認識”，正是一個無限的循環式的提升運動過程，任何間斷都將使學習蒙受損失。“書山有路勤為徑，學海無涯苦作舟”，只有艱苦學習，持之以恆，才能獲得預期的成就。

原文 河南樂羊子之妻者，不知何氏之女也。羊子嘗行路，得遺金一餅，還以與妻。妻曰：“妾聞志士不飲盜泉之水，廉者不受嗟來之食，況拾遺求利，以污其行乎？”羊子大慚，乃捐金於野，而遠尋師學。一年來歸，妻跪問其故。羊子曰：“久行懷思，無它異也。”妻乃引刀趨機而言曰：“此織生自蠶繭，成於機杼，一絲而累，以至於寸，累寸不已，遂成丈匹。今若斷斯織也，則捐失成功，稽廢時日。夫子積學，當日知其所亡，以就懿德。若中道而歸，何異斷斯織乎？”羊子感其言，復還終業，遂七年不返。

——《後漢書．列女傳》

曲高和寡

楚威王十分寵愛宋玉，但又經常聽別人說起宋玉的許多醜事。有一天，他問宋玉：“先生怕有許多不檢點的地方吧？不然，為何臣民百姓都說你的壞話呢？”

宋玉連忙磕頭說：“是，大概有的。請國君原諒我的罪過，讓我把話說完吧。我聽說有一位歌唱家經常在郢都城裏表演，一開始他總是唱‘下里巴人’，全國能和着一齊唱的有好幾千人；然後他再唱一支‘陽陵采薇’，能和唱的只有數百人；等到他唱‘陽春白雪’的時候，大家都聽不懂，能和的不過一二十人；最後他唱起一種更高級的抑揚變幻的音律來，眾人都目瞪口呆，全國能和的只有寥寥數人。看來樂曲越高雅，和唱的就越稀少了。”

今解 “曲高和寡”，就音樂藝術的造詣水平來說，是毫不奇怪的。但是，用這個例子來為自己的缺點和受人責難辯解，卻有點近乎詭辯。有些人自命清高，脫離羣眾，有時得不到羣眾的好評，也往往用“曲高和寡”來解嘲。其實，百姓的眼睛是雪亮的。“不患人之不己知，患不知人也。”孔子這句話倒是說對了。

原文 楚威王問於宋玉曰：“先生其有遺行邪？何士民眾庶不譽之甚也。”宋玉對曰：“唯，然有之。願大王寬其罪，使得畢其辭。客有歌於郢中者，其始曰‘下里巴人’，國中屬而和者數千人；其為‘陽陵采薇’，國中屬而和者數百人；其為‘陽春白雪’國中屬而和者數十人而已也；引商刻角，雜以流徵，國中屬而和者不過數人。是其曲彌高者，其和彌寡。”

——《新序 · 雜事第一》

葉公好龍

葉公有個奇怪的嗜好——好龍。在他的房屋裏，所有樑、柱、門、窗都雕上了龍的花紋，牆壁上繪着龍的生動形象，甚至衣服被帳上也都繡上了龍。

葉公好龍出了名，最後被天上的龍知道了，便下降到葉公家裏；龍頭從窗口伸進來，龍尾巴拖在客堂裏。葉公一看見是真龍，登時嚇得魂飛魄散，就拼命往外逃跑了。

今解 原來葉公愛好的並不是真龍，而是似龍非龍的假龍，因此，好龍者其名，怕龍者其實。名與實本應該是一致的，但在葉公這裏卻不一致。他表面上一套，是好龍的假象，骨子裏一套，是怕龍的本質。一到真龍出現，就立刻顯出了原形——怕龍的本質。

原文 葉公子高好龍，鉤以寫龍，鑿以寫龍，屋室雕文以寫龍，於是夫龍聞而下之，窺頭於牖，施尾於堂。葉公見之，棄而還走，失其魂魄，五色無主。

——《新序 · 雜事第五》

巨翮與軟毛

晉平公渡江，佇立船頭，眼望碧波萬頃，江山如畫，不禁長嘆道：“唉，怎能得到賢人，共賞此樂啊！”在旁搖櫓船家名固桑的聽見了，說道：“國君說過分了吧！那龍泉寶劍產於吳越，靈蛇之珠生於江漢，和氏之璧出自昆山，這三種寶貝雖沒有長腳，國君想要都馬上能夠得到；如今國君要是真的愛慕人才，賢士會不來嗎？恐怕國君只是嘴上說說而已。”

“甚麼，我還不愛慕人才？”晉平公生氣地說，“告訴你，我門下養了食客三千多，早上糧食不夠吃，晚上我就去收錢斂米，為了讓他們日子過得舒舒服服，我煞費苦心，還說我不愛慕人才嗎？”

“當然，當然，”船家回答，“不知國君見過鴻雁沒有？鴻雁長了一身羽毛，可是牠高飛衝天，依靠的只是翅膀上那幾根剛硬的巨翮；至於肚皮下、背脊上那厚厚的軟毛，拔去一把，添上幾根，都無所謂，是不是？”

晉平公點點頭。“那麼，”船家微笑着問道，“請問您的三千食客是翅膀上的巨翮呢，還是腹背上的軟毛呢？”晉平公聽罷，默然不語。

今解 顯然，晉平公並不是真正愛慕人才，而只不過是貪圖一個愛才好士的名聲，這和當時盛行“養士”的風氣有關，食客盈門，動輒數千，其中固不乏人才，而實以藉此沽名釣譽為主。質量是形成一定事物的關鍵。人才而達不到必要的質量標準，就不算人才，數量再多又有甚麼用處呢？在人才選拔上，我們要有寧缺勿濫的原則。說得具體點，也就是處理好巨翮和軟毛的關係問題。

原文 晉平公浮西河，中流而嘆曰：“嗟乎！安得賢士與共此樂乎？”船人固桑進對曰：“君言過矣，夫劍產於越，珠產於江漢，玉產於昆山，此三寶者，皆無足而至；今君苟好士，則賢士至矣。”平公曰：“固桑，來。吾門下食客三千餘人，朝食不足，暮收市租；暮食不足，朝收市租。吾尚可謂好士乎？”固桑對曰：“今夫鴻鵠高飛衝天，然其所恃者六翮耳。夫腹下之毳，背上之毛，增去一把，飛不為高下。不知君之食客六翮邪？將腹背之毳也？”平公默然而不應焉。

——《新序．雜事第一》

反裘負薪

魏文侯一天出去遊玩，看見路上有一個行人反穿着皮襖，毛向裏，皮向外（古時候的皮襖穿時都是毛在外面的），背了一捆草。魏文侯就問他說：“你為甚麼要反穿着皮襖背柴呢？”那個人回答說："因為我愛惜皮襖的毛。"魏文侯就說："你這樣做，難道不知道皮弄掉了，毛就長不住的道理嗎？"

今解 毛是依附在皮上的，皮弄掉了，毛也就留不住了。用這個比喻來說明個人與羣體的關係也是可以的。個人利益固然很重要，但必須兼顧羣體利益，沒有羣體利益，最終也就不會有個人利益。羣體利益是"皮"，個人利益是"毛"，皮之不存，毛將焉附！

原文 魏文侯出遊，見路人反裘而負芻。文侯曰："胡為反裘而負芻？"對曰："臣愛其毛。"文侯曰："若不知其裏盡而毛無所恃耶？"

——《新序．雜事第二》

埋兩頭蛇

孫叔敖還是小孩的時候，有一次出去玩耍，看見路上爬着一條兩頭蛇。他聽人說，只要看見兩頭蛇，就會大禍臨頭。他連忙拾了塊石頭，把兩頭蛇打死，又遠遠地埋在田野裏。叔敖回到家，就牽着媽媽的衣角哭起來。媽媽很奇怪，問他為甚麼哭。叔敖說："剛才我看見兩頭蛇了，我恐怕要死了，再也看不見媽媽了。"媽媽慌忙問："兩頭蛇現在在哪裏？"叔敖回答："我怕別人再看見，把牠打死埋掉了。"媽媽高興地摸着叔敖的頭說："不要怕，孩子，你不會死的。你做了一件好事，天會給你以好報的。"後來，孫叔敖做了楚國的令尹，還沒有上任，全國人民都相信他的仁德。

今解 這裏有着動機和效果的關係問題。年幼的孫叔敖天真地相信看見兩頭蛇的人會死，就一舉把蛇打死埋掉了。他做了一件好事，動機是怕別人見了要死，不是為自己，因為自己肯定是要死了，所以回到家就哭起來。但動機與效果往往是一致的，動機好效果也好，不能不包括自己在內。這一點他母親是指出來了。這個故事雖然涉及到一些因果報應等迷信思想，但意義是深刻的。

原文　孫叔敖為嬰兒之時，山遊，見兩頭蛇，殺而埋之。歸而泣，其母問其故，叔敖對曰："吾聞見兩頭之蛇者死，向者吾見之，恐去母而死也。"其母曰："蛇今安在？"曰："恐他人又見，殺而埋之矣。"其母曰："吾聞有陰德者，天報以福，汝不死也。"及長，為楚令尹，未治，而國人信其仁也。

——《新序．雜事第一》

大雁與家雞

田饒是一位有抱負的政治家，他投奔魯哀公多年，卻不受重用，只被吩咐幹些雞零狗碎的雜事。有一天，田饒背着行李來到堂上，對魯哀公說："我此來向國君告辭。"

魯哀公吃驚地問："你要去哪裏？"

田饒答道："我要去學鴻雁高飛。"

"這話是甚麼意思？"

"是這樣，"田饒回答，"國君經常看見雞吧！雞頭戴冠，有文；腳長距，有武；敵在前敢鬥叫做勇；尋到食物相互叫喚叫做仁；天天啼明從不誤時叫做信。雞雖然五德俱全，您卻一日三餐要殺雞下酒，從不把牠放在心上。這是為甚麼？因為雞離得近，時時就在身旁。再說大雁吧，千里飛來，在國君的御花園池塘歇腳，吃盡國君養的魚蝦，糟蹋百姓種的稻穀，牠是一德也不具備，可是國君卻那樣喜歡大雁，不准人們射殺。這是甚麼緣故？因為雁來得遠，比較稀罕。請讓我也像鴻雁一樣飛飛吧。"

今解　據說輕易圖難、喜新厭舊、捨近求遠是人的常情，可是這種常情一旦運用到人才的選拔和使用上，就十分糟糕。有些人像魯哀公一樣，對自己眼皮底下的人才視而不見，對他們所做的大量工作毫不重視，不去鼓勵身邊的工作夥伴，總是兩眼向上，兩手朝外，好像從外面來的就特別香，說穿了，這是一種只求名不求實的官僚主義作風。

原文　田饒事魯哀公，而不見察。田饒謂魯哀公曰："臣將去君而鴻鵠舉矣。"哀公曰："何謂也？"田饒曰："君獨不見夫雞乎？頭戴冠者，文也；足傅距者，武也；敵在前敢鬥者，勇也；見食相呼，仁也；守夜不失時，信也。雞雖有此五者，君猶日瀹而食之，何則？以其所從來近也。夫鴻鵠一舉千里，止君園池，食君魚鼈，啄君菽粟，無此五者，君猶貴之，以其所從來遠也。臣請鴻鵠舉矣。"

——《新序．雜事第五》

樂羊食子

樂羊是魏國的一員名將，魏文侯三十八年（公元前四〇八年），他統率大軍，浩浩蕩蕩越過趙國，進攻中山，把中山國都城圍得鐵桶似的。中山國眼看抵擋不住，就在城裏捉來了樂羊的兒子，五花大綁，吊在城門口上，要樂羊退兵，方才放人。一聲聲淒厲的哭喊傳來，將士們都看着樂羊，只見樂羊面不改色，仍舊揮師猛攻。

中山王又急又恨，將樂羊的兒子剁成肉泥，煮了一鍋肉羹，派人給樂羊送去，想動搖他的決心。誰知樂羊不但不悲傷，反而神色坦然地喝了一杯肉羹。中山人見樂羊攻城之意這般堅決，軍心更加潰亂。最後，樂羊終於攻克中山，為魏文侯在古長城一帶開闢了廣闊的疆域。魏文侯雖然重賞了樂羊，但從此就開始懷疑樂羊，認為他本性殘忍不可信任。

今解　樂羊本是中山國人，投到魏國任將，幫助魏侯滅亡中山國。他啖羹食子原是為了討好魏侯，顯得自己大義滅親，一片忠誠，結果卻適得其反，這是甚麼原因呢？

任何事物的發展都有一定的界限，超過了這個界限，就會使事情走向自己願望的反面。樂羊啖羹食子，做得實在太過分了。在魏侯看來，他的戰功雖大，卻是個“不近人情”的可怕的人，怎麼會不被疑忌呢？

原文 樂羊為魏將，以攻中山。其子在中山。中山懸其子示樂羊，樂羊不為衰志，攻之愈急。中山因烹其子而遺之，樂羊食之盡一杯。中山見其誠也，不忍與之戰，果下之，遂為魏文侯開地。文侯賞其功而疑其心。

——《説苑 · 貴德》

貓頭鷹和斑鳩

貓頭鷹在飛翔中碰着斑鳩。牠們停下來談話。

“看這樣急急忙忙的，準備到哪兒去呀？”斑鳩問貓頭鷹。

貓頭鷹回答説：“我要搬到東鄉去。”

“西鄉是你的老家，為甚麼要搬到東鄉去呢？”斑鳩又問。

“因為我在西鄉實在住不下去了，這裏的人們，全都討厭我夜間鳴唱哩！”

斑鳩忠告貓頭鷹説：“你唱歌的聲音怪難聽，夜間更擾人清睡，所以大家討厭你。可是，只要你改變一種聲音，或停止夜間唱歌，西鄉不是仍舊可住下去嗎？不然的話，即使搬到東鄉，東鄉的人們也同樣會討厭你的。”

今解 這個寓言告訴我們：環境對於一個人的看法，決定於這個人自己；自己的品行怎樣，反映在別人頭腦中也就是怎樣。如果自己的品行不好，引起了周圍羣眾的不滿，就應該檢查自己，倘使一味埋怨環境，遷怒別人，那就完全不正確了。

原文 梟逢鳩，鳩曰：“子將安之？”梟曰：“我將東徙。”鳩曰：“何故？”梟曰：“鄉人皆惡我鳴，以故東徙。”鳩曰：“子能更鳴可矣；不能更鳴，東徙猶惡子之聲。”

——《説苑 · 叢談》

不說人之過

高繚在晏子手下做了三年的官，一貫小心謹慎。有一天，晏子卻突然把他辭退了。

晏子左右覺得很奇怪，對晏子說："高繚為你做事已經三年，從來沒有辦錯事，你不給他獎勵倒也罷了，可是還要將他辭退，似乎太過分了吧。"

晏子說："我是一個不中用的人，正如一塊彎彎曲曲的木頭，必須用墨斗來彈，用斧頭來削，用刨子來刨，才能做成一件有用的器具。但是高繚呢，他在我身邊足足三年，看見我的過錯，卻從來不說，這對我有甚麼好處呢？所以，我把他辭退了。"

今解 希望在同別人的相處當中，隨時得到批評幫助，這是一種值得提倡的作風。從這個故事中可以看出晏子是多麼歡迎大家指出他的缺點錯誤，而對於那些唯唯諾諾，無所獻替的人則表示了不能容忍的態度。

人不是神，不能沒有缺點錯誤。怕的是自己不知道，而又拒絕別人指出。這其實是獨斷專行，以為自己絕對正確，而別人的意見則一無是處，不知"良藥苦口利於病，忠言逆耳利於行"。一個正直的人應該既不諱疾忌醫，也不專做"好好先生"，而應勇於開展批評與自我批評。

原文 高繚仕於晏子，晏子逐之。左右諫曰："高繚之事夫子三年，曾無以爵位而逐之，其義可乎？"晏子曰："嬰仄陋之人也，四維之然後能直。今此子事吾三年，未嘗弼吾過，是以逐之也。"

——《說苑·臣術》

愚公之谷

齊桓公大舉圍獵，只見一隻梅花鹿突出重圍，向深山飛逃。齊桓公縱馬追去，跑進一座怪石嶙峋的山谷，梅花鹿忽然不見了。齊桓公撥轉馬頭，卻找不到回去的路徑。正在徘徊迷惑之間，迎面走來一個身背柴火的白髮老翁。

"喂，老翁，"齊桓公招呼道，"這叫甚麼山谷？"

老翁歇下肩膀，抬頭回答："愚公之谷。"

"哦，為甚麼叫它愚公之谷？"

"我一輩子住在這兒，便用我的名字來叫的。"

齊桓公覺得很奇怪，把老翁上下打量一番，說："看看你的模樣，十分精明，怎麼會起個愚公的名字呢？"

老翁回答："這裏面有段故事呢。我養了條母牛，生了頭小牛。我辛辛苦苦把小牛餵了半大，牽到市場上賣了，買了匹馬駒回來養。誰知鄉里有個惡少年闖到我家說，'你家養的是母牛，怎麼會生個馬駒？一定是偷來的。'隨後不由分說，就把馬駒牽走了。鄰居聽說了，都說我太憨笨，給我起了個名叫'愚公'。"

"噢，原來這樣，"齊桓公聽罷哈哈大笑，"你這老頭兒果然愚蠢，哪有這樣便便宜宜把馬駒給別人的？"

老翁也不言語，把路指點給齊桓公，就徑直走了。

齊桓公走出山谷。第二天上朝時，他把這個笑話講給管仲聽。管仲聽罷，肅然變容，整整衣襟就跪倒在地。齊桓公忙問是甚麼緣故，管仲沉痛地說："那個老翁一點也不愚蠢，而是我們當政者愚蠢啊！假使堯舜在上，法制嚴肅，哪會發生詐取別人馬駒的事情？即使有，那老翁也絕不會給他。而現在，老翁知道官吏舞弊，刑法混亂，即使告官也沒有用，因此只好把馬駒給惡少年了，請國君重修法政。"

今解 人們認為這個老翁愚蠢，包括齊桓公在內，而管仲則能透過這個表面現象，看到當時社會上"獄訟之不正"的弊病，這種體察民情和自我批評的精神是難能可貴的。在封建社會中，"上無道揆，下無法守"，人民有冤向哪裏伸？有理向何處訴？因此，管仲答覆齊桓公的話是發人深省的：愚蠢的不是那個被搶去馬駒的老翁，而是齊國的執政者。

原文 齊桓公出獵，逐鹿而走入山谷之中，見一老公，而問之曰："是為何谷？"對曰："為愚公之谷。"桓公曰："何故？"對曰："以臣名之。"桓公曰："今視公之儀狀非愚人也，何為以公名？"對曰："臣請陳之。臣故畜牸牛，生子而大，賣之而買駒。少年曰：'牛不能生馬。'遂持駒而去。傍鄰聞之，以臣為愚，故名此谷為'愚公之谷'。"

桓公曰："公誠愚矣，夫何為而與之？"桓公遂歸。明日朝，以告管仲。管仲正衿再拜曰："此夷吾之愚也。使堯在上，咎繇（即皐陶）為理，安有取人之駒者乎？若有見暴如是，叟者又必不與也。公知獄訟之不正，故與之耳。請退而修政。"

——《說苑・政理》

何不炳燭

有一天，晉平公同國內著名音樂家師曠閒談。晉平公嘆了口氣說："我今年已經七十歲啦，很想學習，又恐怕太晚了。"師曠笑着說："你為甚麼不點起蠟燭呢？"平公沉下臉，不高興地說："你身為臣子，可以取笑國君嗎？"師曠連忙起身拜道："臣下怎敢取笑國君？我聽人家說，少年時好學，如同初升之日一般陽氣充沛；壯年時好學，便像中午陽光，還很強烈；老年時好學，只像蠟燭照明一樣。但是，點亮蠟燭走路比起摸黑瞎闖，哪一種更好呢？"平公聽了，連連點頭稱是。

今解 學習是為了照亮人的行程，引導人的行動。這裏，師曠用"日出"、"日中"和"炳燭"來説明學習的重要性和人生學習的三個階段，是十分具體的。

人到老年，精力和記憶力都大大衰退，比起年輕人來，學習上確實存在更大困難。但是，只要有信心，有毅力，困難總是能夠克服的。

在現代化的過程中，當一個科技文盲、知識文盲已經行不通了，學習對每一個人來說，尤其重要。我們是否能因為年紀大了就不學習了呢？這裏就應該問自己一聲："炳燭之明，孰與昧行乎？"

原文 晉平公問於師曠曰："吾年七十，欲學，恐已暮矣。"師曠曰："何不炳燭乎？"平公曰："安有為人臣而戲其君乎？"師曠曰："盲臣安敢戲其君乎？臣聞之，少而好學，如日出之陽；

壯而好學，如日中之光；老而好學，如炳燭之明。炳燭之明，孰與昧行乎？”平公曰：“善哉。”

——《説苑·建本》

滅燭絕纓

楚莊王打了勝仗，在宮中舉行盛大宴會，招待文武百官。天黑時分，酒興方酣，忽然颳進一陣疾風，將蠟燭吹熄了，頓時宮中漆黑一團。在慌亂之中，莊王最寵愛的妃子忽然覺得有人扯住了自己的衣袖。經過一番掙扎，她拔下那人頭上的帽纓，氣急敗壞地跑到莊王面前説：“有人趁黑想污辱我，我已拔下了他的帽纓，等燈再亮的時候，看誰的帽上沒有纓珞，請把他抓起來。”莊王説：“酒是我請大家喝的，酒醉了有所失禮，也不能責怪他們。我怎麼能為了顯示你的貞節而辱沒我的部下呢？”説罷，便舉杯喊道：“今天請大家同寡人喝酒，不拔掉帽纓不能盡歡，來，把帽纓拔掉！”於是，宮中一百多位大臣都拔掉了自己的帽纓，然後再點燃通明的燈火，盡歡而散。

三年以後，晉國侵犯楚境。莊王率軍迎戰，發現有一位軍官總是奮不顧身，衝鋒在前。在他的帶領下，兵士們人人勇猛衝殺，把晉軍打得節節敗退。莊王很奇怪，把那個軍官召到馬前，問道：“寡人平日待你並不特殊，你為何這樣捨生忘死呢？”

軍官回答：“三年前，臣下酒醉失禮，國君寬容而不加罪，我就一直想用自己的生命來報答國君的恩典，雖肝腦塗地，也在所不惜。”

莊王想不起來，便問：“你究竟是誰呢？”

軍官回答：“臣下就是帽纓被王妃拔去的人。”説罷，他又衝進陣中，奮死拼殺，終於大敗晉軍。這一戰役的勝利，使楚國強盛，成為春秋五霸之一。

今解 楚莊王寬大為懷，變不利為有利，這對我們有很大的啟發性。對犯錯誤的人的處理，或從寬，或從嚴，其目的都是為了“懲前毖後，治病救人”，使矛盾向好的方面轉化。寬大，表面上看似乎是一種讓步，實際上卻可以為矛盾轉化創造更加積極有利的條件，從而充分調動起每一個積極因素。

原文 楚莊王賜羣臣酒。日暮酒酣，燈燭滅，乃有人引美人之衣者。美人援絕其冠纓，告王曰："今者燭滅，有引妾衣者，妾援得其冠纓，持之，趣火來上，視絕纓者。"王曰："賜人酒，使醉失禮。奈何欲顯婦人之節而辱士乎？"乃命左右曰："今日與寡人飲，不絕冠纓者不歡。"羣臣百有餘人，皆絕去其冠纓而上火。卒盡歡而罷。居三年，晉與楚戰，有一臣常在前，五合五獲，首卻敵，卒得勝之。莊王怪而問曰："寡人德薄，又未嘗異子，子何故出死不疑如是？"對曰："臣當死，往者醉失禮，王隱忍不暴而誅也，臣終不敢以蔭蔽之德，而不顯報王也。常願肝腦塗地，用頸血湔敵久矣。臣乃夜絕纓者也。"遂敗晉軍，楚得以強。

——《說苑·復恩》

惠施善譬

有人到魏王面前進讒言說："惠施說話愛用比喻，假使不讓他用比喻，他就甚麼事情都說不清楚。"

第二天，魏王看見惠施說："請你以後說話直截了當，不要再用甚麼比喻。"惠施說："現在有個人不知道'彈'是怎樣一種東西，如果他問你'彈'的形狀是怎樣的？而你告訴他，'彈'的形狀就像'彈'。他能聽得明白嗎？"

魏王搖搖頭："聽不明白。"

"對呀，"惠子說，"如果告訴他：'彈'的形狀像把弓，它的弦用竹子做成，是一種彈射工具。他聽得明白嗎？"

魏王點點頭："可以明白。"

"所以，比喻的作用，就是用別人已經知道的事物來啟發他，使他易於了解還不知道的事物。現在，你叫我不用比喻，那怎能行呢？"

魏王想了想說："你說得很對。"

今解 使用比喻的目的，是為了使比較深奧的道理容易為人們所接受，應用具體的事物加以說明，能使抽象的道理免於枯燥乏味。但是，比喻本身不能完全精確地表達思想內容，正如黑格爾說的："比喻不能完全適當地表達思想，它總附加有別的成分。"再好的比喻也是跛腳的。因此，在恰如其分地使用比喻的時候，還需要有精確的邏輯推理和分析，使我們說話和寫文章既生動活潑，又縝密嚴謹。

原文 客謂梁王曰："惠子之言事也，善譬。王使無譬則不能言矣。"王曰："諾。"明日見，謂惠子曰："願先生言事則直言耳，無譬也。"惠子曰："今有人於此而不知彈者，曰：'彈之狀何若？'應曰：'彈之狀如彈。'則諭乎？"王曰："未諭也。""於是更應曰'彈之狀如弓，而以竹為弦'，則知乎？"王曰："可知矣。"惠子曰："夫說者固以其所知，喻其所不知，而使人知之。今王曰無譬，則不可矣。"王曰："善。"

——《說苑·善說》

螳螂捕蟬

吳王準備討伐楚國，通告左右大臣："誰敢勸阻我，定斬不赦。"

有位年輕的侍衛想正面勸諫又不敢，於是就一大清早懷揣彈丸，手執皮弓，在後園中東張西望，轉來轉去，露水沾濕了一身衣服。這樣連續了三個早晨。吳王發覺，感到十分奇怪，喊住他說："過來！你為甚麼自討苦吃把衣服弄得這麼濕？"侍衛回答："我在觀察一件有趣的事情：園中有棵樹，樹上有隻蟬，牠高居歡唱，喝着露水，卻不知道有隻螳螂正躲在牠身後打着主意；螳螂弓着腰，舉雙臂，正準備捕蟬，卻也沒有料到黃雀正悄悄站在牠身後嚥着口水；黃雀伸長脖子去啄螳螂，卻不知道有人正站在樹下，舉着彈弓在瞄準牠。這三種小動物，都只看見眼前的利益，不顧潛伏在身後的禍患。"

吳王聽罷笑着說："很有道理！"於是立即撤回了軍隊。

今解 用"螳螂捕蟬，黃雀在後"這句成語來形容矛盾運動的一種規律，是很具體的。世界上一切事物的內部都存在着肯定和否定兩方面。這兩方面互相衝擊着，當否定方面戰勝肯定的方面並取得支配的地位，就使事物的質發生轉化。事物就是這樣呈現出曲折的、螺旋式的前進上升運動。有利往往預兆着不利，成功常常隱藏着失敗，這種變化有時是人們難以預料的。這就要求我們在考慮問題和處理事情的時候，瞻前顧後，通盤謀劃，注意一種傾向掩蓋另一種傾向。

原文　吳王欲伐荊，告其左右曰："敢有諫者死。"

舍人有少孺子者，欲諫不敢，則懷丸操彈，遊於後園，露沾其衣，如是者三旦。吳王曰："子來，何苦沾衣如此？"對曰："園中有樹，其上有蟬，蟬高居悲鳴飲露，不知螳螂在其後也；螳螂委身曲附，欲取蟬，而不知黃雀在其後也；黃雀延頸，欲啄螳螂，而不知彈丸在其下也。此三者，皆務欲得其前利，而不顧其後之有患也。"

吳王曰："善哉！"乃罷其兵。

——《說苑．正諫》

齒亡舌存

相傳常摐是老子的恩師。有一年，常摐老了快病死了，老子趕去探望，老子扶着常摐的手問："先生怕快要歸天了，有沒有遺教可以告訴學生呢？"

常摐緩緩回答："你不問，我也要告訴你的。"他歇了口氣問："經過故鄉要下車，你知道嗎？"

"知道了，"老子回答，"過故鄉而下車，不就是說不要忘記故舊嗎？"

常摐微笑着說："對了。那麼，經過高大的喬木要小步而行，你知道嗎？"

"知道了，"老子回答，"過喬木小步而行，不就是說要敬老尊賢嗎？"

"對呀，"常摐又微笑着點點頭。想了一會兒，常摐張開嘴問老子：

“你看看，我的舌頭還在不？”

“在啊。”

“我的牙齒還在不？”

“一顆也沒有了。”

常摐問：“你知道是甚麼意思嗎？”

老子想了想，答道：“知道了，舌頭還能存在，不就是因為它柔軟嗎？牙齒所以全掉了，不就是因為它太剛強了嗎？”

常摐摸着老子的手背，感慨地說：“對啊，天下的事情，處世待人的道理都在裏面了，我再也沒有甚麼可告訴你了。”

今解 這是老子“柔弱勝剛強”學說的取譬說明，似乎很得要領。其實，這只是一種無類比附，因為舌、齒之間並不存在甚麼“柔弱勝剛強”的必然關係。人們倒可以這樣反問：人死了，舌頭隨即腐爛，而牙齒卻能久存，這又怎樣解釋呢？由此可見，“柔能勝剛”的道理，也不是絕對的，無條件的。但是，如果從發展的觀點看問題，則新生的幼弱的東西能戰勝陳舊的強大的東西。這是符合於辯證法的。同時，這個學說裏還包含着以退為進、後發制人和“勝人者力，自勝者強”等軍事戰略思想。

原文 常摐有疾，老子往問焉，曰：“先生疾甚矣，無遺教可以語諸弟子者乎？”常摐曰：“子雖不問，吾將語子。”常摐曰：“過故鄉而下車，子知之乎？”老子曰：“過故鄉而下車，非謂其不忘故耶？”常摐曰：“嘻，是已。”常摐曰：“過喬木而趨，子知之乎？”老子曰：“過喬木而趨，非謂敬老耶？”常摐曰：“嘻，是已。”張其口而示老子曰：“吾舌存乎？”老子曰：“然。”“吾齒存乎？”老子曰：“亡。”常摐曰：“子知之乎？”老子曰：“夫舌之存也，豈非以其柔邪？齒之亡也，豈非以其剛邪？”常摐曰：“嘻，是已，天下之事已盡矣，無以復語子哉。”

——《說苑 · 敬慎》

鳧水與治國

魏國的宰相死了，惠施聽說，就急急忙忙趕去魏都大梁，準備接任宰相。途中渡河的時候，他失腳落進河裏，幸虧船家把他救了上來。

船家問他："瞧你這麼慌張，上哪裏去呀？"

惠施回答："魏國缺個宰相，我是去做宰相的。"

船家說："看你落了水，只會哇哇叫救命，如果沒有我，你怕連性命也丟了。像你這樣的人，怎麼能做一國宰相呢？"

惠施說："要說搖船、鳧水，我的本領當然不如你；至於治理國家大事，你同我相比，大概只能算個眼睛還沒睜開的小狗。"

今解 鳧水和治國原是兩碼事，概念的內涵和外延全不相同，又各有其特殊的規律和需要解決的特殊衝突，因而從事不同工作必須具有不同的知識基礎和能力。以不會鳧水推導出不會治國，是違反邏輯的，也不符合客觀事物的辯證法。

原文 梁相死，惠子欲之梁。渡河而遽墮水中，船人救之。船人曰："子欲何之而遽也。"曰："梁無相，吾欲往相之。"船人曰："子居船楫之間而困，無我則子死矣，子何能相梁乎？"惠子曰："子居艘楫之間則吾不如子；至於安國家，全社稷，子之比我，蒙蒙如未視之狗耳。"

——《說苑·雜言》

愛好醜惡的人

尹綽和赦厥是趙簡子手下兩個比較得力的大臣。

有一次，趙簡子說："赦厥是很愛護我的，他從來不肯當眾提出我的缺點。尹綽卻不是這樣，總是在許多人面前批評我！"尹綽在旁邊聽了，心裏不服，便說："這話不對！赦厥因為愛上了你的醜惡，所以看不到你的過錯。我處處留心你的過錯，提出來請你改正，但絕不愛護你的醜惡！"

今解 趙簡子把自己的缺點當作寶貝，諱疾忌醫，真是一個十分愛好醜惡的人。過去的統治者站在集團私利的立場上，總是厭惡別人揭露缺點，這一點也不奇怪。只有大公無私的人才敢於正視自己的缺點，能夠正確掌握批評與自我批評的武器。

原文 簡子有臣尹綽、赦厥。簡子曰："厥愛我，諫我必不於眾人中。綽也不愛我，諫我必於眾人中。"尹綽曰："厥也愛君之醜而不愛君之過也；臣愛君之過而不愛君之醜。"

——《説苑·臣術》

使堯舜牧羊

楊朱是戰國初期的哲學家。有一次，他去拜見魏王，自稱治理國家可以像運轉手掌上的東西一樣自如。魏王哼着鼻子説："你自己家裏的妻妾都管不好，種的三畝菜地也鋤不過來，治理國家會有這般容易？請問，你有何妙策？"

楊朱不慌不忙回答："我當然有辦法。大王見過放羊嗎？幾百頭羊一羣，叫一個牧童拿着鞭子去放牧，要東就東，要西就西，因為他會牧羊；相反，如果叫堯牽一頭羊在前面走，又讓舜揮着鞭子在後面趕，他倆再賢明，連一頭羊也未必管得好，這樣做就是亂的開始。"

今解 把治民比做牧人飼養牲畜，體現了專制制度下的官民對立，但是楊朱的話多少給領導工作者一些指示。

一個牧童能管好一羣羊，是因為他既有專長，又善於指揮羊；而堯舜雖是聖賢，牧羊卻是外行，而且一前一後，相互牽制，指揮不能一致，於是就連一頭羊也管不了。

我們應該重視專家在領導工作中的實際作用，並且注意領導藝術和工作方法，應該像"彈鋼琴"一樣，十個指頭的動

作要有節奏，互相配合。如果專家們各行其是，意見分歧，處處掣肘，相互牽扯，則使屬下無所適從，此所謂“亂之始也”。

原文 楊朱見梁王，言治天下如運諸掌然。梁王曰：“先生有一妻一妾不能治，三畝之園不能芸，言治天下如運諸手掌，何以？”楊朱曰：“臣有之，君不見夫羊乎？百羊而羣，使五尺童子荷杖而隨之，欲東而東，欲西而西。君且使堯牽一羊，舜荷杖而隨之，則亂之始也。”

——《説苑．政理》

悲泣不遇

從前，在周這個地方，有一個衣衫襤褸的老頭子，坐在大路旁邊嚎啕大哭。

行人問他：“你為甚麼哭得這樣傷心？”

老人回答：“我的命運是這樣不幸！我的鬍子都花白了，卻從來沒有碰過一次做官的機會。”

行人很奇怪：“怎會連一次好機會都碰不到呢？”

老人回答：“我年輕時候是學文的，學成之後準備考官，可是那時節社會上都尊重老年人，年輕人再有學問也不被看重，我也跟着倒霉。後來換了一個新國君，他崇尚武功，我就棄文學武。等我學成了，年紀也老了。那時候社會上又開始重視年輕人，老年人武藝再好，也不被重用。就這樣，我碰來碰去，碰得滿頭白髮，還沒有碰過一次做官的機會。天啊，好不教人悲傷！”

今解 老頭子的悲傷不遇，説明在治學上趕時髦、趁浪頭，結果只能失敗。但是，在長期的封建社會裏，人才的選拔使用，徒憑統治者的主觀好惡和一時選擇，或修文或偃武，或尊老或愛少，或論資排輩，或不次超遷，都沒有固定的制度，嚴格的保障，在這種情況下，就不知埋沒了多少人才，不遇之嘆，理同宜然。

原文　昔周人有仕數不遇，年老白首，泣涕於塗者。人或問之：“何為泣乎？”對曰：“吾仕數不遇，自傷年老失時，是以泣也。”人曰：“仕奈何不一遇也？”對曰：“吾年少時，學為文，文德成就，始欲仕宦，人君好用老；用老主亡，後主又用武，吾更為武，武節始就，武主又亡；少主始立，好用少年，吾年又老，是以未嘗一遇。”

——《論衡 · 逢遇》

一洞之“網”

有一羣鳥雀要飛來了，捕鳥的人佈了一張大網在林下候着，結果網到了不少鳥雀。有個人在旁邊仔細地觀看，他發覺一個鳥頭只鑽一個網眼，於是心裏就想：何必那麼麻煩，把許多網眼結在一起呢？

他回到家裏，就用一截一截的短繩子結成了許多小圈圈，準備也去捕鳥雀了。別人問他：“這是做甚麼用的？”他回答說：“去網鳥雀用的，反正一隻鳥頭只鑽一個洞，我這種網豈不比一張大網省事得多嗎？”

今解　網是由許多網眼組成的，每一個網眼，都是網的不可分割的一部分。網所以能夠捕鳥雀，是因為有許多個網眼聯結成一個整體。一個鳥頭固然只鑽一個網眼，但是如果沒有許多網眼聯結在一起，這個網眼也就不能起作用。

這個蠢人只見一個個孤立的網眼，看不見一個個網眼的互相聯結；只見部分，不見全體。這種人是一輩子也捕不到鳥雀的。

原文　有鳥將來，張羅待之，得鳥者一目也。今為一目之羅，無時得鳥矣。

——《申鑒 · 時事》

如魚得水

東漢末年，劉備被曹操幾番追殺，喪魂落魄，只能投奔劉表，在新野屯兵。他成天悶悶不樂，雖想逐鹿中原，又苦於勢單力薄，身邊沒有謀士良臣。徐庶拜見劉備，同他暢談形勢，頭頭是道。劉備十分器重，待為上賓。

“我不過是一介凡夫，”徐庶說，“我有個朋友名叫諸葛孔明，一向隱居隆中，留心世事，人稱‘臥龍’，將軍想見一見嗎？”

“好極了！”劉備高興地說，“先生快去請他來吧！”

“那怎能如此隨便呢？”徐庶說，“孔明乃是天下高士，將軍果真有心，應該屈駕前去拜望才是。”

劉備連連稱是。結果，他“三顧茅廬”，好不容易才見到諸葛亮。兩人在茅屋中促膝長談。諸葛亮議論精闢，提出佔據荊、益兩州，安撫西南各族，整頓內政，聯合孫權，俟機從荊、益兩路北伐曹操的策略，以圖統一中國，恢復劉家帝業。一席談話，使劉備好似撥雲見日，從此便拜諸葛亮作為重要謀臣。兩人常常夙夜談心，親密無間。

關羽、張飛見了大為不滿，便在劉備面前發洩怨氣。劉備誠懇地對他們說：“我得到孔明，就像魚得到了水。希望你們深明大義，不要再多講了。”關羽和張飛聽了很慚愧，就不再作聲。

今解 三顧茅廬，隆中對策 —— 這個著名的歷史故事，說明了劉備求賢若渴、從善如流和用人不疑的政治美德，而關、張輩表示“不悅”，不免有些心胸狹隘。俗話說：“得人者昌，失人者亡。”如魚得水，鼎定三分，劉備一生事業正奠基於此。這說明選用人才對於國家是何等的重要！

原文 時先主屯新野，徐庶見先主，先主器之。謂先主曰：“諸葛孔明者，臥龍也，將軍豈願見之乎？”先主曰：“君與俱來。”庶曰：“此人可就見，不可屈致也。將軍宜枉駕顧之。”由是先主遂詣亮，凡三往，乃見……。於是與亮情好日密。關羽、張飛等不悅，先主解之曰：“孤之有孔明，猶魚之有水也。願諸君勿復言。”羽、飛乃止。

——《三國誌．蜀書．諸葛亮傳》

大船秤象

東吳的孫權送給曹操一頭大象。中原一帶的人從來沒有見過這樣的龐然大物，非常稀奇。曹操很想知道這頭大象究竟有多少重量，可是當時沒有秤這樣重量的大秤，怎麼辦呢？曹操召集文武百官共同商議，人人絞盡腦汁也想不出任何辦法。這時，曹操六歲的小兒子曹沖從人羣中鑽出來，對父王說："這有甚麼難的，先把大象牽到木船上，水在船幫上，淹到哪裏就刻個標記，然後把象牽走，抬石頭到船上，壓到剛才刻的標記，再把石頭一塊一塊過秤，不就可以算出大象的重量了嗎？"曹操聽罷，喜出望外，連忙命人照着兒子說的辦法去做。

今解 二千二百年前古希臘著名科學家阿基米德在揭破王冠之謎的時候發現了浮力原理，而我國早在一千八百年前有一個五、六歲的小孩子居然也利用浮力原理解決了大象秤重的難題。重物壓在船上，船體便排水下沉，物體越重，船體吃水越深，這個現象是盡人皆知的。但是，為甚麼曹操臣下都一籌莫展，而只有曹沖可以從中受到啟發呢？這說明細心觀察微小事物，善於分析思考的重要性。歷史上有很多科學家都能在一些人們早已司空見慣的現象的背後發現深奧的科學秘密，或者能在一些看來很平凡的科學領域中產生重大的突破。只可惜曹沖年幼夭折，否則很可能成為當時的一個大科學家。

原文 （曹沖）生五、六歲，智意所及，有若成人之智。時孫權曾致巨象，太祖（曹操）欲知其斤重，訪之羣下，咸莫能出其理。沖曰："置象大船之上，而刻其水痕所至；稱物以載之，則校可知矣。"太祖大悅，即施行焉。

——《三國誌．魏書．武文世王公傳》

鼠屎斷案

三國吳主孫亮喜愛吃生梅子，吩咐太監去庫房裏取來蜂蜜漬梅。孫亮津津有味地吃着，忽然在蜜中發現了一顆老鼠屎，大家都嚇得面面相覷。太監連忙跪下奏道："這一定是庫吏瀆職所致，請陛下治罪。”

庫吏被召到堂上。孫亮問他：“剛才太監是從你手上取蜜的嗎？”庫吏戰戰兢兢地回答：“蜜是臣下交給他的，但給他時並沒有鼠屎。”

“胡說！”太監指着庫吏鼻子，“鼠屎早就在蜜裏了，這是你欺君罔上！”

太監一口咬定是庫吏幹的，庫吏死不承認，説是太監放的。兩人在堂上爭執不下。

侍中官刁玄和張邠出列奏道：“太監和庫吏言語不同，難以決疑，不如押進監獄，一同治罪。”

孫亮環視眾人，説：“這個容易知道。”馬上吩咐衛兵當眾削開鼠屎。大家定睛看去，只見鼠屎外面沾着蜜汁，裏面卻是乾燥的。孫亮哈哈笑着説：“要是先在蜜中，裏外都應浸濕；而今外濕裏燥，顯見是剛才放進去的。這一定是太監幹的事！”

太監嚇得渾身哆嗦，連忙撲通一聲跪下，磕頭求饒，左右的人也感到十分吃驚。

今解 這是古代的一個小小案例。削開一粒鼠屎，由燥濕來判斷案情，道理很簡單，但是想到採用這個方法，卻需要有一種注重方法的作風。侍中刁玄和張邠就頭腦簡單生硬，對人不負責任，主張把兩人一起打入監獄了事。假如孫亮也同他們一樣，則一件冤案就造成了。故事告訴我們：只有深入研究，對各種現象進行細緻深入的分析，才能見微知著，察暗圖明，世界上沒有甚麼事情是不可以搞清楚的。

原文 亮後出西苑，方食生梅，使黃門至中藏取蜜漬梅，蜜中有鼠矢。召問藏吏，藏吏叩頭。亮問吏曰：“黃門從汝求蜜邪？”吏曰：“向求，實不敢與。”黃門不服。侍中刁玄、張邠啟：“黃門、藏吏辭語不同，請付獄推盡。”亮曰：“此易知耳。”令破鼠矢，矢裏燥。亮大笑謂玄、邠曰：“若矢先在蜜中，中外當俱濕。今外濕裏燥，必是黃門所為。”黃門首服，左右莫不驚悚。

——《三國誌．吳書．三嗣主傳註引吳曆》

杯弓蛇影

有位朋友到樂廣家做客，回去以後就生了一場大病。樂廣感到很奇怪，便前去探望那個朋友。進了屋，只見他面黃肌瘦，躺在牀上，樂廣關切地問他生了甚麼病，他支支吾吾不願回答。再三追問，他才說："前次在你家做客，你在我的杯裏斟酒，我就隱隱約約看見酒杯裏有一條青皮紅花小蛇在游動。我很害怕，想不喝，又覺得這樣會不尊敬主人，只好硬着頭皮喝了下去。誰知我回到家裏，總覺得那條小蛇在肚裏爬，吐又吐不出，越想越噁心，就生了一場大病。"

樂廣心想，酒杯裏是不會有甚麼青皮紅花小蛇的，可是這位朋友又分明看見了，這是甚麼原因呢？回到家裏，他就在客廳裏踱來踱去，忽然看見牆壁上掛着一張青漆紅紋的雕弓。他想，是不是這把弓在作怪呢？於是，他馬上斟了一杯酒，放在案桌上，移了幾個角度，就看見那張弓影投映在酒杯中，酒中果然好似有條小蛇在游。

樂廣馬上跑到那位朋友家，扶着他來到自己的客廳裏，問他在桌上的酒杯裏看見甚麼。朋友一看，驚叫起來："就是那條小蛇啊！"樂廣再指着牆壁上的雕弓叫他看。朋友看看酒杯，再看看雕弓，立刻恍然大悟，知道杯中小蛇原來是牆上的弓影，他的重病也頓時痊癒了。

今解 樂廣是個實際、喜歡追根究底的人，假如不是他發現蛇影的秘密，看來這位朋友的病還得繼續惡化下去。世界上形形色色的矛盾經常縱橫交錯，相互影響，出現一些用常識很難解釋的奇怪現象。但任何現象，有它的根源，有些人就是不肯花氣力去研究，挖出它的根源和實質，而寧願疑神疑鬼，認假為真，讓自己被某些表面的現象所嚇唬住。

原文 嘗有親客，久闊不復來，廣問其故，答曰："前在坐，蒙賜酒，方欲飲，見杯中有蛇，意甚惡之，既飲而疾。"於時，河南聽事壁上有角，漆畫作蛇，廣意杯中蛇即角影也，復置酒於前處，謂客曰："酒中復有所見不？"答曰："所見如初。"廣乃告其所以。客豁然意解，沉病頓癒。

——《晉書．樂廣傳》

洛陽紙貴

左思是西晉的一個文學家，但他年輕時家境貧寒，很被人看不起。左思用了整整一年時間，寫成《齊都賦》，又雄心勃勃，準備創作一篇《三都賦》。當時，正巧他的妹妹左棻被選進宮廷，左思便移家京城，要求做秘書郎，以便獲得更多的資料。為了搜集歷史知識，他還遊歷古城舊都。他經常夜以繼日，絞盡腦汁，庭院牆溝邊到處擱着筆墨，偶得佳句，就連忙記在紙上。

當時的人文學家陸機來到洛陽，也準備寫一篇類似《三都賦》題材的作品，聽說有個叫左思的年輕人正在寫，不禁撫掌大笑，對別人說："那個傖夫俗子要是能寫成《三都賦》的話，也只配拿來蓋我的酒罈子。"

整整十年過去了，一篇雄渾精深的《三都賦》終於寫成，但是並不引起世人的重視，傳抄者寥寥無幾。

左思十分懊喪，他想，這一定是別人覷着我官卑職小，因人廢言。於是他求見當時名儒皇甫謐，呈上文稿。皇甫謐讀罷，拍案叫絕，當即作了題序。左思再去拜見侍書郎張載、大學者劉逵，請他們分別為賦作了註解。一經名家認可，文人學士們便蜂起撰文頌揚，司空張華對賦文作了更高的評價，連那個陸機也嘆為觀止，就此擱筆。《三都賦》重新發表時舉國轟動，富貴人家到處請人恭楷抄寫，紙張供應頓時緊張，洛陽紙價為之飛漲。

今解　這個故事很有啟發意義，它一方面說明老一輩的名家學者對於獎掖後進，發現人才，負有多麼重要的責任；另一方面也說明社會上習慣於從身份地位來衡量一個人的成就和作品的價值，這種風氣是不利於人才培植，應當注意糾正的。

原文　(左思)造《齊都賦》，一年乃成。復欲賦三都，會妹棻入宮，移家京師，乃詣著作郎張載，訪岷邛之事。遂構思十年，門庭藩溷，皆着筆紙，遇得一句，即便疏之。自以所見不博，求為秘書郎，及賦成，時人未之重。思自以其作不謝班、張，恐以人廢言。安定皇甫謐有高譽，思造而示之。謐稱善，為其賦序；張載為註魏都，劉逵註吳蜀而序之……司空張華見而嘆曰："班、張之流也！使讀之者，盡而有餘，久而更新。"於是豪貴之家競相傳寫，洛陽為之紙貴。初，陸機入洛，欲為此賦，聞思作之，撫掌而笑，與弟云書曰："此間有傖夫，欲作三都賦，須其成，當以覆酒甕耳！"及思賦出，機絕嘆伏，以為不能加也，遂輟筆焉。

——《晉書·左思傳》

道邊苦李

王戎小時候很聰明，很愛思考問題。有一次，他和鄰居的一大羣小孩跑到村外去玩。沿着大路走啊走啊，忽然看見路旁有一棵李子樹，沉甸甸的果實把樹枝都壓彎了，一顆顆李子晶瑩熟透，很是可愛。小孩們一聲歡呼，爭先恐後地爬上樹，只有王戎一個人站在路邊不動。小孩們招呼他說："快來採嘛，可多啦！"王戎說："我不吃，這棵樹長在大路旁，熟透了還有那麼多果子，一定是苦的。"小孩們嚐了幾口，連忙呸呸地吐了出來，果然又酸又苦。

今解 王戎後來成了西晉有名的清談家——"竹林七賢"之一。在這個故事裏，不要看王戎年紀小，他思考問題倒是很合邏輯的，迅速得出了正確的判斷，表現出特異於羣兒的聰明。這就是：如果長在大路邊的無主李子無人吃，那它必定是苦的，這是大前提；這棵無主李樹長在大路邊又沒人吃它的果實，這是小前提；因此李子必定是苦的，這是結論。形式邏輯研究的是人們正確反映客觀事物的思維形式及其規律。要使自己思考問題時少犯錯誤，就必須遵循它；當然，要獲得正確的結論，還必須具有關於前提的科學知識。

原文 (王戎）嘗與羣兒戲於道側，見李樹多實，等輩競趣之，戎獨不往。或問其故，戎曰："樹在道邊而多子，必苦李也。"取之信然。

——《晉書·王戎傳》

糟肉堪久

孔羣是個酒鬼，離開酒就一天也過不下去，常常抱着罈子喝得爛醉如泥，別人怎麼勸他，他只當做耳邊風。王導想出一個自認為很充足的理由，便來勸孔羣說：“你天天這麼濫飲，身體吃不消啊！你沒看見蒙酒罈的布嗎？被酒氣熏了特別容易糜爛。”孔羣呷了幾口酒，回答：“先生沒看見嗎？泡在酒裏的糟肉更能久藏呢。”

今解 要幹壞事，總能夠找到理由；要為自己的錯誤辯護，同樣可以說得振振有詞。但是，我們切不要被這些似是而非的言詞所迷惑，因為既然是錯誤，它的理由一定是站不住腳的，十分荒謬的，就像這個酒鬼一樣，他的理由，原來是把自己當做泡在酒裏的糟肉。

原文 （孔羣）性嗜酒，導嘗戒之曰：“卿恆飲，不見酒家覆瓿布，日月久糜爛邪？”答曰：“公不見肉糟淹更堪久邪？”

——《晉書・孔愉傳》

聰明的鳥師

湖澤上蘆葦茂盛，水草豐美，成羣的大雁、野鴨和各種各樣的鳥雀在這兒嬉戲尋食。有位捕鳥師悄悄張開羅網，撒下食餌，便躲進葦叢中。

不一會兒，成羣的鳥雀飛來搶食。鳥師一拉網繩，呼啦啦，所有的鳥兒都墮在網中。鳥師正待上前按住，忽然整個羅網撲騰騰地朝前跳動起來。鳥師緊追幾步，羅網卻騰空而起，原來其中有一隻大鳥撐開翅膀，所有的鳥雀都奮力齊飛，便帶着網一起飛上了天空。

鳥師抬起頭，緊緊追蹤着天上的鳥網。跑啊，跑啊，跑過田野，跑過村鎮。行人看見了，都嘲笑他說：“好一個大傻瓜，鳥在天上飛，你憑着兩條腿，怎麼追得上？”

“不，”鳥師回答，“日暮的時候，這些鳥兒都要各自回窠，方向一亂，鳥網就一定會掉下來。”說罷，他仍然緊追不捨。

夕陽西沉了，羅網中的鳥雀有的要飛歸樹林，有的想回到山崖，有的往東飛，有的朝西翔，翻飛爭競，鬧成一團，不一會兒，整個鳥網當空掉落下來。鳥師連忙撲上去，把那些筋疲力竭的鳥兒一個一個收拾了。

今解 鳥在天上飛，人在地下追，看起來是白費氣力。但這個鳥師胸有成竹地一意追下去，直到捕鳥全勝。鳥師的這點聰明，是從他以捕鳥為專業的生活中得來的。捕鳥的專業使他摸透了各類鳥羣的生活規律，就能利用眾鳥日暮歸林、紛飛散亂和疲倦力竭的條件，給以徹底收拾。

原文 昔有捕鳥師，張羅網於澤上，以鳥所食物着其中。眾鳥命侶，竟來食之。鳥師引其網，眾鳥盡墮網中。時有一鳥，大而多力，身舉此網，與眾鳥俱飛而去。鳥師視影，隨而逐之。有人謂鳥師曰：“鳥飛虛空，而汝步逐，何其愚哉。”鳥師答曰：“不如是告。彼鳥日暮，要求棲宿，進趣不同，如是當墮。”其人故逐不止。日已轉暮，仰觀眾鳥，翻飛爭競，或欲趣東，或欲趣西；或望長林，或欲赴淵。如是不已，須臾便墮。鳥師遂得次而殺之。

——《雜譬喻經》

鞭背敷屎

從前，鄉下有一個小財主來到京城，看見有個在衙門裏捱了鞭打的人，正在熬煮一鍋馬糞，往脊背上面敷。財主見了很奇怪，就問他背上塗馬糞有何功效。那人告訴他，可以使瘡傷早日痊癒，而且不留下任何疤痕。

財主一聽，如獲至寶，急忙趕回家中，得意地對家人說：“此番我上京城，可得到了一大智慧。”

“甚麼智慧？”家人看他那個高興勁頭，都爭着問。

“急甚麼？待我當場試驗，也好讓你們開開眼界，”小財主一邊脫下長袍，一邊吩咐家奴，“快取皮鞭來，重重打我二百鞭。”

家奴驚得瞠目結舌，又恐怕違命，便將主人按倒在地，劈劈啪啪地猛抽二百鞭子，打得皮開肉綻，鮮血淋漓。

“快點，”小財主疼得齜牙咧嘴地叫道，“快取熱馬屎來，給我塗到脊背上！”一家人看了更加莫名其妙。小財主掙扎着說：“塗上馬屎，傷口就不會留下疤痕。懂了嗎？這就是大智大慧！”

今解 藥是用以治病的，一個人沒有病，卻硬要打出病來，以證明藥的功效，這就傻到不可救藥了。

但不要以為只有這個鄉下人傻，在現實生活中，也會出現同樣性質的蠢事，而其艱難的程度甚至千萬倍於背上抽兩百鞭子，豈是一個“傻”字所能形容？

原文 昔有田舍人暫至都下，見被鞭持熱馬屎塗背。問言：“何故若是？”其人答：“令瘡易瘉，而不作瘢。”田舍人密着心中。後歸家，語其家人言：“我至都下，大得智慧。”後家人問言：“得何等智慧？”便呼奴言：“持鞭來痛與我二百鞭。”奴畏大家，不敢違命，即痛與二百鞭，流血被背。語奴言：“取熱馬屎來，為我塗之，可令易瘉，而不作瘢。”語家人言：“汝知之不？此是智慧。”

——《雜譬喻經》

踏痰就口

有個貴人，屁股後面總是跟着一羣拍馬之徒。這些人善於察顏觀色，見風使舵，處處討好貴人，只要貴人吐出一口釅痰，大家便蜂湧而上，爭着用腳踏去痰跡。其中有個人身材矮小，手腳笨拙，每次拼命擠到人堆中，都踏不到痰跡，心中十分懊惱。

有一次，貴人“咳咳”地清清喉嚨，嘴巴撮攏，正等吐痰，那個人連忙抬起腳板，一腳踩在貴人的嘴巴上。貴人嚇得倒退三步，大發雷霆：“你想造反啦！為甚麼用腳踩我嘴巴！”這個人慌忙恭恭敬敬地說：“小人全是好意，不敢造反。”

“你不造反，為何踩我嘴巴？”

“老爺您每每吐痰，小人因手腳不便，實在爭奪不過眾人，故而提前來踩，也好表表小人的一片敬意。”

今解 這個阿諛小人想捷足先登，沒想到馬屁拍在馬腿上了。故事揭露了那些靠逢迎拍馬屁往上爬的小人，往往沒有好的下場。但是故事也從反面告誡我們：時機未到，就急於求成，只會把事情弄糟。

原文 外國小人，事貴人欲得其意。見貴人唾地，竟來以足踏去之。有一人不大健劇，雖欲踏之，初不能得。後見貴人欲唾，始聚口時，便以足踏其口。貴人問言："汝欲反耶？何故踏吾口？"小人答言："我是好意，不欲反也。"貴人問言："汝若不反，何以至是？"小人答言："貴人唾時，我常欲踏唾，唾才出口，眾人恆奪，我前初不能得，是故就口中踏之也。"

——《雜譬喻經》

頭尾爭大

有一條蛇，牠的頭和尾巴在氣勢洶洶地爭吵。

頭說："我應該是老大。"尾巴說："我也應該算老大。"

"你做夢！"頭咬牙切齒地說，"我有耳能聽，有目能視，有口能食，爬行時非我在前不可。你有甚麼本事？"

"嘿嘿，"尾巴冷笑着說，"我讓你爬，你才能爬！"

"胡說，我照爬不誤！"

"好極了，那咱們就試試看。"尾巴說着就將自己在樹木上緊緊繞了三圈。頭拼命朝前掙，可是無論如何也爬不動。

一天、兩天過去了。頭吃不到食物，餓得筋疲力竭，只得軟下口氣對尾巴說："放了吧，我拜你做老大。"

尾巴這才放開樹木。頭便對它說："你既為老大，理當爬在前面。"

"那當然羅！"尾巴得意地說。

於是，這一條蛇就尾巴在前地倒爬起來。沒爬出幾丈遠，就掉進一個火坑裏，活活燒死了。

今解 佛教中這個寓言是用來說明社會上各種等級地位和貴賤貧富的差別都是因緣前定，不能改變，大小之爭只會帶來災禍。這種宿命論是應該加以探討的。但事物有頭有尾，有先有後，有主有次，或基於社會分工必要，或屬於組成整體的需要，也確是符合於事物本身規律的客觀存在。要是不服從這種規律，而硬要越俎代庖，爭先恐後，以為這就是改變事物現狀的改革行動，那也是絕對錯誤的。

原文 昔有一蛇，頭尾自相與諍。頭語尾曰："我應為大。"尾語頭曰："我亦應大。"頭曰："我有耳能聽，有目能視，有口能食，行時最在前，是故可為大。汝無此術，不應為大。"尾曰："我令汝去，故得去耳。若我以身繞木三匝，三日而不已。"頭遂不得去求食，飢餓垂死。頭語尾曰："汝可放之，聽汝為大。"尾聞其言，即時放之。復語尾曰："汝既為大，聽汝在前行。"尾在前行，未經數步，墮火坑而死。

——《雜譬喻經》

鑿壁偷光

匡衡年輕的時候十分好學。他家裏很貧困，買不起蠟燭，一到夜晚，屋裏就漆黑一片。匡衡想讀書，又沒有亮光，怎麼辦呢？他見隔壁人家點着蠟燭，就在牆壁上悄悄地鑿了一個小孔，讓微微透過洞口的燭光映在書上，就這樣，他常常讀到深夜。他們鄉下有個大戶人家，並不認識字，卻有很多藏書。匡衡聽說了，就捲起鋪蓋上他家去做傭工。每天起五更，睡半夜，卻不要一個工錢。主人家很奇怪地問他要甚麼，他說："只要能遍讀你家的藏書，我就滿足了。"主人很感嘆，就把書借給他讀。匡衡就這樣勤奮讀書，後來成了西漢有名的學者，做過漢元帝的丞相。

今解 後人以"鑿壁偷光"作為在困境下，創造環境，刻苦學習的典範。環境固然是學習的重要因素，但不是決定因素。外因只是變化的條件，必須通過人的內因發生作用。雖有好的環境，如不努力學習，還是一無所獲；相反，環境雖然艱苦，有了刻苦的精神和堅強的毅力，就能發揮主觀動機為自己創造環境。現今的時代，社會為廣大青少年提供了良好的學習環境。雖然各個人之間的學習環境還有優劣之分，但比起古人"鑿壁偷光"的時代不知要好了多少倍。如果我們藉口學習環境不好而不努力學習，實在是有愧的。

原文 匡衡字稚圭，勤學而無燭，鄰舍有燭而不逮，衡乃穿壁引其光，以書映光而讀之。邑人大姓，文不識，家富多書，衡乃與其傭作而不求償。主人怪問衡，衡曰："願得主人書遍讀之。"主人感嘆，資給以書，遂成大學。

——《西京雜記》

牀頭捉刀人

匈奴使者遠道來到洛陽，魏王曹操準備接見他，又感到自己生得又矮又醜，不足以使來使威服，於是在朝中挑選了堂堂一表的崔季珪，讓他穿戴自己的衣冠，假充魏王，高坐大堂之上，自己則打扮成一個衛兵，按着腰刀，立在一旁。會見很順利地完畢了。曹操便派密探去打聽使者對魏王的印象。匈奴使者驚嘆地說："魏王氣宇軒昂，果然名不虛傳；可是他背後站着一個執刀的衛兵，依我看，那個人才是一個了不起的英雄！"曹操聽說，大吃一驚，立刻派人在半路上刺殺了那個使者。

今解 俗話說："人不可貌相，海水不可斗量"，所以孔夫子認為"以貌取人失之子羽。"故事中的匈奴使者倒是獨具慧眼，與那位許劭一樣，識別出這位"治世之能臣，亂世之奸雄"的曹操的本來面目。曹操的英雄氣概從眉目神情之間流露出來，連醜陋的相貌也遮蓋不住，這是有可能的。但是僅從外表和氣度來判斷一個人是遠遠不夠的，應該通過一貫的行為舉動來洞察內在實質，這才是科學的方法，而不致陷入到"麻衣相法"的迷信深坑裏去。

原文 魏武將見匈奴使，以形陋不足雄遠國，使崔季珪代，帝自捉刀立牀頭。既畢，令間諜問曰："魏王何如？"匈奴使答曰："魏王雅望非常；然牀頭捉刀人，此乃英雄也！"魏武聞之，追殺此使。

——《世說新語．容止》

衛玠問夢

衛玠是晉朝的一個很有才氣的書法藝術家。相傳小時候，他很愛思考問題。有一天晚上他做了個很奇怪的夢。第二天，他把夢講述給樂廣聽，並問夢是從哪裏來的。樂廣是當時的名士，聽了便笑着說："小傢伙，夢，是從想像中來的。"

"是從想像中來的，"衛玠聽得莫名其妙，反駁說，"不對，人的精神同形體相脫離了，才會做夢，怎能說是從想像中來的呢？"

"這是因為，"樂廣回答他說，"從來沒有誰會夢見自己駕着駟馬大車鑽進老鼠洞裏，也沒有人會夢見自己一邊搗齏一邊把鐵杵啃掉。懂嗎？這就是沒有日間所想，便沒有夜裏所夢的緣故。"

衛玠聽得疑疑惑惑，成天苦心思索，飯也不想吃，覺也不想睡，就生了一場病。樂廣聽說了，很喜歡這個小孩的鑽研精神，便親自駕車到他家裏，把問題透徹地解釋給他聽。衛玠明白以後，病才逐漸好起來。

今解 睡眠時，外界和體內的弱刺激到達大腦皮層，與未完全抑制的皮層區發生某些聯繫時就產生夢。古人不了解這個原因，因此對他們來說，要解釋夢是怎樣形成的，事實上首先要闖過物質與意識關係的頭一關。這裏衛玠天真地相信"形神不接而夢"，完全是受了當時玄佛思想流行的影響。樂廣開導他"日有所思，夜有所夢"，夢不能離開人體，這是唯物主義的看法。事實上，除了夢以外，錯誤思想，各種荒唐的玄想，宗教的觀點等等，也無不可以在客觀物質世界中找到它的產生根源。當然，衛玠這個總角小兒肯動腦筋的鑽研精神，也是很值得我們稱讚的。

原文 衛玠總角時，問樂令夢。樂云："是想。"衛曰："形神所不接而夢，豈是想邪？"樂云："因也，未嘗夢乘車入鼠穴。搗齏啖鐵杵，皆無想無因故也。"衛思因經日，不得，遂成病。樂聞，故命駕為剖析之，衛即小差。

——《世說新語．文學》

望梅止渴

有一次，曹操率領兵馬長途跋涉去打仗。驕陽如火，但行軍路上都是荒山野嶺，找不到一滴水。兵士們都渴得有氣無力，隊伍漸漸七零八落，行軍速度越來越慢。

曹操騎在馬上，皺着眉頭，忽然心生一計。只聽他大喊一聲，拿令旗指着前方說：“快看啊！前面有一大片梅子林，綠蔭蔭，結滿青梅，又甜又酸，吃到嘴裏可以解渴。快點走啊！”兵士們一聽，腮幫都酸了，嘴裏立刻湧出了唾沫，頓時個個精神抖擻，走得飛快，及時到達了戰場。

今解 後人以“望梅止渴”比喻用空想安慰自己。酸梅這個概念，可以引起人們生理上的反射作用，促進唾液分泌，起了暫時止渴的效果。但是誰也不能永遠靠“望梅”來“止渴”，正如空想暫時可以安慰人心，但終究不能代替現實一般。

原文 魏武行役，失汲道，軍皆渴，及令曰：“前有大梅林，饒子，甘酸可以解渴！”士卒聞之，口皆出水，乘此得及前源。

——《世說新語．假譎》

管寧割蓆

管寧和華歆在年輕時代是一對很親密的朋友。有一次，他們兩人在菜園裏鋤草，從泥土裏翻出一塊黃金。管寧目不斜視，把黃金當作瓦片石塊一般，仍然不停手地揮鋤；華歆卻心中一動，彎腰拾起金塊，端詳了一陣，才把它擲掉。

又有一次，他們兩人坐在炕蓆上讀書。忽然外面鼓樂喧嘩，有位高官達貴乘坐華麗的馬車經過門前。管寧彷彿沒有聽見一樣，埋頭讀書；而華歆呢？連忙丟下書本，跑到街上去看了。華歆回來的時候，管寧用刀子把炕蓆嘩地一割為二，說：“從今以後，你再也不是我的朋友了。”

今解 管寧後來一直避居遼東成為隱士，魏帝幾番徵聘，都固辭不就；而華歆則一直爭名於朝，曾助曹丕迫漢獻帝禪位，任魏國司徒。他們兩個不同的處世態度和道德風格，早在青年時代就由這兩件小事情中顯示出來了。

“物以類聚，人以羣分”，我們在交朋結友上也應該以共同的思想作為基礎；當然，這種割蓆分坐、斷然絕交的態度也未免過分立異鳴高。一個人既要嚴於律己，也要樂於助人，這樣的人才稱得上是有道德修養。

原文　管寧、華歆共園中鋤菜，見地有片金，管揮鋤與瓦石不異，華捉而擲去之。又嘗同蓆讀書，有乘軒冕過門者，寧讀如故，歆廢書出看。寧割蓆分坐曰：“子非吾友也。”

——《世說新語．德行》

盲人摸象

從前，有一個國王命令大臣牽來一頭白象，讓幾個盲人用手去摸，然後分別叫他們說出大象是甚麼模樣的。摸了一陣，幾個盲人都爭先恐後地報告。摸到大象牙齒的說大象形如長長的蘿蔔根。摸到象耳的說大象彷彿一隻簸箕。摸到象頭的說象如一塊大石頭。抓到象鼻子的說象不過是一根木杵。抱着象腳的說大象明明是一隻舂米用的石臼。摸到脊背的說牠是一張牀。摸到肚皮的說象是隻大水缸。

“哈哈，你們都不對！”一個盲人扯着象尾巴說，“告訴你們，大象細細長長，就像一根繩子！”

今解　這是一個中外流傳較廣的寓言。說明人們在認識上的片面主觀，往往由於感性認識的局限所致，感性認識只能見到或接觸到事物的某些表面或局部。要全面地、深刻地認識事物，只有在感性認識基礎上，提升到理性認識的高度才有可能。

原文　有王告一大臣，汝牽一象來示盲者……時彼眾盲各以手觸。大王即喚眾盲各各問言：“汝見象否？”眾盲各言我已見。王言：“象類何物？”觸其牙者即言象形如蘿菔根；觸其耳者言象如箕；觸其頭者言象如石；觸其鼻者言象如杵；觸其腳者言象如臼；觸其脊者言象如牀；觸其腹者言象如甕；觸其尾者言象如繩。

——《涅槃經》

貓兒索食

小貓漸漸長大了。斷奶的那一天，牠問貓媽媽說："從現在起，我應該吃甚麼東西呢？"

貓媽媽微笑着回答說："人們自然會教你的。"

小貓心裏很納悶，牠想："人們會怎樣教我呢？"天黑的時候，牠悄悄地溜進一個人家，蹲在罈罈罐罐中間。

主人看見進來一隻貓，連忙關照家裏的人說："鍋子裏有奶酪、酥肉，小心蓋好。小雞籠子高高掛起來，不要讓貓兒偷吃了。"

一字一句都讓小貓聽見了，牠高興地說："人們果然教我了，原來奶酪、酥肉和小雞都是我應該吃的東西。"

今解 佛經中這個故事是用來諷刺"世間法"，認為一切禮法政教只得到反面結果，這是從虛無主義的觀點出發，但也提出了一個值得深思的問題。在對青少年的教育中，我們常常不注意他們的心理特徵和教育中的特殊規律，而只是從自己的願望出發，禁止他們接觸這樣，接觸那樣，不准他們看這樣，看那樣。不是積極地因勢利導，而只會消極地採取一些簡單生硬的辦法，其結果，不也是往往適得其反嗎？

原文 貓生兒，以小漸大。貓兒問母："當何所食？"母答兒言："人自教汝。"夜至他家，隱甕器間。有人見已，而相約敕："酥乳肉等，極好覆蓋；雞雛高舉，莫使貓食。"貓兒即知："雞酥乳酪，皆是我食。"

——《大莊嚴論經》

醜婢破罐

從前，有一個名門家的媳婦被姑婆虐待。她逃進森林想尋短見，忽然聽見腳步聲，連忙爬上樹去，藏了起來。樹下是一池明鏡般的泉水，她的面影正好投在水中。

又來了一個醜陋的婢女，挑着瓦罐來池裏汲水。她忽然看見水中的面影，以為是自己的，越看越喜歡，自言自語地說："我的面容長得這樣嬌嫩俊俏，為甚麼還要幫人做婢女？"她把瓦罐摔碎在地上，就歡天喜地跑回村莊，對主人說："現在我的容貌這樣美麗端正，為甚麼還要叫我挑水打雜？"眾人聽了都掩着嘴發笑，以為她被鬼魅迷了心竅。主人拿出瓦罐，吩咐她再去打水。

婢女嘟嘟囔囔來到池邊，又看見了水中的面影，還像先前一樣美麗鮮艷。她恨別人為甚麼都瞎了眼，想着想着，怒氣衝了上來，又嘩啦一聲把瓦罐摔個粉碎。

樹上的媳婦一直在注視着婢女的舉動，不禁開口笑了。婢女看見水中的面影忽然微笑起來，十分驚異，抬頭看樹上，只見樹上坐着一個端莊美麗的女人。婢女頓時羞愧不已。

今解 佛經中常用"鏡花水月"來形容世界的虛幻，為它的宗教信仰辯護，這個故事也一樣。不過它從另一個角度啟發我們："人貴有自知之明。"美者自美，醜者自醜，這是事實；如果專靠掠他人之美來掩飾自己的醜，那也同樣是虛幻的，正像水中面影一樣，並不能改變事實。所收到的效果不過是自欺欺人，空歡喜一場罷了。

原文 我昔曾聞：有一長者婦，為姑所嗔，走入林中，自欲刑戮，即不能得，尋時上樹，以自隱身，樹下有池，影現水中。時有婢使，擔瓨取水。見水中影，謂為是己有，作如是言："我今面貌，端正如此，何故為他持瓨取水？"即打瓨破，還至家中，語大家言："我今面貌端正如是，何故使我擔瓨取水？"於時大家作如是言："此婢或為鬼魅所着，故作是事。"更與一瓨，詣池取水。猶見其影，復打破瓨。時長者婦在於樹上，見斯事已，即便微笑。婢見笑影，即自覺悟。仰而視之，見有婦女，在樹上微笑，端正女人，衣服非己，方生慚恥。

——《大莊嚴論經》

戰馬推磨

從前，有一個國王養着成羣優良的戰馬，匹匹膘肥體壯，訓練有素。鄰國幾次進犯，都被他們驍勇善戰的騎兵殺得落花流水。鄰國嚇破了膽，只好屈膝求和。戰火平息了，國手心想：“如今天下太平，我還要養那麼多戰馬幹甚麼呢？既費飼料，又花人工。”思忖了半天，他想出來一個好主意：“把戰馬下放到民間，去幫老百姓推磨拉碾，既能節約國庫開支，又可為百姓服務，需要用的時候，再重新召集起來不就行了嗎？”

公告一下，各地的百姓都來到宮中，牽走了戰馬。從此，這些戰馬就在磨坊裏和碾場上忙碌起來。

幾年過去了，鄰國養精蓄鋭，元氣恢復，突然調集重兵，向這個國家大舉進攻。國王急忙召回戰馬，列陣迎戰。三聲金炮響過，誰想到這些馬都低着頭，在原地轉起圓圈來。轉啊，轉啊，一匹都不會朝前奔跑了——原來牠們已經拉慣了石磨。

今解 這場戰爭的結果是可想而知的了。這個愚蠢的國王白白地毀壞了一批優良的戰馬。戰馬是打仗用的，怎能長期用來推磨呢？同樣，從本位、局部和實用主義角度出發，不讓學有專業的人在專業上發揮作用，而去做一些用非所學的事情，也是一種毀滅人才的愚行。

在如何培養和使用人才上，這個故事提出了值得我們注意的問題。

原文 我昔曾聞：有一國王，多養好馬。會有鄰王，與其鬥戰。知此國王，有好馬故，即便退散。爾時國王，作是思惟：“我先養馬，規擬敵國。今皆退散，養馬何為？當以此馬，用給人力，令馬不損，於人有益。”作是念已，即敕有司，令諸馬羣，分佈與人。常使用磨，經歷多年。其後鄰國，復來侵境。即教取馬，共彼鬥戰。馬用磨故，旋轉而行，不肯前進。設加杖棰，亦不肯行。

——《大莊嚴論經》

井中撈月

很久以前，在伽屍國有一座波羅奈城。城外有一片森林。森林裏生活着五百隻獼猴。有一天晚上，五百隻獼猴到處遊逛，來到一棵尼俱律樹下。樹下有一口很深的古井，井水清悠悠，映出天上一輪金黃的圓月。

獼猴的頭領俯在井邊仔細看了一陣，然後跳到井台上，對大家說："不好啦，今天月亮死了，就落在這口井中，讓我們一起把它撈出來，不然的話，世間的夜晚就永遠是黑暗的。"眾猴們聽了，個個抓頭撓腮，說："井這麼深，怎樣才能夠得到月亮呢？"頭領靈機一動，說："辦法有了！我爬上樹，抓住樹枝，然後另一個抓住我的尾巴，這樣一個一個接下去，不就可以垂到井裏去了嗎？"

大家一聽，都高興得亂蹦亂跳。於是，獼猴們頭尾相連，越接越長，眼看快要碰到水面了。這時候，只聽見喀嚓一聲巨響，樹枝墜斷了，所有的獼猴統統掉進了深井。

今解 佛教宣揚"四大皆空"，認為世界上的一切都是虛幻不實的，任何物質慾望的追求只能是"井中撈月"，這固然屬於宗教信仰的特徵之一，但是這個故事在另一方面接觸到了可能性和現實性這個哲學範疇。它告訴我們，辦一切事情都要從實際出發，出發點必須是實際的，而目的也必須是可能的。可能性在事物發展過程中具有客觀的根據。不可能的東西在現實中沒有客觀根據，它在任何情況下都是不能實現的。如果硬辦那些不可能辦到的事，只是浪費精力。這就需要我們認識和掌握客觀事物的規律和存在的各種可能性，腳踏實地，不作毫無客觀根據的幻想。

原文 過去世時，有城名波羅奈，國名伽屍。於空閒處，有五百獼猴，遊行林中，到一尼俱律樹下。樹下有井，井中有月影現。

時獼猴主見是月影，語諸伴言："月今日死，落在井中，當共出之，莫令世間長夜暗冥。"共作議言，云："何能出？"時獼猴主言："我知出法，我捉樹枝，汝捉我尾，展轉相連，乃可出之。"時諸獼猴，即如主語，展轉相捉。樹弱枝折，一切獼猴墮井水中。

——《僧祇律》

廣長舌相

小和尚唸經書，書上説釋迦牟尼有三十二種莊嚴妙相，其中第二十七相是"廣長舌相"，説佛的舌頭廣而長，柔軟紅薄，伸出來能覆蓋面孔，直至頭髮根際。小和尚看了心中好生納悶。便請教老和尚説："如來佛世尊大德尊重，為甚麼吐出這根又廣又長的舌頭，好一副輕薄相呢？"

"你好不懂事，"老和尚回答，"有這種舌相的人，説出來的話句句真實。當初佛在鹿野苑傳經，來了一個存心刁難佛的婆羅門，説佛講的都是一派胡言。佛便吐出廣長舌，覆蓋面孔，直到髮際，問婆羅門，'你看過不少經書，請問，有這種舌頭的人會不會説妄誕的話？'這位婆羅門一見廣長舌，慌忙起身就拜，説：'如果人的舌頭伸出來能覆蓋鼻子，就不會説謊，何況您的舌頭能伸到髮際呢？我相信佛説的不是妄語了。'"

今解 "廣長舌"是佛經中所傳佛的三十二相之一。説舌頭伸出來能遮住整個面孔。北宋蘇東坡曾有"溪聲便是廣長舌，山色有如清淨身"詩句，説明他對佛理的領悟。後人倒是反其意而用之，常常用"廣長舌"三字來形容那些尖嘴利舌、播弄是非和説大話的人。

原文 問曰："如佛世尊大德尊重，何以故，出長舌似如輕相？"答曰："舌相如是，語必真實。如昔佛出廣長舌，覆面上，至髮際，語婆羅門言，'汝見經書，頗有如此舌人而作妄語不？'婆羅門言，'若人舌能覆鼻無虛妄，何況至髮際？我心信佛，必不妄語。'"

——《智度論》

擠牛奶

有一個人家，養了一隻母牛。主人因事要大請其客，準備擠些牛奶下來，供招待之用。積多了，牛奶容易變酸，不便保藏，不如就利用牛肚皮暫時儲藏一下吧，臨到請客時一次擠出，又多又新鮮，豈不甚妙？打定了主意，主人便把母牛和那隻還在吃奶的小牛隔離開來，牛奶也不擠了。

請客的一天到了，客人們紛紛光臨。主人把母牛牽出來派上用場，卻甚麼也擠不出了，牛奶全部乾掉了。

今解 母牛的奶不給小牛吃，也不去擠它，就自然乾掉了。這個人連這點事實的變化都不能認識，卻憑自己的一套想法，要吃又多又新鮮的牛奶；他只看到生奶容易變酸、不便保藏的一面，而沒有看到牛奶不吃不擠要乾掉的另一面。憑這樣主觀、片面的觀念辦事，哪有不鬧笑話之理？

原文 昔有愚人，將會賓客，欲擠牛乳，以擬供設，而作是念："我今若預於日日中擠取牛乳，牛乳漸多，卒無安處，或復酢敗；不如即就牛腹盛之，待臨會時，當頓擠取。"作是念已，便捉犢牛母子，各繫異處。卻後一月，爾乃設會，迎置賓客。方牽牛來，欲擠取乳，而此牛乳即乾無有。

——《百喻經》

三層樓

有一個愚蠢的富人，他看到另一個富人家的房屋有三層樓，軒敞壯麗，心中好生羨慕。他有的是錢，馬上叫泥木匠來造一所同樣的三層樓房。

泥木匠開始打地基，疊磚頭，建造樓房的最下一層。富人瞧了，心裏有些疑惑，就跑來問泥木匠道："你這是造甚麼房子呀？"泥木匠答道："還不是照你的吩咐建造三層樓房嗎？"

原來富人羨慕的，只是樓房的最上一層，他要造的也只是這一層。他連忙止住泥木匠道："你給我造房子，就得依我的計劃，我是不需要甚麼第一、第二層樓的，只要第三層就夠了，還是給我把它先造起來吧！"

今解 物有本末，事有先後，事物都有它一定的道理。造房子先從平地打基礎，疊磚頭，一層一層地造上去，這是造房子的道理。這個蠢人，對造房子的道理一竅不通，不要第一、二層，單要造第三層“空中樓閣”，這就是違背了事物的道理，永遠也做不到的。

原文 往昔之世，有富愚人，癡無所知。到餘富家，見三重樓，高廣嚴麗，軒敞疏朗，心生渴仰，即作是念：“我有財錢，不減於彼，云何頃來而不造作如是之樓？”即喚木匠而問言曰：“解作彼家端正舍不？”木匠答言：“是我所作。”即便語言：“今可為我造樓如彼。”是時木匠，即便經地壘墼作樓。愚人見其壘墼作舍，猶懷疑惑，不能了知，而問之言：“欲作何等？”木匠答言：“作三重屋。”愚人復言：“我不欲下二重之屋，先可為我作最上屋。”

——《百喻經》

嗜痂成癖

南朝時候，有個人名叫劉邕。劉邕有個奇怪的嗜好，特別喜歡吃瘡痂。

有一次，他去拜訪朋友孟靈休。孟靈休正生了一身的黃水爛瘡，躺在牀上養病。膿血和爛皮肉結成一塊一塊紅褐色的瘡痂。劉邕坐在牀邊，也顧不得說話，只忙着拾取脫落在牀上的瘡痂，一枚一枚地丟進嘴裏，津津有味地咀嚼起來。

孟靈休見了又驚奇又噁心，直搖頭。劉邕卻高興地招呼他說：“老兄，你不來嚐點兒？這味道比鰒魚肉還美哪！”掉在牀上的瘡痂吃完了，劉邕還不過癮，又伸手去剝孟靈休身上的瘡痂吃，連聲說：“好吃，好吃。”

今解 人們常常把喜歡醜惡事物的人，形容為“嗜痂成癖”，蓋源於此。所謂“成癖”，那已經是形成了一種極頑固的習慣和偏見，在他們心目中，世界上的一切都是顛倒的，假、惡、醜成了真、善、美。他們對那些腐朽骯髒、愚昧、落後的東西很感興趣，視為至寶。但是，真、善、美是有其標準的，並不因他們的歪曲而改變，誰也不能把流膿帶血的瘡痂當作美味可口的鰒魚。

原文　邕所至嗜食瘡痂，以為味似鰒魚。嘗詣孟靈休，靈休先患灸瘡，瘡痂落牀上，因取食之。靈休大驚。答曰："性之所嗜。"靈休瘡痂未落者，悉褫取以飴邕。邕既去，靈休與何勖書曰："劉邕向顧見啖，遂舉體流血。"

——《宋書．劉穆之傳》

舉國皆狂

很久以前，在偏僻的南方有一個小國家。這個小國家裏沒有河流，只有一眼山泉，名叫"狂泉"，凡是吃了這眼泉水的人，個個都會發狂。於是，通國的人都發狂，有的癡癡呆呆，有的嘻嘻哈哈，或蓬頭裸身，或齜牙咧嘴，或豎蜻蜓，或翻筋斗，總之千姿百態，甚麼都有。只有國王，他不飲狂泉水，自己在後院挖了一口井，汲井水喝，所以全國唯獨他一個人安然無恙。

老百姓發現國王不吃狂泉，而且言行舉止與眾不同，都認為國王一定是發了狂，便聚集在一起商議，決定幫國王治療狂病。大家湧進王宮，把國王按倒在牀，有的用針亂戳，有的用火艾亂燒，有的拿莫名其妙的柴往國王嘴裏塞，有的在國王全身到處亂摸亂擠。國王被折磨得嗷嗷亂叫，實在吃不消這般苦楚，只好讓大家架到狂泉邊，也喝了幾口泉水。喝完後，國王也馬上發了狂。這時候，舉國上下，無論君臣大小，都狂成一片，到處鬼歌狼嗥。

今解　舉國皆狂，看來荒唐可笑，實則發人深省。當一種被少數人掀起和利用的錯誤思潮席捲而來的時候，它像"狂泉"一樣毒害人們，形成人們頭腦中的偏見和習慣，大有"舉國若狂"之勢。於是，真理被踐踏了，是非被歪曲了，那些頭腦清醒、堅持真理的正常人，反被誣為狂人、瘋子，受到"火艾針藥，莫不畢具"的折磨。究竟誰是狂人，誰是正常人，當然該由歷史來鑒定；對於真的狂人，也只有事實才能使他們清醒，思想趨於端正。

原文　昔有一國，國中一水，號曰“狂泉”。國人飲此水，無不狂；唯國君穿井而汲，獨得無恙。國人既並狂，反謂國主之不狂為狂，於是聚謀，共執國主，療其狂疾，火艾針藥，莫不畢具。國主不任其苦，於是到泉所，酌水飲之，飲畢便狂。君臣大小，其狂若一，眾乃歡然。

——《宋書．袁粲傳》

宋玉的手法

楚國有一個文人名叫宋玉，寫過一篇《登徒子好色賦》。他在楚襄王面前曾經與登徒子爭論誰好色，誰不好色。登徒子對楚襄王說，宋玉長得很漂亮，勸楚王不要讓他到後宮去和妃子們接近。宋玉為了反駁，就向楚襄王說，登徒子非常好色。他的理由是：登徒子的妻子長得很醜，頭髮亂蓬蓬的，裂嘴唇，牙齒也沒有幾顆，又是駝背，走起路來東倒西歪。可是登徒子和她感情卻很好，生了五個兒子，足見他好色到了極點。

今解　“登徒子”竟成了民間對好色之徒的稱呼，可見宋玉詭辯的迷惑力。其實宋玉的論證邏輯頗有問題。他說登徒子好色（結論）的理由是登徒子喜歡他醜陋的女人（小前提），那必然要假定喜歡醜陋女人便是好色的大前提。而這個大前提根本站不住腳。由此可見，詭辯雖能迷惑人，但在邏輯上都是有漏洞的。

原文　大夫登徒子侍於楚王，短宋玉曰：“玉為人體貌閒麗，口多微辭，又性好色，願王勿與出入後宮。”王以登徒子之言問宋玉。玉曰：“體貌閒麗，所受於天也；口多微辭，所學於師也；至於好色，臣無有也。”王曰：“子不好色，亦有說乎？有說則止，無說則退。”玉曰：“天下之佳人莫若楚國，楚國之麗者莫若臣里，臣里之美者莫若臣東家之子……。然此女登牆窺臣三年，至今未許也。登徒子則不然。其妻蓬頭攣耳，齞唇歷齒，旁行踽僂，又疥且痔。登徒子悅之，使有五子。王熟察之，誰為好色者矣。”

——《昭明文選》

飄茵墜溷

南朝齊、梁時期，佛教在中國開始流行。

當時的無神論者范縝，在竟陵王蕭子良門下做侍客。蕭子良天天燒香唸佛，范縝常在旁邊說些反對佛教因果報應的言論，因此蕭子良十分恨他。

有一天，蕭子良坐在後院賞花飲酒，看見范縝在一旁，就嘲笑說：“你不是不信因果嗎？那麼世間如何會有人富貴，有人貧賤呢？”

范縝指着前面一樹桃花說：“人生就譬如這樹枝上的花，同枝並蒂，疾風吹來，滿天亂飛，有的落在玉牀上，有的掉在糞坑裏，落在玉牀上的就是殿下你，掉在糞坑裏的便是下官我。貴賤雖然如此懸殊，可是因果究竟在哪裏呢？”蕭子良無言以對，心裏更加忌恨范縝。

今解 范縝是我國中世紀傑出的哲學家，也是個無神論者。針對這位佛教信徒蕭子良的刁難，他以人生如一樹花，風吹花落，飄茵墜溷的生動譬喻，駁斥了佛教因果報應說。當然，這還只是一種偶然論，而且以風吹花落比喻人生遭遇，是並不確切的。但他隨即在理論上彌補了這一缺憾，寫了《神滅論》一文，對形、神關係問題，即形體和精神誰是第一性的問題，作了解答，從根本上駁斥了佛教“神不滅”和因果報應論的理論基礎。

原文 初，縝在齊世，嘗侍竟陵王子良。子良精信釋教，而縝盛稱無佛。子良問曰：“君不信因果，世間何得有富貴，何得有貧賤？”縝答曰：“人之生譬如一樹花，同發一枝，俱開一蒂，隨風而墮，自有拂簾幌墜於茵席之上；自有關籬牆落於糞溷之側。墜茵席者殿下是也，落糞溷者下官是也。貴賤雖復殊途，因果竟在何處？”子良不能屈，深怪之。

——《梁書．儒林傳》

對牛彈琴

從前有一個音樂家名叫公明儀，彈得一手好琴。有一天，他獨自一個人在屋外看見一頭牛在那裏吃草。他心裏想彈幾支曲調給牛聽聽，於是就先彈了一支清角之操。牛只是低着頭自管自吃草，一點也不理會。公明儀明白了：那支曲調太高深了，牛怎麼會聽得懂呢？於是他又另外彈了幾支曲調，一會兒好像蚊子嗡嗡地叫，一會兒又好像小牛哞哞地鳴。這樣一彈，牛就搖着尾巴，豎起耳朵，草也不吃了，回轉身子走來走去，留心地傾聽。

今解 這個故事從牛不能聽懂音樂出發，具有譏笑和諷刺彈琴者不看物件無的放矢的雙重含意。但故事中的公明儀因為改變了曲調，還是博得了牛的搖尾傾聽。做任何事情都應該有的放矢，看清對象。“到甚麼山上唱甚麼歌”，這樣才能夠符合實際。我們常常說的“從實際出發”，也就包含了這個意思在裏面。

原文 公明儀為牛彈清角之操，伏食如故，非牛不聞，不合其耳矣。轉為蚊虻之聲，孤犢之鳴，即掉尾奮耳，蹀躞而聽。

——《弘明集》

吃煎麥的下場

從前，大月氏國（古族名，秦漢之際遊牧於敦煌、祁連間）有一個風俗習慣：用酥油煎麥餵養肥豬。宮廷裏的小馬駒看見了，忿忿地對媽媽說：“我們天天給國王賣命，勞累受苦，可是人只給我們吃些乾草，喝些地上的積水，真是太不公平了！”

母馬對兒女們說：“不要羨慕肥豬，你們不久就會看到牠們吃煎麥的下場。”

新年到了，家家戶戶捆起養得肥頭大耳的豬玀，投進滾燙的水鍋，屠宰拔毛，到處是一片豬玀的哀號聲。

小馬駒在一旁看得戰戰兢兢，方才明白以前的羨慕實在是毫無遠見。從此以後，牠們吃起乾草，覺得分外甜美，即使看到麥子，也遠遠地躲開了。

今解 《出曜經》中的這個寓言，是勸人們不要羨慕世間物質享受，要看破紅塵，皈依佛理，這原本是一種對僧侶的説教。但可笑的是，現代迷信的鼓吹者也要求人們放棄一切物質慾望，認為生活富裕將使人墮落。誠然，不正當地追求享受會帶來壞的結果，但認為物質享受一定會轉化為災難，則是絕對荒謬的。就是為了滿足人民物質和文化生活不斷增長的需要，通過發展生產，來實現這個目標，還有甚麼可怕的呢？

原文 昔大月氏國風俗常儀：要當酥煎麥食豬。時宮馬駒謂其母曰：“我等與王致力，不計遠近，皆赴其命。然食以草芻，飲以潦水。”馬告其子：“汝等慎勿興此意，羨彼酥煎麥耶。如是不久，自當現驗。”時逼節會，新歲垂至。家家縛豬，投於濩湯，舉聲號喚。馬母告子：“汝等頗憶酥煎麥不乎？欲知證驗，可往觀之。”諸馬駒等，知之審然。方知前愆，為不及也。雖復食草，時復遇麥，讓而不食。

——《出曜經》

烏龜訓子

在一個貧瘠而偏僻的山溝裏住着一羣烏龜。小烏龜們不安分守己，總想爬到山溝外邊，尋找肥饒的池沼去遊玩尋食。老烏龜常常警告牠們説：“小心，不要到那兒去！池沼旁邊有獵人等候着，一旦捉到你們，就會用刀把你們砍成五瓣。”

小烏龜把媽媽的話當做耳邊風。有一天，牠們偷偷相約着爬出山溝，來到明亮而肥美的池沼旁邊，高高興興地玩耍起來。

獵人早就埋伏在樹叢裏，用繩鉤一隻一隻地把烏龜套住了。只有幾隻小烏龜藏在石塊後邊，僥倖逃了回來。

老烏龜一見只剩下幾隻小龜跌跌爬爬地回來，又驚又急地問：“你們上池沼去了嗎？是不是碰見獵人啦？”

“獵人倒沒有碰見，”小烏龜喘着氣回答，“只看見一根根的長繩子追在我們屁股後面。”“小傻瓜！”老烏龜氣惱地説，“就是這根長繩子！早先你們的公公爺爺也是因為它才丟掉性命的！”

今解 怪不得老烏龜要教訓小烏龜，因為牠們的腦袋確實有點僵化，以為只有親眼看見了獵人，才會有危險，因而在眼不見獵人的情況下，即使看見自己同伴一隻一隻被捕捉還莫名其妙，弄不清長繩子是幹甚麼名堂的，不知道長繩原來正操縱在獵人手中。有些人也是這樣，看不見事物之間的聯繫，孤立地看問題，往往犯了錯誤還不自覺。

原文 羣龜告語諸子："汝等自護莫至某處，彼有獵者，備獲汝身，分為五分。"時諸龜子，不隨其教，便至其處，共相娛樂，便為獵者所獲。或有安隱還得歸者。龜問其子："汝等為從何來？不至彼處乎？"子報父母："我等相將至彼處觀，不見獵者，唯睹長線而追我後。"龜語其子："此線逐汝後者，由來久矣，非適今也。汝先祖父母，皆由此線，而致喪亡。"

——《出曜經》

婢共羊鬥

從前，有一個婢女，生性廉謹，常常為主人在伙房裏加工麥子蠶豆。主人家養着一頭大公羊，公羊常趁婢女不注意，偷吃麥豆，糟蹋得滿地都是，還把量斗也踩壞了。主人責罵婢女，怪她不好生照管。婢女恨死了這頭老公羊，因此到伙房裏幹活時，身邊總擱着一根木棒，公羊的腦袋一伸進伙房，她就用木棒打。公羊也發了怒，便用犄角來牴她。於是，一個打，一個牴，經常相犯。

有一天，婢女到伙房裏取火。公羊一見她沒帶木棒，呼地直衝上來。婢女發急了，慌忙把引火柴投在公羊身上。公羊被燙得"咩咩"亂叫，背着一團火在村子裏狂奔。火把房子燃着了，霎時村子變成了一片熊熊火海。風助火勢，大火一直蔓延到山野裏。樹林裏有五百隻獼猴來不及逃走，也活活被火燒死了。

這真是"城門失火，殃及池魚"，連那些無辜的獼猴也倒了霉。婢女與這頭老公羊打打鬧鬧原是一件極小的事情，竟導致了如此嚴重的後果。看上去，鬧這麼大的禍是出乎意料的、很偶然的，但在這偶然的鬧禍中卻隱藏着必然的因素，那就是婢女與公羊不停止的怨鬥。任何貌似偶然的錯誤或災禍都有它們所以會出現的因素，有的起因可能是很微小的、不易為人所覺察，正如人們所說的"風起於青蘋之末"。這就需要我們在日常社會生活中善於洞微燭幽，防患未然。

原文 昔有一婢，稟性廉謹，常為主人，曲麨麥豆。時主人家，有一羖羝，伺空逐便，啖食麥豆，斗量折損，為主所嗔。信己不取，皆由羊啖。緣是之故，婢常因嫌，每以杖捶，用打羖羝。羝亦含怒，來牴觸婢。如此相犯，前後非一。婢因一日，空手取火，羊見無杖，直來觸婢。婢緣急故，用所取火，着羊脊上。羊得火熱，所在觸突，焚燒村人，延及山野。於時山中五百獮猴，火來熾盛，不及避走，即皆一時被火燒死。

——《雜寶藏經》

虎與刺蝟

有一隻老虎在野地裏尋找食物，看見地上有一隻刺蝟正仰臥着曬太陽，老虎以為是一個鮮美的肉團，饞得直嘛口水，急忙一口咬去。刺蝟突然豎起渾身尖刺，死死地捲在老虎的鼻子上。老虎大吃一驚，甩也甩不掉，痛得嗷嗷怪叫，狂奔亂跳，逃進深山。

老虎跑得筋疲力竭了，便一頭倒在地上，昏睡過去。刺蝟趁機鬆開，跑進草叢裏藏起來了。老虎清醒過來，發覺鼻子上那個可怕的東西不見了，頓時滿心歡喜。牠走到一棵大橡樹下，只見滿地落着一團團的橡斗，個個都是渾身硬刺，嚇得牠倒退幾步，側着身體仔細打量起來。牠心想：這些刺團同剛才那個東西差不多，只是個頭小些，恐怕是那個東西的兒子吧？於是，老虎恭敬地對這些小刺球說："剛才碰見你們的令尊大人，我已經領教過了，但願小郎君能高抬貴手，讓我過過身吧。"

今解 這隻老虎吃了刺蝟的虧，結果看見了橡斗也要害怕三分。俗話說："一朝被蛇咬，十年怕井繩。"指的就是人們在受到挫折或災禍以後，容易產生畏懼的心理，對再次碰到的情況不加任何分析，而草木皆兵，枉自驚憂。這種心有餘悸的態度是不正常的，我們應該“吃一塹，長一智”，在總結挫折和失敗的經驗教訓的基礎上繼續前進。

原文 有一大蟲，欲向野中覓食，見一刺蝟仰臥，謂是肉臠，欲銜之，忽被蝟捲着鼻，驚走，不知休息，直至山中，困乏，不覺昏睡。刺蝟乃放鼻而走。大蟲忽起歡喜，走至橡樹下，低頭乃橡斗，乃側身語云：“旦來遭見尊賢，願郎君且避道。”

——《啟顏錄》

驢鞍下頷

鄠縣有個小販帶着銅錢和絹緞去市場。市上有幾個惡棍看他有些呆頭呆腦，而且面孔生得嘴癟下巴長，就上前揪住他的領子罵道：“好個賊骨頭，你為何偷去我的驢鞍子，用來做下巴？”説罷，這夥惡棍前呼後擁，要把他拖到縣衙門去追究。

小販嚇慌了，連忙把身上的銅錢和絹緞統統捧出來給他們，用來賠驢鞍子的價值。妻子見他兩手空空回家來，忙問他發生了甚麼事。他一五一十告訴了妻子。妻子氣得指着他鼻子罵：“傻瓜，甚麼驢鞍子可以做下巴？就是到了縣衙門，也自能公斷，為甚麼白白送他們這許多錢絹？”小販説：“你才傻，到了衙門，縣老爺要將我的下巴拆下來檢看檢看，又怎辦？難道我的一個下巴才值得這麼些錢絹不成？”

今解 這個小販並不傻，故事實際上反映了當時司法衙門的腐敗和官吏的昏庸。這種腐敗和昏庸的最大特徵，首先是拒絕對具體事情作具體分析，而硬要叫客觀實際服從他們主觀意志和一套僵化的程式。在草菅人命、辦案草率的封建社會裏，誰能擔保不會真的把下巴拆下來檢驗呢？

原文 鄠縣有人將錢絹向市。市人覺其精神愚鈍，又見頦頤稍長，乃語云：“何因偷我驢鞍橋去，將作下頷？”欲送官府，此人乃悉以錢絹求充驢鞍橋之直，空手還家。其妻問之，具以此報。妻語云：“何物鞍橋，堪作下頷？縱送官府，分疏自應得脱，何須浪與他錢絹？”乃報其妻云：“癡物，倘逢不解事官府，遣拆下頷檢看，我一個下頷，豈只直若許錢絹？”

——《啟顏錄》

幡動？風動？心動？

唐朝有一個和尚名叫惠能，有一次他到廣州法性寺去聽經，入得寺門就看見全寺和尚都在靜心聽講。忽然，一陣風來把佛像前面懸掛的幡吹動了。座中兩個和尚見了就議論起來。一個說：“你看，那幡在動。”另一個說：“不對，那不是幡動，而是風動。”兩人爭論不休。惠能聽了，便插嘴說：“不是風動，也不是幡動，而是你們的心在動！”

今解 唯心主義者總不承認事物是客觀存在的。風吹幡動，明明是客觀事實，這與和尚們是否看見無關，但惠能卻否認風吹幡動的客觀性，而認為只是“心動”的結果。唯物主義者認為風吹幡動引起和尚們的感覺，客觀決定主觀；唯心主義者卻認為風吹幡動是和尚們的感覺造成的，主觀決定客觀。這二種說法實有天壤之別！

原文 (惠能)至廣州法性寺，值印宗法師講涅槃經。時有風吹幡動，一僧曰：“風動。”一僧曰：“幡動。”議論不已。惠能進曰：“不是風動，不是幡動，仁者心動。”

——《六祖壇經·行由品第一》

黔驢技窮

相傳古時候，貴州沒有驢子。有個多事的商人從外地弄來一匹驢子。但是貴州多山，驢子派不上用場，那商人只好把驢子放在山下，隨牠吃草蹓躂。

有一天，山上下來一隻餓虎，猛然看見這匹驢子，不禁大吃一驚：“啊呀，這個龐然大物是甚麼東西？大概是神靈下凡。”老虎慌慌張張躲進茂密的樹林，偷偷觀察驢子的動靜。第二天，老虎按捺不住好奇心，想悄悄地走近驢子。誰知被驢子瞧見，“昂——”地大吼一聲，嚇得老虎拔腿就逃。逃了一陣，卻發現後面沒有動靜，老虎又踱了回來。接連幾次，老虎逐漸發覺這頭怪物並沒有多大本事，就連那空洞的叫聲也已經聽慣了。於是，老虎越靠越近，又試着用腳爪去挑逗驢子，然後再用身子去撞牠。驢子惱羞成怒，撂起後蹄朝老虎踢去。這一踢可就漏了底，老虎暗自高興說：“好傢伙，原來只有這點本事！”於是，老虎大吼一聲，猛撲上來，咬住驢子的喉管。任憑驢子吼呀踢呀都無濟於事了。老虎舔完了最後一滴血，才滿意地離開了。

今解 貴州小老虎所以能夠打敗龐然大物的驢子，是因為牠沒有被貌似強大的驢子嚇跑，而是通過冷靜的觀察，大膽的試探，終於摸清了驢子的底細，最後才一戰而勝。一切虛弱腐朽的東西往往貌似強大，我們千萬不要被它們嚇唬住。

原文 黔無驢，有好事者船載以入，至則無可用，放之山下。虎見之，龐然大物也，以為神，蔽林間窺之，稍出近之，慭慭然莫相知。他日，驢一鳴，虎大駭，遠遁。以為且噬己也，甚恐。然往來視之，覺無異能者，益習其聲。又近出前後，終不敢搏。稍近益狎，蕩倚衝冒，驢不勝怒，蹄之。虎因喜，計之曰：“技止此耳。”因跳踉大㘚，斷其喉，盡其肉，乃去。

——《柳河東集．第十九卷》

愛老鼠的人

永州有一個人，清規禁忌甚多，生肖屬鼠，就奉鼠為子神。他唯恐冒犯老鼠，家裏從來不養貓狗，也禁止家僮打老鼠。於是，方圓一帶的老鼠都成羣結隊來這家安居。大白天，一羣羣老鼠滿屋子亂竄，甚至在人們前後追逐；一到夜晚，則爭偶打架，吱吱怪叫，淒厲萬狀，使人無法入睡。所有的傢具都被老鼠啃得千瘡百孔，箱櫃裏的衣物也被咬得碎片紛紛，就連一家人的三餐飯，都是吃老鼠口裏剩下的飯菜。儘管這樣，這位主人還生怕待之不周。

幾年以後，這位屬鼠的主人遷居他鄉，另有別人搬來這裏。老鼠們以為還能得到新主人的寵愛，照舊十分猖獗。新主人看見滿屋子老鼠亂闖亂竄，驚詫地說："啊呀，是誰把這些醜類縱容到這個地步！"於是，新主人馬上借來五六隻老貓來捕鼠；又請人釘上門板，撤去磚瓦，堵塞鼠洞，又是火燎，又是水灌。不到一天，打死的老鼠就堆成了小山丘，丟在蔭蔽的地方，那腐爛臭氣幾個月才漸漸消失。

今解 "膽小如鼠"，老鼠素來是最怕人的，牠為甚麼敢那樣亂竄亂闖，公開猖獗肆虐呢？就是因為有人寵愛牠、包庇牠，甚至縱容牠，所謂"姑息養奸"者是也。只有改變方針，像這家新搬來的住戶那樣，採取各種手段，予以徹底消滅，才是正確對待這些醜類的唯一辦法。

原文 永有某氏者，畏日拘忌異甚，以為己生歲直子，鼠，子神也。因愛鼠，不畜貓犬，禁僮勿擊鼠，倉廩庖廚，悉以恣鼠不問。由是鼠相告皆來某氏，飽食而無禍。某氏室無完器，椸無完衣，飲食大率鼠之餘也。晝累累與人兼行，夜則竊嚙鬥暴，其聲萬狀，不可以寢，終不厭。數歲，某氏徙居他州。後人來居，鼠為態如故。其人曰："是陰類惡物也，盜暴尤甚，且何以至是乎哉。"假五六貓，闔門撤瓦灌穴，購僮羅捕之，殺鼠如丘，棄之隱處，臭數月乃已。

——《柳河東集·第十九卷》

臨江之麋

臨江有個獵人捉到一頭還在吃奶的小麋鹿，抱回家去飼養。剛跨進門檻，家裏的一大羣狗都搖頭晃尾地跑來，流着口水想吃小麋鹿。主人大怒，狠狠把狗教訓了一頓。從此，主人就天天抱着小麋鹿，讓牠同狗相互熟習。狗稍微露出不良企圖，主人就立刻一頓毒打。這樣時間一久，小麋鹿就和那羣狗混得很熟了，時時在一塊兒玩耍，打打滾，舔舔毛，十分親暱。這些狗雖然很想嚐嚐鹿肉的鮮味，可是懼怕主人，只能看着牠嗞嗞唾沫；小麋鹿呢，也忘記了自己原是鹿類，把狗當成了好朋友。

有一天，小麋鹿跑出門外，看見大路上躺着一羣別人家的狗，立刻歡蹦活跳地跑上去同牠們玩。羣狗一起驚奇地瞪着這隻小蠢貨，又喜又惱，隨後呼啦一聲撲上來，你爭我奪，把小麋鹿撕得粉碎，只剩下滿地的肚腸血污。

這頭小麋鹿直到臨死，還沒有醒悟過來。

今解 這隻可憐的小鹿至死不悟，是因為牠萬萬想不到真正殘害牠的是自己的主人。狗的本性是要吃麋鹿的，這個主人卻掩蓋矛盾，對麋鹿從小進行一種愚蠢的教育，使牠認敵為友，喪失了認別和抵抗能力。這位主人雖是一片好心，但是現實告訴我們，這種"好心"往往最危險。有些人只強調對人進行正面思想教育，反對接觸一些反面的事物，碰一碰就咒罵別人搞精神污染，把人的思想密封在清一色的教條公式中，以為這樣最保險；殊不知事物只有在矛盾對立中才能發展，在思想的溫室裏只能培養出一個個蒼白虛弱的廢物，像這隻天真爛漫的麋鹿一樣。

原文 臨江之人畋得麋麑，畜之。入門，羣犬垂涎，揚尾皆來。其人怒，擔之。自是日抱就犬習，示之使勿動，稍使與之戲。積久，犬皆如人意。麋麑稍大，忘己之麋也，以為犬良我友，抵觸偃仆，益狎。犬畏主人，與之俯仰甚善，然時啖其舌。三年，麋出門，見外犬在道甚眾，走欲與為戲。外犬見而喜且怒，共殺食之，狼藉道上，麋至死不悟。

——《柳河東集·第十九卷》

只會吹哨的獵人

在楚國南方，有個獵人，他能用竹管削成口哨，模仿各種野獸的叫聲，吹得十分逼真。除此之外，他就沒有多大本事了。

有一次，他托着火槍上山，“嗚嗚”地學鹿鳴，想把野鹿引來，他就可以開槍射擊。沒想到，山狸聽見鹿鳴，從密林深處跑來。獵人嚇慌了，連忙吹出老虎的吼叫，把山狸嚇跑了。又沒料到，虎叫聲卻引來了一隻真正的餓虎。獵人嚇得半死，慌忙吹出熊的吼聲，把老虎嚇跑了。他氣還沒喘一口，熊聲又引來一隻張牙舞爪的大黑熊。這下，再也沒有任何野獸的叫聲能嚇跑熊了。獵人嚇得魂飛魄散，癱倒在地。黑熊撲上來，幾巴掌就把獵人撕裂，吞嚼起來。那些沒有真本領，只會賣弄小聰明的人，沒有不成為熊的食物的。

今解 一個獵人，不會打槍，只會吹哨子，這樣的事似乎很滑稽，可是在社會上，倒的確有許多這樣的人。他們不會幹一些實際的事情，只懂得吹牛皮，說大話，蒙騙羣眾。這種人，即使他們的“哨子”吹得再逼真，調兒變換得再多，也只能騙騙一些“貙”和“虎”，待到真正的“熊”出現時，立刻原形畢露。

原文 鹿畏貙，貙畏虎，虎畏羆。羆之狀，被髮人立，絕有力而甚害人焉。楚之南有獵者，能吹竹為百獸之音。昔云持弓矢罌火，而即之山，為鹿鳴以感其類，伺其至，發火而射之。貙聞其鹿也，趨而至，其人恐，因為虎而駭之；貙走而虎至，愈恐，則又為羆，虎亦亡去。羆聞而求其類，至則人也，捽搏挽裂而食之。今夫不善內而恃外者，未有不為羆之食也。

——《柳河東集．第十六卷》

蝜蝂背物

有一種小蟲名叫蝜蝂，很喜歡背東西。無論遇到甚麼小東西，總要設法背在身上。牠的背上很澀，因此背的東西也不易掉下來。終於，越積越多，越來越重，竟至於壓得爬不動了。人們見了可憐牠，把牠背上的東西拿掉。但是，牠爬起來以後，又去找東西背了。牠又喜愛往高處爬，拼命地爬個不停，終於墜下地來摔死了。

今解 這個寓言很有啟發性。有些忙忙碌碌的事務主義者，雖然整天辛辛苦苦，精神可嘉，但因為分不清主次，抓不住關鍵，又不善於依靠羣眾，把甚麼事情都背在自己的身上，越背越重，終於和蝜蝂背物一樣，壓得寸步難行。還有些拼命向上爬或好高騖遠的人，那更像蝜蝂一樣，是免不了要摔筋斗的。

原文 蝜蝂者，善負小蟲也。行遇物，輒持取，仰其首負之，背愈重，雖困劇不止也。其背甚澀，物積因不散，卒躓仆不能起。人或憐之，為去其負。苟能行，又持取如故。又好上高，極其力不已，至墜地死。

——《柳河東集．第十七卷》

河豚之怒

江南一帶的河裏有一種魚，人們叫牠做“河豚”。河豚魚喜歡在橋墩之間游來游去，有時迎頭撞在橋墩上，便怒氣沖沖，無論如何都不肯走開，怨恨橋墩為甚麼要撞到自己。一面罵，一面張開兩腮，豎起渾身的鬣刺，滿肚皮充滿了怒氣，浮到了水面上，許久都不動一動。這時候，鳶鳥掠過河面，一把抓住圓鼓鼓的河豚，啄開牠的肚皮，美餐一頓。

今解 這是蘇軾仿柳宗元“三戒”創作的一則寓言，旨在嘲笑那些不認識自己的缺點錯誤，遇事總喜歡怨天尤人的人。還告訴我們，沉溺於這種無休止的怨恨中，不圖前進，只能蹉跎自誤，使自己越來越處於被動。

原文　河之魚，有豚其名者，游於橋間，而觸其柱。不知遠去，怒其柱之觸己也，則張頰植鬣，怒腹而浮於水，久之莫動。飛鳶過而攫之，磔其腹而食之。

——《柳河東集．附錄卷下》

愛錢忘命

永州地方的人都很會游泳。有一天，江水暴漲。有五六個人划着一艘小木船橫渡湘江，船到中流，被激浪打翻，大家都落進水裏，拼命向岸邊游去。其中有一位漢子使出全身氣力，也游不了幾尺遠。同伴奇怪地問他："平日你最會游水，怎麼今天落到後面去了？"他喘着氣回答："我腰上纏着一千枚大錢，重得很，所以游不動啦。"同伴說："怎麼還不丟掉呢？"他不回答，只是搖着頭。不一會兒，他更加游不動了。已經上岸的同伴對他大聲呼叫說："你好愚蠢！你被金錢迷得太深了！命都顧不上，還要錢幹甚麼？"他翻着白眼，還是搖着頭。最後，冒了幾個氣泡，就沉下水底淹死了。

今解　"人為財死，鳥為食亡"，這則寓言既譏諷和警告了那些貪贓枉法的小人，同時也說明這樣一個道理：一個人當其盲目崇拜或迷戀某件東西已到了成為痼疾的時候，就會完全喪失理智，在緊急關頭分不清主從利弊，連生命也不顧了。不顧生命本有好的一面，但"死有重於泰山，有輕於鴻毛"，為錢而死或為那些醜惡的事情而送命，這又算甚麼呢？真可謂"愚之甚，蔽之甚"也！

原文　永之氓咸善游。一日，水暴甚，有五六氓乘小船絕湘水，中濟，船破皆游。

其一氓盡力而不能尋常。其侶曰："汝善游最也，今何後為？"曰："吾腰千錢，重，是以後。"曰："何不去之？"不應，搖其首。有頃，益怠。已濟者立岸上呼且號曰："汝愚之甚！蔽之甚！何以貨為？"又搖其首，遂溺死。

——《柳河東集．第十八卷》

東食西宿

齊國有個姑娘到了該出嫁的年齡，有兩家人送來聘禮求婚。東面人家的兒子長得又矮又醜，可是家中富有錢財；西面人家的兒子呢？倒是一表人材，只是家境貧苦。姑娘家的父母左右盤算，還是決定不下來，便把女兒喚到堂上，叫她自己拿定主意。

父親見女兒低頭紅臉，一副羞羞答答的樣子，便説："你要是不好意思説出口，就袒露手臂表示一下吧，喜歡東家兒子，就袒露右邊；愛上西家兒子，就袒露左邊。"

姑娘怔了半天，才解開衣襟，把兩邊的手臂都袒露出來。

"這是甚麼意思？"父母驚詫地問。

"我……"姑娘忸忸怩怩地説，"我想在東家吃飯，在西家住宿。"

今解 "東食西宿"這句成語的出處便在這裏。我們經常説，對人對事不要存心偏袒，那是指一心為私、徇情包庇等情況而言。但是，難道兩袒或兼袒就好嗎？不，兩袒往往是一種調和矛盾的折衷主義，缺乏原則性；如果也有原則的話，那唯一的就是貪得求多，兼有其利，和偏袒並無本質差異。孟子還只説："熊掌我所欲也，魚亦我所欲也，二者不可得兼，捨魚而取熊掌可也。"故事中這位姑娘是熊掌和魚都要吃到，一個也不放棄，虧她想得出來，真是"聰明"得太過頭了。

原文 齊人有女，二人求之。東家子醜而富，西家子好而貧。父母疑不能決，問其女，定所欲適，難指斥言者偏袒，令我知之。女便兩袒。怪問其故。云："欲東家食，西家宿。"

——《藝文類聚》

畫龍點睛

張僧繇是梁代的大畫家。梁武帝崇尚佛教，到處興建寺廟，命令他飾畫牆壁。有一次，他到金陵安樂寺去，一時興起，在壁上畫了四條龍，張牙舞爪，十分逼真，但是都沒有畫上眼睛。人們看了覺得很奇怪，問他甚麼緣故。他回答説："我畫上了眼睛，龍馬上就會飛去。"人們以為他在吹牛，越發要求他畫上去。他便在兩條龍上畫上了眼睛。

一會兒，天氣突然變了，大雨傾盆，雷電交加，那兩條龍脱離了寺壁，穿過烏雲，飛到天上去了。兩條沒有畫上眼睛的龍，仍舊留在壁上。

今解 龍是假想中的動物，張僧繇畫龍點睛的故事當然不可信，但是，這故事的內容卻是很有啟發性的。我們對待工作，不能不分輕重緩急，眉毛鬍子一把抓，而應該抓住關鍵，突破要害，以此帶動其他一般工作。畫龍點睛使龍騰空而起，工作中抓住了重點，就能夠更好地前進。

原文 武帝崇飾佛寺，多命僧繇畫之……金陵安樂寺四白龍不點眼睛，每云："點睛即飛去。"人以為妄誕，同請點之。須臾，雷電破壁，兩龍乘雲騰去上天，二龍未點眼者見在。

——《歷代名畫記》

誰是佞人

唐太宗在後花園裏散步。他走到一棵綠葉扶疏、亭亭玉立的樹前，仔細地觀賞了半天，不禁嘆道："啊呀，這真是一棵嘉美的樹木！"話音還沒落，只聽見侍從中有一個人也隨聲附和，連連讚美這棵樹。

太宗回頭一看，原來是宇文士及，便正顏厲色地說："怪不得魏征常常勸我遠離諂媚的小人。以前我還不明白誰是小人，現在算知道了。"

宇文士及連忙叩頭說："文武百官知道陛下從善如流，紛紛面奏廷諫，常常在大殿之上掃陛下的面子，使陛下幹甚麼事都不能隨心所慾。今天小臣不順從您的心意，您就是貴為天子，又有甚麼意思呢？"

唐太宗聽罷，轉怒為喜。

今解 唐太宗是帝王中最開明的一個，主要表現在他能納諫，"能受盡言"，確有眼光遠大之處。他的名言是："以銅為鑒，可以正衣冠；以古為鑒，可以知興替。"可見他很重視歷史經驗。他更"恐人不言，導之使諫"，深深地懂得了聽取反面意見的重要。但作為帝王，就在聽言納諫這方面，也是有他的局限性的。法琳"不念觀音，只念陛下"，贏得了他的寬大處理；宇文士及的一番巧言面諛，也終於使他由"正色"而轉為"意解"，不就是明證嗎？看來，主觀上想辦好事，但沒有堅實的思想基礎或不從根本上解決實質問題，還是不能貫徹到底的。

原文 帝嘗玩禁中樹，曰："此嘉木也！"士及從旁美嘆。帝正色曰："魏征常勸我遠佞人，不識佞人為誰，乃今信然。"謝曰："南衙羣臣面折廷爭，陛下不得舉手。今臣幸在左右，不少有將順，雖貴為天子亦何聊？"帝意解。

——《新唐書 · 宇文士及傳》

一葉障目

楚國有個人家境破落，他不去好好勞動，整天想着能發一筆橫財。有一天，他在《淮南方》(相傳為淮南王劉安編撰的一部方術之書，今已失傳）裏翻到這樣一段話：螳螂捕蟬，全靠有樹葉給牠遮身，人要是得到那片樹葉，就可以隱身。於是，他丟下書，跑到樹林裏仰頭張望。好半天，總算給他發現有一隻大螳螂躲在一片樹葉背後，舉起雙臂朝蟬撲去。他急忙攀上樹岔，伸手去摘那片樹葉。可是過於心慌，樹葉落到地上。地上原來就鋪着厚厚一層落葉，他無法分辨，只好乾脆把地上的樹葉統統掃回家，竟裝了滿滿幾大斗。

然後他舉起一片樹葉，問妻子："你看得見我嗎？"

妻子正忙着織布，回頭説："看得見。你這是幹嗎？"

"不要你多管，"他換了一片樹葉又問，"還看得見我嗎？"

"看得見。"

從正午一直到日頭偏西，楚人不停地揀起樹葉問妻子。妻子實在厭倦不堪了，只好隨口回答："看不見了。"

"真的？"

"真的。"

這一下，楚人高興極了，連忙徑直朝市場跑去。市場上車水馬龍，十分熱鬧。他一手舉着樹葉，一手就去店舖上撈東西。手還沒有來得及縮回來，別人就怒喊着朝他撲來，將他扭送到縣衙門去了。

今解 偽託先秦的著作《鶡冠子》中有“一葉蔽目，不見泰山；兩豆塞耳，不聞雷霆”的句子，這則故事當是這句警語具體的發揮。一葉障目，怎能騙得眾人呢，它比喻人的目光如果為眼前細小的事物所遮蔽，就會看不到全局或整體。這種認識上的主觀片面性的產生，往往因為沉湎於私利，被個人利益這片樹葉遮住了眼睛。

原文 楚人貧居，讀《淮南方》：“得螳螂伺蟬自障葉，可以隱形。”遂於樹下仰取葉，螳螂執葉伺蟬，以摘之，葉落樹下。樹下先有落葉，不能復分別，掃取數斗歸，一一以葉自障，問其妻曰：“汝見我不？”妻始時恆答言“見”，經日乃厭倦不堪，紿云：“不見。”嘿然大喜，齎葉入市，對面取人物。吏遂縛詣縣。

——《太平御覽》

取杓嚐羹

有個人熬好一鍋菜羹，他用木杓勺了一杓嚐嚐，覺得味道太淡，就抓一把鹽撒進鍋裏，然後再嚐嚐木杓裏的羹，還是覺得太淡；於是再抓一把鹽投進鍋裏，又去嚐木杓裏的羹。如此幾番周折，把一大瓦罐鹽統統倒進了鍋裏，羹還是味淡如故。這個人驚奇得張大嘴巴，以為活見鬼了。

今解 把鹽加在鍋中，卻去嚐杓裏的羹，不亦愚乎？當然，一個頭腦正常的人未必會幹出這般蠢事，這裏是要告訴我們一個真理：事物總是在不斷發展的，正如鍋裏加了鹽的羹已經發生了變化，不再同於杓中的羹了。在客觀事物已經變化的情況下，仍然固執原來的觀念，頭腦僵化，用老眼光來看待新事物，就會鬧出這種“取杓嚐羹”的笑話。

原文 人有斫羹者，以杓嚐之，少鹽，便益之，後復嚐之向杓中者，故云：“鹽不足。”如此數益升許鹽，故不鹹，因以為怪。

——《太平御覽》

燕石珍藏

宋國有個蠢人，在梧台東面的燕山拾到一顆有彩紋的石子。他認為這是一件稀世珍寶，急忙拿回家裏，用丹黃色的絲絹包起來，一層又一層，足足包了十層。這樣他還不放心，又用雕花木盒裝起來，一隻套一隻，一連套了十隻木盒。

從周的地方來了一位珠寶商人，聽說這件事，就登門拜訪，請求看一看寶貝。

這個宋國人為了表示虔誠和慎重，事先就薰香沐浴，然後再戴上冠冕，穿上玄色的長袍，最後才恭恭敬敬地請出木盒子，一層又一層地揭開，亮出了那顆石子。

周人一見，捂住嘴巴嗤嗤發笑，告訴他說：“這是一塊石頭，和碎瓦片一樣，一文不值。”宋國人頓時勃然大怒，認為別人是在眼紅他的這件寶貝而有意貶低。從此以後，他更加小心翼翼地把那顆石子珍藏起來。

“華匱十重，緹巾十襲”的美麗裝潢，並不能使一顆石子變成珍珠；同樣，一件事情的社會價值和在人們心目中的地位，決定於它本身的性質和內容，而不能由人的主觀意志任意加以改變。真善美的事物終將由客觀實踐篩選出來，而惡醜的東西，不管怎樣喬裝打扮，吹捧擅場，遲早要暴露出它的真

實面目，弄到像這個宋國人一樣被人恥笑的地步。李白詩中說得好："宋國梧台東，野人得燕石，誇作天下珍，卻哂趙王璧。"

原文　宋之愚人，得燕石於梧台之東，歸而藏之，以為大寶。周客聞而觀焉，主人端冕玄服以發寶，華匱十重，緹巾十襲。客見之，盧胡而笑曰："此燕石也，與瓦甓不異。"主人大怒，藏之愈固。

——《太平御覽》

截竿入城

魯國有個鄉下人掮着幾根竹竿去城裏出賣。他走到城門口，竹竿太長，他豎着拿卡在城牆上，橫着拿也卡在城牆上，無論如何也進不去。折騰了好半天，他累得气喘吁吁，實在技窮智竭了。有個老頭兒看見了，捋着白鬍子呵呵笑道："好一個大草包！我老漢雖說不比聖人，可也見多識廣啦，告訴你，把竹竿一鋸兩段不就進去了嗎？""可是鋸斷就賣不出好價錢了。""總比你拿不進城好多了吧！"鄉下人想想也覺得是個好主意，於是就借來一把鋸子，把竹竿全部截斷，拿進了城門。

今解　這個鄉下人已經夠笨的了，而那位自吹雖非聖人卻頗多見識的老漢，則更加笨得可以。有些人自詡經驗豐富，可也同樣是腦子轉不過彎來，在實際問題面前往往束手無策。他們不善於靈活地考慮極簡單的，甚至是一般常識範圍內的問題，而只會按照老規矩、老經驗辦事；即使想出些"好主意"，也只像這位老漢一樣，把竹竿鋸斷，做些破壞性的事情，還自以為得計哩。

原文　魯有執長竿入城門者，初豎執之，不可入，橫執之，亦不可入，計無所出；俄有老父至曰："吾非聖人，但見事多矣，何不以鋸中截而入。"遂依而截之。

——《太平廣記》

磨磚作鏡

南嶽衡山上有一座觀音台，廟宇莊嚴，香火興旺。有一天，懷讓禪師踱進佛殿，看見馬祖和尚正端坐在蒲團上靜心合掌，閉目禪定。懷讓見了，知道他心想成佛，因而暗暗好笑，便揀來一塊青磚，蹲在地上，嘩啦嘩啦地磨將起來。

馬祖聽得心煩，睜眼一看，原來是自己的師傅在磨磚。馬祖問："你做甚麼？"懷讓答："磨磚作鏡。"

馬祖笑道："磚頭就是磚頭，難道能磨出鏡子不成？"

懷讓說："好吧，磨磚既不成鏡，難道你坐禪就能成佛嗎？"

馬祖不高興地說："你這是甚麼意思？"

懷讓回答："打個比方，如牛拉車，車要是不走，你說該打牛，還是該打車？"

馬祖支支吾吾答不上來。懷讓便朗朗說道："你學坐禪，是為了成佛；其實成佛靠的是心靈中的穎悟，根本不是坐着能解決的。而佛呢？他的本質就是沒有固定的外相，要求心不停駐在任何一件事物上，你想坐着學佛，就是殺佛，你固執着外相，就永遠達不到真正的佛理。"

今解 故事中的懷讓，是唐朝佛教禪宗高僧。禪宗"呵佛罵祖"，反對坐禪、唸佛一切煩瑣形式，宣揚"頓悟成佛"。這個故事的哲學意義是很豐富的：第一，它說明世界上一切事物的運動變化，都依據它們各自特殊的質的規定性，磨磚不能成鏡，是因為磚根本不具備成鏡的物質條件。第二，解決問題，首先應抓住矛盾的主要方面，牛車不行，打車子是沒有用的。第三，形式是由內容決定的，因此不能忽視事物的實質，而徒然追求形式。

原文 （馬祖坐禪），師知是法器，往問曰："大德坐禪圖甚麼？"一曰："圖作佛。"師乃取一磚，於彼庵前石上磨。一曰："師作甚麼？"師曰："磨作鏡。"一曰："磨磚豈得成鏡邪？"師曰："坐禪豈得作佛邪？"一曰："如何即是？"師曰："如牛駕車，不行，打牛即是，打車即是？"一無對。師又曰："汝學坐禪，為學坐佛，若學坐禪，禪非坐臥；若學坐佛，佛非定相，於無住法，不應取捨。汝學坐佛，即是殺佛；若執作相，非達其理。”

——《景德傳燈錄》

也須問過

有一天，釋迦牟尼端坐在菩提樹下靜心打禪，忽聽耳邊傳來一聲聲刺耳的嗥叫，便睜開雙眼，看見兩個農民抬着一口肥豬走來。釋迦牟尼問：“你們抬的是甚麼東西？”農民笑着反問：“不是說佛祖智慧無邊嗎？怎麼連豬玀都不認識呢？”佛祖合掌正色道：“知道了也應該問一下。”

今解 這個故事見於禪宗語錄《五燈會元》，是作為修行學佛的典範而傳下來的。釋迦牟尼是否連豬也不識呢？不得而知。但這個故事至少說明兩點：一、“佛”畢竟是人不是神，雖說“佛具一切智”，但也可能常識缺乏到連豬也不識；二、“也須問過”這句話很妙，它重在強調好問的精神。一個人知道的事物總是很有限的，而且自認為已經知道的事也可能實際上與客觀不符，因此“不恥下問”就很有必要。

原文 世尊一日坐次，見二人舁豬過，乃問：“這個是甚麼？”曰：“佛具一切智，豬子也不識？”世尊曰：“也須問過。”

——《五燈會元》

丹霞燒佛

寒冬臘月，大雪紛飛。丹霞和尚外出化緣，路經一處廟宇，匾額上書“洛東慧林寺”，他便走進廟門，避避風雪。佛殿內空空蕩蕩，無一人。丹霞的手腳凍僵了，便從香案上抱下兩具木頭菩薩，砸碎燒着，就烤起火來。

火光驚動了後殿的老方丈，他披着袈裟跑出來，一見就勃然大怒，呵責道：“你造反啦！為甚麼燒我的木佛？”

丹霞和尚用錫杖撥缽炭灰說：“不要發火，我是在燒取佛的舍利。”（舍利，意譯“身骨”，相傳釋迦牟尼火葬後，有八國國王分取舍利，建塔供奉，此後供奉舍利的風氣，漸次盛行。）

老方丈氣咻咻地說："胡說，這佛乃是木頭做成，怎麼會有舍利？"

"那更好啊，"丹霞和尚笑嘻嘻地說，"既然沒有舍利，麻煩老師傅再幫我取兩尊來燒燒。"老方丈氣得連眉毛鬍鬚都要抖落下來了。

今解 宗教總是搞偶像崇拜的，佛教也不例外。為何這個和尚竟敢大逆不道，焚燒佛菩薩呢？原來他屬於禪宗一派。禪宗在佛教中獨樹一幟，大膽改革，反對一切偶像崇拜等宗教形式主義，因而贏得迅速發展和流傳，其臨濟、曹洞兩派影響波及日本。

禪宗雖反對偶像崇拜，卻又崇尚主觀信仰主義這一種更大的偶像崇拜，但其"自心是佛"強調了人的主體性，反對一個超現實的精神力量作為最高主宰，卻為後來的儒家陽明學所接受，並成為早期啟蒙思想家，如李贄、黃宗羲、龔自珍等人的精神源泉之一，在中國思想史中的作用自不能完全抹煞。這個故事對那些喜歡搞迷信和偶像崇拜的人是一個辛辣的諷刺。

原文 丹霞禪師嘗到洛東慧林寺，值天寒，遂於殿中取木佛燒而向火。院主偶見而呵責云："何得燒我木佛？"師以杖撥灰曰："吾燒取舍利。"主云："木佛安有舍利？"師云："既無舍利，更請兩尊，再取燒之。"院主自眉鬚墮落。

——《五燈會元》

宰相辦案

有位大臣死了，按照遺囑，他的兩個兒子平分財產。剛剛分罷，兩兄弟就爭吵起來，哥哥說弟弟那份多，弟弟說哥哥那份多。兩人鬧得雞飛狗跳，又扭成一團上衙門告狀。台府人人判決不下，只好由皇帝批准，請宰相來辦案。宰相張齊賢升堂，問道："你們兩人告的狀屬不屬實？""屬實！屬實！"兄弟倆一齊叫道。"好吧！"宰相命他倆畫押具結，然後判決說："哥哥說弟弟分多了，即命將弟弟那份財產換給哥哥；弟弟說哥哥分多了，即命將哥哥那份財產換給弟弟，即日割交！"兩兄弟大眼瞪小眼，無話可說了。

今解 “甲家入乙舍，乙家入甲舍”，這個案斷得乾淨利落。喜歡貪權、爭多論少的人時時刻刻都懷疑別人多佔，以為自己吃虧，利慾蒙住了他們的眼睛，因而從來不看事實。對付他們最好的辦法就是，讓他們自食其果。

原文 時戚裏有分財不均者更相訟，又入宮自訴。齊賢曰：“是非台府所能決，臣請自治。”上諭之。齊賢坐相府，召訟者問曰：“汝非以彼所分財多，汝所分少乎？”曰：“然。”命具款，乃召兩吏，令甲家入乙舍，乙家入甲舍，貨財無得動，分書則交易之。明日奏聞，上大悅曰：“朕固知非君莫能定者。”

——《宋史．張齊賢傳》

傷仲永

撫州金溪地方有一戶方姓人家，祖先數代都是農民，生了個小孩，名叫方仲永。五歲那年，仲永忽然哭鬧着要筆墨紙硯。他的父親感到很奇怪，就到附近讀書人家支借來一套。仲永爬在飯桌上，鋪開大紙，揮筆寫下了四句詩，還在下面署上了自己的名字。詩的大意是孝養父母和維護宗族。一家人看得目瞪口呆，連忙請來一個鄉下秀才。秀才將信將疑，又隨便指着屋裏一件東西，叫仲永當場賦詩。仲永歪着小腦袋想了想，便飽沾濃墨，揮手立就，而且詩句貼切，文氣暢通。

這一來，神童的名聲便在鄉里播揚開來。鄉里人都想見識一下神童，於是他家經常是車馬盈門。有些富豪人家重金迎請，讓他當堂賦詩。他的父親見有利可圖，就成天牽着仲永的手走鄉串寨，到處表演，沒有讓他再去讀書。

王安石在京城做官，很早就聽說了仲永的名聲。有一年，他回到娘舅家，看見仲永已經有十二三歲了。王安石很感興趣，便叫他即景賦詩。仲永搔了許久腦勺，才勉強寫出了一首，與從前相比，顯然遜色了不少。

又過了七八年，王安石再次回到娘舅家，順便問到仲永。娘舅說：“這個人嘛，現在很平凡，同其他的小伙子沒有甚麼區別了。”

今解 在現實生活中，人們確實發現某些兒童天資穎悟，才能特異，智力商數遠遠超過普通的兒童。現代科學也從生理化學和高級神經活動的物質性上證實了這一點。但是天資只是給異才兒童提供了學習和實踐的優越的物質條件，如果沒有後天的培養和本人的艱苦努力，任何天才都是不能成功的，仲永的遭遇便是一個證明。

我們的社會為天才兒童創造了良好的學習環境，並且開始注重研究異才培養的規律，像仲永這樣的悲劇應該不會重演了。關心人才培養的人們可以在這個故事中得到有益的啟示。

原文 金溪民方仲永，世隸耕。仲永生五年，未嘗識書具，忽啼求之。父異焉，借旁近與之，即書詩四句，並自為其名。其詩以養父母、收族為意，傳一秀才觀之。自是指物作詩立就，其文理皆有可觀者。邑人奇之，稍稍賓客其父，或以錢幣乞之。父利其然也，日扳仲永環丐於邑人，不使學。予聞之也久，明道中，從先人還家，於舅家見之，十二、三矣。令作詩，不能稱前時之聞。又七年，還自揚州，復到舅家，問焉，曰："泯在眾人矣。"

——《王文公文集》

扣盤捫燭

從前有個人，生來瞎了雙眼，從沒有看見過太陽。他很想知道太陽的模樣，便去問明眼人。別人拿來一隻銅盆，告訴他："太陽的形狀像臉盆，是圓的。"瞎子接過銅盆，貼在耳邊敲了敲，發出噹噹的聲音，他若有所悟地點點頭。

過了幾天，瞎子在街上聽見噹噹的鐘聲，高興地說："我知道，這就是太陽！"旁人聽了對他說："不對。太陽是會發出亮光的，就像點燃的蠟燭一樣。"同時又拿出一根蠟燭給他摸了摸。瞎子便牢牢地記在心裏。有一天，他摸到一根竹籥，便對別人說："這肯定是太陽！"

今解 這個瞎子無法親眼看到太陽，僅憑着從別人口裏聽來的東鱗西爪加以臆測，這樣當然不能真正地認識太陽。任何知識都是人們在實踐中得來的，間接經驗和書本知識的積累對於人們固然是十分重要的，但它畢竟是別人的經驗，陸象山所謂："紙上得來終覺淺，絕知此事須躬行。"便強調躬行實踐。有些人滿足於間接知識，看了幾本書，就誇誇其談，自以為無所不通，難道不也是淺薄可笑的嗎？

原文 生而眇者不識日，問之有目者。或告之曰："日之狀如銅盤。"扣盤而得其聲。他日聞鐘，以為日也。或告之曰："日之光如燭。"捫燭而得其形。他日揣龠，以為日也。

——《東坡集．日喻》

好辯論的人

營丘地方有一個讀書人，平日好多事，特別是喜歡跟人家爭論不休，要把無理變成有理。

他跑到艾子那裏，向他提出問題："大車下面和駱駝頸項上，總要掛着鈴子，那是為甚麼？"

艾子說："車子和駱駝的體積都很大，經常夜間走路，怕狹路相逢，一時難以迴避，所以掛上鈴子，對方一聽鈴聲，就好準備讓路了。"

營丘人說："寶塔上也掛着鈴子，難道也因為夜間走路要互相迴避嗎？"

艾子說："你這個人太不懂事理！許多鳥雀喜歡在高處做窠，把鳥糞撒髒了地面，所以塔上掛鈴，風吹鈴響，就會把鳥雀趕開，為甚麼要拿它來跟車子和駱駝比呢？"

營丘人又問："鷹和鷂的尾巴上也掛着鈴子，哪有鳥雀會到鷹鷂的尾巴上去做窠的呢？"艾子大笑說："真奇怪，你這個不通事理的人！鷹鷂出去捉鳥雀，或飛往林中，縛在腳上的繩子容易被樹枝絆住；只要牠一拍翅膀，鈴子就會叮呤響起來，人們就可以照着鈴聲去尋覓。怎麼可以說是為了防鳥雀做窠呢？"

營丘人還繼續問："我看過大出喪，前面有人手搖着鈴子，嘴裏唱着歌。從前總不懂這是甚麼道理，現在才知道是為了怕給樹枝絆住腳跟。但不知縛在那人腳上的繩子是皮繩呢？還是麻繩呢？"

艾子實在有些不耐煩了，就說："那是給死人開路的，就因為死人在生前專愛和人家瞎爭，所以搖搖鈴子也讓他開開心咧！"

今解　鈴子有各種不同的種類，更有各種不同的用途。營丘人提出來問的，明明是大車和駱駝頸下所掛的鈴子，經過艾子一解答，問題本就明確了。但他偏要節外生枝，扯到寶塔、鷹鷂、出喪開路等等鈴子的另外用途上去，這就偷換了原有的論題，越出了問題的範圍，而流於詭辯。照這樣詭辯下去，世界上沒有一件事情可作出肯定的解答，因為你都可以拿某些表面上相似的東西來穿鑿附會，偷換概念，攪亂問題，否定任何既成的答案，像這位營丘人所做的一樣。

因此，如果說辯論的目的，在於辨別是非，使真理愈辯愈明；那麼，詭辯的目的，就在於淆亂是非，蒙蔽真理，把無理說成有理。辯論是好事，流於詭辯就壞了。

原文　營丘士，性不通慧；每多事，好折難而不中理。一日，造艾子問曰："凡大車之下與槖駝之項，多綴鈴鐸，其故何也？"艾子曰："車、駝之為物甚大，且多夜行，忽狹路相逢，則難於回避，以借鳴聲相聞，使預得迴避爾。"營丘士曰："佛塔之上，亦設鈴鐸，豈謂塔亦夜行而使相避邪？"艾子曰："君不通事理乃至如此！凡鳥鵲多托高以巢，糞穢狼藉，故塔之有鈴，所以警鳥鵲也，豈以車駝比邪？"營丘士曰："鷹鷂之尾，亦設小鈴，安有鳥鵲巢於鷹鷂之尾乎？"艾子大笑曰："怪哉，君之不通也，夫鷹隼擊物，或入林中，而絆足絛線偶為木之所綰，則振羽之際，鈴聲可尋而索也，豈謂防鳥鵲之巢乎？"營丘士曰："吾嘗見輓郎秉鐸而歌，雖不究其理，今乃知恐為木枝所綰而便於尋索也。抑不知綰郎之足者，用皮乎？用線乎？”艾子愠而答曰：“輓郎乃死者之導也，為死人生前好詰難，故鼓鐸以樂其屍耳！”

——《艾子雜説》

買鴨捉兔

從前，有個人聽説養隻老鷹捉野兔的行當很有賺頭，便準備試一試。可是他從來沒見過老鷹是甚麼模樣的，看見街上在賣鴨子，以為是老鷹，就揀了一隻最肥的買回來，帶着牠去田野裏打獵。

草叢裏躍出一隻兔子，他連忙把鴨子朝上一擲，叫牠去追兔子。鴨子不會飛，叭嗟一聲跌落在地上。捉起來再擲，又落在地上，這樣擲了三四次，鴨子的骨頭都快跌散了。忽然，牠歪歪斜斜地站起來說：“老兄呀，我是鴨子，不是老鷹，我是當作食用的，可吃不消你這樣一擲二擲的。”

“啊，你不是老鷹？”這個人大吃一驚。

鴨子舉起自己的蹼掌，哭笑不得地說：“你看看我這手腳，可像是捉兔子的樣子？”

今解 這位老兄沒有打獵的實際經驗，連區別鴨子和老鷹的感性認識都沒有，又不虛心請教內行，就憑着想當然，用主觀臆測來代替客觀事實，結果是“用非其才”，鬧出了笑話。

我們強調用人得當，其前提就是要知人，不能單看表面，而要看實質；不被虛名迷惑，而要看他的實際本領；還應博採眾議，全面考察。只有這樣，才能真正做到知人善任。

原文 昔有人將獵而不識鶻，買一鳧而去。原上兔起，擲之使擊，鳧不能飛，投於地，又再擲，又投於地，至三四，鳧忽蹣跚而人語曰：“我鴨也，殺而食之，乃其分，奈何加我以抵擲之苦乎？”其人曰：“我謂爾為鶻，可以獵兔耳，乃鴨耶？”鳧舉掌而示，笑以言曰：“看我這腳手，可以搦得他兔否？”

——《艾子雜說》

肉食者“智”

齊國有兩個閒漢碰在一起。某甲嘆口氣說：“我們同那些公卿大夫都一樣是父母生養，為甚麼他們那樣聰明，而我們這般愚蠢呢？”

某乙說：“這個問題簡單，他們天天吃肉，所以聰明；我們天天往肚皮裏填些粗糧，哪裏會聰明呢？”

某甲高興地說：“這個好辦，我剛巧有幾吊銅錢，買些豬肉試試看。”

幾天以後，兩個閒漢又碰在一起，大有感觸地說：“果然如此，吃了幾天豬肉，我們的腦袋聰明多啦，隨便碰到甚麼事情，都能對付，不僅有智慧，還能悟出它的道理來。”

“比如說，”某甲自誇道，“人的腳掌為甚麼向前伸呢？以前我總想不通，現在可明白了，那是怕被後面的人踏住呀！”

“這個道理還不深奧，”某乙得意地說，“為甚麼人的鼻孔都朝下呢？我告訴你吧，那是怕下雨的時候，水灌進去。”

艾子聽了他們的議論，感慨地說：“我看啊，那些天天魚肉、享受富貴的人，他們的智力也同這兩個人差不多。”

今解 人的智慧，主要依靠個人的主觀努力，在社會實踐中培養鍛煉出來的，而不取決於吃肉的多少。古人說“肉食者鄙，未能遠謀”，指的就是那些養尊處優、做官當老爺的人由於脫離實際和羣眾，往往變得十分愚蠢；相反，整天在實踐中磨煉的小人物往往具有無窮的智慧。

原文 艾子之鄰，皆齊之鄙人也。聞一人相謂曰：“吾與齊之公卿，皆人而稟三才之靈者，何彼有智，而我無智？”一曰：“彼日食肉，所以有智；我平日食粗糲，故少智也。”其問者曰：“吾適有糶粟錢數千，姑與汝日食肉試之。”數日，復又聞彼二人相謂曰：“吾自食肉後，心識明達，觸事有智，不徒有智，又能窮理。”其一曰：“吾觀人腳面前出甚便，若後出豈不為繼來者所踐？”其一曰：“吾亦見人鼻竅，向下其利，若向上，豈不為天雨注之乎？”二人相稱其智。艾子嘆曰：“肉食者其智若此。”

——《艾子雜説》

獐鹿之辨

王雱只有幾歲的時候，有個南方來的客人送給他家一頭獐，一頭鹿，關在一籠，放在客廳裏。客人開玩笑地問王雱：“別人都説你人小聰明，我問你，哪隻是獐？哪隻是鹿？”王雱從來沒有見過這兩種稀罕的動物，看了半天，才回答：“獐旁邊的那隻就是鹿，鹿旁邊的那隻就是獐。”客人聽了，感到十分驚奇。

今解 王雱是王安石的兒子，小小年紀，倒也機智，明明不懂，居然也能回得振振有詞。表面看來，他的回答並沒有錯，獐邊確是鹿，鹿邊確是獐；可是究其實質，完全是一句廢話，因為沒有回答任何具體問題。這種情形人們也時常遇見。有些人大會報告，大塊文章，洋洋灑灑，高談闊論，看起來字字引經據典，篇篇十分正確。其實呢？不接觸一點實質性問題，不解決任何具體困難，廢話連篇，言之無物。嚴格地説，這是一種敷衍搪塞、不負責任的詭辯手法，掩蓋着他們的空虛和怯弱。百姓是很厭惡這種不解決問題的“獐鹿之辨”的。

原文 王雱字元澤，數歲時，客有以一獐一鹿同籠，以問雱：“何者是獐，何者是鹿？”雱實未識，長久對曰：“獐邊者是鹿，鹿邊者是獐。”客大奇之。

——《墨客揮犀》

驢上推敲

唐朝有個著名詩人叫賈島，他還沒有出名的時候，曾去京城參加科舉考試。一天，賈島騎着毛驢在大街上慢悠悠地蹓躂。忽然，在他的腦海裏出現一幅優美的畫面：夜色幽靜，月光如水。有個和尚深夜回寺，對着山門"咚咚"敲幾下，清脆的聲音，打破了池邊宿鳥的清夢……於是，一句好詩油然而生："鳥宿池邊樹，僧敲月下門"。吟了一陣，他覺得"敲"字可以改成"推"字，一會兒又覺得"敲"字更好。想着想着，他便在驢背上伸出雙手，作推門和敲門的姿勢。來來往往的行人看見賈島一副癡癡呆呆的樣子，都十分驚訝。

正在這時候，一隊豪華的車馬儀仗簇擁着代理京兆尹——當代大文學家韓愈，浩蕩而來。賈島的毛驢竟一頭掩到儀仗隊上。衛兵大怒，把他押到韓愈馬前。賈島一看闖了大禍，只好如實把事情經過告訴了韓愈，懇求寬恕。

誰知道韓愈不但沒有發怒，反而微笑着聽完了他的敍述，又聚精會神地思索了一陣，然後對賈島說："'敲'字有動作，有聲音，還是用'敲'字好。"他很欣賞賈島的文學修養和苦學精神，從此，韓愈和賈島就成了一對文學上的摯友。

今解 相傳唐朝詩僧齊己寫了一首《早梅》詩，中有"前村深雪裏，昨夜數枝開"之句，鄭谷隨手將"數枝"改為"一枝"，齊己連忙下拜。時人稱讚鄭谷為"一字師"。

這裏，韓愈也不愧為"一字師"，但他只是在賈島那種一字不苟、認真琢磨的基礎上，才能代為決定"敲"比"推"好。一個敲字，顯示了他們豐富的形象思維和高度的藝術表現能力；這種深厚的功力是同平日嚴謹的治學態度分不開的。我們的前人就是這樣，在學問上如琢如磨，精益求精，連一字之微也不輕易放過。

原文 島初赴舉京師，一日於驢上得句云："鳥宿池邊樹，僧敲月下門。"始欲着"推"字，又欲着"敲"字，練之未定，遂於驢上吟哦，時時引手作推敲之勢。時韓愈吏部權京兆，島不覺衝至第三節。左右擁至尹前，島具對所得詩句云云。韓立馬良久，謂島曰："作'敲'字佳矣。"

——《苕溪漁叢話前集》

法琳念觀音

貞觀十四年，長安城外西華觀的道士秦世英暗裏告發和尚法琳，說他言論觸犯了國法。唐太宗閱狀，立即命令把法琳投入監獄，並對他說："你寫的《辯正論．信毀交報篇》上面說甚麼'有念觀音，臨刃不傷'，好吧，給你七天，讓你去念觀音，到期綁赴刑場，看看刀子砍得進砍不進。"

法琳嚇得魂不附體，帶着桎梏腳鐐躺在黑獄中，只有念誦觀音菩薩，祈禱顯靈。眼看刑期迫近，法琳忽然大徹大悟，神采煥發，敞開胸懷，頓時一點貪生怕死的念頭都沒有了，只等刑期快到。

說話間，七天期滿。唐太宗敕令說："刑期已到，你念的觀音顯靈了嗎？"法琳彎腰拜道："和尚七天以來，不念觀音，唯念陛下。"唐太宗驚奇得很，又派人問："朕詔令你念觀音，你為何不念，反而說唯念陛下呢？"法琳不慌不忙地回答："陛下就是觀音菩薩，所以我就唯念陛下。"唐太宗見了狀詞，哈哈一笑，就把法琳釋放了。

今解 只要多念觀音就能"臨刃不傷"，這明明是不可能的事，而這一點法琳自己知道得最清楚，所以他會那樣恐懼萬狀，後來又情急智生，僥倖獲免。由此看來，大慈大悲的觀世音菩薩並不能挽救一個虔誠的佛教徒，最後還是要從涅槃世界回到現實社會，多念幾聲"陛下"才靠得住。

原文 貞觀十四年，先有黃巾西華觀秦世英……陰上法琳所造之論，……罪當諷上，太宗聞之，便下敕……云："汝所著《辯正論．信毀交報篇》曰，'有念觀音，臨刃不傷。'且赦七日，令爾念之，試及刑期，能無傷不？"琳外纏桎梏，內迫刑期，冰炭交懷，惟祈顯應。恰至限滿，忽神思剽勇，橫逸胸懷，頓亡死畏，立待追對。須臾敕云："今敕期已滿，即事加刑，有何所念，念有靈否？”琳答曰：“……琳於七日以來，不念觀音，惟念陛下。”又敕治書侍御韋悰問琳：“有詔令念觀音，何因不念，乃云惟念陛下？”琳答：“……陛下……即是觀音，所以惟念陛下。……”以狀奏聞，遂不加罪。

——《集古今佛道論衡》

蔡京試孫

蔡京是北宋的白臉奸臣，人稱“六賊之首”。他的一羣孫子都是紈絝膏粱，從小飯來張口，衣來伸手。蔡京常常在客人面前誇獎孫子們個個聰明非凡。這一天，蔡京忽有興致，就把孫子們叫到客廳，當眾試一試。蔡京問：“你等日日吃飯，試着説給我聽，白米是從哪裏來的？”一個孫子搶着回答：“是從石臼裏出來的！”，“你懂個屁！”另一個孫子在旁邊大聲喊，“我看見白米是從草蓆裏出來的！”因為當時京城裏運米，都是用草蓆口袋包裝的。

今解 蔡京諸孫鬧出這種笑話，也屬平常，因為他們不過是繼承祖業，而對於生產知識一無所知。

但是，故事也從反面教育我們，應該重視對於子女的教育。對自己的子女過分溺愛，讓他們從小生長在養尊處優的生活環境，只能使他們“不知稼穡之艱難”，缺乏生活能力，對他們前途是不利的。古話説“君子之澤，五世而斬”，應該值得我們警惕。

原文 蔡京諸孫，生長膏粱，不知稼穡。一日，京戲問之曰：“汝曹日啖飯，試為我言米從何處出？”其一對曰：“從臼子裏出。”盡大笑。其一旁應曰：“不是，我見在蓆子裏出。”蓋京師運米以蓆囊盛之，故云。

——《獨醒雜誌》

晉平公的琴

晉平公製了一張琴，琴上的弦沒有大弦和小弦的差別，長短和粗細都是一樣。他請了當時有名的盲音樂家師曠來試彈一下，師曠彈了一整天，始終彈不出正常的琴聲來。

於是晉平公便責怪師曠彈得不好。師曠心裏不服，解釋說：“一張琴，大弦和小弦各有各的作用，互相配合起來就可以彈出和諧的聲調。現在你把琴弦都製成一模一樣，我怎麼還能彈呢？”

今解 琴弦有大小、長短、粗細的分別，各有不同的用途，合起來就可以彈出和諧的聲調。

中國古代思想家十分注重“和”與“同”的分辨。“和”是各種對立因素的統一，而“同”則是簡單的同一。“同則不繼，和實生物”，也界就是萬物對立統一的和諧體。至於“君子和而不同”，則要求在不同意見的爭論中形成團結統一，而不搞排斥對立的與論一律。

原文 晉平公作琴，大弦與小弦同。使師曠調之，終日不能成聲。公怪之。師曠曰：“夫琴，大弦為君，小弦為臣，大小異能，合而成聲，無相奪倫，陰陽乃和。今君同之，失其統矣。夫豈瞽師所能調哉？”

——《郁離子》

莊稼與野草

罔和勿兩個人各自種植莊稼，莊稼雖然長起來了，但是野草太多。兩人馬馬虎虎地拔了一陣，還是不能解決問題，都感到十分頭痛。罔不耐煩了，索性把禾苗和野草統統割了下來，一把火燒了，以為這下野草可除盡了。勿拔了幾天也懶得再拔了，任憑野草在田裏生長。結果，罔的田裏，禾苗是燒光了，但是野草還是長出來；勿的田裏，粟都變成了野草，稻也變了種，不能吃了。兩人相對苦笑，只好捱餓。

今解 這兩個人都是怕困難的典型。勿是對困難採取消極態度，聽之任之；罔卻很乾脆，索性一把火把禾苗和野草一齊燒掉，態度倒是積極的，無奈"野火燒不盡，春風吹又生"，困難並沒有被"燒"掉。他們兩人落得餓肚皮，又能怪誰呢？

原文 罔與勿析土而農，耨不勝其草。罔並薙以焚之，禾滅而草生如初；勿兩存焉，粟則化而為稂，稻化為稗。胥顧以餒。

——《郁離子》

萬物一體

有一羣儒家學者聚在一處，高談"萬物一體"的大道理，認為世界上的任何東西都可以化為一體。有個不識相的迂老夫子忽然插進來問："人要是碰見一隻大老虎，怎樣同牠化為一體呢？"另一個儒者打斷他的話，說："好愚蠢的問題，告訴你，一個得道的人有降龍伏虎的本領，騎在虎背上，不就是化為一體了嗎？"眾人聽了，連連點頭。旁邊有一個叫周海門的笑着說："騎在虎背上，還是兩體，必須讓老虎吃進肚皮裏，才叫做一體。"

今解 像故事中腐儒所理解的"萬物一體"說，是由宋儒張載、程顥等率先提出的。認為萬物的生生之德即是仁，人可以通過修養踐行體現這種生生之仁，達到"仁者渾然與物同體"的境界。可見這主要是從道德論角度立說的。腐儒不知，將之理解為在物質上合為一體。周海門是明代心學家，便以"食下虎肚方是一體"來嘲弄腐儒的俗見。

宋明理學家認為世界的統一性在於它的物質性，同時又強調千差萬別的物質形態都有其特殊的屬性和結構，而與別的物質形態相區別。世界的統一是物質的無限多樣性的統一："萬物一體"是根本不存在的。

原文 一儒者談“萬物一體”，忽有腐儒進曰：“設遇猛虎，此時何以一體？”又一腐儒解之曰：“有道之人，尚且降龍伏虎，即遇猛虎，必能騎在虎背，絕不為虎所食。”周海門笑而語之曰：“騎在虎背，還是兩體；定是食下虎肚，方是一體”。

——《古今譚概 · 迂腐部》

忙煞老僧

有個朝廷大官，忽有興致，想到寺廟裏去遊玩。為了接待他，和尚們在三天之前就忙碌起來，有的打掃山門，有的準備酒菜，一個個累得腰酸腿痛。

寺廟地處深山，茂林修竹，山泉琤琮，環境十分清雅。高官遊覽一番，酒足飯飽，興致勃勃地吟起了唐詩：“因過竹院逢僧話，又得浮生半日閒。”和尚們聽了，不覺笑出聲來。

高官問：“你們笑甚麼？”

和尚答：“您老人家固然清閒了半日，咱們老僧可已經忙了三天啦。”

今解 這個故事，一方面說明那些達官貴人的“閒”正是建築在低下階層的“忙”上面，連老和尚也要因他們的半天遊覽而大忙三天，就更不要談一般人民了；這當然是特權所帶來的現象。另一方面，也反映僧侶們無論怎樣談“空”說“無”，看破紅塵，而在達官貴人面前，還是忙得要命，討好一番。

原文 有貴人遊僧舍，酒酣，誦唐人詩云：“因過竹院逢僧話，又得浮生半日閒。”僧聞而笑之。貴人問僧何笑，僧曰：“尊官得半日閒，老僧卻忙了三日。”

——《古今譚概 · 微詞部》

猱搔虎首

森林裏有一種猴類叫“猱”，小巧便捷，善於爬樹，一副爪子長得像小刀子一般尖利。老虎的頭皮經常發癢，就讓猱爬在上面用爪子搔。時間一長，猱就在老虎的後腦殼上搔出一個小窟窿。老虎閉着眼睛，聽任猱在頭上抓爬，感到十分過癮，一點也沒有覺察出來。

抓着抓着，猱就用腳爪伸進小窟窿，掏出老虎的腦漿吃，吃飽了，把剩下的奉獻給老虎。老虎也不問情由，吃得津津有味，覺得猱對自己挺忠誠，愈加相信牠了。

漸漸地，老虎的腦漿被掏空了。有一天，病終於暴發了。老虎痛得死去活來，嗷嗷怪叫。等牠掙扎着爬起來，去找猱算賬的時候，猱早就逃上了高高的大樹。

今解 俗話說：“蒼蠅不叮無縫的蛋”，正因為這隻老虎本身就有弱點，只圖舒服痛快，所以猱才能投其所好，鑽了空子。某些缺點或不正確的思想，如驕傲自滿、愛聽恭維話、不能接受不同意見等等，容易使人們被片面的感覺所蒙蔽，看不見客觀真相，這時候，最容易給猱一般的人造成鑽空子的機會，到頭來後悔莫及，為時晚矣！因此，我們要防微杜漸，警惕自己的“頭皮發癢”。

原文 獸有猱，小而善緣，利爪。虎首癢，輒使猱爬搔之。久而成穴，虎殊快，不覺也。猱徐取其腦啖之，而以其餘奉虎。虎謂其忠，益愛近之。久之，虎腦空，痛發。跡猱，猱則已走避高木。

——《古今譚概．專愚部》

心中無妓

程顥（號明道）、程頤（號伊川）兄弟，世稱“二程”，是北宋有名的理學家。有一天，他倆應邀參加一個朋友家的宴會。酒席上，有幾個花枝招展的歌妓彈彈唱唱，正在給客人勸酒。程頤看不慣，拂衣而起走開了，程顥卻若無其事，大碗酒肉，盡歡而散。

第二天，程頤跑到程顥的書房裏，還餘怒未息，有責備老兄之意。程顥看看弟弟那副一本正經的樣子，呵呵笑着說：“你還記掛着那件事嗎？昨天酒宴上有歌妓，我心中卻沒有歌妓；今天我書房裏沒有歌妓，可是你的心裏還滿是歌妓。”程頤聽了低頭一想，自愧學問和修養實在趕不上老兄。

今解 二程都是理學家，都恪守“非禮勿視，非禮勿聽”的儒家教條。可是在一個歌妓面前，為甚麼表現了兩種不同的姿態呢？這因為，程頤是理學開山，雖然強調主觀的“心”的作用，卻還承認“心外有物”、“心外有理”，對歌妓只能採取“避而不見”的辦法。而程顥則有了心學的萌芽，受佛學影響較深，在他的眼中，萬物須有仁心為其主宰，故“天下無一物非吾度內者”、“若不有諸己，自不與己相干”，因而對歌妓“視而不見”，要求達到“心中無妓”的精神狀態。程頤“自謂不及”乃兄，實際上反映了佛學思辨的深度和欺騙性更超過了某些儒家信條。當然，排除他們兩人的哲學觀點不說，故事還告訴我們，生活中總是客觀存在着善與惡、美與醜的鬥爭，對醜惡的事物一味躲避，並不是聰明的做法；關鍵在於從思想上戰勝它，在與反面事物的接觸中增加抵抗力，做到出污泥而不染，在這一點上，倒是大程“心中無妓”的態度還有可取之處。

原文 兩程夫子赴一士夫宴，有妓侑觴。伊川拂衣起，明道盡歡而罷。次日伊川過明道齋中，慍猶未解。明道曰：“昨日座中有妓，吾心中卻無妓；今日齋中無妓，汝心中卻有妓。”伊川自謂不及。

——《古今譚概 · 迂腐部》

壁畫《西廂》

有一個讀書人名叫丘瓊山，喜愛遊歷名山大川。有一次經過一處幽雅的松林，看見一座氣勢莊嚴的寺廟，便信步走了進去。當他走進佛殿，不禁暗暗吃驚，原來四周牆壁上畫滿了一幅又一幅《西廂記》裏的圖畫。他順手拉過一個老和尚問：“這些都是癡男情女的俗畫，出家人怎能搞這些名堂？”老和尚合掌説道：“相公有所不知，咱們僧家就是從這裏面領悟出佛學真諦的。”丘瓊山愈發驚奇，又拉着問：“那麼是從何處領悟呢？”和尚閉目説道：“阿彌陀佛，《西廂》‘驚艷’之中不是唱道‘怎當她臨去秋波那一轉’嗎？貧僧便是從這裏悟禪。”

今解 “怎當她臨去秋波那一轉”，是《西廂記》中崔鶯鶯初見張生時臨去的表情。這“一轉”真是“瘋魔了張解元”，難道一個出家和尚也欣賞這一套嗎？看來這座山寺裏的和尚是屬於佛教禪宗一派。佛教各宗戒律森嚴，認為只有與“塵世”隔絕，逃避各種物質引誘，才能堅守“苦行頭陀”的禁慾主義生活。唯獨禪宗主張的禁慾生活，不是要與外界物質引誘絕緣，反而要求在與外界不斷接觸中去鍛煉身心，養成“無所住心”、“見色不亂”的硬工夫。壁畫《西廂》，正是這一方法的實施。雖然它主要是一種主觀的修養，但也臆測到事物在對立中發展的規律，比起那種一味禁止人們接觸“反面”事物的教條主義，還高明一點。

原文 丘瓊山過一寺，見四壁俱畫《西廂》，曰：“空門安得有此？”僧曰：“老僧從此悟禪。”丘問：“何處悟？”答曰：“是‘怎當她臨去秋波那一轉’。”

——《古今譚概・佻達部》

兒子也善泅

從前，有個人打江邊走過，看見一個婦女，抱着一個剛滿月的嬰兒，準備把他投進江裏去。

嬰兒嚇得哇哇亂哭，拼命掙扎。

過路人急忙攔住婦女說：“你為甚麼把這個孩子丟到江裏去？”

婦女回答：“我是他的母親，我要讓他下去游水。”

“就算你是他的母親，難道不怕他淹死嗎？”

“淹死？”婦女笑起來，“不要緊，他爸爸是個游泳的能手！”

過路人說：“爸爸會游水，難道他兒子生下來，不經學習，也會游水嗎？”

今解 在這個故事最後還有兩句話：“周之世卿，趙之使將，皆越嫗之智也。”就是說，周朝實行世卿世祿制，趙孝成王任用誤國的趙括，都與這個越國婦女一樣的愚蠢。

一個人游泳的本領並非天生的，不像青蛙或者魚類一樣是可以遺傳的，而必須通過後天的實踐，才能學習鍛煉出來；任何思想、才能或技藝也都是這樣。認為父親善泅，兒子也善泅，是極端荒謬的。所謂“龍生龍，鳳生鳳，老鼠生兒會打洞”的血統論，與這種看法並無二致。

原文 昔有越人善泅，生子方晬，其母浮之水上。人怪問之，則曰：“其父善泅，子必能之。”

——《古今譚概．專愚部》

點金成鐵

南北朝的時候，梁詩人王籍寫了一首《人若邪溪》的五言詩，詩中有“蟬噪林逾靜，鳥鳴山更幽”之句，一時轟動詩壇，傳為絕唱。

到了宋朝，王安石也很喜歡這兩句詩，只是覺得還不夠味兒，於是便在自己寫的《鍾山絕句》中襲用了下句，改成“一鳥不鳴山更幽”（全詩是：“澗水無聲繞竹流，竹西花草弄春柔；茅簷相對坐終日，一鳥不鳴山更幽”）。改完以後，自己覺得挺得意。

一天，他的好友黃庭堅登門拜訪。兩人煮茶論詩，越談越投機。王安石興致勃勃地拿出詩箋請黃庭堅鑒賞。黃庭堅是有名的江西詩派開創人，一看就失聲笑道："老兄，你這一改，倒要算是點金成鐵的好手啦！"

今解 在"春風又綠江南岸"的詩句中，因改一"綠"字而大獲聲譽的王安石，沒料到在這一"鳥鳴"的改動上，卻落下了笑柄。文藝應該是充滿矛盾的自然界和社會生活形象的反映，我國古典詩詞一個優秀的傳統藝術手法，便是善於巧妙地揭示這種對立統一的情景，例如"此時無聲勝有聲"、"萬綠叢中一點紅"等皆是傳神之句。王籍詩句的優點，也在於他深刻地揭示出山林中"噪"與"靜"，"鳴"與"幽"的對立統一，惟其夏日蟬噪，方知風聲松濤俱息，才顯得林更寂靜；惟其鳥語婉轉，方知人跡不到，才顯得山更幽深，真是詩中有畫，宛然在目。而經王安石一改，則矛盾消失，意境索然，詩句就顯得平庸了。點金成鐵之譏，自是妙喻。

原文 梁王籍詩云："蟬噪林逾靜，鳥鳴山更幽"。王荊公改用其句曰："一鳥不鳴山更幽"。山谷笑曰："此點金成鐵手也。"

——《古今譚概 · 苦海部》

彭幾剃眉

彭幾是一個喜歡崇拜名人的讀書人。有一次，他初次看見宋朝大文學家范仲淹的畫像，連連拱手說："敬佩，敬佩，新昌布衣彭幾拜謁！"然後，他把畫像仔仔細細端詳一番，深有感觸地說："一點不錯，有奇德的人，相貌也一定是特殊的。"接着，他取出鏡子對着面孔左照右照，又捋捋自己的髯鬚得意地說："大體上是與范公相像的，只是我的耳朵裏少了幾根毫毛。不過這不要緊，再添幾歲年齡，自然會長出來的。"

後來，他到廬山遊玩，在太平觀裏看見唐朝名臣狄仁傑的畫像，連忙敬禮說："宋朝進士彭幾拜謁！"拜罷，他又對着畫像仔細研究起來。他發覺狄仁傑的眉毛與凡人不同，分枝的眉梢一直插到鬢邊。他牢記在心，回到家裏就用剃刀把自己的眉梢修成尖尖的幾枝，好像正要向鬢邊斜刺上去的樣子。

家人見了他那副怪相，都驚奇發笑。“這有甚麼好笑的？”彭幾光火了，“我前次看見范公畫像，正恨自己沒有耳毫，但長不長耳毛那是天意，我也無法可想；可是眉毛呢，我是有辦法讓它順着我的意思朝上長的，這有何可笑？”

今解 彭幾崇拜名人，原來只是崇拜他們的外表，追求外貌的相似，結果把好好一張面孔弄得不倫不類的。

我們在學習別人長處的時候，首先應該注意事物的內容，反對只注意形式而忽視內容的形式主義。

原文 彭淵材初見范文正公畫像，驚喜再拜，前磬折稱：“新昌布衣彭幾幸獲拜謁。”既罷，熟視曰：“有奇德者必有奇形。”乃引鏡自照，又捋其鬚曰：“大略似之矣，但只無耳毫數莖耳，年大，當十相具足也。”又至廬山太平觀，見狄梁公像，眉目入鬢，又前再讚曰：“有宋進士彭幾謹拜謁。”又熟視久之，呼刀鑷者使剃其眉尾，令作卓枝入鬢之狀。家人輩望見驚笑，淵材怒曰：“何笑！吾前見范文正公恨無耳毫，今見狄梁公，不敢不剃眉，何笑之乎？”

——《古今譚概 · 怪誕部》

王陽明看花

明代心學家王陽明，主張天下無心外之物，無心外之理。有一天，他和一個朋友到南鎮去玩，這個朋友指着山上一棵花樹問王陽明：“你平時說天下沒有心以外的事物，這棵花樹我原先沒有看見過，一直是自開自落，和我的心有甚麼關係呢？”

王陽明被他這麼一問，只好耐心開導地說：“你未曾見這棵花樹時，心裏就沒有花樹的感覺，現在你看見了花樹，便產生了關於花樹的感覺，可見花樹還是存在於你的心中，不是存在於你的心外。”

今解 花樹自開自落，這是實在的。王陽明及其友人即使沒有看見，沒有感到，花樹也絕不會因此就不存在，這其實是很淺顯的道理。但是王陽明卻一定要戴上有色眼鏡看問題，把事情顛倒過來，說花樹本來就不存在，倒是人們的感覺產生的，這是非常荒謬的。

原文　先生（王陽明）遊南鎮。一友指岩中花樹問曰："天下無心外之物。如此花樹，在深山中自開自落，於我心亦何相關？"先生曰："你未看此花時，此花與汝心同歸於寂；你來看此花時，則此花顏色一時明白起來，便知此花不在你的心外。"

——《王文成公全書·傳習錄》

"格"竹子

有一天，王陽明在家裏和一個朋友熱烈討論如何悟徹天下萬物的道理，做成聖賢。王陽明指着屋前亭子旁邊的竹子，叫他的朋友去面對着竹子思索。

他的朋友就早晚坐在竹子前面，想悟徹其中的道理。由於精力虛耗過多，到了第三天，就病倒了。王陽明還不死心，自己也去靜坐在竹子前面，但是始終悟不出甚麼道理來。到了第七天，他也病倒了。

於是，他們兩人都感嘆聖賢確實是難以做到，他們也沒有那麼大的力量去悟徹天下萬物的道理。

今解　天下萬物，確實都有它一定的道理、一定的規律，人們也是完全可以認識這些道理。但是，必須通過社會的實踐。要懂得竹子生長的道理，必須通過種植竹子的實踐才行。坐在竹子面前呆看呆想，不算是實踐，因此一輩子也不會懂得竹子生長的道理。

原文　初年與錢友同論做聖賢要格天下之物。如今安得這等大的力量？因指亭前竹子，令去格看。錢子早夜去窮格竹子的道理，竭其心思，至於三日，便致勞神成疾。當初說，他這是精力不足。某因自去窮格，早夜不得其理；到七日亦以勞思致疾。遂相與嘆聖賢是做不得的，無他大力量去格物了。

——《王文成公全書·傳習錄》

與狐謀皮

從前，有個周人想弄一件價值千金的狐皮大氅，便跑到深林裏，找到一隻紅狐狸，細細地看了一番那豐滿的皮毛，然後恭恭敬敬地說："狐狸兄弟，我想……"

"想甚麼？"狐狸眨眨眼睛。

"想要你的皮做件袍子。"

狐狸嚇得魂飛魄散。一轉眼，狐狸們相互呼喚着逃得無影無蹤了。

又有一次，這個周人想辦桌酒席祭祭祖宗，便跑到山坡上，看到一隻正在吃青草的大山羊。他摸了摸山羊肥胖的腿膀，然後小心翼翼地說："山羊先生，我想……"

"想甚麼？"山羊抬起頭。

"想要你的肉去祭祖宗。"

山羊嚇得拔腿就逃。一瞬間，山坡上的羊跑得乾乾淨淨。

今解 "與狐謀皮"這句成語，比喻跟所謀求的對象有利害衝突，事情一定不可能成功。不可能辦到的事情，是因為它在現實中沒有任何客觀根據。同時做任何事也必須看對象，否則算盤打得再好，也只能鬧出"與狐謀皮"的笑話。

原文 周人欲為千金之裘而與狐謀其皮，欲具少牢之珍而與羊謀其饈，言未卒，狐相率逃於重丘之下，羊相呼藏於深林之中。

——《符子》

當門醉嘔

迂公在朋友家裏喝得酩酊大醉，搖搖晃晃地回家去。經過一家宅院門口，只覺得腸胃一陣翻湧，便當門嘔吐起來，把烏七八糟的東西噴到別人家門口。

看門人見了怒罵道："你為何藉酒發狂，在我家門口吐糞！"

迂公爬起來，睨着眼睛說："怎麼怪我對你家門口嘔吐？誰叫你家門口朝向我的嘴巴！”“好個無賴，”看門人哭笑不得地說：“我家門口造了多少年啦，難道是今天才對着你的嘴巴造的嗎？”

“哼，”迂公指着自己嘴巴說，“告訴你，老子這張嘴巴，也很有一些年紀了！”

今解 這個故事有點令人噴飯。一個人蠻不講理，死不認錯也總是要找出一些歪理來進行狡辯、詭辯。詭辯的根本特徵，是違背事實，也違反邏輯的起碼要求。

原文 公嘗醉走，經魯參政宅，便當門嘔穢，其閽人喝之曰：“何物酒狂，向人門户泄瀉？”公睨視曰：“自是汝門户，不合向我口耳。”其人不覺失笑，曰：“吾家門户舊矣，豈今日造而對汝口？”公指其嘴曰：“老子此口，頗也有年。”

——《迂仙別記》

三人同臥

有三個人擠在一張炕上睡覺。一個人在睡夢恍惚中覺得腿上奇癢難忍，便用手去狠命地抓，誰知抓在第二個人的腿上，因此怎麼抓也不止癢，倒把第二人的大腿抓得血水淋漓的。第二個人在朦朧中摸到腿上的濕處，以為是第三人尿在牀上，急忙催他起來解手。第三人便披起衣服站在門外解手。隔壁正好是一家酒店，榨酒聲滴瀝滴瀝地響個不停，他以為是自己還在解手，竟一直站到天亮。

今解 這種懵懵懂懂、麻木不仁的精神狀態是很可笑的。在實際生活中，確實有這樣一種人，他們情況不明，對於自己所要解決的問題不能對症下藥，這也必然會出現這種可笑的結果。

原文 三人同臥，一人覺腿癢甚，睡夢恍惚，竟將第二人腿上竭力抓爬，癢終不減，抓之愈甚，遂至出血。第二人手摸濕處，認為第三人遺溺也，促之起。第三人起溺，而隔壁乃酒家，榨酒聲滴瀝不止，以為己溺未完，竟站至天明。

——《笑府》

幼女配老翁

艾子有個老朋友名叫虞任，生下個女兒剛滿兩周歲，長得玲瓏可愛。艾子見了十分喜歡，便為自己的兒子訂婚。

虞任也挺高興，問：“你的愛子幾歲啦？”

“四歲。”艾子回答。

“甚麼！”虞任沉下臉來，“你想要我的小女兒嫁給一個老頭子嗎？”

艾子丈二和尚摸不着頭腦。

虞任恨恨地說：“你還裝糊塗。你兒子四歲，我女兒二歲，你兒子足足要比我女兒大一倍年紀。倘若我女兒二十歲出嫁，你兒子就已經四十歲；要是不幸再耽擱到二十五歲出嫁，你兒子就已五十歲啦，你不是想叫我家小女去配一個老頭子嗎？”

今解 這個人很蠢，蠢在哪裏呢？我們知道，這兩個人的年齡都是一年一年地增長，相差兩歲，無論過多少年（除非死了），也還是相差兩歲，而虞任把兩人年齡成倍數這個暫時的現象誤認為是永久的倍數，荒唐地看成為等比數列，結果就鬧出了“幼女配老翁”的笑話。

在錯誤的前提下，只能推出錯誤的結論。把暫時的、偶然的現象，認做必然的、永久的規律，也一定會犯類似的錯誤。

原文 虞任者，艾子之故人也，有女生二周，艾子為其子求聘。任曰：“賢嗣年幾何？”答曰：“四歲。”任艴然曰：“公欲配吾女於老翁邪？”艾子不論其旨，曰：“何哉？”任曰：“賢嗣四歲，吾女二歲，是長一半年紀也；若吾女二十而嫁，賢嗣年四十；又不幸二十五歲而嫁，則賢嗣五十矣，非嫁一老翁邪？”艾子知其愚而止。

——《艾子後語》

庸醫斷箭

從前有一個醫生，自稱擅長外科，軍營裏有位副將在戰場上中了流箭，箭頭深深扎進筋膜內，痛苦不堪，他立即派人請那位外科醫生來施行手術。醫生走到牀邊，稍一察看，便掏出一把大剪刀，喀嚓一聲，剪去露在外面的半截箭桿，就要辭去。副將拉住他說："箭頭還扎在肉裏面，怎麼不取出來？"醫生回答："這是內科的事情，與外科概無關係。"

今解 不要笑這個庸醫荒唐，在現實生活中，確實有這樣一種人，他們恪守教條，頭腦僵化，把任何事物都看做是孤立、靜止的。在他們眼裏，局部和整體、現象和本質之間都是截然分開，毫無聯繫的。有了這種形而上學的思想方法，當然要鬧出這種以皮肉內外來區分甚麼內科、外科的笑話。

原文 有醫者，自稱善外科。一裨將陣回，中流矢，深入膜內，延使治，乃持并州剪，剪去矢管，跪而請謝。裨將曰："簇在膜內者須亟治。"醫曰："此內科事，不意並責我。"

——《雪濤小說》

薑從樹生

楚國有個人一輩子沒見過生薑。有一次上街看見有人在賣薑，感到很新奇，便托着下巴在一旁端詳了好半天，然後對別人說："這東西一定是在樹上結出來的。"

別人告訴他："錯啦，生薑是從土裏生成的。"

"不可能！"這個人堅決地搖搖頭，"你瞧這東西的模樣，非樹上不能結成。"

結果兩人爭論起來。"好吧！"這個人氣呼呼地說，"我們打個賭，找十個人來問，拿乘坐的毛驢作賭注。"

最後他們問了十個人，個個都說生薑是從土裏生成的。這個人啞口無言，愣了半天，對別人說："毛驢讓你牽走，可是生薑還是從樹上生出來的！"

今解　這個楚人雖然輸了驢子，卻仍堅持薑從樹生，死也不肯認錯，有點花崗石頭腦的表現。我們當然不會這樣。但有時固執某種錯誤的觀點，雖在事實和羣眾面前被迫認錯，而心裏仍存在疙瘩，不服輸，豈不和這個楚人有了共同語言？當然，這個楚人之所以犯這樣的錯誤是和他的主觀主義、憑想像辦事的態度分不開的。我們只要堅持實踐第一的觀點，培養敢於堅持真理、勇於修正錯誤的精神，就絕不會成為這種貽笑後世的蠢人。

原文　楚人有生而不識薑者，曰："此從樹上結成。"或曰："從土裏生成。"其人固執己見，曰："請與子以十人為質，以所乘驢為賭。"已而遍問十人，皆曰："土裏出也。"其人啞然失色，曰："驢則付汝，薑還樹生。"

——《雪濤小說》

鑿壁移痛

有一個生腳瘡的人，流血流膿，痛不可忍，呻吟着對家裏人說："快，你們快把牆壁跟我鑿個洞。"洞鑿成了，他忙把那隻痛腳伸進鄰居家裏，足足有一尺多長。家人問他："這是甚麼意思？"他回答："讓它痛到鄰家去吧，這回跟我沒啥相干！"

今解　腳瘡劇痛是自家事，不解決病因，哪怕把腳伸到爪哇國，都無濟於事。發生了問題，不去尋找和解決內在的根本原因，不承認自身的缺點和錯誤，而一味推卸責任，把矛盾上交或轉嫁他人，同樣對自己也是沒有任何益處的。

原文　里中有病腳瘡者，痛不可忍，謂家人曰："爾為我鑿壁為穴。"穴成，伸腳穴中，入鄰家尺許。家人曰："此何意？"答曰："憑他去鄰家痛，無與我事。"

——《雪濤小說》

嫁禍於黿

南京上清河一帶，堤岸經常被豬婆龍（海豬）拱坍，引起河水泛濫。明太祖朱元璋很是頭痛，就問大臣們："這是甚麼原因？"

大臣們知道朱元璋的忌諱很多，犯了他的忌諱就要被殺頭，所以說話非常小心。他們認為豬婆龍的"豬"和"朱"同音，一定說不得，便報告說："拱坍堤岸的乃是大黿。"他們想，"大黿"的"黿"和被朱元璋所滅亡的"元朝"的"元"同音，朱元璋聽了一定很高興。果然朱元璋見報，立即詔令，將所有的大黿斬盡殺絕。

大黿是捉完了，可是豬婆龍還是照樣把堤岸拱坍。

今解 過去的社會是很講究避諱的，為王者諱，為賢者諱，為親者諱，忌諱的東西五花八門，無奇不有，就連阿Q也忌諱別人說到他頭上的癩疤。

為了滿足忌諱者的喜好，就必然會歪曲事實，掩蓋真相，或是栽花不栽刺，或是報喜不報憂，於是吹牛拍馬，欺上壓下歪風便在這下面滋生起來。我們所熟知的清代文字獄的慘酷，其冤案之多，就往往因犯諱引起。

我們如要求實地的反映客觀現實，就必須同這種惡劣作風做堅決的抗爭。

原文 金陵上清河一帶善崩，太祖患之，皆曰："豬婆龍窟其下，故爾。"時工部欲聞於上，然疑豬犯國姓，輒駕稱大黿為害。上惡其同元字，因命漁者捕之，殺黿幾盡。

——《雪濤小說》

鑿湖容水

王安石擔任宰相的時候，力圖變革，大力推行農田水利等新法。凡執行這條路線得力的人往往可以受到重用，因此前來出謀獻策的官吏不少。一天，有位官吏上堂奏道："把八百里梁山泊的水統統放光。然後墾成桑田，其利益不可小看啊。"王安石聽罷，十分高興，連連讚賞。繼而，他沉思一陣，自言自語說："可是這八百里湖水放到哪兒去呢？”國子監老先生劉貢父恰好坐在旁邊，應聲答道，“這倒好辦，可以在旁邊另外挖鑿一個方圓八百里的大湖用來容水。”王安石聽罷，忍不住哈哈大笑起來。

今解 把八百里梁山泊變成一馬平川的良田，是多麼令人鼓舞的美景；可是其代價卻是把周圍八百里良田挖成一個大湖來容水，那又是何等的得不償失，這樣的計劃，又是何等的愚不可及。對一件事情或一個計劃，只從一面看時，往往是好的、可行的；可是當全面分析時，常常又會發現是很不好、很不可行的。可見，我們在擬訂計劃、辦事情時，絕不能好大喜功、主觀片面，而應該全盤考慮，權衡利弊，尊重客觀規律。

原文 王介甫為相，大講天下水利。一人獻策曰：“決梁山泊八百里以為田，其利大矣。”介甫喜甚，沉思曰：“何地可容？”適劉貢父在坐，戲曰：“旁鑿八百里容之。”介甫大笑。

——《謔浪》

道學先生

宋、明時期，道學成了一種時髦，很多人都爭着模仿道學家的風度。有一位道學先生到城裏去，在大路上恭恭敬敬地弓着腰，背着手，專心致志地踱着四方步，每小步都不超過規定的角度和距離。走着走着，便覺得腰酸背痛，疲憊不堪。他左右張望一番，又回頭小聲問僕人：“看看後頭有沒有人？”僕人說：“沒有。”這個道學先生方才直起腰桿，長噓一口氣，撩開大步，放肆地走起來。

還有一位道學先生正在路上張拱緩步。忽然烏雲翻滾，下起傾盆大雨，這位先生慌忙奔跑。跑出一里多路，忽然他哎呀一聲，痛悔地說：“不好，我失足了，君子知過便改，為時不晚。”於是，他冒雨回到剛才起跑的地方，又開始一步一步地緩緩踱將起來。

今解 這是形容假道學先生的拘執和迂腐的。道學即理學，是宋明儒家哲學思想的主要形態。理學家喜談心性命理，形成一套德性一元化的博大體系。但在後期卻演化成一整套虛偽僵化的道德教條和修養方法。明李贄痛罵他們平日只知“打恭作揖”、“同於泥塑”，而國家“一旦有警，則面面相覷，絕無人色”，活畫出這些假道學先生們的嘴臉。在現實生活中，那一類不管情況怎樣變化，凡事墨守成規的人不也是這副面孔嗎？

原文 曾有人士歆道學之聲而慕學之者，日行道上，賓實張拱，跬步不逾繩矩，久之，覺憊，呼從者：“顧後有行人否？”從者曰：“無。”乃弛恭率意以趨。其一人足恭緩步如之，偶驟雨至，疾趨里許，忽自悔曰：“吾失足容矣，過不憚改可也。”乃冒雨還始趨處，紆徐更步過焉。

——《權子雜俎》

爭雁

兩個獵人看見天空有一羣大雁飛過，於是就張弓搭箭，準備把牠們射下來。忽然，一個獵人說：“這一羣大雁肥得很，打下來煮了吃，滋味一定不錯。”“還是烤了吃好，烤了吃又香又酥。”另一個獵人固執地說。

兩人各持各的理由，爭論不休。後來請人出來評理，總算得出了一個解決辦法：射下來的大雁，一半煮，一半烤。但是，等到他們再去射大雁的時候，那羣大雁早已飛得不知去向了。

今解　機不可失，時不再來。做一切事情都應該抓住時機，當機立斷，説幹就幹。如果陷入無休止的爭論，坐失時機，和這兩個獵人一樣，那麼，甚麼也得不到了。

原文　昔人有睹雁翔者，將援弓射之，曰："獲則烹。"其弟爭曰："舒雁烹宜，翔雁燔宜。"竟鬥而訟於社伯，社伯請剖雁烹燔半焉。已而索雁，則凌空遠矣。

——《應諧錄》

盲人墮橋

河裏的水早就乾涸了，但是瞎子不知道。他小心翼翼地走上木橋，摸到橋當中，忽然一腳踩空，只聽嘩啦一聲，人整個兒跌落下去，瞎子慌忙攀住橋欄，半身已經蕩在空中了。他拼命喊救命，兩手抓得緊緊的，以為一鬆手就要落進深淵裏。

來往行人看見了，都告訴他："不要怕，河水早乾了，放手吧，腳下就是實地。"瞎子根本不相信，還是淒厲地哭號着。終於，他筋疲力竭，掉了下去。誰知腳踩到的竟是實地，瞎子高興得手舞足蹈，自己罵道："嘻嘻，早知道腳下是實地，何必自找苦吃呢？"

今解　這個瞎子不肯腳踏實地，是因為"怕"字當頭，又不願聽從別人的勸告，所以結果是自討苦吃。但有一點可以原諒的，是他的眼睛瞎了。作為明眼的我們，就應該從這裏接受教訓，要時刻注視情況的不斷變化，使我們的思想和行動隨時適應這種變化。抱殘守缺，不知通權達變，也只能是自討苦吃。

原文　有盲子道涸溪，橋上失墜，兩手攀楯，兢兢握固，自分失手必墮深淵已。過者告曰："毋怖，第放下，即實地也。"盲子不信，握楯長號。久之，力憊，失手墜地。乃自哂曰："嘻！蚤知即實地，何久自苦耶！"

——《應諧錄》

和尚安在

有位鄉官奉命押解一個重犯和尚去刺配邊地。天黑時分，他們來到路旁一家旅店求宿。這和尚早就打着逃跑的主意，便摸出幾兩銀子，喚店家端來大碗酒肉，陪鄉官喝到深夜。只見鄉官被灌得爛醉如泥，和尚連忙取來快刀，把鄉官的頭髮剃個淨光，又解下枷梏套在鄉官的脖子上，然後翻窗逃跑了。鄉官一覺睡到天亮，醒來發現和尚不見了，慌忙在屋子裏搜查，也不見影子。這一下可把他嚇得目瞪口呆。忽然他低頭看見了脖子上套着枷梏，又摸摸自己的腦袋是光溜溜的，頓時大喜道："謝天謝地，和尚還在。"他高興地轉了幾圈，忽然又覺得有些蹊蹺，自言自語地說："奇怪，和尚在這裏，我到哪裏去了呢？"

今解 這個狡黠的和尚一定知道此鄉官是個糊塗蟲，不然為甚麼事先設下假象，把他的頭髮剃光呢？雖然和尚都是光頭，但光頭的未必都是和尚；可是這個鄉官卻認為光頭必是和尚，因而一摸到自己的光頭，便以為和尚還在，竟然懵懂得連自己是誰都弄不清楚了，十分可笑。

其實類似這種人，生活中倒是還有不少的。他們看問題常常割裂事物的整體關係，把一切都看成是孤立、靜止、僵化不變的。凡好的，一概都好；凡壞的，一律都壞，也就是凡光頭者，一概都是和尚。這種形而上學的思想方法的流毒是很深的。

原文 一里尹管解罪僧赴戍。僧故黠，中道，夜酒里尹，致沉醉鼾睡；已取刀髡其首，改紲己索，反紲尹項而逸。凌晨，里尹寤，求僧不得，自摩其首髡，又索在項，則大詫驚曰："僧故在是，我今何在耶？"

——《應諧錄》

兩瞽相詬

新市有個齊國的瞎子，性情急躁，在大街上昂頭直走，行人不及避開，被他撞着，他便破口大罵："你眼睛瞎了嗎？"行人見他是個瞎子，也不多計較。又來了一個梁國的瞎子，脾氣更加暴躁，在大街上橫衝直闖，迎面撞到齊國瞎子，兩人一齊摔倒在地。梁國瞎子爬起來就怒聲罵道：“你眼睛瞎了嗎？”齊國瞎子也爬起來吼道：“你眼睛瞎了嗎？”兩個瞎子在大街當中聲嘶力竭，罵成一團。行人圍在旁邊觀看，都覺得十分好笑。

唉！那些以己昏昏，使人昭昭，還要責難不休的人，同他們有甚麼區別呢？

今解　這個故事的結語寫得好極了，那些“以迷導迷，詰難無已”的人，就同這兩個不知羞的瞎子差不多。在生活中，我們也會碰見這樣的人，他們“以己昏昏，使人昭昭”，為了掩蓋自己的弱點，專門把大道理掛在刀尖上去對付別人。

原文　新市有齊瞽者，性躁急，行乞衢中，人弗避道，輒忿罵曰：“汝眼瞎耶？”市人以其瞽，多不較。嗣有梁瞽者，性尤戾，亦行乞衢中，遭之，相觸而躓，梁瞽故不知彼亦瞽也，乃起亦忿罵曰：“汝眼亦瞎耶？”兩瞽哄然相詬，市子姍笑。噫，以迷導迷，詰難無已者，何以異於是。

——《應諧錄》

馬肝有毒

有一位客人在高談闊論，説馬肝有劇毒，能殺人，故而漢武帝曾經説：“文成食馬肝而死。”迂公在一旁聽説，搖着頭笑道：“你騙人罷了，肝既有毒，它長在馬肚子裏，馬怎麼不毒死呢？”客人答：“馬為甚麼活不到百歲之壽？就因為肚裏有肝之故。”迂公想想，覺得很有道理。回到家裏，就把自己養的馬按翻在地，用刀子削開馬腹，把肝剜將出來。事情還沒有做完，馬就已經死掉了，迂公把血淋淋的刀丟在地下，長嘆道：“客人説的太有道理了！馬肝果然極毒，我剜去它，馬尚且活不成，何況不剜去它呢！”

今解　刳肝馬死，明明證實了客人“肝毒論”的荒謬，而迂公卻偏偏得出相反的結論，愈加對此謬説深信不疑。生活中也常有人寧可迷信書本而不承認眼前的事實；當有些理論、方針、政策在社會實踐中被證明是錯誤的時候，他們不去追究問題的實質，以杜絕造成錯誤的根源，反而像這位迂公一樣，硬要得出一套相反的結論來，以“證明”錯謬為正確。

原文　有客語馬肝大毒，能殺人，故漢武帝云：“文成食馬肝而死”。迂公適聞之，發笑曰：“客誑語耳，肝故在馬腹中，馬何以不死？”客戲曰：“馬無百年之壽，以有肝故也。”公大悟，家有畜馬，便刳其肝，馬立斃。公擲刀嘆曰：“信哉，毒也，去之尚不可活，況留肝乎？”

——《雅謔》

打就是不打

宋朝的時候，丘浚做一名殿中丞官員。有一次，他去杭州大寺院裏拜訪一位名叫珊的老和尚。老和尚瞧着丘浚官卑職微，理都不屑理一下，態度很傲慢。一會兒，外面報說有位將軍的公子駕到，老和尚慌忙跑下石階，親自把公子扶下馬鞍，迎進禪堂，又是點頭哈腰，又是裝煙倒茶。

丘浚在一旁看着，心裏氣憤不平，等公子走了以後，他責問老和尚說：“你待我如此倨傲，為何看見將軍公子這般恭敬？”

老和尚回答：“先生不懂我們出家人的道理，這叫做恭敬就是不恭敬，不恭敬就是恭敬。”丘浚勃然大怒，抄起杖棍就在老和尚的禿頭上狠狠打了幾下，一面打一面說：“師傅休要見怪，打你就是不打你，不打你就是打你！”

今解　佛經中有很多這樣的術語，如“色即是空，空即是色”、“一即是多，多即是一”、“有即無，無即有”等等，泯滅事物的差別，製造一種玄虛神秘的氣氛。“接是不接，不接是接”就是老和尚依法炮製的一句，看來有點像辯證法，其實是道道地地的詭辯。他說這句話，就是為了掩蓋他的嫌貧愛富、諛上欺下的醜態。這種詭辯的荒謬性，當丘浚用杖棍在和尚光頭上打幾下，就暴露無遺了。

原文　殿中丞丘浚，嘗在杭州謁釋珊，見之殊傲。頃之，有州將子弟來謁，珊降階接之，甚恭。丘不能平，伺子弟退，乃問珊曰："和尚接浚甚傲，而接州將子弟乃爾恭邪？"珊曰："接是不接，不接是接。"浚勃然起，杖珊數下曰："和尚莫怪，打是不打，不打是打。"

——《諧史》

只許州官放火

宋朝年間，有個人名叫田登，新任州官。他專橫暴戾，欺壓百姓，最忌諱別人直呼其名，甚至不准百姓在講話和文章中用到和"登"同音的字，誰有觸犯，毒打勿論。於是，舉州軍民只好把"點燈"說成"點火"。

這一年元宵節來臨，城裏照例要放彩燈。田登為表示與民同樂，假惺惺允許老百姓進城觀燈，便吩咐下人在街上到處張貼佈告，佈告上書："本州依例放火三日"，為避忌諱，"放燈"統統寫成"放火"。百姓見了一片譁然，都氣憤地說："只許州官放火，不准百姓點燈，是何世道！"

今解　"只許州官放火，不准百姓點燈"，這句膾炙人口的成語，原來還有這樣一個典故。古代帝王的名字是講究避諱的，這裏連一個州官也講起來了。州官和百姓之間，即官民之間有着地位上不可逾越的鴻溝，其中的對立和等級差別是無法調和的，甚至在小小的"燈"與"火"兩個字上面也如此鮮明地反映出來了。

原文　田登作郡，自諱其名，觸者必怒，吏卒多被榜笞，於是舉州皆謂燈為火。上元放燈，許人人州治遊觀，吏人遂書榜揭於市曰："本州依例放火三日。"

——《五雜俎》

專修皇冠

有個小手藝人靠製作剪刀，敲敲鐵皮過日子。有一天，他挑着貨擔串村莊，正巧碰上皇帝在郊外遊玩，跌壞了皇冠。太監便拉住小手藝人，請他修補。補好後，皇帝很滿意，厚厚賞給他一筆銀子。

回家途中，他經過山林，看見有一隻老虎正在路旁痛苦地呻吟，見人來了，舉起一隻血淋淋的腳掌，做出求救的樣子，原來虎掌上戳進一大根竹刺。小手藝人便取出鐵鉗拔出竹刺。老虎立即銜來一頭鹿作為報答。

小手藝人高興極了，回到家裏對妻子說："好日子要來啦！我有兩樣技術，包管馬上發財。"第二天，他湊足一筆錢把門面裝修一新，並掛起一塊大招牌，上面寫道："專門修補皇冠，兼拔虎掌竹刺。"

今解 皇冠，天下只有一頂，碰到它損壞了拿來修補，是極偶然的；而虎掌上戳進竹刺，又偏偏被這位小手藝人碰上，更是極偶然的事情。把希望寄託在偶然的事件上，放棄自己的努力，結果會一無所獲，鬧出笑話。偶然的現象是事物發展過程中由於外在的、非本質的原因而產生的，雖然任何偶然的現象都有它的原因，並且可以被我們認識，但偶然性終究還是偶然性。

原文 有人以釘鉸為業者，道逢駕幸郊外，平天冠偶壞，召令修補訖，厚加賞齎。歸至山中，遇一虎臥地呻吟，見人舉爪示之，乃一大竹刺。其人為拔去。虎銜一鹿以報。至家語婦人曰："吾有二技，可立致富。"乃大署其門曰："專修補平天冠，兼拔虎刺。"

——《五雜俎》

泥像嘆苦

路旁有座小神廟，香案上供奉着孔子、太上老君和釋迦牟尼的三尊泥塑像。

道士跨進廟門，一見老君的泥像放在旁邊，便破口罵道："好不混賬，我教祖乃是玄聖之首，怎能放在一旁？"說罷，捋起袍袖，就把老君的泥像搬到香案正中。老和尚走進廟裏，合掌唸道："阿彌陀佛，如來至尊，安能在下？”唸完，就哼吃哼吃地把釋迦牟尼的泥像抱到中間。

不久，踱將進來一個秀才，搖頭哼道：“成何體統，孔夫子乃萬世師表，理當居中。”說罷，就把孔子的泥像移到香案正中。

就這樣，見一個，搬一個，搬來搬去，把泥像外面的彩皮都搬落了，露出一塊塊難看的黃泥巴。三位泥聖人你看看我，我看看你，嘆息說：“你我本來好好的，卻被人們搬來搬去，弄得缺腿少胳膊的。”

今解　現在恐怕不會再有誰來為老君、釋迦和孔子爭甚麼座次了，但是為個人或小團體、小宗派的利益而拼命爭地位、排名次的人不是大有人在嗎？這個故事正好告訴這些人：這樣爭來爭去，是會弄巧成拙的。一事物，人們會給予怎樣的評價，這是由事物本身的性質所決定的，企圖靠個人的褒貶，來影響一事物在人們心目中的地位，到頭來只會失敗。

原文　一人尊奉三教，塑像先孔子，次老君，次釋迦，道士見之，即移老君於中。僧來又移釋迦於中。士來仍移孔子於中。三聖自相謂曰：“我們自好好的，卻被人搬來搬去，搬得我們壞了。”

——《笑贊》

幸虧有氈帽

大熱天，有個人戴着一頂又厚又重的氈帽，急急忙忙地趕路。火辣辣的太陽烤得他滿頭大汗，好不容易看見一棵大樹，他就站在樹底下歇口氣。他摘下頭上那頂氈帽，一面搖着搧風，一面說：“今天幸虧有了這帽子打扇，不然真熱死我了。”

今解　在冬天，戴着氈帽可以禦寒；而到了夏天，再戴它就是很愚蠢的了，因為氣候條件發生了變化。人們應該珍視自己從生活中所獲得的經驗，但是當世界已經發生了變化，還故步自封，把自己的經驗停留在老一套的形態上，失去了對新鮮事物的敏感，就會成為這種愚蠢而古老的舊腦筋，以至被“氈帽”束縛，深受其害而不自覺。

原文 有暑月戴氈帽而行路者，遇大樹下歇涼，即將氈帽當扇，曰：“今日若無此帽，就熱死我。”

——《笑贊》

盗牛者說

衙役押解着一個偷牛的犯人經過大街，行人都圍上來觀看。有個熟人見了犯人很驚訝，問道：“你犯了甚麼罪啦？”

“真倒霉！”犯人愁眉苦臉地說，“上次我在街上閒逛，看見地上丟着一截爛草繩，以為沒人要了，就順手拾了起來。”

“有這種事？”熟人不解地問，“拾根草繩也犯法？”

“唉，說不清楚，”犯人回答，“我哪裏會想到草繩那頭還拴着一頭小小牛兒呢？”

今解 世界上就是有這樣一種不肯認錯的人，在事實面前，不是推諉，就是否認，慣於用詭辯來為自己的罪責開脫，與這故事中的盜牛人差不多。

原文 有盜牛而被枷者，熟識過而問曰：“汝何事？”答云：“悔氣撞出來的，前在街上閒走，見地上草繩一條，以為有用，拾得之耳。”問者曰：“然則罪何至此？”即復對云：“繩頭還有一小小牛兒。”

——《雅俗同觀》

急性漢子

從前，有一個性急的漢子上街，才跨進一家麵食店的門檻，就大聲嚷道：“怎麼還不拿麵條來！”屁股剛坐上板凳，店家就端着一碗熱氣騰騰的麵條出來，往桌子上一倒說：“你快吃吧，碗我要拿去洗啦！”這個漢子窩了一肚子氣，回到家裏告訴妻子，說：“真把我氣死了。”話音還沒有落地，妻子已經打起包袱，對他說：“你死了，我得去改嫁啦。”妻子改嫁以後剛過了一夜，第二天後夫就鬧着要跟她離婚。妻子奇怪地問他是甚麼緣故，後夫怒氣沖沖地說：“怪你還不養出個兒子來。”

今解 性子急躁只是個人脾氣個性的問題，但是如果性急到違反生活規律的地步，就是有害的。因為，任何事情的發展都需要一定的過程和時間，我們應該按照事物自身的發展規律，發揮自己的努力，促成事物的轉化，而不應該急躁冒進，企望一步登天。俗話說“心急吃不了熱豆腐”，正是這個道理。

原文 性急人過麵店即亂嚷曰：“為何不拿麵來？”店主持麵至，傾之桌上，曰：“你快吃，我要淨碗。”其人怒甚，歸謂妻曰“我氣死了。”妻忙打包袱曰：“你死，我去嫁人。”及嫁，過一宿，後夫欲出之，婦問故，曰：“怪你不養兒子。”

——《雅俗同觀》

農夫亡鋤

有個農夫從田裏回家，兩手空空的。妻子看見了，問他鋤頭丟在甚麼地方。農夫扯開嗓門嚷道：“掉不了，放在田裏啦！”妻子連忙打了他一巴掌，氣憤地說：“說輕點，草包！人家聽見了還不先把鋤頭拾走？”說完又催促農夫快去田裏拿鋤頭。農夫走到田頭一看，鋤頭已經不見了。他連忙跑回家，把妻子拉到身邊附着她的耳朵輕聲說：“不見了。”

今解 這個農夫很蠢，該小聲說話時他大聲嚷嚷，該大聲說話時他卻小聲細氣，總是犯錯。這是甚麼道理呢？是因為他做事情不看實際的環境條件。我們每做一件事，都不可脫離當時、當地的條件。要使自己在工作中少犯錯誤，就要善於分析具體環境，力求使自己的行動符合實際。

原文　夫田中歸，妻問鋤放何處，夫大聲曰："田裏。"妻曰："輕說些，莫被人聽見，卻不取去。"因促之，往看，無矣，忙歸附妻耳云："不見了。"

——《雅俗同觀》

按圖索驥

伯樂是古代有名的"相馬"(鑒別馬的好壞)專家。當他年老的時候，他的兒子很想將這項專門技能繼承下來，以免失傳。於是他把伯樂手寫的《相馬經》讀得爛熟。《相馬經》上說："千里馬是額頭隆起，雙眼如銅錢，蹄如壘起的酒藥餅。"他就按照這一條，拿着經文出去"相馬"，按照書上繪的各種圖形，跟他所見到的一一加以對照。結果，找到了一隻癩蛤蟆，用紙包起來，興沖沖地回家報告父親，說："總算找到了一匹馬，額頭和雙眼與書上說的差不多，就是蹄子不像壘起的酒藥餅。"

伯樂聽了，只好哭笑不得地對兒子說："你倒是找到了一匹好馬，但牠太會跳，你可駕馭不了啊！"

今解　《相馬經》可能是伯樂一生"相馬"的豐富經驗的總結，對於他的兒子來說，要繼承父親這項專門技能，必須很好地加以學習和利用，這是沒有問題的。問題在於：他迷信《相馬經》，死背硬記，從書本出發，而不是從實際出發，以致鬧出了笑話，把癩蛤蟆當成千里馬找來了。

原文　伯樂《相馬經》有"隆顙蛈日，蹄如累麴"之語，其子執《馬經》以求馬，出見大蟾蜍，謂其父曰："得一馬，略與相同，但蹄不如累麴爾！"伯樂知其子之愚，但轉怒為笑曰："此馬好跳，不堪御也。"

——《藝林伐山》

喜酒好屐的猩猩

在一片茂密的森林裏，生長着百十成羣的猩猩。這些猩猩容貌端正，還會說話，特別嗜好喝酒，並喜歡穿木屐學人走路。獵人們掌握了這個習性就在樹林裏擺上許多老酒和木屐，"恭候"猩猩。

猩猩到處遊玩覓食，一碰上酒罈和木屐，知道是獵人設下的圈套，就連人的祖宗十八代也罵到了："好！你們這般蠢貨，以為擺下這些烏七八糟的東西就能騙住我們？老酒木屐有甚麼值得我們喜歡！想讓老子上當，老子偏不上當，哈哈，看你們其奈我何！"罵完以後掉轉屁股就走。走幾步回頭看看，走幾步再回頭看看，那香噴噴的老酒，那逗人的木屐……走着，走着，大家索性停下來，嘸着口水死死盯着。最後牠們實在熬不住了，嘩的一哄而上，抱着酒罈大喝；喝醉了，又套上木屐，歪三倒四學人走路。這時候，四下埋伏的獵人撲上來，把這羣暈頭轉向的猩猩統統捉住。

今解 猩猩當然不會說人話，也未必喜酒愛屐，作者不過是借牠們來描繪生活中的這樣一類人，他們為利所誘，對某些壞事明知其不可為而為之。人與其他動物的最大區別就是具有思想，能夠控制自己的慾望。但有一些人也常常心甘情願地做私慾的奴隸，或者縱容錯誤，或者見利忘義，或者以身試法，這種人真應該好好接受這羣猩猩的沉痛教訓。

原文 猩猩，猿形人面，容顏端正，在封溪山谷間，百十為羣，共相語言，灑灑可聞，聽之者無不欷歔。性喜酒且好屐，人因以張之。猩猩一見，乃知張己，反其祖先姓字，必呼名罵曰："奴輩！故設此以張我邪？酒屐於我亦何愛！而爾乃為此，我今捨爾而去，爾將奈何！"既而羣聚歡飲，竟致醉倒，取屐而着，人乃掩羣得之。

——《樂善錄》

籠中鸚鵡

有位姓段的富商，得到一隻美麗的鸚鵡。這隻鸚鵡十分聰慧伶俐，不僅通人語，還能讀詩唸經。商人分外喜愛，生怕牠飛了，剪去雙翅，用紫竹雕籠精心關養起來。

有一年，這位富商因事被官府拘捕。半年後，富商被釋放回家，他問鸚鵡："我這半年在監牢裏失去自由，吃盡苦頭；你在家中，家人餵養還周到嗎？"鸚鵡回答："主人只關了半年，就不堪忍受；我在籠裏關了多少年，難道就不會生一點怨恨嗎？"富商忽然領悟過來，馬上打開籠子，放出鸚鵡遠走高飛了。

今解 自由是可貴的；但是把個人的自由建築在剝奪或侵犯他人的自由上則是可恥的。有些人只知道自己不自由的痛苦，卻不去想想別人不自由是甚麼滋味，甚至還極力放縱和擴大個人自由，而妨礙和束縛了別人的自由，這種人連故事中的富商也不如。

原文 富商有段姓者，養一鸚鵡，甚慧，能誦隴客詩及《梵本心經》。段剪其兩翅，關以雕籠，加意豢養。熙寧六年，段忽繫獄。及歸，問鸚鵡曰："我半年在獄，極用怨苦；汝在家，餵飼以時否？"鸚鵡曰："君半年在獄，早已不堪；鸚哥幾時籠關，豈亦不生怨恨乎？"段大感悟，即日放之。

——《樂善錄》

好鬥的竹雞

竹雞生性好鬥，一碰見自己的同類，必要打個頭破血流。獵人在樹林裏將落葉堆成窠巢，把引誘竹雞的遊子放在裏面，然後張開網，在樹後隱藏起來。遊子高聲鳴叫。野外的竹雞一聽見有打架的對象了，連忙聞聲飛來，閉上眼睛，昂頭衝進窠巢。說時遲，那時快，網罟起處，沒有一頭竹雞能夠逃脫。

今解 這種昂着頭、閉着眼、橫衝直撞的形象，人們一定很熟悉。和好鬥的竹雞一樣，他們不把力氣花在與天鬥、與地鬥上面，而是頭上長角，身上長刺，“遇其儔必鬥”。要知道，無休止的爭鬥只能給社會帶來災難。竹雞為好鬥而死，這種人的好鬥也會被壞人利用，成為陰謀的犧牲品。

原文　竹雞之性，遇其儔必鬥。取之者掃落葉為城，置媒其中，而隱身於後，操網焉。激媒使之鳴，聞者隨聲必至，閉目飛入城，直前欲鬥，而網已起，無脫者。蓋目既閉，則不復見人。

——《搜採異聞錄》

狡猾的蝙蝠

鳳凰是百鳥之王。鳳凰生日，百鳥都來朝賀，只有蝙蝠不來。鳳凰問蝙蝠：“你是我的部下，為何這樣傲慢？”

蝙蝠回答：“我有腳能走，屬於獸類，為甚麼要來為你祝壽？”

過了不久，又碰上麒麟的生日。麒麟是百獸之王，百獸都來祝賀，蝙蝠仍舊沒有來。麒麟責問蝙蝠：“別的獸類都來了，你為何不來？”

蝙蝠回答：“我有翅膀能飛，屬於鳥類，憑甚麼要給你拜壽？”

有一天，鳳凰同麒麟相會，談到蝙蝠的事，嘆息道：“世間有這般奸猾之徒，真拿牠毫無辦法。”

今解　人們常把兩面派人物比做蝙蝠，看來不無道理。這種人慣於見風轉舵，左右逢源，隨着政治風向的變動而改變自己的信念和立場，從中謀取私利。當然，看起來這種人腳踏兩條船，能夠得計於一時，但正如蝙蝠雖兼有鳥類、獸類特徵，而在分類學上卻屬於哺乳綱翼手目動物，牠們歸根到底也只能採取一個立場，兩面派的花招遲早是要被識破的。

原文　鳳凰生誕，百鳥朝賀，惟蝙蝠不至。鳳凰責之曰：“汝居吾下，何自傲乎？”蝠曰：“吾有足，屬獸，賀汝何也？”一日，麒麟生誕，蝠亦不至。麟責曰：“汝何如不賀？”蝠曰：“吾有翼，屬禽，何以賀歟？”後麟鳳相會，語及蝙蝠之事，乃嘆曰：“世間有此刁詐之徒，真乃沒奈牠何。”

——《華筵趣樂談笑酒令》

莫如殺人

有個信佛的人最喜歡談論輪迴報應，逢人就勸說要積善修德，不要殺生。因為佛經上說過，殺甚麼，來世就會變甚麼；殺牛變牛，殺豬變豬，即使殺一隻螻蛄、一隻螞蟻，也莫不如此。

有一天，他又在眾人中間高談闊論，說得聽眾頻頻點頭。有一個姓許的先生暗自好笑，插嘴說："甚麼都不要殺，最好去殺人。"

"你這是甚麼意思？"大家責問他。

"他不是說殺甚麼變甚麼嗎？"許先生回答，"那麼今生殺人，來世還變人，不是好得很嗎？"

今解 這位許先生講得好，他不用很多哲學上的術語去批判佛教的輪迴報應說，只用一個簡單的邏輯推理就把鼓吹今生殺甚麼來世變甚麼的迷信說教者駁斥得啞口無言。這也反證出，一切虛偽的理論，只要細加剖析，往往都是自相矛盾，違反邏輯的。

原文 一人盛談輪迴報應，甚無輕殺，凡一牛一豕，即作牛豕以償，至螻蟻亦罔不然。時許文穆曰："莫如殺人。"眾問其故。曰："那一世責償，猶得化人也。"

——《解頤贅語》

量體裁衣

明朝嘉靖年間，京城中有位裁縫名氣很響，他親手裁製的衣服，長短肥瘦，無不合體。

有一次，御史大夫請他去裁製一件進宮廷穿的朝服。裁縫手腳利落地量好了他的身腰尺寸，又問："請教御史老爺，您當官當了多少年了？"御史聽了很奇怪，反問他："你量體裁衣就夠了，還要問這些幹甚麼？"裁縫回答說："年輕相公初任高職，意高氣盛，走路的時候挺胸凸肚，裁衣就要後短前長；做官有了一半年資，意氣微平，衣服應當前後一般長短；當官年久而將遷退，則內心悒鬱不振，走路時低頭彎腰，做的衣服就應該前短後長。所以，我如果不問明做官的年資，怎麼能裁出稱心合體的衣服來呢？"

今解　這則故事很有意思，先是畫出了官場中人三個不同階段的神情體態。這其實帶有普遍性和必然性。正因為這樣，所以這個出色的裁縫師便要將它作為量體裁衣時的重要參考。

任職的年資表面上看去同衣服裁剪毫無關係，但事實上因其影響到人的體態，所以有着間接的關係。某一事物的性狀，除由其本身性質所規定外，還由於同其他事物的相互關係而產生各種影響。有時這種關係相互交叉，不易為人們覺察，這需要我們進行深入和全面的觀察，不斷積累起零星的經驗，然後從中摸索出帶有普遍性和必然性的規律來。

原文　嘉靖中，京師縫人某姓者，擅名一時，所製長短寬窄，無不稱身。嘗有御史令裁員領，跪請入台年資。御史曰："製衣何用如此？"曰："相公輩初任雄職，意高氣盛，其體微仰，衣當後短前長；在事將半，意氣微平，衣當前後如一；及任久欲遷，內存銜挹，其容俯，衣當前短後長；不知年資，不能稱也。"

——《寄園寄所寄》

文章難產

有一位秀才年年科舉都落第，他的妻子每次生孩子都難產。到了夜晚，兩口子坐在燈下。秀才取出紙筆，便像吃了苦藥一般，一邊寫文章，一邊抓頭撓腮。妻子看他那副愁眉苦臉的樣子，心中老大不忍，便說："我看你寫文章啊，同我們女人生孩子一樣艱難。"秀才哭喪着臉說："哪裏會一樣？你是肚皮裏有貨色，我卻是肚皮裏沒得貨色。"

今解　這個秀才還算老實，承認自己的肚皮裏實在沒有貨色。寫文章需要作者具有一定的書本知識和生活經驗；辦其他事情也是一樣，要做到心中有數。有些人明明肚裏沒得貨色，不在實踐中彌補，努力地積累知識和經驗，卻喜歡裝腔作勢，總想着"一朝分娩"，這種人肯定是要"難產"的。

原文　士人屢科不利，而其妻素患難產者，謂夫曰："中這一節，與生產一般艱難。"士曰："更自不同，你卻是有肚裏的，我卻是無在肚裏的。"

——《廣談助》

點石成金

有個人家境貧困潦倒，但是儘管香燭都買不起，他還是日日供奉着道仙呂祖洞賓的神位。呂祖為了感謝他的虔誠，便駕着一朵雲彩，飄落在他家的庭院中，呂祖看見他家破甕殘竈，心生憐憫，便伸出一根指頭，指定樹下半截磨盤，"咄"的一聲，只見金光萬道，磨盤瞬時變成了黃金。呂祖轉過臉問道："這塊黃金贈送給你，要不要？"這個人倒頭就拜道："不要，不要！"呂祖喜出望外，說："你這般不愛錢財，倒可以傳授給你真道。""不，不，"那個人支支吾吾了半天，說："我是想要你這隻手指頭。"

今解　這個人本領可不小，連他虔誠拜禱的呂祖也差一點被騙過來了。得寸進尺、貪求無厭的人，表面上卻以清廉自守的高姿態濟其所欲。只是高姿態的外貌掩蓋不了醜惡的貪婪本性，到頭來還是要自我暴露的。

原文　一人貧苦特甚，生平虔奉呂祖，祖感其誠，忽降其家；見其赤貧，不勝憫之，因伸一指指其庭中磐石，燦然化為黃金，曰："汝欲之乎？"其人再拜曰："不欲也。"呂祖大喜，謂："子誠如此，便可授子大道。"其人曰："不然，我心欲汝此指頭耳。"

——《廣談助》

富翁借牛

從前，有一個富翁目不識丁，卻最喜歡搖頭擺尾，自附風雅。有一次，富翁正在堂屋裏陪客，有人送進來一張借柬，向富翁借一條水牛去耕田。富翁拆開借柬，口中唸唸有詞地看了一遍，隨後對借客點點頭說："知道了，你小待片刻，等一下我親自來好了。"

旁邊的人聽了，都捂着嘴暗暗好笑。

今解　這是由於不懂裝懂鬧出來的笑話。世上這樣的人，即使有時能蒙混過去，但總也有露馬腳的時候。“知之為知之，不知為不知，是知（智）也”，應該說這才是一個真正聰明人應守的信條。

原文　有走東借牛於富翁者，富翁方對客，諱不識字，偽為啟緘視之，曰：“知道了，小待，我自來也。”旁觀者皆竊以為笑。

——《廣談助》

死錯了人

東鄰人家的岳母死了，殯葬的時候，需要一篇祭文，這家人就託私塾的老師幫寫一篇。塾師一口應承，便從書箱裏翻出古本，規規矩矩地恭楷抄寫一篇，沒想到誤抄了悼岳丈的祭文。葬禮正在進行的時候，識字的人發現這篇祭文完全弄錯了。這一家人氣壞了，跑回私塾扭住老師就罵。塾師連忙解釋說：“古本上的祭文是刊定的，無論如何不會錯，只怕是你家死錯了人。”

今解　這位塾師真是一個文抄公的典型。這種人寧可相信書本，不願相信事實。書本是前人實踐經驗的記錄，反過來還是要為實踐服務的。是根據實際需要運用書本，還是本末倒置，讓客觀實際來委順書本呢？當然應該是前者。但事實上有些人並不這樣做，他們是一切以書本為準，一字一句，規規矩矩地照辦，對於眼前的客觀實際卻根本不看。這種思想方法是實事求是的一大敵人。

原文　東家喪妻母，往祭，託館師撰文，乃按古本誤抄祭妻父者與之。識者看出，主人大怪館師，館師曰：“古本上是刊定的，如何會錯？只怕是你家錯死了人！”

——《廣談助》

治駝背術

從前，山東平原城裏有位醫生開張營業，自稱善治一切佝僂曲背，不管他背駝得像角弓，或腰彎得像大蝦，一經治療，馬上就直，而且手術簡便，價錢公道。有個人背駝得直裏六尺，橫裏八尺，聽説竟有這等神醫，連忙準備厚禮，前來求治。醫生吩咐他脊背朝天，伏在地下，然後跳上背去就狠命踏將起來。駝背痛得殺豬一般嗥叫，嚷道："啊喲喲，要踩死我啦！"這位醫生邊踏邊説："我的招牌上不是明明白白寫着專把駝背弄直，至於你的死活同我有啥相干？"

今解 生命和駝背兩相權衡，無疑生命更重要，而駝背只是次要方面；為治駝背而送命，顯然是可笑的。這位醫生"趣令君直，焉知死事"，不顧人的死活，只管解決眼前的、局部的次要問題，而根本不管是否會妨害長遠的、全局的主要方面，這種就事論事、簡單粗暴的工作方法，總是要敗事的。

原文 平原人有善治傴者，自云："不善，人百一人耳。"有人曲度八尺，直度六尺，乃厚貨求治。曰："君且臥。"欲上背踏之，傴者曰："將殺我。"曰："趣令君直，焉知死事？"

——《續談助》

屠夫遇狼

天色漸黑，有個屠夫挑着擔子從市上回家。肉都賣光了，竹筐裏只剩下一堆骨頭。經過一片荒丘的時候，他聽見背後有沙沙的腳步聲，回頭一看，有兩條餓狼瞪着綠眼睛，齜着白牙，不緊不慢地跟着他。屠夫嚇得心顫肉跳，連忙丟出幾根肉骨頭，想把餓狼打發走。誰知一條狼啃着骨頭，另一條狼仍然尾隨不捨。屠夫又丟出一根骨頭，這條狼低頭大啃，後面那條狼又舔着嘴巴追上來。骨頭很快就丟完了，兩條狼又並肩緊跟。

屠夫急得渾身冒汗，唯恐狼從兩面夾攻，遠遠看見田野上有個打麥場，場上堆着高高的麥垛，他慌忙奔過去，背靠麥垛，一手舉起明晃晃的割肉刀。

這一下，狼不敢輕舉妄動，只好鼓着兇貪的眼光盯着屠夫。相持了好一陣，有一隻狼彷彿等不下去了，調轉屁股遠遠走開。另一隻狼蹲在地上，好像疲倦似的，慢慢合上眼睛打起瞌睡來了。說時遲，那時快，屠夫唰地跳起來，一刀劈中狼頭，又接連幾刀，結果了這隻狼的性命。

屠夫鬆了口氣，轉身回去拿擔子，忽然發現麥垛裏面有東西在輕輕動彈。定睛一看，原來是先前走開的那隻狼正悄悄地拱進麥垛，只露出半截屁股在外。屠夫摸上去奮起一刀，劈做兩截。他這時才醒悟過來，原來一條狼佯裝瞌睡，讓他掉以輕心；另一條狼則假裝遠去，其實想拱進麥垛，從背後咬住他，多麼狡黠啊！

今解　狼是一種兇惡狡詐的動物。據說牠喜歡從背後襲擊行人，前爪搭住人肩，趁人回頭，一口咬住喉管。這裏的兩條狼，就是一搭一檔，扮演了一幕雙簧。有些壞人善於製造假象，轉移羣眾的視線，然後乘人不備，在背後搗鬼。這是人狼相通之處。然而，既是陰謀，總有敗露的時候，這個屠夫刀劈二狼便是一個例證。

原文　一屠晚歸，擔中肉盡，止剩骨。途遇兩狼，綴行甚遠。屠懼，投以骨。一狼得骨止，一狼仍從；復投入，後狼止而前狼又至；骨已盡，而兩狼並驅如故。屠大窘，恐前後受其敵。顧野有麥場，場主以積薪其中，苫蔽成丘。屠乃奔倚其下，弛擔持刀。狼不敢前，眈眈相向。少時，一狼徑去；其一犬坐於前，久之，目似瞑，意暇甚。屠暴起，以刀劈狼首，又數刀斃之。方欲行，轉視積薪後，一狼洞其中，意將隧入以攻其後也。身已半入，止露尻尾。屠自後斷其股，亦斃之。乃悟前狼假寐，蓋以誘敵。狼亦黠矣！

——《聊齋誌異》

鄉人藏蝨

有個鄉下人，偶然經過一棵大樹，便坐下歇腳。他覺得肩胛上隱隱作癢，伸手探去，摸出來一隻蝨子。他看看這小蟲子拼命掙扎，心生憐憫，就用紙裹起來，塞進一個樹洞裏。二三年以後，這個鄉下人有事又經過這棵樹下，忽然想起那隻蝨子，就看看樹洞，發現紙包還好好地放着。他不覺好奇心動，打開紙包一看，只見蝨子又枯又癟，像一片薄薄的麩皮。於是，他把蝨子又放在手掌心上，仔細地看着牠會不會醒過來。不一會，只覺得掌心奇癢難忍，而蝨子則吸飽了血，又開始爬將起來。

鄉下人回到家中，掌心癢處隆起一顆硬核，漸漸又腫又痛，沒過幾天，就不治而死了。

今解 這個故事同伊索寓言中的“農夫和蛇”很相似。蝨子的本性就是要吸血，對於這類害蟲，只有毫不留情地消滅之。而這個鄉下人只憐惜蝨子的生命，忘記了蝨子害人的本質，又是“片紙裹之”，又是“發而驗之”，還用自己的血把牠救活，真是肉麻當有趣，雖死也活該。

原文 鄉人某者，偶坐樹下，捫得一蝨，片紙裹之，塞樹孔中而去。後二三年，復經其處，忽憶之，視孔中紙裹宛然。發而驗之，蝨薄如麩。置掌中審顧之。少頃，掌中奇癢，而蝨腹漸盈矣。置之而歸。癢處核起，腫數日，死焉。

——《聊齋誌異》

獅貓鬥碩鼠

明朝萬曆年間，皇宮裏出現一種老鼠，又肥又大像家貓一般，青天白日亂竄亂咬，為害嚴重。到民間選了良貓來捕捉，貓反而被老鼠吃掉。正在大家一籌莫展的時候，外國進貢送來一隻獅貓，渾身毛色雪白。

宮人們把這隻貓丟進老鼠最兇的房間，立刻把門窗緊緊關閉，從門縫裏窺望。只見貓蹲在地上，閉目養神。一會兒，老鼠嗅見肉味，從洞裏冒出頭來，一見是貓，便怒撲過去。貓連忙躲避，蹬地一聲跳到書案上，老鼠也呼呼地躥上書案。貓又蹬地跳到地下，老鼠撲了空，也回身溜下地面，咬牙切齒地朝貓衝去。貓又連忙跳上書案。就這樣，一上一下也不知道來往了多少回。宮人們都嘆息說："原來這隻貓也是膽怯無能之輩。"

漸漸，老鼠追得疲倦了，動作緩慢下來，繼而又伏在地上，大肚皮一起一伏，直喘粗氣。這時，只見獅貓抖起神威，嗖一聲撲下來，一爪揪住老鼠的頂花皮，一口咬住老鼠的喉管。老鼠拼命掙扎，貓聲嗚嗚，鼠叫啾啾，扭成一團。大家急忙打開房門一看，老鼠頭已經被貓嚼得稀爛。大家方才明白，貓的避讓，並非膽怯，而是為了磨老鼠銳氣，待老鼠疲憊。

今解 這隻貓與眾不同的地方是，牠並沒有恃能逞強，而是冷靜觀察敵手，迅速決定了以退為進的策略。退和進也是對立的統一。退一步是為了進兩步。在強敵面前，暫時避讓，磨其銳氣，待其疲憊，從而使其強轉化為弱，再一舉攻之，便可穩操勝算；倘若不看對象，一味蠻幹，則往往失敗。我們在學習和工作中也應該牢記這一條辯證法。

原文 萬曆間，宮中有鼠，大與貓等，為害甚劇。遍求民間佳貓捕制之，輒被啖食。適異國來貢獅貓，毛白如雪。抱投鼠室，闔其扉，潛窺之。貓蹲良久，鼠逡巡自穴中出，見貓，怒奔之。貓避登几上，鼠亦登，貓則躍下。如此往復，不啻百次。眾咸謂貓怯，以為是無能為者。既而鼠跳擲漸遲，碩腹似喘，蹲地上少休。貓即疾下，爪掬頂毛，口齕首領，輾轉爭持，貓聲嗚嗚，鼠聲啾啾。啟扉急視，則鼠首已嚼碎矣。然後知貓之避，非怯也，待其惰也。

——《聊齋誌異》

機智的牧童

山上有條大灰狼，又兇殘又貪婪，經常咬死綿羊，人們對牠一點辦法也沒有。

有兩個小牧童決心懲罰這條惡狼。他們在山上找到了狼窩。趁大狼外出覓食的時候，他們偷偷摸進洞裏，抱出兩條小狼崽子。在狼洞附近，找到兩棵相隔十來步遠的樹，便一人抱着一頭小狼爬到樹上。

等了一陣，大狼回來了。牠發現狼崽不見了，慌慌張張地竄出洞口。這時，一個牧童狠狠扭着小狼的耳朵，小狼嗥嗥尖叫。大狼聞聲仰視，立刻狂吼着，撲到樹下，後腿站起，又爬又抓。另一個牧童也將懷裏的小狼捏得嗷嗷怪叫，老狼又發瘋一般朝這邊奔來，在樹下又撲又跳。那邊的小狼又叫起來，老狼又朝那邊撲去。老狼在兩棵樹之間淒厲地號叫着，奔來奔去，沒有一刻停息。

漸漸地，老狼越跑越慢，叫聲也越來越弱。牠爬着，掙扎着，最後一頭栽在地上就起不來了。牧童等了一陣，溜下樹來一看，狼已經斷氣了。

今解 這兩個小牧童的機智，就在於抓住了老狼愛子的弱點，以靜制動，以逸待勞，使老狼疲於奔命，終於累死。

敵我雙方的強弱有時要看是否善於鬥智，只要抓住了強者的弱點，便能促使矛盾朝反面轉化，變小為大，反弱為強。

原文 兩牧豎入山至狼穴，穴有小狼二，謀分捉之。各登一樹，相去數十步。少頃，大狼至，入穴失子，意甚倉惶。豎於樹上扭小狼蹄耳故令嗥；大狼聞聲仰視，怒奔樹下，號且爬抓。其一豎又在彼樹致小狼鳴急；狼輟聲四顧，始望見之，乃捨此趨彼，跑號如前狀。前樹又鳴，又轉奔之。口無停聲，足無停趾，數十往復，奔漸遲，聲漸弱；既而奄奄僵臥，久之不動。豎下視之，氣已絕也。

——《聊齋誌異》

縣令的誓聯

有個縣令剛剛上任，為了表明自己為民父母，廉潔公正，就請來匠人，用上好木料製作了兩幅燙金誓聯，懸掛在衙門兩邊，上聯寫道：“得一文，天誅地滅。”下聯寫道：“徇一情，男盜女娼。”百姓等見了這兩幅誓聯，都高興地說：“可好啦，總算盼來了清官！”

誰知道，任職不久，上衙門來行私賄賂的人絡繹不絕，凡有金銀絲帛，這個縣太爺無不一一收下；土豪劣紳欺壓百姓，犯了罪惡，請他徇情枉法，他也無不一一答應，全縣搞得天昏地暗。有人看不下去了，對他說：“老爺忘記自己掛的誓聯了嗎？”縣令拈着鼠鬚，不動聲色地說：“我倒是確實按誓聯辦的哩，你沒看見，我所得的並非只有一文錢，我所徇的情也不止一件吧。”

今解 這個縣令實在厚顏無恥，明明貪贓枉法，還要賭咒發誓，搞一幅對聯裝潢門面。他這幅誓聯看起來冠冕堂皇，但妙在可以作兩種詮釋；欺騙百姓，用的是一種；貪贓枉法，用的是另一種。翻手為風、覆手為雨，原是他的拿手好戲。這個故事實際上是官場現形記的縮影。

原文 有縣令堂懸一聯以誓曰：“得一文，天誅地滅；徇一情，男盜女娼。”然饋送金帛者頗多，無不收受，而勢要說事，亦必徇情。有曰：“公誤矣，不見堂聯所志乎？”令曰：“吾志不失。所得非一文，所聽非一情也。”

——《看山閣閒筆》

囊螢和映雪

晉朝的時候，有個窮書生名叫車胤，家貧買不起燈油，夜裏讀書，就捉螢火蟲裝在紗袋裏照明。還有一個人名叫孫康，冬天常常站在雪地裏，利用白雪的反光讀書。於是，這兩個人苦學的名聲被人們到處傳頌，大家都把囊螢和映雪作為學習的典範。

有一天，孫康去拜訪車胤，正好車胤不在。孫康問家人：“主人到哪兒去了？”家人回答：“到河邊捉螢火蟲去了。”過了幾天，車胤回拜孫康，只見孫康背着雙手閒站在庭院中。車胤問："你怎麼不讀書呢？"孫康仰頭看天說："我看今日這個天色，不像要下雪的光景。"

今解　這個故事雖是"關公戰秦瓊"式的笑話，但用意是深刻的。囊螢和映雪只是夜讀照明的方式，是車胤和孫康苦學精神的一種表現。結果一旦出了名，他們反而為名所誤，只顧追求形式，不管實在的內容，弄到無螢火、不下雪便無法讀書的地步。

名和實應該是統一的。但有些人做出了某種成績以後，在名譽面前飄飄然，變得只圖虛名，不務實際了，這就是人們常說的"盛名之下，其實難副"。

原文　車胤囊螢讀書，孫康映雪讀書，其貧不輟學可知。一日，康往拜胤，不遇，問家人："主人何在？"答曰："到外邊捉螢火蟲去了。"已而胤往拜康，見康立於庭下，問："何不讀書？"答曰："我看今日這天色，不像要下雪的光景。"

——《笑林廣記》

不喜高帽

世俗都愛把當面恭維人叫做"戴高帽子"。

從前，有兩個學生要離開京城到外地去做官。臨行之前，一同去拜辭老師。老師問："你們到了外地，準備怎樣待人接物？"

學生回答："老師放心，我們準備逢人送上一頂高帽子，保管叫地方上人人高興。"

老師嚴厲地告誡說："不行，這種醜事絕不能做。雖然如今世風日下，老實人吃不開，但是我希望你們一定要嚴守情操，為人正直。"

一個學生連忙拜道："老師的話對學生教育極大，如今社會上像老師這樣不愛戴高帽子的人能有幾個啊。"

老師含笑頷首說："正因為如此，所以我教你們一定要為人正直。"

辭別出來，兩個學生相視而笑說："瞧，高帽子已經送出去一頂啦。"

今解　"高帽子"有兩種，性質全然相反：一種是貶意的，貶到戴上它去遊街；一種是褒意的，指當面奉承拍馬。前者人所共惡，後者人所共喜。惟其是喜，所以高帽一戴，渾身舒服，不覺討厭，無形之中漏出了自己反對吹拍不正之風的天機：原來他反對給別人戴高帽子，卻不反對給自己戴高帽子。

原文 媚人為頂高帽子。嘗有門生兩人，初放外任，同謁老師者，老師謂："今世直道不行，逢人送頂高帽子，斯可矣。"其一人曰："老師之言不謬，今之世不喜高帽如老師者有幾人哉！"老師大喜。既出，顧同謁者曰："高帽已送去一頂矣。"

——《潛庵漫筆》

癡人說夢

戚家公子從小愛讀書，但又生性癡笨。一天早上，他從牀上爬起來，懵懵懂懂，到處張望，忽然一把拖住進來收拾房間的婢女，問道："昨天夜裏你夢見我沒有？"婢女莫名其妙，回答："沒有。""甚麼？"公子氣得破口大罵，"我明明在夢中看見你，你為何要當面耍賴？"頓時在房間裏鬧得一塌糊塗。老夫人趕來問究竟，公子扯着她的衣襟大喊大叫說，"這一個癡婢真該打，我明明夢見她，她卻說沒夢見我，存心欺主，這還得了！"

今解 人們把愚昧的人說荒誕的話，叫做"癡人說夢"。夢是睡眠時大腦皮層局部處於興奮狀態的結果，夢的內容與清醒時意識中保留的印象有關，但這種印象常錯亂不清，因此夢的內容大多是混亂和虛幻的。把虛幻的東西當做真實，還要把這種虛幻的主觀感覺強加給別人，確實是違反常識的愚蠢。但是有些人總是把自己的主觀感覺當作是客觀的實際，不也跟這"癡人說夢"一樣嗎？

原文 戚某幼耽讀而性癡，一日早起，謂婢某曰："爾昨夜夢見我否？"答曰："未。"大斥曰："夢中分明見爾，何以賴？"去往訴母，曰："癡婢該打，我昨夜夢見她，她堅說未夢見我，豈有此理耶？"

——《餘墨偶談》

鐵杵磨針

相傳李白小時候很貪玩，不愛讀書，也不求上進。有一天，他書讀到一半，心煩意亂，又打呵欠，又伸懶腰。看看屋裏沒人，他就悄悄溜出門去，跑到小河邊捉蜻蜓。

走啊，走啊，他看見小河邊上蹲着一個老婆婆，手裏拿着一根鐵棒，在石頭上一個勁地磨呀磨呀。

李白很納悶，便走上前問道："老婆婆，你在做甚麼？"

老婆婆回答："磨針。"

"真的？"李白很吃驚，"這麼大一根鐵棒，怎能磨成針呢？"

老婆婆笑呵呵地說："小孩子，鐵棒總是越磨越細，只要我下定決心，天天磨，還怕磨不成針嗎？"

李白聽了，若有所悟，連忙轉身跑回家，翻開書本，一遍又一遍地讀起來。從此，他再也不貪玩，不怕苦，發憤學習。後來，李白成了中國歷史上一個偉大的詩人。

今解 傳說李白在長安拜見賀知章，賀見李白的文章驚嘆道："子，謫仙人也！"後人因稱李白為"詩仙"，彷彿李白的才能是天賦的。其實在他的"斗酒詩百篇"後面還有這樣一段勤奮苦讀的歷史，正是："若要功夫深，鐵杵磨成針。"

人們的大腦等器官的確存在着先天的差異，因而對事物的接受和穎悟能力也不盡相同。天資是存在的，但這只是為人的後天學習提供了一個比較優越的條件，關鍵還在於在實踐中刻苦學習。"天才在於勤奮"，李白的成功即在於此。他在逢杜甫詩寫道："借問別來太瘦生？總為從前作詩苦。"可見那位"詩聖"的才能也不是渾然天成的。

原文 李白少讀書，未成，棄去。道逢老嫗磨杵，自問其故。曰："欲作針。"白感其言，遂卒業。

——《潛確類書》

石頭之辯

小酒店的門前晾曬着一些衣被。晾繩拴在一根竹竿上，竹竿插在一隻木頭碌碡中。午後風緊，時時把木頭碌碡連同衣被吹翻在地。

某甲見了，啜了口酒說：“要是換上個石頭碌碡，就不會動了。”

某乙不服氣地應道：“誰說石頭不會動？我問你，為何染坊裏的石頭舂子從早動到晚呢？”某甲回答：“那是因為有人用腳踏。”

“用腳踏？”某乙鼓鼓眼睛，“城隍山、紫陽山，每日裏千萬人踏上山去燒香，怎麼又不見它們動一分呢？”

某甲解釋說：“它們都大而實心，所以難以動彈。”

“好，依你說大而實心不會動，那麼，城河上的石橋都是小而空心的，為何天天踏也不會動呢？”

今解 和那個“好辯論的人”的故事一樣，這樣追問下去是沒有個盡頭的，因為某乙在不斷地偷換論題的概念。石舂、石橋、石山和石頭碌碡固然都由石頭構成，但它們都有着自己的屬性，即分別是在“石頭構造”這一屬概念下的種概念，它們的內涵和外延各不相同，有意混淆概念的內涵和外延，就使得辯論流於詭辯。

我們要提倡百家爭鳴，對一個問題不妨窮源究本，各抒己見，真理總是愈辯愈明的，但必須概念明確，尊重邏輯，不能陷入這種毫無意義、製造混亂的爭論中。

原文 二泉有樹竿曝衣而插於木磉者，衣重風緊，屢屢吹倒。一人曰：“須用石磉，方可不動。”一人曰：“石不動乎？何以染坊元寶石吾見其自朝動至夕也？”曰：“彼自有人腳踏故耳。”曰：“城隍山、紫陽山每日千萬人腳踏，何又不見其動也？”曰：“彼乃大而實心，故難動耳。”曰：“然則城河橋梁皆小而空心者，何亦日踏而不見其動也？”

——《兩般秋雨庵隨筆》

魚字大小

有個人不認得“魚”字，就跑去問別人。別人在紙片上寫了一個“魚”字給他看。這個人拿着紙片左看右看，然後搖搖頭說：“不像，不像，這個字頭上長着兩隻角，肚皮下面還有四條腿。水裏游的魚，哪裏會長角生腿呢？肯定不是‘魚’字。”

別人被弄得哭笑不得，只好問他：“既然不是‘魚’字，依你說是甚麼字呢？”他歪着腦袋又端詳了半天，才說：“長角生腿的，必定是在陸地上行走的動物。究竟是甚麼字，要看‘魚’字寫的大小，才有定準。”

“怎麼定準呢？”

“要是‘魚’字寫大些，一定是牛字；寫中等些，肯定是鹿字，如果字寫得細小，就是一頭羊了。”

今解 中國文字的確是象形文字，但是像上面這位老兄那種不懂裝懂、煞有介事的態度和望文生義的詮釋方法，確實庸俗，亦復可笑。

學習要有科學的態度，來不得半點虛偽和驕傲。在治學上，不下苦功，投機取巧，只憑想當然，沒有任何事實根據地進行這種庸俗的推測，是很有害的。

原文 或問魚字如何寫，人即寫魚與之。或人細看魚字形體，搖頭曰：“頭上兩隻角，肚下四隻腳，水裏行的魚，哪有角與腳？”人問曰：“此真是魚字，你只說不是，竟依你認是甚的字呢？”或人曰：“有角有腳，定在陸地上走的東西，只看魚字寫得大小何如，才有定準：若魚字寫大些，定是牛字；寫中等些，即是鹿字；倘如寫得細小，就是一隻羊了。”

——《人事通》

秀才斷事

有個鄉下人談論自己的志向，說：“我要是有一百畝稻田就心滿意足了。”鄰居聽了，心生嫉妒，便說：“你要是有一百畝田，我就養一萬隻鴨子，吃盡你的稻子。”於是，兩人爭鬧不休，便扭打着前去衙門告狀。他們不認得衙門，經過一座學堂，見是紅牆大門，就廝扭着走了進去。正好有個秀才在大堂上踱方步。他們以為是縣官老爺，便跪在地上，各訴狀情。

秀才搔搔頭皮，說：“這樣吧，你們一個買起田來，一個養起鴨來，待我做了官，再給你們審理這件案子。”

今解　這個秀才言之有理：在三個人的願望都還沒有實現之前，這個案子只是空的。一個人固然可以有自己的願望和理想，但把頭腦中的想法當成現實，還要誇誇其談，爭論不休，則是虛妄的表現。

熱衷於幻想和空談的人，還是腳踏實地，從眼前的每一件小事開始做起吧！

原文　一鄉愚言志：“我願有百畝田稻足矣。”鄰人忌之曰：“你若有百畝田，我養一萬隻鴨，吃盡你的稻。”二人相爭不已，訴於官，不識衙門，經過儒學，見紅牆大門，遂扭而進；一秀才步於明倫堂，以為官也，各訴其情。秀才曰：“你去買起田來，他去養起鴨來，待我做起官來，才好代你們審這件事。”

——《人事通》

醃鴨生醃蛋

甲乙兩人頭一次吃到醃鴨蛋。甲咂着嘴巴，驚訝地說：“奇怪，我每次吃蛋都是淡的，為甚麼這種鴨蛋卻是鹹的？”

乙回答：“我倒是極明白的人，虧你問着我。告訴你，這鹹鴨蛋，就是醃鴨子生出來的。”

今解　醃鴨蛋就是醃鴨子生出來的，這種“想當然耳”的認識和思維方法當然是最簡單最省力的，但也是一種最不科學、最有害的方法。

現象只是我們認識事物的出發點，不能把認識局限於表面的現象。採用"醃鴨生醃蛋"的認識方法，就會把自己感官所能感覺到的表面現象誤認為是事物的本質，從而混淆現象和本質之間存在的差別。

原文 甲乙兩呆人偶吃醃蛋。甲訝曰："我每常吃蛋甚淡，此蛋因何獨鹹？"乙曰："我是極明白的人，虧你問着我，這鹹蛋，就是醃鴨子生出來的。"

——《人事通》

筆畫索引

說明： 一、本索引按每則寓言第一個字的筆畫排列，筆畫少的在前，筆畫多的在後。筆畫數目相同時按以下筆畫次序排列：

橫　豎　撇　點　折

第一個字相同，按第二個字的筆畫排列。第三、第四字也照上述原則排列。

二、起筆部位從習慣。

一畫

二畫

三畫

四畫

五畫

六畫

七畫

八畫

九畫

十畫

十一畫

十二畫

十三畫

十四畫

十五畫

十六畫

十七畫

十八畫

十九畫

二十畫

二十一畫

二十二畫

二十三畫

二十六畫

二十八畫